Angelika Süss wurde 1987 in Wien geboren und blieb zusammen mit ihrem Freund dem östlichen Donauraum treu. Seit der Schulzeit schrieb sie, inspiriert durch ihre Lesesucht, an verträumten Fantasygeschichten. Motiviert von unnachgiebigen Freunden, entdeckte sie erst 2015 ihre Leidenschaft zur humoristischen Paarfindung. Auf der Suche nach Herausforderungen verfasste sie diverse Texte in der digitalen Welt. So entstand letzten Endes der Drang, „der bunten Knete" in ihrem Kopf nachzugeben und diese zu schrägen Charakteren und Situationen zu modellieren.

ANGELIKA
SÜSS

Oops!
I KISSED A
ROCKSTAR

EINE NEW ADULT
ROCKSTAR ROMANCE

Oops! I kissed a Rockstar

ISBN 978-3-69090-031-7
E-Book-ISBN 978-3-98998-885-9

Covergestaltung: Jasmin Kreilmann
Umschlaggestaltung: Christin Peulecke
Unter Verwendung von Abbildungen von
depositphotos.com: © doozie, © anelina, © AY_PHOTO,
© panicAttack, © AntonMatyukha © Volodymyr TVERDOKHLIB
Lektorat: Astrid Pfister
Satz: dp DIGITAL PUBLISHERS GmbH
Druck und Bindung: Books on Demand GmbH, Norderstedt

Vorwort

Liebe lesende Menschen,

Entweder ihr habt es bis hier her zum letzten Band meiner finnischen Rockstars geschafft, oder ihr seid neu an board. Jedenfalls allen: Herzlich willkommen im Winterurlaub!

Dies ist eine Neuauflage von „Echte Rocktars küsst man nicht" und ich hoffe, ihr habt im verschneiten Lappland viel Spaß.

Das Hotelzimmer ist reserviert, Sonderwünsche werden gerne noch mit aufgenommen. Im letzten Teil der Trilogie, wobei jeder Band für sich alleine lesbar ist, könnt ihr euch auf ein Wiedersehen mit dem einen oder anderen bekannten Gesicht aus den Vorgängern freuen. Quasi eine Skisportwoche für finnische Rockstars.

Es war mir eine Ehre für euch diese Bücher zu schreiben und hoffe die Liebe zu Finnland konnte etwas überschwappen. Bucht eure Flüge, denn es lohnt sich in jeder Jahreszeit.

Vielen Dank an alle, die hier frisch einsteigen und auch an die treuen Stammlesenden, die sich von Buch zu Buch in ein neues Rockstar-Abenteuer gestürzt haben. Jetzt erst einmal viel Spaß mit Schnee, Glühwein und dem Sachertorten-Rockstar.

Alles Liebe,

Angelika

Prolog

Es war laut, kalt und nass. Ich ging ungeduldig von links nach rechts und sah zum wiederholten Male auf mein Handy. Keine weiteren Nachrichten von Basti. Er wusste, dass ich ihn ohnehin anmeckern würde. Seit einer Viertelstunde fror ich mir im Regenwetter den Hintern ab, weil der Herr mal wieder zu spät kam. Wenigstens hatte ich unter dem Vordach der U-Bahnstation Schutz vor dem stetigen Nieselregen gefunden, der auf meinen Brillengläsern einen verschwommenen Schleier hinterließ. Anfang Dezember sollten eigentlich Schneeflocken romantisch vom Himmel schweben, doch in Wien wurden Weihnachtsgefühle mit dem Gatsch in den Gully gespült. Da halfen auch die Lichterketten in den Imbissbuden oder die schickeren Sterne-Girlanden zwischen den Häuserblocks nichts. Im Dunst des feuchten Wetters wirkte einfach alles trostlos.

Ich kannte meinen Arbeitskollegen und besten Freund gut genug und hatte daher ausreichend Zeitpuffer einkalkuliert. Trotz seiner Verspätung würden wir nicht zu spät zum Konzert kommen, was nicht bedeutete, dass ich nicht genervt vom Warten war. Der Einlass in der Stadthalle hatte schon begonnen, aber die Golden Circle Tickets sicherten uns den limitierten Bereich direkt vor der Bühne. Dennoch fror ich und rieb meine steifen Hände aneinander. Auf dem Urban-Loritz-Platz tummelten sich mit mir etliche andere Menschen. Links und rechts fuhren auf dem Gürtel die Autos dicht gedrängt im Schneckentempo. Überfüllte Straßenbahnen kreuzten ihren Weg. Passanten kauften sich Kebab, Erdäpfelpuffer oder heiße Maroni. Eine einzigartige Aromamischung aus nassem Asphalt, Knoblauch und gebratenem Fleisch lag in der Luft. Bastis winkende Gestalt erregte endlich meine Aufmerksamkeit. Mit riesigen Schritten und flatterndem Mantel kam er angerannt. Er hielt sich eine zerknitterte Zeitung über seinen Kopf und sprang elegant über eine Pfütze.

Ich verschränkte die Arme vor der Brust und bemühte mich, finster dreinzusehen. Basti kam keuchend, aber breit grinsend vor mir zum Stehen. Sein Zahnpasta-Lächeln prallte nach zwei Jahren Freundschaft an mir ab.

»Du bist zu spät, du Depp«, brummte ich als Begrüßung.

Er zuckte mit den Schultern und strahlte mich unschuldig an. »Sorry Karo, ich bin pünktlich losgegangen, aber so ein Wappler stand mit seinem BMW in der Kreuzung auf den Schienen und die Bim konnte nicht weiter. Ist nicht meine Schuld!«

Sein Ego war groß genug, um das wirklich zu glauben. Ich wusste es allerdings besser. »Du hattest ein geschäftliches Meeting. Diese beinhalten meistens Cocktails und teure Zigarren. Wenn ich jetzt an dir schnuppere, was rieche ich dann?«, fragte ich herausfordernd und provozierte damit ein noch breiteres Grinsen auf seinen Lippen. Er hob abwehrend die Hände und schmunzelte. »Schon gut. Aber wegen meines Charmes sowie den geschäftlichen Beziehungen dürfen wir immer umsonst auf geile Events und in Konzerte!«

Das stimmte und ja, ich nutzte seine Kontakte in allen möglichen Medienbereichen sehr gerne. Ergeben seufzte ich und hakte mich bei ihm unter. Gemeinsam spazierten wir los in Richtung der Stadthalle. Der Regen tröpfelte nur mehr vor sich hin, reichte aber aus, meine Sicht erneut einzuschränken. In der Kälte kondensierte unser beider Atem in tanzenden Wölkchen. Wir reihten uns in den Strom der Menschen ein, die augenscheinlich ebenso auf dem Weg zum Konzert waren und ließen uns treiben.

»Freust du dich schon? Ich liebe diese Band«, schwärmte Sebastian von den Finnen, die uns bevorstanden.

»Ich bin sehr gespannt. Ich habe sie ja noch nie live gesehen, aber du weißt ja, ich steh auf Rock!«

Je näher wir der großen Konzerthalle kamen, desto dichter wurden die Menschentrauben. Fans standen rauchend auf dem weitläufigen Vorplatz und zitterten und froren genauso wie ich. Ein Absperrgitter lenkte uns in geordnete Bahnen, ehe wir zur Sicherheitskontrolle kamen und meine Brille kurz komplett aufgrund der Wärme anlief. Nach einem akribischen Durchsuchen meiner Handtasche zog der ältere, verschwommene Herr mit dem blonden Wuschelhaar ein kleines Deo hervor. Die Minivariante, die gerade mal so eben für zwei Achseln reichte, manchmal auch nur für eine.

»Das ist leider nicht erlaubt«, erklärte er mir.

Prompt schnaubte ich trotzig. »Was glauben Sie denn, was ich damit machen will? Das ist doch nur zugunsten aller, wenn ich nach Veilchen rieche und nicht nach Schweiß«, verteidigte ich mein Eigentum. Basti war schon durch die Kontrolle und verdrehte die Augen.

»Sie könnten es werfen und die Künstler oder andere damit verletzen. Es ist wie Reizgas zu behandeln«, argumentierte mein Gegenüber mit gelangweilter Stimme.

»Sie haben mich noch nie werfen gesehen. Ein Kleinkind mit Gummibärli wäre gefährlicher.«

Basti legte genervt den Kopf in den Nacken und brummelte etwas Unverständliches. Weil auch hinter mir das Getuschel immer lauter wurde, gab ich schließlich klein bei. »Na schön, behalten Sie das Deo, schenken Sie es Ihrer Freundin oder basteln Sie einen duftenden Flammenwerfer daraus.«

Der Herr sah kurz so aus, als wollte er mich fragen, ob ich wirklich vor hatte irgendetwas in dieser Halle anzuzünden, doch dann ließ er mich gewähren.

»Musst du jedes Mal mit den Sicherheitsleuten diskutieren? Du weißt doch, wie die Vorschriften sind«, beschwerte sich Basti, als ich zu ihm aufschloss.

»Klar weiß ich das. Ändert aber nichts daran, dass sie dämlich sind. Bald nehmen sie uns die Schnürsenkel und Gürtel ab oder wir dürfen nur noch nackt hinein.«

»Eine grauenhafte Vorstellung. Danke.«

Wir schlängelten uns weiter durch die Menge zum korrekten Eingang, wo Basti unsere VIP-Tickets das zweite Mal vorzeigte.

»*Dark but it's Rock* haben eine eingefleischte Fangemeinde, obwohl die Finnen ganz dem Klischee entsprechend eher zurückhaltend sind für gefeierte Rockstars. Lauri Korhonen vor eine Kamera zu bekommen ist mittlerweile so exklusiv wie ein Foto von Kim Kardashian ohne Instagram Filter«, erklärte er missmutig.

Ich grinste ihn wissend von der Seite an. »Ach, gibt es wirklich einen Promi, den Herr Karla Kolumna alias Super-Journalist nicht für ein Exklusiv-Interview begeistern kann?«

Ein Brummen war seine Antwort, das mich nur weiter lachen ließ. Hektisch rieb ich mir die kribbelnden Finger, die in der Wärme der Halle langsam auftauten. Der Lärmpegel wuchs mit jedem Schritt, den wir dem endgültigen Bühnenzugang näherkamen. Der Duft von Popcorn und Hotdogs zog verführerisch in meine Nase.

»Ich habe fünf, hörst du ... *FÜNF* Anfragen gestellt eine Story über das Konzert und die Band zu bringen. Doch das Management der Band hat nicht mal geantwortet. Dabei ist das ihr einziges Österreich Konzert in diesem Jahr. Ich verstehe es einfach nicht. Normalerweise freuen sich die Künstler in unserem Magazin abgedruckt zu werden, doch Lauri verkriecht sich im Backstagebereich und lässt sich nicht blicken. Seit fast einem Jahr gibt er keine Interviews mehr. So als wäre er vom Erdboden verschluckt worden und würde nur auftauchen, um auf der Bühne zu stehen«, plapperte Basti sichtlich erregt weiter. Ich nickte gespielt mitfühlend, als wir die Mäntel bei der Garderobe abgaben und unseren endgültigen Zugang ansteuerten. Sebastian war der erfolgreichste Redakteur beim Magazin und dafür bekannt immer das zu bekommen, was er wollte. Meistens waren das die Geheimnisse der Stars, die er ihnen ganz beiläufig entlockte. Er konnte die nationalen und internationalen Künstler umschmeicheln und betören. Kurz gesagt, er bekam immer ein Interview, ein Statement oder eine Telefonnummer. Trotzdem war er noch nicht an der Spitze seiner Karriereleiter angekommen und deswegen schlug sein Ehrgeiz manchmal etwas übers Ziel hinaus. Ich kannte *Dark but it's rock* nur aus dem Radio, doch Sebastian benahm sich, als hätte der Sänger ihm den letzten Punschkrapfen vor der Nase weggeschnappt. Ich hakte mich wieder bei ihm unter und sah ihn musternd an. »Du wirst schon noch Chefredakteur, da wird dich ein schüchterner Rockstar nicht aufhalten können. Immerhin hast du die Freikarten bekommen. Los, holen wir uns ein Bier und genießen den Abend!«

Er bedachte mich mit einem letzten mürrischen Blick, ehe er nickte und uns zwei Becher besorgte. Am Eingang kontrollierte man zum dritten Mal unsere Karten und wir bekamen schicke Papierbändchen ums Handgelenk gelegt. Anschließend durften wir in den abgesperrten Bereich direkt vor der Bühne. Die Luft war jetzt schon stickig und der Lärm der vielen Menschen erdrückend laut. Ich mochte Konzerte, allerdings keine Menschenmassen. Ein Disput, dem ich regelmäßig gemeinsam mit Basti entgegentrat. Wir bahnten uns einen Weg in die Mitte, wo es nicht ganz so voll war, im Gegensatz zur Front Row, wo die Menschen bereits auf dem Boden saßen und ihre Plätze verteidigten. Ich kannte diese Kategorie Fans nur zu gut. Basti und ich besuchten viele Konzerte und es gab sie immer. Diese loyalen Anhänger, die sich vorher schon Nummern beim Warten auf die Hände schrieben, damit ihnen keiner den Platz wegnahm und fies dreinsahen, wenn man in die Nähe des vordersten Absperrgitters kam.

»Wie war denn dein Gespräch mit Maria?«, fragte Basti plötzlich, während ich mich im Saal umsah. Er musste sich tief zu mir hinunterbeugen und direkt in mein Ohr sprechen, um nicht zu schreien. Ich verzog enttäuscht das Gesicht und er wusste sofort Bescheid, wie meine Unterhaltung mit unserer Chefin gelaufen war. Maria war die Geschäftsführerin des Vienna Lifestyle Magazins, welches sich seit vielen Jahren gut verkaufte. Nach meinem Journalismus-Studium und einem Jahr Volontariat hatte ich seit zwei Jahren einen festen Vertrag in der Redaktion. Allerdings nicht als aufregende Kolumnistin, wo ich meiner Leidenschaft fürs Schreiben und Recherchieren nachgehen konnte, sondern im Layout. Ich besaß ein Talent für Design und das wurde mir in meiner Fünfjahresplanung zum Verhängnis. Ich machte den Job derart gut, dass ich nicht vorankam, um aufzusteigen. Sebastian hingegen war schon fast oben angekommen. Seit acht Jahren bewegte er sich zwischen der Prominenz, wie ein Fisch im Wasser und hatte schon für aufsehenerregende Storys gesorgt.

Begeisterte Schreie füllten jetzt die Halle, als das Licht gedämpft wurde und sich die weißen Scheinwerferkegel auf der Bühne zentrierten. Erwartungsvolle Stille folgte, die auch in mir ein Bauchkribbeln hervorrief. Basti trat einen Schritt zur Seite und nahm einen tiefen Schluck vom Bier. In seinem schwarzen Hemd sah man die Schweißflecken nur dann, wenn man genau suchte, während ich bereits aussah wie eine fleckige Aubergine in meinem lilafarbenen Shirt. Basti trug immer Hemden. Nur, weil wir auch zusammen in einer WG wohnten, hatte ich ihn schon mal in etwas anderem gesehen.

Ich blickte hoch, als vier blutjunge Kerle auf die Bühne traten und die Menge sie applaudierend begrüßte. Der Support als Vor-Act, den ich gar nicht kannte. Sie strahlten über das ganze Gesicht, klatschten mit dem Publikum und nahmen uns beinahe ehrfürchtig zur Kenntnis. Ein androgyner Kerl mit blau-grünen Haaren platzierte sich hinter dem Mikrofon.

»Kennst du die?«, fragte ich Basti, der daraufhin mit den Schultern zuckte.

»Sind ganz frische Küken, die ihren ersten Plattenvertrag abgestaubt haben. Album gibt es noch keines, aber ein paar erfolgreiche Singles. Haben Connections zu *Dark but it's Rock* und dürfen sich deshalb da oben vor Freude nass machen«, erklärte er im geschäftigen Tonfall. Als die Jungs loslegten, bemühten sie sich, das Publikum mitzureißen, doch ihr Rock kam bei mir nicht gut an. Außerdem sahen sie aus wie zwölf und irgendwie weckten sie eher Muttergefühle in mir als Rockstar-Fantasien. Dennoch heizten ihre rasanten Songs die Stimmung in der Halle an, während ich näher an Basti rückte und an seinem Ellenbogen zupfte. Er beugte sich wieder zu mir hinunter.

»Was denkst du, muss ich tun, um endlich eine eigene Rubrik zu bekommen und zu schreiben? Meine Seele verkaufen?«

Vor uns hüpften die jungen Musiker wild auf und ab und animierten die Zuschauer zum Mitmachen. Sebastian warf ihnen einen amüsierten Blick zu, drehte sich dann aber wieder zu mir. »Blödsinn Karo, du bist doch erst seit zwei Jahren bei uns. Es ist nun mal gerade keine Stelle frei. Irgendwann kommt deine Chance. Du musst einfach immer wieder die Initiative ergreifen und weiter Vorschläge für Beiträge machen. Jetzt hör auf an die Arbeit zu denken und feiere mit mir.« Er legte seinen Arm um meine Taille und drückte mich an sich. Ein Blick in seine dunkelbraunen Augen reichte aus, um die frustrierenden Gedanken zu vertreiben. Fortan trank ich mein Bier und riss die freie Hand in die Höhe, um mit den anderen die Jungs auf der Bühne zu begleiten. Obwohl es nicht ganz mein Musikgeschmack war, ließ ich mich darauf ein und spürte schnell, dass es mir nach dem Stress der letzten Woche guttat. Etwa eine halbe Stunde lang rissen sich die Neulinge den Arsch auf und gingen dann zufrieden und verschwitzt von der Bühne. Nur kurz schwoll daraufhin die Geräuschkulisse unter den Fans an, bis es erneut dunkel wurde. Als ich unsere leeren Becher auf den Boden stellte, begann das eigentliche Konzert. Jedes Mal bereitete es mir eine Gänsehaut, wenn Tausende Menschen gleichzeitig mucksmäuschenstill wurden, um gebannt auf eine Bühne zu starren. Wie mussten sich erst die Musiker fühlen, wenn alle Augen auf sie gerichtet waren? In den Schatten machte ich Schemen aus, die von der Seite der Bühne aus nähertraten und sich routiniert positionierten. Kurz darauf sprangen die Scheinwerfer an, um die Band grell in Szene zu setzen. Mittig stand der Sänger mit gesenktem Kopf hinter dem Mikrofon. Seine dunkelblonden Haare schimmerten im Licht, als hätte jemand Glitter hineingesprüht. Dramatisch langsam hob er das Kinn. Die Augen hielt er geschlossen, wodurch man auf der großen Videowall, seitlich der Bühne, die schwarzen Lidstriche gut erkennen konnte.

»Oh man, der finnische Rocker schlechthin«, rief ich aus und Basti gluckste.

»Aber Lauri hat's drauf«, sagte er mit einem spitzbübischen Ausdruck im Gesicht.

Als der Sänger die Augen öffnete, erklangen die ersten Keyboardtöne hinter ihm. Die gesamte Band war aufeinander abgestimmt dunkel gekleidet. Zerrissene Jeans und Lederhosen, ärmellose Shirts sowie ein paar funkelnde Nieten. Ein Sammelsurium an Klischees aller Rockstars dieser Welt. Lauris finsterer Kajal-Blick schweifte einmal stoisch über das Publikum und allein das reichte schon aus, um ein schrilles Kreisch-Konzert in den vorderen Reihen auszulösen. Ich musste zugeben, seine Präsenz war ziemlich heiß. Er hob eine Hand, umfasste den Ständer des Mikrofons und holte tief Luft.

Ein unvorhergesehenes Kribbeln kroch über meinen gesamten Körper, als er die ersten Silben sang, oder eher raunte. Mit tiefer, vibrierender Stimme leitete er das Konzert ein. Nach und nach begleiteten ihn das Keyboard und die anderen Instrumente. Der Drummer schlug einen gemäßigten Takt an, der Bass kam hinzu. Der Gitarrist zupfte die ersten Saiten und ich musste mir über die Arme reiben, um das Prickeln abzuschütteln. Der Sänger löste das Mikrofon aus der Halterung, hob den Kopf weiter an und die Musik machte eine kurze spannungsvolle Pause. Zwei Atemzüge lang starrte er stechend geradeaus, ehe mit einem lauten Knall der Song explodierte. Ich zuckte quietschend zusammen, als die Musiker auf der Bühne energiegeladen loslegten. Das Publikum rastete aus und ließ sich voll und ganz auf den Rock ein. Ich hielt mir kurz durchatmend die Hand ans Herz, das wie wild schlug.

»Mach den Mund zu Karo, dir läuft der Sabber raus«, schrie mich Basti an, woraufhin ich tatsächlich meine Lippen schloss und schluckte. Ich brauchte noch ein paar Sekunden, um das Ganze zu verdauen, bis ich mich voll und ganz gehen ließ und abrockte.

»Der Gitarrist heißt Timo, der Drummer Nalle, der Bassist Mikko und der Kleine am Keyboard Niklas«, informierte mich Basti, doch ich merkte mir keinen einzigen Namen. Die Energie, die diese Finnen von der Bühne aus versprühten, war der Wahnsinn. Der Sänger rannte mit dem Mikro in der Hand von einer Seite auf die andere, ließ uns mitsingen und klatschen und fühlte offensichtlich jeden einzelnen Ton. Seine finstere Aura wich nur dann, wenn er zufrieden grinste oder frech zwinkerte. Er spielte die Rolle des düsteren Rockstars hervorragend. Nachdem der erste Song beendet war und ich bereits außer Atem keuchte vom Springen und Singen, schritt er wieder nach vorne und begrüßte seine Fans.

»Moi Wien!«, brüllte er und löste abermals Begeisterungsstürme aus. Danach hielt er sich nicht mit großen Reden auf, sondern warf seinen Freunden über die Schulter einen Blick zu. Daraufhin leitete der Drummer, der so klein war, dass man ihn kaum erkannte, mit rasanten Schlägen den nächsten Song ein.

Ich warf meine schwarzen Locken hin und her und genoss jede Minute. Mir rann der Schweiß zwischen den Schultern und den Brüsten hinunter und Durst brannte in meiner Kehle.

»Ich liebe sie!«, kreischte ich und Basti hob mir zustimmend seinen Daumen vors Gesicht. Auch er wippte im Rhythmus mit, schloss die Augen und stimmte in den Chorus mit ein. Er sah dabei mehr als nur cool aus. Basti war ein breit gebauter großer Mann, der auf sein Äußeres achtete und deswegen auch entsprechend gute Resonanz erzielte. Nur kurz verfiel ich ins Schwärmen für meinen besten Freund, bis Lauri auf der Bühne seine Lederjacke auszog und sie lässig nach hinten warf. Das zustimmende Gegröle der Frauen im Publikum war absolut verständlich, denn seine trainierten, feucht glänzenden Oberarme ließen auch mich begeistert die Augenbrauen hochziehen. »Wow«, entwich es mir und Basti stieß mich mit der Schulter von der Seite an, sodass ich mir fast auf die Zunge biss. Ich zuckte zusammen. »Hast du ihn mal angesehen?«, rief ich, woraufhin er die Augen verdrehte.

Wie Lauri im hautengen, durchgeschwitzten Tanktop auf der Bühne in die Hocke ging und leidenschaftlich mit tiefer Stimme sang, versetzte mich in einen inneren Aufruhr. Er sah wirklich attraktiv aus und bediente im Gegensatz zur Vorband meine Rockstarfantasien voll und ganz. Er war von der Statur her kein Cornetto ... an ihm lecken könnte man allerdings durchaus. Dazu kam noch, dass er mit seiner Stimme verdammt gut umgehen konnte. Der Kajal-Finne hatte es drauf, so wie Basti es versprochen hatte.

Sie präsentierten uns eine Reihe von mitreißenden englischsprachigen Rockliedern, hatten dazwischen aber auch hinreißend schöne Balladen, die mich sofort berührten. Es war oberflächlich, doch obwohl die gesamte Band hervorragend harmonierte und performte, starrte ich wie ein begeisterter Teenager die ganze Zeit nur Lauri an. Auf der großen Leinwand blickte er mit dem markanten Gesicht in die Ferne. Ein Bartschatten zierte das Kinn und die dunkelblonden Haare strich er mehrmals schweißnass nach hinten. Blaue Augen vervollständigten den Mädchenschwarm-Look und ich ließ mich darauf ein. Es war befreiend einfach nur zu tanzen und dem Adrenalin freien Lauf zu lassen.

Nach fast zwei Stunden war ich trotzdem froh, dass das Konzert ein Ende fand, denn ich war fix und fertig. Die Kleidung klebte an mir und meine Füße brannten. Mir schmerzte der Rücken und auch die Arme und ich spürte, dass mein Hals kratzte.

»Oh mein Gott war das geil!«, krächzte ich vollkommen überfordert mit meinen Emotionen. Basti hatte sich sogar die Ärmel seines Hemdes hochgekrempelt und ein dünner Schweißfilm zierte seine Stirn. Ich tänzelte ausgelassen um ihn herum, was ihn zum Lachen brachte.

»Ich danke dir! Das war genau das, was ich gebraucht hatte.«

Es dauerte eine Weile, bis sich die Menge in der großen aufgeheizten Halle auflöste. Nur langsam schlenderten die Zuschauer nach draußen. Von den Tribünen aus ging es noch schleppender voran und im Foyer bei der Garderobe staute es sich.

»Ich bin am Verdursten. Lass uns noch einen Spritzer trinken, bis sich die Lage beruhigt hat«, schlug ich vor, weil ich wusste, dass die Öffis und Taxis kurz nach jedem Konzert voll waren. Wir bahnten uns einen Weg zur Bar, die etwas abseits vom Trudel in der Halle platziert war und orderten unseren Wein. Sitzplätze waren keine frei, daher lehnte ich mich erschöpft auf den Stehtisch, bis Basti mit zwei Gläsern zurückkam.

»Für dich mit extra Zitronenscheibe«, sagte er. Außerdem brachte er uns Mineralwasser mit, das ich sofort gierig leerte. Der erste Schluck vom prickelnden Wein danach verbesserte meinen Zustand spürbar. Basti holte sein Handy hervor, was mich nicht störte, weil ich es von ihm gewohnt war. Ohne hinzusehen, wusste ich, dass er bei Instagram nach Fotos, Videos und Berichten über das Konzert suchte. Ganz der Journalist aus dem Kulturbereich, oder wie ich ihn immer nannte: Mr. Klatschtante.

Die Halle leerte sich und mir gingen die Energiereserven endgültig aus. Zwei Spritzer später war mein Kopf schwammig von der Kombination aus Alkohol und Müdigkeit.

»Ich gehe noch schnell auf die Toilette und dann hole ich unsere Sachen von der Garderobe«, versprach er.

Fast wäre ich im Stehen eingeschlafen und schreckte daher merklich hoch, als Basti mir meinen Mantel fürsorglich um die Schultern legte. »Fahren wir doch mit dem Taxi nach Hause«, schlug er vor und ich nickte gähnend.

Aneinander gelehnt verließen wir die Stadthalle, wo mir in der Kälte kurz der Atem stockte, als die eisige Luft auf meinen überhitzten Körper traf. Rasch zog ich den Mantel richtig an und vergrub die Hände in den Taschen. Auf dem großen Platz war es längst nicht mehr so überfüllt, wie vor dem Konzert. Mit langsamen Schritten bugsierte er mich mit einer Hand auf meinem Rücken zur Straße.

»Bin ich froh, dass wir Gleitzeit haben und morgen ausschlafen können«, murmelte ich noch mal gähnend und fantasierte bereits von meinem flauschigen Bett.

Basti hatte mir schon in meiner ersten Arbeitswoche angeboten, bei ihm in der Wohnung einzuziehen. Obwohl er fünf Jahre älter und erfahrener im Business war, hatten wir uns von Anfang an gut verstanden. Weil er ein gutes Herz besaß, hatte er mir sofort vorgeschlagen, bei ihm Untermieterin zu werden, als ich aus meinem Studentenwohnheim raus musste. Außerdem hatte ich ihn mit einem Punschkrapfen bestochen. Es funktionierte problemlos, weil wir ein eingespieltes Team waren und uns genügend Freiraum ließen.

Ein schrilles, euphorisches Kreischen riss mich aus meinen Erinnerungen. Ich schreckte hoch, stolperte und Sebastian fing mich auf.

»Was war das?«, fragte ich desorientiert. Basti lachte und drehte uns nach rechts.

»Das sind Fans, die hoffen, dass sich jemand erbarmt, ein Selfie mit ihnen zu machen. Kennst du doch. Das obligatorische Warten auf die Stars.«

Tatsächlich versammelten sich ein paar Gestalten in dicken Jacken und Mänteln seitlich bei der Stadthalle. Sie wären mir kaum aufgefallen, wenn sie jetzt nicht hektisch ihre Köpfe herumrissen, laut kicherten und quietschten. Basti schob mich vorsichtig weiter. Wäre ich nicht so fertig gewesen und vom Wein angesäuselt, hätte ich wahrscheinlich eher bemerkt, dass er uns mitten hinein manövrierte.

»Du mieser kleiner ...«, zischte ich, doch er drückte mir einen Kuss auf die Wange und schmiegte sich an mich, um mich zu wärmen. Es war klar, dass Sebastian sich mitten ins Geschehen schummeln wollte. Er war zwar schon eine Liga höher und musste seinen Interviewpartnern nicht mehr auf der Straße auflauern, aber so eine Chance konnte er sich nicht entgehen lassen.

Aus einem unscheinbaren Ausgang, nur von einer flackernden Neonröhre beleuchtet, trat nun eine plaudernde Gruppe in die Kälte hinaus. Die Stimmen verstummten schnell, als sie die Wartenden entdeckten. Wir standen zwar nicht in vorderster Reihe, aber durch die nervös wackelnden Köpfe, hatte ich einen guten Blick. Zunächst glomm nur die Spitze einer brennenden Zigarette rot auf. Erst als diverse Handydisplays aufblitzten und die Männer ausleuchteten, konnte man Umrisse erkennen. Nicht, dass ich irgendjemanden hätte identifizieren können, aber ein schrill geschriesenes »LAURIII«, dicht neben meinem Ohr, sorgte für Klarheit. Plötzlich stützte sich eine Frau auf meiner freien Schulter ab, nur um noch höher springen zu können.

»Oh mein Gott, siehst du ihn? Wie sieht er aus? Hat er uns bemerkt?«

Basti schob sich zwischen uns, damit sie von mir abließ. Ich hob einen Finger und ließ ihn in kreisenden Bewegungen neben meinem Kopf rotieren. Das beschrieb die Umlaufbahn des kleinen Vögelchens, das dieser Frau gerade durch die Hirnwindungen flog und mit den gerupften Federn verstopfte. Ich war ein eher pragmatischer Mensch und durch Bastis Arbeit schon mit einigen prominenten Menschen in Berührung gekommen. Sich als Fan für etwas zu begeistern, empfand ich als vollkommen legitim. Vor der Bühne war ich gern die leidenschaftliche Schwärmerin. Es ist Teil des Spiels und des Spaßes, abseits aller Scheinwerfer waren das aber alles nur Menschen, die den Fantasien meist überhaupt nicht entsprachen. Hinter die Fassade zu blicken ernüchterte einen oft.

Die Gruppe Männer schlenderte unbeeindruckt an uns vorbei. Auch mein Promi-geiler Kumpel bekam nicht viel zu sehen, denn sie blickten nicht einmal auf. Ihre Mützen waren tief in die Gesichter gezogen und meist verdeckte ein Schal oder ein Jackenkragen den Rest. Die Straßenbeleuchtung reichte nicht aus, um mehr erkennen zu können. Statt einer Mütze, schützte Lauri eine weite Kapuze vor den Blicken der Fans. Er zog an der Zigarette, sodass man seinen verkniffenen Mund erahnen konnte. Die Mädchen hüpften, winkten und riefen Namen, doch es folgte keinerlei Reaktion. Ihr Ziel war ein großer Nightliner; ein riesiger Bus, der links von uns auf dem Platz parkte und abfahrbereit den Motor startete. Die Scheinwerfer leuchteten grell auf und blendeten mich. Fast hatte die Band ihn erreicht, als ein unbekanntes Objekt nach vorne flog und Lauri direkt an der Schläfe traf, sodass ihm vor Schreck die Zigarette aus dem Mund fiel. Ein Elch klatschte schmatzend in eine Pfütze. Kein echter, sondern einer aus Plüsch mit Glitzergeweih. Kurz wurde es leise, weil Lauri abrupt stehen blieb und das flauschige Ding ein paar Sekunden lang neugierig musterte. In Zeitlupe bückte er sich und hob es auf. Als er sich in unsere Richtung drehte, waren bereits zig Handykameras auf ihn gerichtet. Die Kapuze verrutschte und enthüllte sein ausdrucksloses Gesicht. Seine Schminke war verschmiert und er hatte die Stirn in tiefe Falten gezogen. Nur kurz streifte sein Blick mich, doch ich zuckte trotzdem schuldbewusst zusammen.

Niemand bekannte sich zum Elch. Ein anderer Mann, viel kleiner und gedrungener, vermutlich der Drummer, schritt zu Lauri und nahm ihm das Kuscheltier aus der Hand. »Kiitos Paljon«, rief er uns zu. Von Lauri war kein Mucks zu hören.

Kurz danach verschwand die gesamte Gruppe im Bus, ohne auch nur ein Foto gemacht zu haben. Basti seufzte, als er sich seine eigene Paparazzi-Ausbeute ansah. »Na ja, besser als nichts.«

Die Fans verharrten an Ort und Stelle, als der Bus mit knirschenden Reifen losfuhr. Nörgelnd zog ich Basti weiter zur Straße.

Auf dem Rücksitz eines Taxis lehnte ich meinen Kopf gegen Basti. »Danke noch mal für die Karten. Es war wirklich befreiend, ich brauche offenbar dringend Urlaub.« Der ständige Druck endlich voranzukommen, lastete schwer auf mir. Ich arbeitete oft bis spät in die Nacht, um neben meinen normalen Layout-Aufträgen, Berichte über Reisen, spannende politische Ereignisse oder einfach nur Events in Wien zu verfassen. Ich versuchte mich in allen Themen, doch nichts davon fruchtete bei Maria.

Basti nickte langsam, scrollte aber immer noch durch Bilder und Videos. »Ja, ich auch. Es wäre schön, mal wieder aus der Stadt herauszukommen und etwas anderes zu sehen.«

Ein paar schweigsame Minuten verstrichen, in denen nur der Handy-Navigator des Taxifahrers leise Anweisungen sprach und ich eindöste. Plötzlich ging ein Ruck durch Basti und er blickte triumphierend von seinem Telefon auf. Blinzelnd glitt ich zurück in die Realität.

»Was hältst du davon Skifahren zu gehen?«

Träge hob ich den Kopf und kämpfte gegen meine schweren Augenlider an. »Wie bitte? Auf dem Schneeberg?«

Er lachte laut auf, verneinte aber. »Blödsinn. Das wäre ja wohl kaum Urlaub. Ins finnische Lappland! Bei meinen Recherchen zur Band von heute habe ich ein bisschen was über Finnland aufgeschnappt. Wir könnten doch die Tage zwischen Weihnachten und Silvester freinehmen und dorthin fliegen.«

Ich blinzelte noch ein paar Mal perplex, um darüber nachzudenken, was er gesagt hatte. »Finnland? Lappland?«, wiederholte ich ungläubig.

Er zuckte mit den Schultern. »Wieso denn nicht?«

Ich schnaubte und richtete mich auf. »Weil ich vor allem keinen Geldesel daheim auf dem Balkon halte, der Euros kackt. Ich kann mir das nicht leisten.«

Dieses Mal schnaubte er. »Wir finden schon einen Weg. Ich spendiere dir den Flug und wir tun so, als wäre das dein Weihnachtsgeschenk. Das obligatorische Parfum kriegst du heuer halt nicht. Vielleicht schießt das Magazin ja etwas zu, wenn wir ein paar hübsche Fotos von verschneiten Bäumen als Urlaubsbeitrag verwenden. Eventuell darfst du sogar etwas dazu schreiben. Zwei Wiener im Schnee … neueste Mode im Lappland, jetzt auch in Wien, oder etwas in der Art.«

Sein Vorschlag klang albern, aber nicht unmöglich. Wenn man ein Mittagessen mit Basti als Businesstalk abtun konnte, gab es auch eine Chance für Schneefotos. Ich freundete mich augenblicklich mit romantisch weißen Landschaften und finnischen Holzhauscharme an.

Kapitel 1

Begegnung mit Einheimischen

Drei Wochen später, am ersten Weihnachtsfeiertag, begann unsere Reise ins finnische Lappland. Sebastian hatte sich ins Zeug gelegt, um diesen Urlaub zu organisieren. Er sprach zwar von einer romantischen Hütte im Wald, doch ich kannte seine Ansprüche. In einem bescheidenen Häuschen mit Plumpsklo würden wir gewiss nicht residieren.

Nach knapp zwei Stunden Flug in einem ausgebuchten Finnair-Flieger, waren wir in Helsinki gelandet. Nun stand ich hier und starrte die auserwählte Tafel Schokolade im Automaten an, die nicht herausfiel, obwohl ich schon drei Mal eine Münze eingeworfen und am Automaten gerüttelt hatte. Der Flughafen Helsinki-Vantaa war klein, aber modern. Es gab nur zwei Terminals und ich hatte die Wege innerhalb von fünfundvierzig Minuten abgelaufen. Das Interessanteste war eine authentische Weihnachtshütte samt echtem Christbaum auf Kunstschnee, hell beleuchtet und geschmückt zwischen den Shops. Darin wurden regionale weihnachtliche Designerstücke ausgestellt. Mickrige dreißig Minuten hatte mich das unterhalten, blieben also nur noch zwei Stunden Wartezeit, bis unser

Anschlussflug in den Norden ging. Ich seufzte gelangweilt. Basti schlief auf einem Kunststoffstuhl in verrenkter Haltung tief wie ein Baby. Wie bei uns herrschte hier in der Ferienzeit reger Betrieb auf dem Flughafen. Unzählige Familien waren auf dem Weg in den Urlaub. Stimmengemurmel, das Rumpeln von Kofferrollen und Durchsagen in verschiedenen Sprachen erfüllten die langen Gänge. Ein Weihnachtsmann verteilte Süßigkeiten und ich war kurz davor meinen Stolz zu überwinden, um mir etwas davon zu holen, weil der Automat mir den Zucker verweigerte. Draußen war es stockduster, doch beim Landen war mir die dicke weiße Schneeschicht aufgefallen, ausgeleuchtet von den Flughafenscheinwerfern.

»Ach komm schon! Sei lieb und gib mir die Schokolade. Du willst es doch auch«, redete ich auf die störrische Maschine ein, nahm die Münze aus dem Retourenfach und rieb sie mit der Oberfläche am Automaten, um sie anschließend wieder langsam hineingleiten zu lassen. Sie rutschte durch und ich knurrte. Als ich nach anderen Münzen kramte, griff plötzlich ein langer Arm von hinten über meine Schulter hinweg. Ich erschrak, da drückte der Mann bereits eine Karte gegen den Scanner und brachte ihn zum Piepsen. Für mich hatte das Ding nicht einmal geknackst.

»Was möchtest du?«, fragte er mit seltsamem Akzent. Ich drehte mich überrascht um und schaute hoch in ein ansehnliches Männergesicht. Sehr groß, sehr blond und sehr attraktiv war der Gesamteindruck.

»Habe ich das richtig gesagt? Du kommst aus Deutschland, oder?«, fragte er. Sein Anblick kam mir irgendwie bekannt vor, zuordnen konnte ich meine Gedanken dazu aber nicht. Überrumpelt schüttelte ich den Kopf. »Ich will diese blaue Schokolade mit den Geistern drauf und nein, ich komme nicht aus Deutschland, sondern aus Österreich!«

Lächelnd drückte er die passende Nummer auf dem Bedienfeld und endlich spuckte dieser meine Wahl aus. Der Fremde bückte sich und reichte sie mir.

»Die Automaten hier am Flughafen sind kompliziert mit Bargeld – aber mit Karte lässt sich fast alles bezahlen«, erklärte er jetzt auf Englisch. Er trug einen engen grauen Pullover und eine lockere Jeans. Absolut unauffällig, mein Déjà-vu Gefühl blieb aber.

»Dankeschön«, sagte ich glücklich mit der Schokolade in der Hand. Von Fremden sollte man keine Süßigkeiten annehmen, aber manchmal durfte man Ausnahmen machen.

»Das sind übrigens keine Geister, sondern Hippos. Moomins«, korrigierte er mich schmunzelnd und zog sich selbst zwei Päckchen Fruchtgummi.

»Du sprichst gut Deutsch«, lobte ich ihn, obwohl ihm Englisch deutlich leichter fiel.

»Meine Verlobte kommt aus Deutschland, aber ich lerne noch. Ich bin Jari, freut mich.« Er reichte mir seine große Hand, die ich erfreut ergriff. »Macht ihr Urlaub hier?«

»Ja, aber wir müssen noch rauf in den Norden. In einen Ort, den ich nicht aussprechen kann. Wir wollen Skifahren ... oder einfach vor einem Kaminfeuer sitzen und viel trinken und essen.«

»Jari!«, rief jemand unüberhörbar laut seinen Namen. Er sah nach hinten, winkte und verdrehte grinsend die

Augen. »Sorry, ich muss zurück. Hat mich gefreut und viel Spaß beim Skifahren«, sagte er, bevor er sich abwandte. Er gesellte sich zu seinen Freunden, die an einem Tisch, der voll beladen mit Tabletts und Essen war, warteten. Bei seiner Ankunft, zeigte er mit einer Hand auf mich. Prompt ruckten alle Köpfe in meine Richtung. Vor Schreck stolperte ich zurück, nur um um Haaresbreite einem Kinderwagen auszuweichen. Die Mutter meckerte mich in Russisch an, obwohl ich mich rasch entschuldigte. »Sorry.« Nachdem sie weg war, blickte ich zurück zum Tisch. Dort stand ich nach der Showeinlage erst recht im Fokus. Instinktiv hob ich meine Hand zum Gruß und winkte krampfig aus dem Handgelenk heraus. Ich sah aus wie eine dieser japanischen Glückskatzen. Wie doof war das denn? Während Jari amüsiert lachte und zurückwinkte, starrten mich die anderen neugierig an. Einer von ihnen zog Jari sichtlich genervt am Ellenbogen, damit er das Blickduell mit mir beendete. Das war das Zeichen, mich etwas weniger peinlich zu verhalten und zurück zu Basti zu gehen.

Mit hochgezogenen Schultern flitzte ich an ihnen vorbei, stur geradeaus starrend. Weit kam ich allerdings nicht, denn ein lautes Scheppern ließ mich erschrocken zusammenfahren. Ich biss mir in die Wange, strauchelte und stolperte über einen Koffer. Wenn das so weiter ging, mutierte ich noch zur allgemeinen Gefährdung an diesem Flughafen. Einer von Jaris Begleitern stand über den Tisch gebeugt da, sein Gesicht durch eine Kapuze verborgen, mit der flachen Hand auf dem Tablett. Cola rann tröpfelnd aus einer umgeworfenen Flasche zu Boden, während Jari und

seine Freunde versuchten, das Schlimmste mit Papier-
servietten zu verhindern. Es wurde geflucht, gleichzeitig beschwichtigt und diskutiert. Davon abgelenkt bemerkte ich die drei Frauen erst jetzt, die zusammenge-
drängt danebenstanden. Jari lächelte sie an und schien
sich zu entschuldigen, verstehen konnte ich sie nicht.
Auch seine Kumpels sprachen auf sie ein.

Der Kapuzenmann hingegen ignorierte die Sauerei
einfach und stampfte davon ... genau auf mich zu. Zumindest stand ich wie angewurzelt im Weg, denn unter
seinem Pullover hielt er das Kinn gesenkt und starrte
auf den Boden. Mit eiligen Schritten näherte er sich mir
so schnell, dass die Kapuze nach hinten rutschte und
seinen dunkelblonden, zerzausten Kopf freigab. Wir
beide sahen uns erschrocken an, wobei ich die Reakti-
onszeit einer Weinbergschnecke hatte. Er griff strauchelnd nach meinem Arm, ich ebenso nach seinem und
presste ihm dabei die Schokolade gegen den Bauch.
Durch das Plastik hindurch fühlte ich, wie sie sich verformte.

»Entschuldigung«, murmelte ich, doch das brachte
mir nur einen skeptischen Blick ein. Der Mann sah mir
direkt in die Augen und zog dabei die Stirn tief in Falten. Auch jetzt durchdrang mich erneut das Gefühl des
Wiedererkennens. Dieses Mal arbeiteten meine Ge-
hirnwindungen schneller. Ohne Glitter im Haar, in einer normalen Jeans und vor allem ohne Schminke ...
das war der Kajal-Rocker Lauri. Jener Rockstar, der
Basti überhaupt erst zu dieser Reise inspiriert hatte.
»Hi«, platzte es aus mir heraus, weil ich nicht nur
stumm dastehen konnte. Sein Blick bescherte mir ein

unangenehmes Kribbeln im Nacken. Als er mich abrupt losließ, krallte ich mich in die Tafel, damit sie nicht runterfiel.

»Schokolade?«, fragte ich piepsig. Gerechtfertigterweise weiteten sich Lauris Pupillen. Zeitgleich trat er einen großen Schritt zurück. Im Gegensatz zur angeschmolzenen Schokolade, die jetzt vermutlich die Form seines Bauchnabels angenommen hatte, stand ich stocksteif da. Ohne darauf einzugehen, wandte er sich kommentarlos ab. Vermutlich hatte auch er gelernt, von seltsamen fremden Frauen nichts Süßes anzunehmen. Verstört von dieser skurrilen Szenerie setzte ich meinen Weg zu Basti fort. Ein Finne in Helsinki war nicht sonderbar, trotzdem sah ich weiterhin Lauris misstrauisches Gesicht vor mir. Vielleicht war er allergisch auf Schokolade?

Basti war wieder wach, streckte sich ächzend in dem zu kleinen Sitz und sah mich verschlafen an.

»Wie spät ist es?«, murmelte er.

Ich ließ mich neben ihm nieder und schleckte die weiche Bauchnabel-Schokolade aus der Verpackung. »Noch eine Stunde bis zum Boarding.«

»Alles in Ordnung Karo? Dein Gesicht ist so rot.«

Schmatzend nickte ich langsam. »Ja, ziemlich langweilig und heiß hier«, antwortete ich betont lässig, ohne meine Begegnung mit den Einheimischen zu erwähnen.

Kapitel 2

Willkommen im Zungenbrecher

Beim Boarding spähte ich neugierig aus der Glasfront, um einen Blick auf den Flieger erhaschen zu können. Ich hatte mich vor einer kleinen Sardinenbüchse gefürchtet, die uns in die finnische Einöde bringen würde. Doch dort stand zum Glück ein normales mittelgroßes Flugzeug. Wir saßen ganz hinten und durften demnach zuerst einsteigen, First Class gab es hier nicht. Logistisch sinnvoll, weil im Innenraum zwischen den Zweiersitzreihen nur wenig Platz war. Basti musste mit seinem Kopf aufpassen, um nicht gegen die Gepäckfächer zu donnern. Die Flugbegleiterinnen nickten uns grinsend zu und murmelten etwas, das wie *Telenovela* klang zur Begrüßung. Basti antwortete mit »Hei«, also tat ich es ihm gleich. In der hintersten Reihe plumpsten wir beide in unsere Sitze. Der Pilot begrüßte uns auf Finnisch, Schwedisch und Englisch. Er kündigte einen ruhigen Flug an, den ich vorhatte unter meiner Augenmaske zu verschlafen.

Das Nächste, was ich wahrnahm, war ein Schleudertrauma. Zumindest fühlte es sich so an, als Basti versuchte, mich wach zu bekommen.

»Mein Gott, die Flugbegleiterin dachte schon, du bist tot und hat gefragt, ob sie einen Arzt rufen soll!«, schnaufte er mir ins Gesicht, noch bevor ich die Schlafmaske über die Nase nach unten zog. Schmatzend und gähnend setzte ich mich auf und streckte mich desorientiert. Alles war dunkel und mein Nacken schmerzte.

»Karolina, wenn du nicht gleich aufstehst, dreht der Flieger um und fliegt zurück nach Helsinki«, schimpfte Basti. Ich blinzelte gegen die Helligkeit der kleinen Lampe über uns in der Konsole an. »Sind wir schon da?«, fragte ich unnötigerweise. Basti sah mich mit geöffnetem Mund fassungslos an. Er holte Luft, schwieg dann aber und zog sich am Vordersitz hoch. »Unfassbar«, murmelte er vor sich hin, als er sich in den Gang hievte. Die junge Flugbegleiterin in ihrer blauen Uniform beugte sich zu mir. »Geht es Ihnen gut, Miss?«, erkundigte sie sich auf Englisch.

Ich richtete mich nickend auf. Bei mir war alles okay, bis auf die Tatsache, dass ich gerne noch weitergeschlafen hätte. Als ich Basti folgte und er mir unsanft mein Handgepäck gegen die Brust drückte, realisierte ich unsere Situation. Wir waren die Letzten im Flieger. Alle anderen waren bereits ausgestiegen, nur wir standen noch im Mittelgang.

»Hast du etwas eingeworfen vor dem Flug? Wie kann man in nur einer Stunde so komatös schlafen?«, zeterte mein bester Freund weiter, während er nach vorne eilte und aus der Luke stieg.

»Näkemiin«, sagte die Flugbegleiterin sichtlich erleichtert über meine positiven Vitalfunktionen.

»Baba«, antwortete ich verschlafen auf Wiener-Deutsch.

So schnell, wie es mir möglich war, folgte ich Basti, doch vor der Ausstiegsluke wich ich zurück, denn eine kräftige Windböe wehte Schneeflocken herein, und stechende Kälte durchdrang meine Klamotten in Sekundenschnelle. »Scheiße, ist das eisig«, kommentierte ich meinen Fluchtinstinkt. Basti trampelte bereits lautstark die stählerne Treppe nach unten. Er drehte sich erst am Boden zu mir um und fuchtelte ungeduldig mit den Armen. »Karo, was ist denn jetzt schon wieder?«

Widerwillig schlüpfte ich in meine Jacke und zog sie bis zum Kinn hoch, bevor ich nach draußen ging. Es war dunkel und eisig, doch der Anblick verzauberte mich sofort. Wir standen mitten auf einem kleinen Flugplatz in einer atemberaubenden Schneelandschaft. Dichte Schneeflocken segelten aus allen Richtungen auf dem Wind und stoben dann davon. Mein Atem kondensierte feucht und meine Finger stachen schmerzhaft, als ich auf dem eisernen Geländer Halt suchte.

»Mir ist kalt«, kommentierte ich mein Ankommen bei Basti. Er setzte sich eine leuchtend blaue Mütze auf, zog sie tief ins Gesicht. Trotzdem sah ich, wie er die Augenbrauen hochzog. »Du wolltest Schnee. Du hast Schnee. Sei glücklich und dankbar.«

Das war ich ja ... in Kombination mit einer beginnenden Erfrierung. Ich verkniff mir eine Antwort wie: *Wer hätte gedacht, dass es in Lappland so kalt ist*, und folgte Basti über das Flugfeld. Der Weg war nicht weit, weil wir schnurstracks auf ein kleines Gebäude zusteuerten, das hell erleuchtet war. Der Flughafen war winzig, in Vergleich zu Wien. Als wir bibbernd eintraten, atmeten wir beide erleichtert auf. Es war alles da, was man für

34

einen Flugbetrieb brauchte, nur deutlich minimalistischer. Ehe ich mich aber genauer umsehen konnte, ging Basti schon wieder los.

»Warum hetzt du mich so?«, rief ich empört, hastete dennoch hinter ihm her.

»Weil ich Angst habe, dass unser Shuttle zum Hotel ohne uns losfährt, wenn wir uns verspäten.«

Das war ein schlagendes Argument, also durchquerten wir die kleine Halle mit großen Schritten, bis wir aus dem gekennzeichneten Bereich traten und in ein allgemeines Foyer stolperten. Keuchend schnappte ich nach Luft, während Basti sich suchend umsah.

»Du musst mehr Kardio machen«, sagte er, ohne mich anzusehen. Basti liebte es, seinen Körper zu quälen und zu trainieren. Ich liebte es, zu schlafen.

Die Ankunft- und Abflughalle schien ein ebenerdiges, weitläufiges Gesamtgebäude zu sein. Es war nicht menschenleer, aber auch lange nicht so mit Passagieren gefüllt, wie ich es gewohnt war. Das weihnachtliche Flair fiel hier anders aus als zu Hause. Rustikal und naturell schmückten Holzwichtel eine dunkle Kiefertanne neben dem Ausgang. Ich stellte mich neben eine Säule, die mit einer grünen Girlande umschlungen war. Von der hohen Decke hingen riesige bunt bemalte Holzkugeln, verziert mit weißen Lichterketten. Während ich beim Bewundern eine Genickstarre bekam, streckte Basti seinen Arm aus und zeigte auf die Doppelschiebetüren aus Glas. »Da drüben!«

Ein junger Mann mit einem Papierschild, auf dem ein Edding-Schriftzug zu lesen war, wartete dort mit suchendem Blick.

Villa Karhu, stand darauf. Basti ließ mich stehen, indem er auf den Kerl zustürmte. Überrumpelt stolperte ich mit meinem Handgepäck hinterher.

»Das ist Karolina. Karo, das ist Mikko. Er bringt uns zum Hotel«, erklärte Basti, noch bevor ich sie erreichte.

Mikko trug eine dick gefütterte Jacke, eine Skihose, eine Mütze mit flauschigem weißem Fellbommel und wuchtige Stiefel. Sein Gesicht war mit roten Flecken gesprenkelt, was sein Lächeln noch sympathischer machte. »Herzlich willkommen und frohe Weihnachten, Karolina«, sagte er auf Deutsch mit demselben Akzent, den ich bei Jari am Flughafen vernommen hatte. Er ließ das R laut rollen und zog das I meines Namens extra lang.

»Sind wir die einzigen Gäste?«, fragte ich Basti, weil sich die Halle bereits leerte, aber niemand zu uns kam. Unser Fahrer schien mich zu verstehen. »Heute seid ihr die Einzigen, die ankommen. Ihr habt mich ganz für euch allein. Das Gepäck habe ich beim Warten schon ins Auto geladen«, erläuterte er nun auf Englisch. Wir einigten uns auf eine Sprache, die wir alle einigermaßen verstanden. »Folgt mir bitte nach draußen.«

Hinter dem Flughafen gab es einen kleinen Parkplatz, der nur notdürftig geräumt war. Wir traten in dichtes Schneegestöber hinaus, das mir sofort die Eiskristalle gegen die Brille blies. Der Wind zerrte eiskalt an meinen Klamotten. Naiv hatte ich gedacht, die kurze Strecke zum Auto ohne komplette Wintermontur überstehen zu können. Nun hopste ich zitternd wie ein gefrorenes Känguru hinter Mikko her.

»Pass auf«, ertönte es von Basti, als ich auf einer vereisten Stelle ausrutschte. Kreischend und mit den Armen fuchtelnd landete ich auf dem kalten, harten Boden. Ein pochender Schmerz jagte durch meinen Hintern und schoss hinauf in meine Wirbelsäule. Beherzt griff Sebastian unter meine Achseln, um mich hochzuziehen.

»Hast du dir sehr weh getan?«, fragte er zwar nicht belustigt, aber auch wenig mitleidsbekundend. Trotzig verneinte ich, obwohl mein Po brannte. »Nein, nur mein Stolz.«

Mit nasser Jeans und durchgefrorenen Gliedmaßen hievte ich mich in Mikkos eingeschneiten schwarzen Kleinbus. Ich nahm in der ersten der drei Reihen auf der Rückbank Platz. Basti setzte sich auf den Beifahrersitz. Egal wie sehr ich meine Finger anhauchte, sie blieben eiskalte Stummel. Unser junger Fahrer ging zur Motorhaube, um ein Kabel aus der Abdeckung herauszuziehen. Nachdem er zu uns ins Auto stieg, sahen wir ihn so verwirrt an, dass er grinste. »Ich wusste nicht, wie lange ich hier stehen würde, also habe ich die Motorheizung angesteckt. Sonst stirbt einem hier jedes Auto im Winter.«

Mir war wichtiger, dass der Wageninnenraum bald wärmer wurde. Sobald er die Zündung drehte, blies ein moderater Windhauch aus der Lüftung.

Die Scheibenwischer fegten die lose Schicht Schnee zur Seite. Es sah wunderschön aus, wie die dicken Flocken im Licht der Autoscheinwerfer tanzten. Unter uns vibrierte das Auto, als Mikko langsam zurücksetzte. Obwohl die Sicht eingeschränkt war, manövrierte er uns sicher vom Parkplatz, hinaus auf eine dunkle

Straße. Ich drückte mir die Nase am Fenster platt, weil ich versuchte, so viel wie nur möglich von meinen ersten Minuten Lappland mitzubekommen. Kurz darauf verließen wir die breite Hauptstraße und bogen knirschend in einen Wald ab. Dichte Nadelbäume säumten unseren Weg, schwer behangen mit weißem Schnee, der glitzerte, wenn das Auto sie anleuchtete. Zentimeter dick türmte sich das Eis auf den Ästen, die teilweise gefährlich tief hingen. Die Räder knackten auf dem Schnee, während der Motor leise brummte.

»Willkommen in Saariselkä. Euer Traumurlaub kann beginnen«, sagte Mikko breit grinsend.

Kapitel 3

Ankunft

Ich hatte vorab keine Bilder von unserer Unterkunft gesehen. Aber Basti war ein Luxusmännchen, was bedeutete, dass seine Ansprüche hoch waren. Der Anblick des Hotels überraschte mich dann doch. Mitten im Wald, nachdem wir eine dreiviertel Stunde nichts als weiße Bäume gesehen hatten, stand das riesige Gebäude plötzlich da. Auf einer Lichtung führte die Schneestraße zum Haupthaus, dessen gesamte Front helle Lichterketten schmückten. Aus den Fenstern schien warmes Licht, im Gegensatz zum Platz davor, auf dem Laternen kaum die Dunkelheit verdrängen konnten. Die zweistöckige Hotelanlage wirkte rustikal und modern zugleich.

»Das ist die kleine finnische Hütte?«, fragte ich ihn sarkastisch.

Basti sah im Rückspiegel zu mir. »Die traditionellen Unterkünfte waren alle ausgebucht. Wir waren spät dran. Aber du hast dein eigenes Zimmer und wir finden bestimmt jemanden, der dich nackt mit Birkenreisig abklopft in der Sauna, falls du Wert auf das pure finnische Erlebnis legst«, verteidigte er sich. Mein Kopfkino war noch mit dem Birkenreisig beschäftigt, als wir in die Auffahrt des Hotels fuhren.

Mikko parkte vor dem Haupteingang, welcher auf einem unübersehbaren Schild *Tervetuloa* verkündete. Die Kälte durchdrang sofort beißend meine unzureichenden Schichten Klamotten. Das hielt mich jedoch nicht davon ab, das wunderschöne Haus genauer zu betrachten. Die untere Fassade bestand aus grauen Steinen, der obere Teil klassisch aus dunklem Holz bis zum Giebel. Eiszapfen glitzerten im Schein der Lichterketten, der Wind wehte Schneewirbel vom Dach zu uns.

Mikko hievte das Gepäck aus dem Kofferraum, bevor wir gemeinsam das Hotel betraten. Die wohlige Wärme ließ mich hörbar seufzen, was unseren Fahrer zum Schmunzeln brachte. Er trat seine Schuhe auf dem schwarzen Vorleger ab und begann sich die Wintersachen auszuziehen. Unter seiner Mütze kam ein brünetter Wuschelkopf zum Vorschein.

Die Rezeption war ein breiter Holztresen mit geschnitztem Wellenmuster. Mehrere grüne Weihnachtsgirlanden mit Glitzersternen dekorierten die Front.

»Tervetuloa, hyvää joulua«, sprach der Tisch, ohne dass jemand dahinterstand. Eine blonde Frau tauchte kurz danach empor, passend zur hellen Stimme. »Herzlich willkommen Miss Schuber und Mister Keller. Mein Name ist Sara und wir hoffen, Sie haben einen großartigen Aufenthalt in Saariselkä.« Sie hielt uns einen großen Teller mit köstlich aussehenden Keksen hin. Ich griff sofort zu und biss in das knusprige Ding, dessen Schokostücke sofort auf meiner Zunge schmolzen.

»Danke«, nuschelte ich mit vollem Mund. Sie lächelte mich sichtlich zufrieden an.

Mikko hatte sich bis auf Pullover und Jeans erfolgreich befreit. Er schob das Gepäck zur Treppe rechts von uns. »Soll ich euch die Sachen auch gleich auf eure Zimmer bringen?«

»Das schaffen wir schon. Vielen Dank«, lehnte Basti höflich ab. Solange er auch meinen sauschweren Koffer trug, sollte mir das Recht sein.

Für den Check-in gab er Sara seine Kreditkarte. Ich lehnte mich müde mit der Hüfte gegen den Tresen. Hier in der Wärme wurden meine Augenlider schwer. Das Gähnen war kaum noch zu unterdrücken und mein Magen knurrte laut. Sara gluckste leise, sodass ich mir peinlich berührt die Hand an den Bauch drückte. Das Frieren wich jetzt Schwitzen, denn ein großzügiger Kamin neben dem Eingang im Foyer spendete Wärme und flackerndes Licht. Alte Vierkantbalken an der Decke, ein dunkler Dielenboden und die Holzmöbel verströmten duftenden Lappland-Flair. Ich mochte unser Domizil sehr.

»Die Zimmer sind im ersten Stock. Wenn du dein Handgepäck schaffst, trage ich dir den Rest nach oben«, sprach mich Basti von der Seite an.

Einverstanden mit seinem Vorschlag griff ich nach meinem Zeug. Neben der Rezeption bugsierte er sich vorsichtig über eine sehr schmale Treppe nach oben. Der Boden knarzte bei jedem Schritt, was an unserem Gepäck lag und nicht an Bastis Körpergewicht. Ich trottete hinter ihm her, vorbei an verstaubten Fotos an der Wand. Sie zeigten das Hotel selbst, traumhafte Skipisten und glitzernde Seen.

»Was hast du denn bloß eingepackt? Ziegelsteine?«, ächzte er und rammte die Wand, sodass fast ein Foto herunterfiel. Ich schob es wieder gerade. »Ich musste kein Übergewicht bezahlen beim Fliegen. Der Koffer ist vollkommen in Ordnung. Da sind hauptsächlich Unterhosen und Socken drin.«

»Wie groß sind denn deine Unterhosen? Das kann nicht so viel wiegen«, meckerte er und erklomm eine weitere Stufe.

»Vielleicht wirst du einfach alt und schwach. Rauch weniger Zigarren!« Basti war nicht alt, er war erst im November neunundzwanzig geworden und damit nur fünf Jahre älter als ich.

Er schnaubte, hatte aber keinen Atem mehr, um weiter zu schimpfen. Auf die Idee, einfach zwei Mal zu gehen, war er nicht gekommen. Basti machte gern auf starken Mann und ich zog ihn gern damit auf.

Oben angekommen traten wir in einen dunklen Korridor, der von matten Lampen an den Wänden erhellt wurde, die ein schummriges Licht spendeten. Alle paar Meter hing ein Tannengesteck von der Decke, mit einer leuchtenden LED-Kugel darin.

»Es riecht nach Finnland«, stellte ich fest, was Basti zum Lachen brachte. »Was riechst du? Du springst doch nur auf Pizza und Kaffee an.«

»Pfff. Holz, Kamin und Winter.«

»Na der Winter soll draußen bleiben. Ich hoffe auf ein kuschliges Bett.«

Viele Türen gingen vom Gang nicht ab. Vier Räume schien es in der ersten Etage zu geben. Basti hielt vor zwei gegenüberliegenden Zimmern an, wo die Koffer laut rumpelnd zu seinen Seiten umfielen.

»Hier ist dein Schlüssel. Ich schlage vor, wir richten uns erst einmal ein und nachher essen wir gemeinsam etwas. Sara sagte, wir können noch etwas Warmes bekommen.«

Meinem Bauchgefühl nach war es mitten in der Nacht, obwohl es erst früher Abend sein musste. Mit dem Umsteigen und den zwei Flügen war meine innere Uhr komplett aus dem Takt geraten. Dazu kamen noch die ungewohnten dunklen Lichtverhältnisse. Meine Bedürfnisse konkurrierten zwischen ein paar Stunden Schlaf und einem All you can eat Buffet. Träge nickend öffnete ich das Zimmer und wir vereinbarten uns später unten zu treffen.

»Geh schon mal vor, ich komme gleich nach«, rief Basti eine Stunde später durch die Tür, nachdem ich pünktlich anklopfte. Das überraschte mich gar nicht, also ging ich hungrig auf Futtersuche die Holztreppe nach unten.

Die Rezeption war leer, nur das Feuer im Kamin knackte hin und wieder. Die Stille in diesem Hotel war beeindruckend. Keine nervige Musik, kein Verkehr und kaum Stimmen. Ich zog die Ärmel des weißen Strickpullovers über die Finger, weil es mir ein kuschliges Gefühl bereitete. Unentschlossen schlenderte ich im Foyer ein paar Schritte auf und ab, um mich in Ruhe umzusehen. Auf einem massiven Holzsideboard gegenüber der Rezeption stapelten sich Ausflugsflyer, umringt von dicken brennenden roten Kerzen. In der Ecke schenkte eine Stehlampe spärliches Licht, wodurch die tanzenden Schatten des Feuers an den Wänden besonders zur Geltung kamen. Die gesamte Atmosphäre wirkte gedämpft heimelig. Der mit weißem Holz verkleidete Kamin zog mich magisch an. In meinem flauschigen Pullover und der bequemen Leggins, sehnte ich mich danach, mich wie eine Kugel davor einzurollen. Ein kleiner Weihnachtsmann saß auf dem Sims und winkte mir zu. Dem großen Christbaum, auf der anderen Seite des Raumes stahl er fast die Show.

Instinktiv streckte ich kurz die Finger der Wärme entgegen. Mein Gesicht prickelte wie beim Sonnenbaden am Strand. Vermutlich stand ich ein bisschen zu dicht am offenen Feuer. Ganz von allein fielen meine Augen zu. Die kitzelnden Haarsträhnen strich ich mit beiden Händen nach hinten und verschränkte die Finger im Nacken, um den Kopf seufzend zurückzulegen. Vom Flug war ich ganz verkrampft.

Ein Holzscheit knackte, draußen hörte ich den Wind die Hausmauer entlang streichen und jeder Muskel in meinem Körper entspannte sich. Der Pups, der mir entwich, war also eine vollkommen normale Körperfunktion, für die man sich nicht schämen musste. Vorausgesetzt niemand hörte es und lachte laut los. Entsetzt riss ich die Augen auf und drehte mich um die eigene Achse. Es war pures Glück, dass ich nicht in den Kamin trat und rauchend in Flammen aufging. Wäre auch eine etwas übertriebene Strafe für einen Furz gewesen. In der Ecke, ganz weit hinten neben dem geschmückten Christbaum saß im Schatten ein Mann in einem riesigen braunen Ohrenledersessel. Nur sein Handy-Display beleuchtete ihn. Ich fühlte, wie die Schamesröte mein Gesicht erhitzte. So, wie das Feuer meinen Po, weil ich immer noch zu dicht dran stand. War es zu spät sich jetzt schnell zu räuspern und mit dem Fuß auf dem Boden Geräusche zu machen, um die peinliche Situation und den Pups zu überspielen? Ja!

Ich stand wie angewurzelt da und starrte hinüber zu dem lachenden Fremden. Immer noch glucksend stand er auf, um in den Schein des Feuers zu treten. Ein junges, attraktives Gesicht, in dem mich zwei blaue Augen amüsiert anfunkelten. Schnell brabbelte er unmissverständliche Dinge und reichte mir eine Hand.

»Ich spreche kein Finnisch, tut mir leid«, murmelte ich auf Englisch, nahm seine Begrüßung aber an. Der Mann zog nur kurz überrascht die Augenbrauen hoch und schenkte mir dann ein freundliches breites Lächeln.

»Kein Problem, entschuldige bitte. Ich wollte dich nicht erschrecken, aber es war zu komisch, wie du da malerisch vor dem Feuer gestanden hast, das Feuer abstrakte Schatten auf dein hübsches Gesicht malte und du gefurzt hast.«

War das nun ein Kompliment? Ich sah hübsch bei der Absonderung von Flatulenzen aus?

»Entschuldigung, auf Reisen bekomme ich immer Verdauungsprobleme«, erklärte ich mich unnötigerweise.

»Ich bin Pekka. Bist du heute angekommen?«, stellte er sich vor. Seine direkte Art gefiel mir. Er schien keinesfalls angeekelt oder verwirrt zu sein, obwohl ich ihn gerade über den Zustand meines Darms in Kenntnis gesetzt hatte. Wenn wir heirateten, wäre das eine tolle Geschichte für unsere Hochzeit.

»Ich heiße Karolina und komme aus Wien. Du kannst Karo sagen«, antwortete ich höflich. Er griff sich hinter den Kopf und streckte sich ächzend, ohne dass ihm etwas Unerwünschtes entwich.

»Da lässt man dich fünf Minuten allein und schon machst du Männerbekanntschaften«, unterbrach uns Basti, der frisch geduscht mit feuchten Haaren zu uns kam. Er stellte sich neben mich und musterte Pekka interessiert.

»Du hast mich wie immer warten lassen und ich verhungere«, antwortete ich trotzig und verschränkte meine Arme vor der Brust.

Pekka lächelte uns beide an und obwohl wir Deutsch gesprochen hatten, schien er zumindest den Kontext verstanden zu haben.

»Ich empfehle den Rindereintopf und etwas vom selbst gemachten Glögi hier. Die sind wirklich köstlich!«

Sein einnehmendes Lächeln ließ mich verlegen den Blick senken. Ein selbstbewusstes Zwinkern folgte und fast hätte ich mädchenhaft gekichert. Basti zog die Brauen nur ein kleines bisschen nach oben, aber ich sah seinem Gesicht, seine Gedanken an. »Echt jetzt?«

Damit wir das Ganze nicht noch peinlicher machten, hakte ich mich bei meinem Kumpel unter und bugsierte ihn zurück ins Foyer.

»Verlieb dich bloß nicht in den ersten blonden Finnen, den wir sehen«, ermahnte mich Basti erheitert. Er übertrieb. Ich war zwar seit zwei Jahren Single, vereinsamte allerdings nicht.

Nachdem wir an der verwaisten Rezeption vorbeigingen, traten wir in einen weiteren Gästebereich, genauso matt beleuchtet wie der Rest. Der offensichtliche Speisesaal war fast leer. Weihnachtliche Kerzengestecke aus Tannen und anderem Grünzeug verliehen den Tischen etwas Festliches. Tiefes Lachen lenkte meinen

Blick in die hinterste Ecke. Dort saßen vier Männer beisammen und stießen lautstark mit Weingläsern an, ohne uns zu bemerken. Mehr Gäste entdeckte ich nicht.

»Moi, ihr müsst unsere Neuen sein. Kann ich euch noch schnell etwas zu Essen machen?«, fragte uns ein großer schlanker Mann, der plötzlich wie aus dem Nichts hinter uns stand. Wir drehten uns überrascht zu ihm um, doch ehe wir antworten konnten, legte er seine Hände auf unsere Schultern und schob uns sanft voran.

»Nehmt hier einfach Platz. Hattet ihr schöne Weihnachten? Seid ihr Vegetarier oder Veganer? Laktoseintoleranz oder andere Allergien? Mögt ihr ein Glas Wein oder lieber Bier?«, plapperte er auf Englisch los und drückte uns auf zwei Holzstühle, auf denen weiche rote Kissen meinem Hintern schmeichelten. Vermutlich sahen wir überfordert aus, denn er zog die hohe Stirn kraus und sah von Basti zu mir. »Sprecht ihr Englisch, Schwedisch oder doch lieber Russisch?«

Mein souveräner bester Freund war es, der als Erster seine Stimme wiederfand. »Englisch ist okay. Wir sind Allesesser und bitte ein Glas Rotwein für mich und Weißwein für meine Begleitung. Plus zwei Gläser Wasser.«

Der Mann nickte zufrieden. Das Auffallendste an seiner Erscheinung waren die weiße Schürze um seine Hüften und die knallrote rechteckige Brille auf seiner Nase.

»Mein Name ist Karl. Mein Mann Simo und ich betreiben dieses Resort. Herzlich willkommen und wenn ihr etwas braucht, wendet euch an unsere Tochter Sara an der Rezeption oder an unseren Sohn Mikko«, erklärte er und huschte davon.

»Ein Familienbetrieb also«, schlussfolgerte ich bewundernd. Karl war mir auf Anhieb sympathisch. Ich fand es schön, in keinem überfüllten Massentourismusobjekt zu sitzen. Gähnend lehnte ich mich zurück und ließ meinen Blick umherschweifen. Außer der Männergruppe schien zu dieser späten Stunde niemand mehr Hunger zu haben. Das finnische Gebrabbel hörte sich irgendwie harmonisch und beruhigend an. Auch Karl hatte diesen kantigen Akzent gehabt, den ich äußerst interessant fand.

Wenige Minuten später, brachte uns Karl unsere Getränke, womit wir feierlich auf den Urlaub anstießen.

»Hätten wir nicht eine Speisekarte bekommen sollen?«, fragte ich, nach einem großen Schluck Wein. Basti hatte das Handy in der Hand und sah mich fragend an.

»Hm?«, machte er und ich seufzte.

»Kannst du das Ding nicht einmal im Urlaub zur Seite legen? Ich dachte, dafür sind wir hier?«

Er hob das Telefon hoch und machte ein Foto von mir. Wahrscheinlich mit Doppelkinn und einer Miene, als wäre ich in einen Hundehaufen getreten. Ich war keinesfalls eingebildet, mochte aber, wie ich aussah ... außer wenn Basti ein Foto von mir schoss. Die Prominenten lichtete er selbst mit seinem Smartphone stets derart vorteilhaft ab, dass er sie in unserem Magazin abdrucken lassen konnte. Daher vermutete ich, dass er es mit Absicht tat, dass er nur zerfledderte Zombiebilder von mir schoss.

»Urlaubsandenken. Außerdem wolltest du Maria ein paar schicke Finnlandbilder zukommen lassen«, sagte er grinsend und betrachtete sein Display. Ich wollte es gar nicht sehen. Hinter uns erhoben sich die Männer zur gleichen Zeit, als Karl mit zwei großen Tellern zu uns kam. Er rief etwas auf Finnisch zu der Truppe, die lachend und plaudernd an uns vorbeiging. Karl stellte ein dampfendes, extrem lecker riechendes Gulasch vor uns auf den Tisch. Als ich den Blick hob, waren die Männer fast schon aus dem Speiseraum verschwunden. Einer blieb stehen und sah über seine Schulter zurück. Es war zu dunkel, um erkennen zu können, ob er uns ansah. Ich tat das immer im Bus, um sicherzustellen, dass ich nicht schon wieder etwas vergessen hatte. Basti hatte ohnehin sein Telefon in der Hand und fotografierte abgelenkt das Essen. Karl wurde von dem Fremden auf dem Weg zurück aufgehalten. Synchron blickten sie dieses Mal eindeutig, aber nur flüchtig zu uns. Der Gastgeber schüttelte lächelnd den Kopf, danach gingen sie weiter.

»Perfekt«, murmelte Basti, begeistert von seinen Fotos. »Wenn du Eindruck bei unserer Chefin machen willst, dann solltest du nicht einfach nur mit herausgestrecktem Bauch und unfrisierten Haaren dasitzen, sondern alles fotografieren, was interessant sein könnte.«

Die Sticheleien war ich gewohnt. Trotzdem zog ich den Bauch ein und setzte mich gerader hin. »Urlaub, Sebastian! Wir haben Urlaub und sind seit fast vierundzwanzig Stunden wach. Sei leise und iss.«

Die nächste halbe Stunde schwiegen wir, weil wir so das Essen in uns hineinschaufelten, als gäbe es kein

Morgen. Ich war so ausgehungert, dass Karl uns begeistert eine zweite Portion brachte. Die Weingläser waren immer gut gefüllt und selten hatte ich mich so gut bewirtet gefühlt. Das mit dem Baucheinziehen klappte überhaupt nicht mehr.

Leicht angeschickert, satt und hundemüde fiel ich schließlich um zwei Uhr früh ins weiche Bett meines Zimmers.

Kapitel 1

Rituelle Rockstars

Ohne einen Wecker gestellt zu haben, wachte ich auf. Komplett orientierungslos lag ich da und starrte in die Dunkelheit. Zuerst musste ich realisieren, wer ich war. Danach folgte das Rätselraten über meinen Aufenthaltsort, was deutlich länger dauerte. Es roch nach Holz und Feuer, aber nicht auf die alarmierende Art, sondern angenehm. Ich streckte mich ein paar Mal in der frischen Bettwäsche. Meine Augen gewöhnten sich an die Dunkelheit, aber mein Hirn war weiterhin verwirrt. Erst als ich elegant wie eine Robbe im Swarovski-Laden durch die Gegend torkelte, einen Stuhl rammte und über meine am Boden liegengelassene Jeans stolperte, beendete ein Fenster mit zugezogenen Vorhängen das Drama. Ich zog den schweren Stoff zur Seite und blickte in die Dunkelheit hinaus. Kurz überlegte ich, ob ich einen ganzen Tag verschlafen haben konnte, doch dann setzte mein Verstand ein. Hier in Lappland schien die Sonne nämlich nur wenige Stunden am Tag. Laut Zeitanzeige war es später Morgen, was bedeutete, dass meine Kaffeedosis längst überfällig war.

Basti antwortete nicht sofort auf meine Nachricht. Er war es gewohnt lange wach zu sein, aber auch noch länger zu schlafen. Ich nutzte die Zeit, um den Koffer in den Massivholzschrank zu räumen und mich fertigzumachen. Ein erneuter Blick zum Fenster bestimmte mein Outfit. Der Schnee lag Zentimeter hoch auf dem Außenbrett und drückte sich glitzernd gegen die Scheibe. Eiskristalle wuchsen abstrakt daran empor. Dicke Wollsocken, eine Strumpfhose unter der Jeans und ein flauschiger Pullover gehörten genauso zur Ausstattung, wie meine Mütze, Schal und die Handschuhe.

Bei Basti klopfte ich leise an, doch dahinter hörte ich keinen Mucks.

Als ich nach unten ins Foyer trat, herrschte eine ganz andere Stimmung im Hotel als gestern. Ich vernahm laute Stimmen, Geschirrgeklapper und irgendwo leise einen Staubsauger. Das Feuer im Kamin brannte wie gehabt, davor saß ein Pärchen, das versuchte, ihre kleine Tochter in eine Skihose zu zwängen. Heute entdeckte ich Mikko hinter der Rezeption, der mich mit »Hyvää huomenta« vermutlich begrüßte und nicht beleidigte. Ein weiterer Mann in voller Schneemontur stand bei ihm. Mein Auftauchen hatte ihr Geplauder nur kurz unterbrochen. Er nahm von Mikko einen Schlüssel entgegen, was in den dicken Handschuhen kein leichtes Unterfangen war.

»Kann ich dir helfen?«, fragte mich der Hotelangestellte freundlich. Der andere Gast drehte sich zu mir. Außer seinen Augen lag in seinem Gesicht kein Zentimeter Haut frei.

»Mein Begleiter ist noch nicht runtergekommen?«, fragte ich sicherheitshalber nach und als Mikko verneinte, lächelte ich den Schneemontur-Mann entschuldigend an und ging weiter.

Im Speisesaal waren drei der zehn Tische besetzt. Auf der linken Seite stand eine Theke, die mir gestern entgangen war. Ein ansehnliches Buffet mit etlichen Wurst- und Käseplatten, Obst, Gebäck und vielem mehr war darauf angerichtet. Karl und Sara huschten zwischen den Tischen umher, räumten Geschirr ab oder plauderten mit den Gästen. Ich stand da und starrte vor mich hin, was für mich ein vollkommen normales Verhalten am Morgen war.

»Moi. Was kann ich dir denn bringen? Kaffee, Tee, Saft, Wasser?«, fragte mich Karl mit einem Tablett voller Teller in der Hand. Seine kurzen Haare standen in alle Richtungen ab. Er wirkte mit seiner quirligen Art sehr jung, trotz der weißen Strähnen in seinem blonden Kinnbart.

»Kaffee mit Milch, bitte«, antwortete ich mit kratziger Stimme.

»Fein. Such dir einen Platz aus, die meisten Gäste sind schon im Schnee unterwegs«, rief er mir, bereits wieder davon flitzend, zu. Ich war kein Morgenmensch, daher störte es mich überhaupt nicht allein zu bleiben. Trotz der großen Auswahl half mir erst einmal ein Heidelbeermarmelade-Brot dabei aufzuwachen.

Nach dem Frühstück tauchte Basti immer noch nicht auf. Ich beschloss daher, einen Rundgang über das Areal zu machen, um mir die Gegend anzusehen. Meinen Beobachtungen zur Folge, musste ich alles anziehen, was ich dabeihatte, um draußen zu überleben. Die Kälte übermannte mich trotzdem. Aus der wohligen Wärme des Kamins, in die Eiswelt von Lappland zu treten war hart. Es scharrten sich ein paar Touristen um Mikkos Van, an dem heute ein Anhänger montiert war.

Darin verstaute er mithilfe eines anderen Mannes die Skier und Snowboards der Gäste. Offenbar war er das Shuttle zum Skigebiet. Ich beobachtete frierend vor dem Hauptgebäude, wie sich die Gruppe auf den Weg machte. Basti und ich waren keine Wintersportler, taten aber gerne so. Wir konnten uns beide auf den Brettern halten, meistens endete es aber früh in einer Skihütte mit Spätzle, Kaiserschmarrn und Sekt.

Der Wind wehte sanft über mein Gesicht und tötete dabei jede empfindliche Hautstelle ab. Ich stapfte ein paar Schritte voran, bedacht darauf nicht auszurutschen. Der Parkplatz sowie die Hauptstraße waren geräumt, aber einzelne Flocken fielen vom bewölkten Himmel. Eine frische Schicht Schnee legte sich über die freien Stellen. Nervig waren die Eiskristalle, die auf der Brille schmolzen. Mein Atem tanzte in einer weißen feuchten Wolke um mein Gesicht und unter mir knirschte der Schnee. Es roch nach Frost und Kamin, und trotz der bitteren Kälte lächelte ich glücklich. Die Luft fühlte sich anders, irgendwie frischer an als alles, was ich kannte. Das Licht schimmerte diffus über die Anlage. Das war purer Winterurlaub, so wie ich mir das immer vorgestellt hatte. Ich umrundete die Nebengebäude, rote Holzhütten in allen Größen und Formen. Sie sahen eher praktisch als wohnlich aus, passten aber perfekt ins Ambiente. Es brannte kein sichtbares Licht darin und dicke Eiszapfen hingen vom Dach und den Fensterbrettern.

Ich folgte einem kleinen Pfad, der im Sommer vermutlich ein richtiger Weg war. Links und rechts türmten sich die Schneeberge auf. Wenn ich ausrutschte und bergab rollte, war ich die Bowlingkugel in der

Bande. Vor einem Pfahl mit festgenagelten Holz-Wegweisern verharrte ich. Es gab drei Richtungen zu erkunden.

Laskettelurinne, *Mökit* oder *Nuotio*, sagten mir in meiner kühnsten Fantasie nichts. Ich ging auf das *Mökit* zu und hoffte, es war etwas Gutes.

Der Pfad führte mich weiter in den Wald hinein, wo es wieder dunkler wurde. Es war still, nur ab und zu knackte oder knirschte etwas in der Ferne. Ich hörte nur mein Schnaufen und meine Schritte. Es dauerte einige Meter, bis ich registrierte, wie gruselig es eigentlich wurde. Nur Bäume, Schnee und Stille. So begannen normalerweise Horrorfilme, oder? Naives Mädchen rennt im Urlaub in den abgeschiedenen Wald, findet eine verlassene Hütte vor und endet als Sklavin oder Abendessen. Abrupt blieb ich stehen. Es war natürlich lächerlich, da ich mich in einem bekannten Skiresort befand. Dennoch stellte sich meine Körperbehaarung auf. Wäre ich ein Bär gewesen, hätte das bedrohlich ausgesehen, doch die Wienerin in Finnland, schüttelte sich nur zuckend. Ich wollte gerade umdrehen und den Weg zurückgehen, als mich etwas aus den Augenwinkeln ablenkte. Zwischen den Bäumen glitzerte es auffällig. Da ich manchmal die Aufmerksamkeitsspanne einer Stubenfliege hatte, vergaß ich meine Hütten-Killer-Assoziationen und ging los. Querfeldein kletterte ich stolpernd durch den Schneehaufen und stakste zwischen die Bäume. Ich sank bis über die Knöchel ein und wusste, dass ich bald nasse Füße haben würde, ging aber trotzdem weiter. Schnell begann ich zu keuchen, aber das hielt mich nicht auf. Als ich mich Haltsuchend an Ästen und Stämmen abstützte, klatschte mir immer wieder Schnee von oben auf den Kopf. Wenige Schritte später, war ich so fertig, wie nach einer Runde Joggen mit Basti. Das Ziel in Sicht, kam die Motivation aber zurück.

Mitten im Wald zwischen den Bäumen lag nämlich ein vereister See versteckt. Meine Lunge brannte wegen der eisigen Luft, doch der Anblick war wunderschön. Mit einem breiten Grinsen verweilte ich und sah auf das Naturwunder vor mir. In Wien froren kleine Gewässer selten zu. An eine Donau, auf der man Eislaufen konnte, erinnerte ich mich kaum noch.

Die Oberfläche vor mir war komplett geschlossen und schimmerte in den ersten rötlichen Sonnenstrahlen. Schneeverwehungen zierten das Eis, lagen in abstrakten Mustern darauf. Ideal für Urlaubsfotos, auch wenn eine Handykamera diesen Anblick niemals perfekt einfangen könnte. Dennoch zog ich die Handschuhe aus und fummelte das Telefon aus der Jackentasche. Es war klirrend kalt und nur zittrig schaffte ich es, das Display zu bedienen. Rechts von mir entdeckte ich einen Holzsteg, der mitten ins Eis führte. Mein Körper schrie zwar bereits nach Wärme, aber die Euphorie war ungebrochen. Beim Versuch, die Jacke von einem Ast zu befreien, ohne sie zu zerreißen, ließ mich ein Geräusch aufsehen. Es hallte hohl durch den Wald, ich entdeckte aber nichts Ungewöhnliches. Beim zweiten Mal erhoben sich Vögel flatternd aus den Baumkronen. Das Horror-Gefühl kehrte abrupt zurück. So fing es immer an. Der einsame Wald, gruselige Geräusche und fliehende Tiere. Ich versuchte, meine alberne Hysterie wegzugrinsen, doch ein Knacken vertrieb es mir.

Ich schaffte es, den Ärmel vom Ast zu befreien, und stapfte hektisch wieder los. Den direkten Rückweg vermied ich, denn der verlief am See entlang und plötzlich war die Kälte omnipräsent. Das neue Ziel war der kürzeste Weg zurück zur Straße. Alles an und in mir fror. Ich fühlte, wie meine Zehen nass wurden, weil der Schnee oben im Stiefel schmolz. Für Panik gab es keinen Anlass, immerhin war ich maximal eine halbe Stunde zu Fuß vom Hotel entfernt. Die Anstrengung, sich durch das Dickicht zu kämpfen vertrieb die Sorge. Die Hektik wurde mir allerdings zum Verhängnis. Ich rutschte schreiend mit dem Fuß weg und legte mich der Länge nach in den Wald. Mit der Nase voran landete ich im Schnee. Mit der Hand umklammerte ich immer noch das Telefon, weshalb ich ungebremst im Untergrund versank. Finnischer Schnee schmeckte genauso wie österreichischer Schnee, stellte ich fest.

Zum Glück hatte ich mir nicht sehr wehgetan, allerdings gestaltete sich das Aufstehen kompliziert. Meine Knie zitterten vor Schreck und meine Füße rutschten mehrmals weg. Auf allen vieren suchte ich Halt, um mich hochzuhieven. Ein erneutes Knacken erklang und ich hob ruckartig den Kopf, weil es so nahe klang.

Dieses Mal jagte mir das Geräusch keine Angst mehr ein, aber der Mann, der da mit einer Axt in der Hand zwischen zwei Bäumen hervortrat, schon.

Total perplex setzte ich mich auf meine Fersen, um ihn anzusehen. Das düstere Dämmerlicht verstärkte den Gruselfaktor noch. Er trug eine komplett schwarze Schneemontur, bestehend aus dicker Skihose und Jacke. Auf dem Kopf eine kontrastierende weiße Mütze und ein breiter Schal verbarg den Rest seines Gesichts.

Die Axt befand sich in seiner rechten Hand. Die glänzende Klinge beeindruckte mich definitiv. Kurz überlegte ich, ob ich ihm mein Handy an den Kopf werfen sollte, um dann loszulaufen. Wenn er allerdings die Axt warf, war er vermutlich im Vorteil.

Er sagte etwas zu mir auf Finnisch und unter dem Schal klang das Genuschel dumpf. Als er einen Schritt auf mich zutrat und mit der Axt auf mich zeigte, quietschte ich und ließ mich rücklings fallen. Bei den Opossums funktionierte dieses Totstellen immerhin auch. Vielleicht hatte ich ja eine Chance. Er sprach weiter auf mich ein und beugte sich zu mir. Offenbar hatte er keine Angst vor Wiener Beutelratten im Schnee.

»Ich verstehe nicht«, antwortete ich auf Englisch. Es dauerte noch ein bisschen, bis er sich wieder aufrichtete, den Schal vom Mund zog und einen Schwall warmer weißer Luft ausblies.

»Ich habe gefragt, was du hier machst. Verfolgst du mich?«, fragte er wütend, aber ich hatte nicht den Eindruck, dass er mich zerstückelt im Eissee versenken wollte.

»Ich wollte nur Fotos machen«, antwortete ich und hob das Telefon. Meine Finger waren knallrot steif um das Display geklammert. Er riss sich mit der freien Hand schwungvoll die Sonnenbrille von den Augen.

»Ist das dein Ernst? Wie weit wollt ihr denn noch gehen?«, rief er empört.

Auf einmal raschelte und knarzte es hinter ihm mehrfach. Ehe ich begriff, was los war, traten zwei weitere Männer hervor. Genauso vermummt und einschüchternd, denn einer von ihnen hielt etwas in der Hand, das auf den ersten Blick aussah wie eine große Hecken-schere.

»Du heißt doch Karolina, richtig?«, fragte der unbe-waffnete Dritte und zeigte mir auch gleich sein Gesicht. Vor mir stand der junge Mann, der mir schon beim Ka-min im Hotel begegnet war. Der andere deutete mit sei-ner Schere auf mich. »Ich kenn dich vom Flughafen«, ergänzte er auf Deutsch und verwirrte mich noch mehr. Was ging denn hier ab? Die drei begannen auf Finnisch miteinander zu diskutieren und ich rappelte mich endlich auf. Es war Pekka, der mir eine helfende Hand reichte. »Hast du dich verletzt oder verlaufen?«, fragte er. Dieses Sprachen-Karussell machte mich wahnsinnig.

»Kennst du meinen Bruder schon?«, wollte er wissen und zeigte auf den Besitzer der Schere. Als dieser die Mütze abnahm, schnappte ich überrascht nach Luft. Es war Jari vom Flughafen, der da mitten im Wald vor mir stand, und Pekka war offenbar sein Bruder.

»Hi«, nuschelte ich mit zitternden Lippen.

»Lauri scheinst du ja auch schon begegnet zu sein«, fügte Pekka hinzu, womit er den Axtmörder meinte.

Lauri, Pekka und Jari. Meine Synapsen drohten trotz der Kälte durchzubrennen.

»Wolltest du sexy Saunafotos von uns machen?«, fragte Pekka, was meine Aufmerksamkeit auf ihn lenkte. Er lächelte mich verschmitzt an.

» *Was?* Nein! Wieso?«, stotterte ich. »Ihr seid doch alles andere als nackt.«

Es war nicht sehr geistreich, was ich da plapperte, aber ich war maßlos überfordert. Dieses Mal hatte ich nicht mal Schokolade dabei, die ich darbieten konnte.

Immerhin schaffte ich es, die richtige Sprache zu wählen, und brabbelte nicht im Wiener Dialekt los.

»Aber Lauri sagt, du wolltest ihn fotografieren«, erklärte Pekka erneut und zeigte auf das Telefon in meiner Hand. Nun ergab auch die rüde Anrede von vorher etwas mehr Sinn. Ich schüttelte den Kopf. »Nein, ich wollte Fotos vom See machen und er hat mich erschreckt.«

Pekka nickte und Jari sah mit hochgezogenen Brauen zu Lauri hinüber. Während sie intensive Blicke austauschten, realisierte ich, mit wem ich hier im Wald stand.

»Was tut ihr hier? Ein Rockstar, ein Finne und sein Bruder im Wald … mit einer Axt und einer Gartenschere?«, verlangte ich zu wissen.

»Zwei Rockstars und ein Bruder. Die anderen beiden Rockstars sind da hinten«, verbesserte er mich. Ich wollte das Gesicht verziehen, aber es kam nur ein ruckendes Kopfschütteln dabei heraus.

»Mein Bruder ist Jari Mäkinen. Er ist auch ein Rockstar, wenn du es so ausdrücken willst, und hinten sind noch Aki und Yanis. So viele Rockstars hier. Verrückt. Nur ich bin ein Nichts«, erzählte Pekka leichthin. Er grinste dabei so breit, dass seine Augen schmal wurden. Ihm schien die Situation großen Spaß zu machen. »Sag bloß, du kennst Lauri, aber Jari nicht? *The wicked elephant*! Mega erfolgreich.«

Der megaerfolgreiche Rockstar stieß seinen Bruder fest mit dem Ellenbogen in die Seite. »Hör auf so einen Schwachsinn zu erzählen. Du verwirrst sie doch total!«

Tatsächlich machte es leise Klick in meinem Hirn. Nun wurde mir bewusst, warum mir Jari am Flughafen bekannt vorgekommen war. Seine Band war mir ein Begriff, aber ohne Pekkas Hinweis wäre ich nicht von allein draufgekommen.

»Okay«, begann ich langsam. »Und was machen … vier Rockstars hier im Wald mit einer Axt und einer Gartenschere?«

»Das ist etwas Rituelles. Wir hacken hier Kleinholz und legen es in ein bestimmtes Muster, um es anschließend anzuzünden. Ein Ritual, um den finnischen Gott des Erfolges zufriedenzustellen, damit ihre Bands weiterhin ruhmreich sind, denn eigentlich können sie alle nicht singen.«

Ich blinzelte so oft, dass zu befürchten war, dass meine Wimpern zusammenfroren.

»Was für einen Bullshit redest du da überhaupt? Hast du was geraucht? Meine Güte Pekka, ich fass es einfach nicht«, schimpfte Jari los und warf seine Hände, samt Schere in die Luft.

»Wie kommst du denn auf so einen Unsinn?« Er zog eine Grimasse, schüttelte den Kopf und schlug Pekka noch mal mit der flachen Hand gegen die Brust. Dieser sackte gespielt ächzend nach vorne, lachte aber laut los. Sein Bruder konnte ihn nur kurz ernst ansehen, ehe auch sein Grinsen in ein Glucksen überging.

»Tut mir leid Karo, aber du hast so herrlich entsetzt ausgesehen«, prustete Pekka weiter. Zuletzt stimmte Lauri mit ein. Ihr Lachen war ansteckend, da konnte ich nur mitgrinsen. »Was macht ihr denn alle hier? Gebt ihr ein Konzert im Hotel?«, fragte ich, um so zu tun, als hätte ich die Situation schon verarbeitet.

»Ich muss dich enttäuschen. Ich bin nur Fotograf und kein Rockstar. Wir verbringen unsere Weihnachtsfeiertage hier, weil Jaris und Akis Frauen keine Zeit für sie haben, Yanis kann man nicht allein lassen, Lauri möchte keine Menschen sehen und ich hatte nichts Besseres zu tun. Deswegen verkriechen wir uns im Mökki. Dort hinten ist unsere Feuerstelle und wir wollten Holz und Steine holen«, erklärte Pekka umfangreich. Seine Worte hatten keinerlei Mehrwert für mich, außer, dass sie Feuerholz suchten.

»Was ist ein Mökki?«, war meine einzige Frage.

»Ein Sommerhaus.«

»Aber es ist Winter.«

Nun lachte Pekka erneut laut los und das Geräusch trieb wie vorher ein paar Vögel von ihren Ästen hoch in den Himmel.

»Ja, das stimmt, deshalb brauchen wir ja auch Feuer!«

Da standen wir und ich hatte keine Ahnung, was ich tun sollte oder worum es überhaupt ging. Es war Jari, der versuchte die Sache zu beenden: »Okay, brauchst du Hilfe? Oder willst du weiter herumlaufen und sensible Musiker erschrecken?«

Wen sollte ich denn erschreckt haben? Es war schließlich Lauri, der da mit einer Axt stand und ich war ein schlechtes Opossum, das hilflos durch den Schnee torkelte.

»Ihr könntet mir den Weg zurück zur Straße zeigen. Dann finde ich schon ins Hotel.«

Pekka bot mir seine Hand an, an die ich mich dankbar klammerte. Jari und Lauri gingen voran, die Köpfe zusammengesteckt und tuschelnd. Schnell erreichten wir die besagte Feuerstelle, mit einem Halbkreis aus

Holzbänken drum herum. Davor standen zwei weitere Männer, die uns interessiert musterten. Für noch mehr Vorstellungen hatte ich keinen Nerv, daher war ich froh, dass Pekka mich langsam weiterzog. Wir passierten drei Holzhütten mit Veranda.

»Das ist ein Mökki. Ein Haus, in dem wir Finnen gerne urlauben. Man kann allerdings auch im Winter eine schöne Zeit darin haben, wenn man gut einheizt«, erklärte Pekka.

Jari und Lauri warfen ihr Werkzeug zur Feuerstelle, woraufhin sich ihre beiden Freunde lautstark beschwerten. Zu meinem Unbehagen begleiteten mich alle drei zur Straße. Verunsichert spähte ich über die Schulter.

»Wir begleiten dich und holen noch Proviant aus dem Hotel«, erklärte Pekka. Jetzt, da der Adrenalinpegel sank, war ich um seine Stütze sehr dankbar. Meine Knie zitterten nämlich unaufhaltsam.

»Wieso gehst du mit deinem Handy in der Hand spazieren?«, fragte mich Lauri. Er klang verärgert, aber meine Lippen bebten so sehr vor Kälte, dass ich nicht sofort antworten konnte.

»Habe ich … doch … gesagt. See, Foto, Wiener Opossum«, stotterte ich angestrengt.

Plötzlich holte Lauri zu uns auf und reihte sich neben mir ein, sodass ich zwischen den beiden voran stakste. Ein Blick zur Seite offenbarte mir, dass mich der Sänger neugierig musterte. Seine Stirn und Kinn waren von der Mütze und dem Schal verhüllt. Der Stoff rundherum betonte seine blauen Augen. Der hypnotische Rockstar-Blick, den er auf der Bühne den Fans in den ersten Reihen zuwarf, funktionierte auch hier in der

Pampa. So gut, dass ich vergaß wie man als ein echter Mensch ging. Die Klumpen an meinen Beinen, auch Füße genannt, schleiften nur noch über den Boden, während Pekka mich weiterzog. Ein Knie sackte ein, ohne dass ich Kontrolle darüber hatte. Mein Kreischen war wenig beeindruckend, weil ich vor Schreck in den Schal biss und daher eher grunzte. Pekkas Hand verhinderte den peinlichen Fall, allerdings riss ich ihn mit nach vorne. Wir beide strauchelten gefährlich. Es war Lauri, der beherzt um meine Hüfte griff und mich wieder in eine aufrechte Position hob, bevor wir alle stürzten.

Mit wild schlagendem Herzen pustete ich die Luft durch den Schal und die warme Atemwolke ließ meine Brille beschlagen. Es dauerte eine Weile, bis mich meine Gliedmaßen wieder selbst trugen. Nur langsam klärte sich die Sicht. Diese blauen Augen, verloren auch aus nächster Nähe kein bisschen an Faszination, stellte ich fest. Ich hatte Pekka beim Hochziehen losgelassen, ohne es zu merken, um nun mit der Eleganz eines Reissackes am anderen Finnen zu hängen. Meine Arme sackten herab, meine Knie gaben erneut nach, doch Lauri hatte keinerlei Probleme mich festzuhalten.

»In Wien gibt es Opossums?«, fragte er. Lauri drückte mich fest an sich, sodass seine Körperwärme spürbar auf mich übergriff. Oder es war der letzte Wärmeschub vor dem Sterben. Es fühlte sich auf jeden Fall toll an.

»Tonnenweise. Die reinste Plage.«

Tief unter seinem Schal verformten sich seine Lippen zu einem Grinsen. Ich sah es an den Fältchen, die neben seinen Augen erschienen.

Der Moment verging leider sehr schnell und die eisige Kälte empfing mich in der Sekunde, in der er mich abstellte. Ich sackte nicht wie eine Marionette in mich zusammen, torkelte aber noch schlimmer als vorher weiter.

»Dein Mann sollte dich echt nicht allein in die Wildnis lassen, Karolina. Du siehst aus wie eine Eisprinzessin mit den blauen Lippen und der blassen Haut. Du brauchst dringend bessere Klamotten«, tadelte mich Pekka.

Das Reden fiel mir immer schwerer, trotzdem presste ich ein: »Arbeitskollege und Mitbewohner. Kein Paar«, hervor.

Pekka zuckte mit den Schultern. »Pass besser auf dich auf. Nicht überall im Lappland laufen attraktive Finnen umher.« Er war ganz offensichtlich jemand mit viel Selbstbewusstsein. Sein Bruder hinter uns schnaubte.

Der restliche Weg zum Hotel verlief ohne weitere Zusammenbrüche meinerseits. Sie lieferten mich mitten im Foyer ab, wo die Hitze des Kamins es allerdings nicht schaffte, bis in mein Innerstes vorzudringen. Ich fror bis auf die Knochen und brauchte dringend noch einmal eine warme Dusche.

»Ich helfe dir«, rief Pekka, als er sah, wie ich mich quälend langsam die Stufen nach oben kämpfte.

Kapitel 5

Der österreichische Stolz

»Sag mal, wo warst du denn? Und wie siehst du aus?«, fragte mich Sebastian, der uns oben im Gang begegnete.

»Ich war spazieren und habe ein paar Fotos gemacht«, antwortete ich wahrheitsgemäß. Er betrachtete mich eingehend, bis Pekka seine Aufmerksamkeit auf ihn zog.

»Wir haben sie im Wald gefunden.«

Empört schnaubte ich. »Das klingt, als wäre ich seit Tagen weg gewesen. Ich war spazieren und der miesgelaunte Axt-Musiker hat mir einen riesigen Schrecken eingejagt. Es war nicht meine Schuld, dass ich mich im Schnee gewuzelt habe!«

Pekka und Basti sahen sich an, als würden sie sich seit Jahren kennen und telepathisch miteinander kommunizieren, und sich darüber unterhalten, dass man mich keine fünf Minuten allein lassen konnte.

»Lauri ist wirklich harmlos. Er reagiert auf Menschen nur manchmal ... distanziert«, erklärte Pekka entschuldigend. Hier wurde mein High-Society-Kumpel hellhörig. »Lauri?«

Ich drängte mich an ihnen vorbei und humpelte zur Tür. »Ich gehe jetzt warm duschen und wenn ich meine

Zehen gezählt habe und alle noch intakt am Fuß hängen, machen wir uns auf den Weg zur Skipiste. Wir sind schließlich im Skiurlaub!« Da es erst mittags war und gerade richtig hell wurde, könnten wir ja auch was Sinnvolles unternehmen.

»Wann geht ihr Skifahren?«, fragte Pekka nach, aber meine Tür war schon zu.

Eine Stunde später stand ich aufgewärmt und frisch angezogen, mit zwei Paar Socken an meinen Füßen, wieder im Foyer. Es war ruhig im Hotel, nur Sara arbeitete hinter dem Tresen. Basti kam dieses Mal pünktlich runter.

»Wie lautet der Plan?«, fragte ich. Er schmunzelte und wies mit dem Kopf nach draußen.

»Sara fährt uns ins Skiresort. Im Ort kann man sich die Geräte mieten und dann geht es mit dem Sessellift nach oben. Keine Alpen, aber lange, gut ausgeleuchtete Pisten erwarten uns.« Zur Bestätigung winkte Sara uns zu.

Vor dem Hotel parkte der bekannte Kleinbus, mit dem Mikko in der Früh andere Gäste chauffiert hatte. Ein Pärchen wartete händchenhaltend davor.

»Hei«, begrüßte Basti sie, aber außer einem »Bok« kam nichts mehr von ihnen. Ich war oft genug in Kroatien im Urlaub gewesen, um ihre Nationalität zu erkennen. Sie schienen an keiner Unterhaltung interessiert zu sein.

»Ich bin Sara. Unser Shuttle fährt alle zwei Stunden, aber wenn ihr anruft oder es ein Notfall ist, kann fast immer jemand von uns einspringen. Ruft einfach im

Hotel an«, erklärte die Rezeptionistin, die eilig aus dem Haupteingang herauskam.

Basti half ihr gentlemanlike, die Skiausrüstung des Pärchens im hinteren Anhänger zu verstauen. Sie stiegen zuerst auf der vordersten Sitzreihe ein.

Der Himmel war klar, vor allem weil der Schnee in den Sonnenstrahlen hübsch strahlte. Ich wollte gerade ins Auto einsteigen, als jemand meinen Namen rief.

»Moi Karo!«

Verdutzt wandte ich mich um. Pekka kam mit seinen Freunden den Weg entlang. Auf der Schulter balancierte er ein feuerrotes Snowboard, seine Schritte waren klobig in den festen Sportstiefeln. Hinter ihm folgten ihm auch die anderen, bis auf Lauri alle mit Skiern oder einem Board ausgestattet.

»Gerade noch rechtzeitig«, begrüßte Sara sie lächelnd. »Packt euer Zeug gleich mit rauf und wir können los. Ich setze euch beim Laden ab.«

Gemeinsam verstauten sie ihr Equipment. Sie sahen allesamt so aus, als würden sie öfter Wintersport betreiben. Von der professionellen Bekleidung, bis hin zu den Skischuhen.

»Hei Karo, bist du wieder aufgetaut?«, fragte Jari. Er klopfte mir auf die Schulter und strahlte mich an. Seine blonden Haare lugten unter der dicken blau-weißen Mütze hervor.

»Sag mal, wie viele Männer hast du denn allein heute kennengelernt?«, hinterfragte Basti neugierig. Er stellte sich breitbeinig zu Jari und mir.

»Basti, Jari ... Jari, Basti. Er ist Pekkas Bruder«, stellte ich beide in trockenem Tonfall vor. Die Hände schob ich dabei in meine Jackentaschen, um möglichst lässig zu wirken.

Dass ich ihn bereits am Flughafen in Helsinki getroffen hatte, verschwieg ich. Allerdings erkannte mein Kumpel, der VIP-Profi, den Sänger sowieso recht schnell.

»Jari Mäkinen. *The wicked elephant.* Wir haben uns schon einmal vor einigen Jahren bei einem euer Album-Release-Events getroffen. Da gab's nur wenige Tickets zu gewinnen. Ich bin ein großer Fan!«

Am liebsten wäre ich zurück in den Wald gelaufen. Er hatte null Hemmungen bekannte Persönlichkeiten anzusprechen. Sonst wäre er auch ziemlich mies in seinem Job. Ich bevorzugte das höfliche Ignorieren. Jari war selbst Profi und steckte das gelassen weg. Er tat so, als würde er überlegen, schüttelte dann den Kopf. »Tut mir leid, es gab so viele Konzerte und Events und noch mehr Menschen und Fans. Aber freut mich. Das da hinten sind Aki und sein Bruder Yanis. Ihre Band heißt *The Anew.* Wir verbringen hier sozusagen Geschwisterurlaub. Na ja, plus Lauri. Der ist auch dabei«, erzählte er fröhlich. Sein Lächeln hatte wahrlich Star-Potenzial, was er ziemlich sicher wusste. Pekka und Jari hatten eindeutig dieselben Gene. Die anderen zwei Männer hinter ihm sahen interessiert zu uns rüber. Aki reichte uns beiden die Hand, Yanis hielt die Faust hin. Basti konterte cool mit seiner eigenen, ich schaltete zu spät und stieß mit den Fingerspitzen ungeschickt dagegen. Die Knöchel knackten laut. »Entschuldigung«, murmelte ich verlegen. Er zog den Wollschal nach unten und entblößte eine unrasierte Wangenpartie. Die dunklen Stoppeln standen ihm aber recht gut.

»Du bist die Frau aus dem Wald«, stellte er amüsiert fest. Toll, einen Spitznamen hatte ich also auch schon.

An Aki wirkte nichts auffällig, außer sein sympathisches Schmunzeln. Na ja, hässlich war ehrlicherweise von diesen Rockstar-Finnen niemand. Ich kannte die beiden gar nicht, doch Basti verengte witternd die Augen. Er stand hier in der finnischen Pampa mit einer Handvoll bekannter Musiker. Ich wusste, am liebsten hätte er sich mit seinem Handy und tausend Fragen auf sie gestürzt. Zu meiner Überraschung hielt er sich zurück. »Dann lass uns herausfinden, ob Finnen nicht nur trinken, sondern auch Skifahren können.«

Jari nahm neben dem Paar im Auto Platz, Yanis und Aki in der Reihe dahinter. Pekka lehnte lässig an der Fahrertür und beobachtete Sara, wie diese die letzten Handgriffe am Anhänger erledigte.

»Ich hätte nicht gedacht, euch schon wieder zu sehen«, sprach ich laut aus, was ich dachte. Pekkas Aufmerksamkeit galt der jungen Blondine aus dem Hotel, daher antwortete er mir nicht sofort. Stattdessen sprang Basti ein.

»Er hat gefragt, wann wir loswollen. Ich fand, zusammen ist es lustiger. Ich wusste ja nicht, dass wir gleich mit einer ganzen Band unterwegs sein würden.«

Generell hatte ich nichts dagegen einzuwenden. Sara schloss den Anhänger und schlug mit der flachen Hand dagegen. »Los geht's.«

Sie öffnete die Beifahrertür und ich konnte in Pekkas Miene lesen, wie sich Enttäuschung in ihm breitmachte, nachdem sich Basti nach vorne setzte. Schließlich hob er den Arm und wies mich an einzusteigen. »Nach dir.«

Gebückt kletterte ich in die hinterste Reihe. Mir hätte klar sein müssen, dass Lauri auch irgendwo saß, immerhin konnte er sich nicht in Luft auflösen. Auf dem letzten Platz, dicht ans Fenster gelehnt, überrumpelte mich sein *Auftauchen* aber trotzdem. In gekrümmter Haltung blieb ich stehen und versuchte, ihn mit verrenktem Hals anzusehen. Pekka war da weit weniger umsichtig. Er stieg nach mir ein und rammte mit seiner Schulter meine Hüfte.

»Anteeksi«, flötete er, während ich im beengten Raum vornüberkippte. Nicht nur, dass ich einen unschönen Quack-Laut von mir gab, ich rutschte mit der Hand auch am Sitz vor mir ab. Frauen hatten zwar einen tieferen Schwerpunkt als Männer, das half mir aber nichts. Obwohl ich alle Bauchmuskeln anspannte, fing ich mich mit der Hand zielgenau in Lauris Schoß ab und mein Gesicht presste ich ihm gegen die Brust. Ich roch das Kunststoffmaterial seiner Skijacke. Schmerzerfüllt stöhnte Lauri auf. Als er sich krümmte, schlug sein Kopf gegen meinen.

»Sorry«, fiepte ich. Im zweiten Anlauf fand ich an der Scheibe Halt und konnte mich aufrichten. »Tut mir unfassbar leid«, keuchte ich noch einmal.

»Du schon wieder«, ächzte Lauri, mit verkniffener Miene. Seine Hände schützten seine wertvollsten Teile zwischen den Beinen. In meinem Gesicht spielte sich augenblicklich eine sichtbare Kernschmelze ab.

»Du hast echt Probleme damit, nicht hinzufallen, oder?«, fragte er, ohne es lustig zu meinen.

Pekka rutschte unschuldig neben mir zig Mal hin und her, zerrte an seiner Jacke und schnaufte, ehe er endlich still saß. Ich musste mich dank der vielen Klamottenschichten zwischen die beiden quetschen.

»Wieso sitzt du nicht vorne?«, fragte ich ihn genervt und immer noch schwer atmend. Er sah mich an, als hätte ich ihm die dümmste Frage aller Zeiten gestellt. Es fehlte nur noch, dass er mir den Vogel zeigte.

»Ich will nicht neben Jari sitzen. Wenn der einschläft, kippt sein Kopf immer in alle Richtungen und dann sabbert er.«

Der leidende Tonfall zu seiner Mimik verlieh ihm die Reife eines Dreijährigen. Ich konnte nicht anders, als zu schmunzeln. Sara startete den Motor, während wir uns anschnallten. Dabei berührten sich Lauris und meine Finger und wir beide zogen sie zurück, als hätten wir uns verbrannt. Trotzdem versuchte ich mich an einem Lächeln. Er erwiderte es mit einem Zusammenkneifen seiner Augen ... seiner schönen, dunklen, blauen Augen.

Während Sara uns zielsicher auf die verschneite Straße fuhr und wir den Waldweg einschlugen, lehnte ich mich entspannter zurück. Sie drehte das Radio auf, das Pärchen vorne unterhielt sich auf Kroatisch und endlich kam ein bisschen wärmere Luft bei uns an.

Lauri starrte aus dem Fenster und Pekka beugte sich weit nach vorne und sprach Sara an. Es stand ihm ins Gesicht geschrieben, wie sehr er versuchte, ihre Aufmerksamkeit zu erlangen. Die beiden Nicht-Finnen sahen ihn genervt an, da er durch den ganzen Van schrie, damit sie ihn verstehen konnte.

Die vordere Reihe begann sich ebenfalls angeregt zu unterhalten, aber weil ich nun mal weder Finnisch noch Kroatisch sprach, hörte ich dem Radio zu. Ein poppiger Sender brachte sehr alte Songs. Mein Musikgeschmack war recht simpel. Entweder es gefiel mir oder nicht, vollkommen egal welche Kategorie es war. Deswegen begleitete ich Basti auch auf fast alle Events. So kam es, dass ich in Gedanken versunken meinen Blick durch die Fenster nach draußen schweifen ließ und mit dem Kopf im Takt wippte. Dazu summte ich leise vor mich hin. Es war schlimm, aber es gab Lieder, da konnte man sich einfach nicht beherrschen. Plötzlich öffnete ich die Lippen und sang leise den Chorus mit, allerdings nicht allein.

Relight my fire
Your love is my only desire

Die tiefe Stimme, die sich zu meiner gesellte, gehörte dem Hard-Rockstar links neben mir. Lauri wippte genau wie ich mit dem Kopf und als sich unsere Blicke trafen, schmunzelten wir beide. Es war eine ehrliche, instinktive Reaktion. Das erste Mal, seit wir uns begegnet waren, sah er mich offen und freundlich an, während er *Take That* mitsang. Es war so ansteckend, dass ich wieder miteinstieg. Auf der Bühne mimte Lauri das Drama und Unnahbare, außer beim Singen selbst. Dass dies auch bei Neunziger Boybands funktionierte, amüsierte mich. Gemeinsam trällerten wir nun etwas lauter den Text.

Turn back the times till the days when our love was
new.
Do you remember?

Sara drehte vorne die Lautstärke hoch, was uns moti-vierte ebenfalls mutiger zu werden. Nicht nur uns, denn als das nächste Mal der Chorus ertönte, legten sich alle Rockstars in diesem Auto mächtig ins Zeug, und Pekka ebenfalls.

Relight my fire
Your love is my only desire
Relight my fire,
'Cos I need your love

Wir sangen, lachten und selbst Basti klopfte mit sei-nen Fingern im Takt auf seinem Oberschenkel. Jari und Aki begannen einen skurril aussehenden Sitztanz zu inszenieren und ich musste so laut lachen, dass singen unmöglich wurde.

Als die letzten Töne verklangen, applaudierten wir uns selbst. Ich wischte mir mit einer Leichtigkeit, die nur Lachanfälle auslösen konnten, die Tränen aus den Augenwinkeln. Neben mir gluckste Lauri ebenfalls leise vor sich hin. Ein überaus angenehmes Geräusch. Sein Lächeln war so einnehmend, dass mir ein schüch-ternes Kichern entwich. Ich tarnte es als Räuspern und verschluckte mich prompt. Pekka klopfte mir auf den Rücken, und Lauri gluckste erneut.

»Alles in Ordnung?«, wollte er wissen. Bis ich mich wieder im Griff hatte, dauerte es ein paar echte Räus-per-Geräusche lang. Er zog die Augenbrauen hoch und lachte so breit, dass er sogar Zähne zeigte; offen und ehrlich mit Grübchen. Natürlich hatte er ein Grübchen. Alle attraktiven Rockstars besaßen eins. Verdammt sah der Kerl gut aus der Nähe aus, wenn er keine Axt in der Hand trug.

Beim ersten Ortsschild drehte Sara das Radio wieder leiser. Die Landschaft veränderte sich von Wald zu Zivilisation.

»Willkommen in Saariselkä. Fünfzehn Pisten stehen euch zur Verfügung, über zweihundert Kilometer Langlaufloipen und jede Menge weiterer Freizeitaktivitäten wie Schlittenfahrten oder Eislaufen. Wir können euch gerne vom Hotel aus etwas buchen«, ratterte die junge Fahrerin ihre Touri-Informationen herunter. Der Ort war den österreichischen Winterdörfern nicht unähnlich. Es gab normale Steinhäuser, aber dazwischen eben auch die authentischen Holzvillen mit Spitzdächern in vielen Farben. Überall lag eine dicke weiße Schneeschicht darauf. An den Laternen hingen leuchtende Sterne, die mit den Girlanden an den Zäunen perfekt harmonierten. In jedem Winkel, auf jedem Kabel und auf allen Oberflächen setzte sich die weiße Pracht ab. In den Schaufenstern glitzerte es, wie bei uns daheim in Form von Glaskugeln, Wichtelfiguren oder Fensterbildern. Weihnachtsmänner in allen Formen dekorierten jedes Geschäft. Immerhin lebte der Weihnachtsmann hier in Finnland, da musste man ihm auch huldigen. Ich lehnte mich nach links zum Fenster, um mehr von dem Örtchen sehen zu können. Die Schneehaufen türmten sich am Straßenrand sowie den Gehwegen entlang. Es war zwar geräumt, doch wenn ich an Wien dachte, wo bei drei Zentimeter Schnee das Chaos ausbrach, schienen sich hier alle damit arrangiert zu haben.

»Seid ihr Skifahrer oder Snowboarder?«, fragte Lauri. Als sein warmer Atem über meine Wange strich, wurde mir bewusst, wie weit ich mich über ihn beugte. Er sah mich fragend an, während ich mich verlegen zurücksetzte.

»Skifahren kann sie. Alles andere kann man vergessen. Selbst von der Rodel ist sie gefallen und hat sich dabei den Arm verletzt«, antwortete Basti ungefragt für mich. Er sah uns interessiert durch den Rückspiegel an, ohne sich umzudrehen. Schnaubend verschränkte ich die Arme vor der Brust. Ein einziges Mal waren wir am Semmering zusammen Skifahren gewesen, wo es mich dank der miesen Kunstschneequalität mehrmals hingelegt hatte, und der Rodelvorfall ging mit jede Menge Schilcher-Glühwein einher.

Ehe ich eine patzige Antwort geben konnte, hielt Sara am Straßenrand an. »Hier werdet ihr alles finden, was ihr braucht. Wenn ihr unser Shuttle verpasst, könnt ihr gern oben anrufen. Mein Bruder, unsere Eltern und ich wohnen dort und können im Notfall fast immer einspringen«, erklärte sie.

Wir stiegen vor einem überraschend riesigen Sportgeschäft aus, dessen verglaste Auslagen professionell ausgeleuchtet waren. Der Laden befand sich in einer belebten Einkaufsstraße, wo trotz des zweiten Weihnachtsfeiertags einiges offen hatte und viele Leute unterwegs waren. Die Sonne war aufgegangen, aber eine Wolkenschicht sorgte für diesiges Dämmerlicht. An den Laternen schlängelten sich Lichterketten empor, soweit ich die Straße entlang blickte. Zwei große Tannen markierten den Eingang des Sportgeschäfts. Die elektrische Schiebetür dahinter zischte leise, wenn jemand rein oder raus ging.

Das kroatische Pärchen und Pekkas Truppe nahmen von Sara ihre Ausrüstung entgegen.

Die Rezeptionistin winkte uns zum Abschied aus dem Fenster zu, ehe sie sich auf den Weg zurück machte. Neugierig starrte ich auf die Auslage, die mit Kunstschnee, funkelnden Christbaumkugeln, Tannenzapfen und noch viel mehr weihnachtlichen Krimskrams drapiert war. Ich trat näher heran, schob meine eiskalten Finger in die Jackentaschen und bewunderte das Angebot. Skianzüge, Fellmützen, Schneeschuhe und jede Menge mehr Equipment, welches ich gar nicht zuordnen konnte. Schlitten, abstruse Schlafsäcke und viele Felle gesellten sich zu den modernen Dingen.

»Ich empfehle ein Bärenspray, wenn man wie du allein durch die Wälder streift. Hilft auch gegen Wölfe«, raunte mir Lauri zu, dicht an meinem Ohr. Er war zu mir herangetreten, im Gegensatz zu den anderen, inklusive Sebastian, die abseits standen und plauderten. Schockiert wandte ich Lauri mein Gesicht zu. Mit dunklem Blick und ernster Miene starrte er mich warnend an. Diese finstere Aura konnte er offenbar auf Knopfdruck abrufen, so, wie auf der Bühne.

»Hier gibt es Bären?«, fragte ich ernsthaft besorgt. Meine Stimme rutschte einen Ton höher. Lauri nickte ganz langsam, immer noch mit stoischem Ausdruck auf seinem markanten Gesicht. »Eisbären!«

»Mensch Karo, lass dich doch nicht so leicht verschei-ßern!«, ertönte es vorwurfsvoll von Basti, der uns also doch mit einem Ohr zugehört hatte. Grimmig rümpfte ich die Nase und sah von Lauri zu Basti.

Jari grinste und antwortete deutlich freundlicher als mein Kumpel: »Lass dir keine Angst machen, Karolina. Die Wahrscheinlichkeit, dass dir ein Elch die Satelliten-schüssel samt Kabel vom Mökki reißt, ist deutlich grö-ßer als die Gefahr von Bären im Touristengebiet, und Eisbären gibt es schon mal gar nicht.«

»Man kann nie wissen, was die Erderwärmung so an-richtet«, legte Lauri mit tiefer Falte auf der Stirn nach. Doch dann sah ich es: das zarte Zucken rund um seine Lippen. Ich verengte die Augen und stemmte meine Hände in die Hüften, bis er endlich loslachte.

»Na toll, verarschen wir die naiven Touristen«, grum-melte ich. Der Finne amüsierte sich köstlich über meine Leichtgläubigkeit. Mit glitzernden Augen zuckte er entschuldigend mit den Schultern. Leider hatte er ein verdammt charmantes Lächeln, an das ich mich langsam gewöhnte.

Seine Erheiterung endete abrupt, als er über mich hinwegsah. Sofort kehrte die Härte in sein Gesicht zu-rück und der attraktive Ausdruck verpuffte. Ich wollte gerade nachsehen, was ihm die Laune verdarb, da schob uns Jari gemeinsam mit den anderen voran in das Geschäft hinein.

»Auf geht's. Wir können nicht den ganzen Tag hier frieren, ich will auf die Piste. Wir müssen Helme leihen und ihr braucht was unter den Füßen.«

Ich ließ mich neben Lauri zwar voranschieben, versuchte aber trotzdem, einen Blick hinter mich zu erhaschen. Dort stand nur eine kleine Menschengruppe wie wir, in dicken Skiklamotten. Das Letzte, was mir ins Auge fiel, war eine grelle pinke Puschelmütze, ehe Jari uns komplett in das Geschäft bugsierte.

Wärme durchströmte meinen Körper und ich öffnete sofort meine Jacke. Über uns ertönte aus irgendwelchen Lautsprechern ein rockiges Jingle Bells. Wir traten in eine riesige offene Verkaufsfläche, dessen Größe auf den ersten Blick gar nicht erfassbar war. Unzählige Regalreihen und Aufsteller füllten die Halle.

»Dort hinten ist der Skiverleih. Links gibt es Klamotten und anderer Schnickschnack ist rechts«, erklärte uns Pekka. Basti und ich blieben erst einmal überfordert von diesem Angebot stehen. Der Laden war gut gefüllt, die Menschen verloren sich aber zwischen den Schaufensterpuppen und in den weitläufigen Gängen.

»Was brauchen wir denn?«, fragte mich Basti mit suchendem Blick. Aki und Jari verschwanden zu unserer Linken, Pekka eilte mit Yanis nach rechts. Als hätte jemand *Fang mich* gerufen, huschten sie davon.

»Ich brauche dickere Handschuhe, viele Paar Skisocken und so eine Mütze mit Puschel obendrauf und mit Glitzersteinen«, verkündete ich. Lauri und Basti sahen mich skeptisch an. »Ich habe die hier überall gesehen. Ich will auch einen Puschel!«

»Ich dachte eher an Skier für die Piste, aber gut, gehen wir eben zuerst Puschel shoppen. Die Einkaufstaschen bind ich dann einfach an meine Skistöcke«, sagte Basti sarkastisch und zog eine Augenbraue hoch.

»Ich brauche ein Leihboard. Folgt mir nach hinten«, bot Lauri schmunzelnd an. Auf Bastis Kommentar ging ich nicht ein. Zur Not zog ich eben all meine neuen Sachen direkt an.

Am anderen Ende des Geschäfts führte ein offener Durchgang in einen neuen Bereich, in dem eine ganze Wand voll mit Skistöcken, Snowboards und Skiern stand. Die passenden Schuhe dazu fand man ebenfalls in Reih und Glied vor. Lauri sprach beim Tresen den Verkäufer vertraut an. Sie schüttelten sich lachend die Hand, womit feststand, dass sie sich kannten. Der Kerl trug einen dichten, grauen Bart. Das rote Flanellhemd passte gut zu dem gediegenen Look. Nur die Weihnachtsmütze auf seinem Kopf blinkte aufdringlich an der Spitze.

Während sie ein paar Worte wechselten, ging Basti sich interessiert umsehend die Reihen ab.

»Anfänger oder Profi?«, fragte Lauri, woraufhin mich er und der Mann erwartungsvoll musterten.

»Am besten gebt ihr kurze Anfängerski mit einem süßen Tieraufdruck, dann ist sie glücklich«, warf Basti ein.

Reif und erwachsen, wie ich war, zeigte ich ihm meine Zunge in voller Pracht.

»Wir sind aus dem Land der Berge. Ich werde doch wohl einen finnischen Hügel runterkommen«, motzte ich.

Lauri zog seine dunklen Augenbrauen hoch und verschränkte die Arme vor der Brust. »Viele deutsche Touristen unterschätzen die hiesigen Witterungen«, erklärte er mir.

Also wenn es etwas gibt, mit dem man eine Österreicherin nicht verwechseln sollte, dann war es eine Deutsche. Wir mochten unsere Nachbarn, aber irgendwo musste man doch eine Grenze ziehen. Im wahrsten Sinne des Wortes.

»Ich bin eine Wienerin!«, sagte ich mit stolzgeschwellter Brust und plusterte mich auf wie ein Pfau. Beide Finnen sahen mich verständnislos an. Basti entwich ein amüsiertes Schnauben. Er kam zu mir und legte einen Arm um meine Schultern. »Ganz genau. Eine Wienerin, die denkt, der Wochenendausflug auf den neunhundert Meter hohen Semmering gilt als Nonplusultra Bergerlebnis.«

Grimmig sah ich zu ihm hoch, dann zu Lauri, der bestimmt nicht ganz verstand, wieso Basti mich gerade ziemlich beleidigt hatte.

»Gebt mir ein Snowboard«, verkündete ich selbstbewusst und trat nach vorne. Ich hatte schon einmal auf einem gestanden und war eine Piste runtergefahren ... vor etwa acht Jahren im Skikurs mit sechzehn, der mehr aus heimlich Alkopops trinken bestanden hatte als Zeit auf dem Board. Aber so schwer konnte das doch nicht sein.

» *Wie bitte?*«, fragte mich mein bester Freund überrascht. Während sich der Verkäufer von uns entfernte, um mir etwas Passendes rauszusuchen, blieb ich zwischen Lauri und Basti stehen, deren Blicke sich heiß auf meinen Wangen anfühlten. Normalerweise ließ ich mich nicht so leicht provozieren, aber aus der Nummer kam ich jetzt nicht mehr heraus, ohne mir die Blöße zu geben. Achselzuckend wandte ich mich Basti zu und flüsterte: »Mal was Neues ausprobieren.« Er verengte die Augen.

»Oder willst du nur jemanden Bestimmtes beeindrucken?«, fragte er auf Deutsch mit Blick zu Lauri.

Kapitel 6

Puschelliebe

Lauri fand ein passendes Board und Basti ein grell grünes Paar Skier. Der Verkäufer suchte mir ein anfängerfreundliches Board samt Schuhen plus Helm aus. Netterweise brachte er unser Zeug zur Kasse, damit wir in Ruhe weiter stöbern konnten. Die Auswahl war riesig. Erst recht, als ich vor dem Regal mit den Puschel-Mützen stand. In allen Variationen und Farben, baumelten mir die flauschigen Dinger entgegen. Ehrfurchtsvoll ließ ich meine Finger über die weichen Kugeln gleiten.

»Möchtest du echtes Fell oder Kunstfell?«, fragte man hinter mir und ich zuckte erschrocken zusammen. Ich hatte zwar wahrgenommen, dass sich mir jemand näherte, doch ich war von Basti ausgegangen. Dass Lauri mir folgte und über meine Schulter blickte, irritierte mich. Er stand da, leicht vornübergebeugt mit den Armen hinter dem Rücken verschränkt.

»Kunstfell natürlich. Leichen trage ich nur ungern an meinem Körper«, antwortete ich und schielte zu ihm. Er nickte.

»Dann bist du hier richtig. Es gibt aber eine eigene Abteilung mit Naturfellen von Rentieren zum Beispiel.«

Langsam schritt ich am Regal entlang und griff nach einer blauen Mütze, um sie anzuprobieren.

»Ihr kommt also aus Wien?«, begann er Small Talk zu führen, während ich mich in einem runden Spiegel betrachtete.

»Ja, geborene Wienerin! Und du?«

»Ich bin in Turku geboren, lebe aber seit dem Studium in Helsinki.«

Ich hängte die blaue Mütze zurück und suchte mir eine rosafarbene aus, in dessen Puschel Glitzerfäden eingenäht waren. »Du hast studiert?« Es hätte nicht beleidigend klingen dürfen, aber überrascht war ich schon.

Lauri schien es mir nicht übel zu nehmen, er grinste nur schief. »Ja, Bachelor of Music mit Tontechnik. Wenn man etwas macht, dann sollte man es richtig machen.«

Man hörte ihm an, dass er stolz darauf war. Ich hatte mich nicht intensiv damit beschäftigt, aber auf Anhieb kannte ich nicht viele Rockstars, die das auf der Uni gelernt hatten. Ich probierte die vierte Puschelmütze an und Lauri beobachtete mich sehr genau dabei. Wieso er nicht bei seinen Freunden war, sondern bei der Frau aus dem Wald, kam mir seltsam vor.

Noch seltsamer war allerdings, dass ich einen kühlen Luftzug auf der linken Wange spürte. Als ich mich zu Lauri drehte, war dieser weg. Da stand ich nun, mit einer roten Puschel-Mütze und überlegte, ob es nun so weit war und ich mir die sexy Rockstars, die Interesse an meinem Leben zeigten, nur einbildete und Selbstgespräche führte. War er gerade verpufft?

Etwas umklammerte plötzlich meinen Knöchel. Ich schrie erschrocken auf und taumelte stolpernd rückwärts. Vergeblich suchte ich nach Halt, aber da plumpste ich schon auf den Boden. Der stechende Schmerz im Po ließ abrupt nach, als ich auf Lauri starrte, der auf allen vieren vor mir kauerte und mich entsetzt anstarrte. Seine Finger umschlossen immer noch meinen Fuß.

»Was zur Hölle machst du da?«, schrie ich ihn an.

»Mich verstecken.«

Klar, eine vollkommen logische Antwort. Ich öffnete den Mund, um weitere Fragen zu stellen, aber die Situation war einfach zu absurd. Stattdessen stand ich auf, um zu prüfen, ob ich mir wehgetan hatte.

»Nur, um das klarzustellen, dieses Mal warst du daran schuld, dass ich stolperte und fiel«, schimpfte ich, doch er ignorierte meinen Einwand.

»Sind sie noch da?«, flüsterte Lauri zu mir nach oben. Ich sah ihn verständnislos an, hob meinen Kopf und entdeckte nichts, was es rechtfertigte, sich in einem öffentlichen Geschäft spontan auf den Boden zu werfen.

»Die Fans! Auf neun Uhr! Vier Frauen mit Handys in der Hand. Nicht zu übersehen«, zischte er und zog den Kopf erneut ein. Ratlos sah ich mich noch einmal um. Nach einigen Sekunden entdeckte ich die Gruppe, die er meinte.

»Starr sie doch nicht so an!«, beschwerte er sich.

»Was willst du denn bitte von mir? Das sind Frauen, keine Eisbären. Ich kann aber trotzdem fragen, ob sie ein Spray dagegen hier haben«, erklärte ich sarkastisch, weil ich seine Reaktion ziemlich übertrieben fand. Er kroch ans Ende des Mützen-Regals und spähte daran vorbei.

»Die standen schon draußen, haben uns beobachtet und über uns gesprochen«, klärte er mich auf.

Ich zog die Stirn kraus, weil ich davon nichts mitbekommen hatte.

»Und du versteckst dich vor ihnen, weil ... du eine Affäre mit einer von ihnen hattest?«, fragte ich auf der Suche nach einer Erklärung für sein Verhalten. Ein wütender Blick schoss zu mir empor. Entschuldigend hob ich die Hände.

»Ich fange nichts mit Fans an, aus Prinzip. Aber ich will dieser Art von Fans aus dem Weg gehen.«

Ich sah die jungen Frauen noch einmal an. »Dieser Art von Fans?« Süß, hübsch und nett? Sehr gefährliche Fraktion, ganz klar. »Ähm ... wieso sagst du ihnen nicht, dass sie dich in Ruhe lassen sollen?«, schlug ich vor und kassierte einen erneuten Blick, der mir sagte *Du hast keine Ahnung, von was du da redest.*

»Habe ich doch versucht. Sie sind aber hartnäckig und am Ende verliere ich immer die Geduld und dann heißt es wieder, ich sei arrogant, gemein und unnahbar.«

Na, da klagte aber jemand sein Leid. Allerdings schoss mir das Bild des düsteren Musikers auf der Bühne wieder in die Sinne, der nun verzweifelt, mit einer Panik-Schweißperle auf der Stirn vor mir kniete. Ich konnte nicht anders, als laut loszulachen. Als ich mich wieder im Griff hatte und mir die Tränen aus den Augenwinkeln wischte, reichte ich ihm meine helfende Hand.

»Sie sind gerade außer Sichtweite, du kannst hochkommen.«

Zögerlich stand er ohne mein Zutun auf und spähte in alle Richtungen.

»Sie sind hinten im Ski-Verleih«, ließ ich ihn wissen. Er atmete erleichtert aus.

»Wir sollten die anderen suchen und dann schnell verschwinden.«

Bevor ich protestieren konnte, griff er nach meiner Hand und zog mich mit sich. Seine Finger schlossen sich angenehm warm und weich um meine. Breit grinsend torkelte ich hinter ihm her. Lauri hingegen sah sich gehetzt um.

»Dort drüben ist Basti!«, rief ich, als ich meinen Freund bei einem ausgestellten Snowmobil in der Mitte der Halle entdeckte. Bei ihm stand Pekka und beide schienen über das glänzende Ding zu philosophieren. Statt dort hinzulaufen, zog Lauri mich weiter.

»Wir gehen zur Kasse.«

Wie in einem Agentenfilm duckte er sich hinter Aufstellern, umrundete Schaufensterpuppen, die in dicken Winterklamotten steckten oder blieb spontan stehen. Ich prustete jedes Mal neu los, ließ aber alles mit mir machen, denn es war einfach zu komisch. Als er in einen flüchtigen Laufschritt verfiel, wäre ich fast schon wieder gefallen, doch er ließ mich nicht los. Auf einmal nahm ich aus den Augenwinkeln eine Gruppe Frauen wahr und reagierte spontan. Meine katzenartigen Reflexe verursachten den Schubs, den ich Lauris Rücken gab.

»Dort drüben sind sie«, rief ich dazu, aber es war egal. Als wäre ich She-Hulk katapultiere ich den Rockstar zur Seite und er fiel bäuchlings auf einen hüfthohen Haufen gestapelter Felle. Das war zwar eine weiche Landung, allerdings traf er sie nur am Rand und rutschte weg. Ich sah noch die angsterfüllten Augen, als er nach einem der Felle griff und es wie ein Wrap um sich wickelte, während er vom Stapel fiel und auf dem Boden landete.

Neben uns spazierten plaudernd drei ältere Damen vorbei, die definitiv nicht die Fans waren, vor denen wir flohen. Falscher Alarm.

»Vittu, perkele, satana«, nuschelte Lauri dumpf. Unter dem Rentierfell rappelte er sich auf und mit rotem Kopf kam er vor mir zum Stehen. Seine blonden Haare waren zerzaust und mit Glanz in den Augen sah er mich heftig nach Atem ringend an. Er hätte mich zur Schnecke machen können, weil ich einen vermeintlichen Mordversuch an ihm begangen hatte, doch stattdessen zogen sich seine Mundwinkel nach oben. Aus dem charmanten Grinsen wurde ein angenehm klingendes, offenes Lachen. Er warf den Kopf sogar etwas in den Nacken und ließ alles raus.

»Hast du mich gerade über die Rentierfelle geworfen? Was hast du bitte gefrühstückt? Wieso bist du so stark?«, japste er glucksend.

Ich stieg mit ein und legte ihm entschuldigend eine Hand auf die bebende Schulter. »Es tut mir so leid. Ich dachte, ich hätte die Fans gesehen!«

Zumindest schien das seine Anspannung gelöst zu haben. Er dehnte Rücken und Arme.

»Was treibt ihr denn hier?«, fragte Basti, der mit Pekka auf uns zu kam. Mit dem Handy in der Hand winkte er.

»Hast du das geile Teil da gesehen? Ich will mit so etwas fahren«, fügte er direkt hinzu und sah zum Snowmobil. Vermutlich hatte er tausend Bilder davon gemacht und würde mir bis am Abend damit in den Ohren liegen. »Wieso seht ihr so gehetzt aus? Karo, deine Wangen glühen ja.«

»Wir sind ein paar Fans davongelaufen«, erklärte ich und sah mich erneut nach den Frauen um. Sofort verzog Pekka die Miene zu einer leidenden Grimasse. »Darauf reagiert er allergisch, dabei sollte er es gewöhnt sein.«

Ein tiefes Schnauben kam aus Lauris Brust. »*Er* ist anwesend und im Urlaub und möchte keine nervigen Fragen beantworten oder Interesse heucheln.«

Dafür hatte ich sogar Verständnis. Ich nahm es den Fans nicht übel, wenn sie ihren Idolen so nahe wie möglich sein wollten und durch Bastis Arbeit kam ich viel mit solchen Situationen in Kontakt. Jedoch konnte ich nachvollziehen, dass man manchmal seine Ruhe haben wollte.

Die Männer gingen zur Kasse, ich deckte mich vorher noch mit ein paar dicken Wollsocken und einer Thermoleggins ein. Jari, Yanis und Aki warteten mit ihren geliehenen Helmen beim Eingang auf uns. Für die Skier und das Board bekamen wir nur einen Leihschein, mit dem wir die Kaution bezahlten. Als ich meine Kreditkarte rüber reichte, sprach mich die Frau an der Kasse auf Finnisch an. Ehe ich sie um Englisch bitten konnte, zog mir Lauri die Mütze vom Kopf.

»Die bezahle ich«, antwortete er. Ich hatte sie vollkommen vergessen.

»Das war nicht nötig, aber danke«, murmelte ich verlegen. Lauri zuckte mit den Schultern und setzte sie mir wieder auf, zog sie dabei aber bis über meine Augen.

»Sie steht dir sehr gut.«

»Hey«, beschwerte ich mich, bevor ich sie nach oben schob und Lauri amüsiert ansah. Es war leicht, in diese blauen Augen zu blicken und dabei überfordert in Starre zu verfallen. Vermutlich wusste er das.

Dieses Mal sah ich die Gefahr, vollkommen von ihm abgelenkt, nicht kommen. Es war faszinierend mitanzusehen, wie sich fast alle Muskeln in seinem Gesicht, inklusive seiner Schultern anspannten. Der Grund war die Gruppe Frauen, die kichernd näherkam.

Hell aufgeregt und durcheinander plauderten sie auf ihn ein, während er stumm die Hände in seine Hosentaschen schob. Mittlerweile war der arrogante Ausdruck in seinem Gesicht perfekt inszeniert. Wow, das bedurfte gewiss langer Übung. Sie hielten ihm ihr Handy entgegen und es war nicht schwer zu erraten, dass sie ein Selfie mit ihm wollten. Lauri schüttelte nur den Kopf. Sie verfielen in einen bettelnden Tonfall und zückten auch einen Stift, aber er trat einen Schritt zurück. Er strahlte Abweisung und Desinteresse aus, was sie jedoch nicht sehr beeindruckte.

Wie am Flughafen, rettete ihn Jari. Er war schon mit seinen Freunden nach draußen gegangen, kam aber zurück und schritt ein. Mit breitem Sunnyboy-Lächeln und ausgebreiteten Armen begrüßte er die Fans, die ihr Glück kaum fassen konnten. Sie wurden kurz still, nur um dann noch schriller zu quietschen. Professionell lenkte er sie mit Fotos ab, damit sich Lauri unbeachtet davonstehlen konnte. Er nahm sich seine Schuhe und das Board und verschwand damit mit großen Schritten nach draußen.

»Hast du das gesehen?«, wisperte Basti interessiert. »Der Junge scheint ja ganz schön traumatisiert zu sein, was den Fan-Kontakt angeht. Er ist ja quasi geflüchtet.«

Zurück auf der Straße schwebten dicke Schneeflocken zu Boden. Eine frische Schicht Weiß bildete sich auf den Gehwegen. Lauri stand stumm bei Yanis und Aki, sichtlich darum bemüht nicht angesprochen zu werden. Wir gesellten uns zu ihnen, um auf Jari zu warten, der kurz darauf seufzend herauskam.

»Was mach ich denn nun mit meinen Einkäufen?«, versuchte ich die Stimmung aufzulockern.

»Bei der Liftstation kann man Spinds mieten, ihr könnt mit uns mitkommen«, antwortete Jari. Das Angebot nahmen wir gerne an. Es war immer gut, jemanden bei sich zu haben, der sich besser auskannte.

Basti übernahm mein Board, weil ich mit den Schuhen und den Einkäufen genug zu tun hatte. Wir bildeten das Schlusslicht hinter Lauri, dessen hängende Schultern ich nicht aus den Augen lassen konnte. Der lachende Lauri, der sich in ein Fell einwickelte war mir bedeutend lieber.

Kapitel 7

Skihasen

Für so einen scheinbar kleinen Ort war die Station mit den Liften äußerst modern. Wir hatten ein Stück auswärts gehen müssen, um die Geschäfte hinter uns zu lassen und an den Bergfuß zu gelangen. Wie versprochen fanden wir den Bereich, wo wir uns umzogen und die Sachen lagerten. Basti besorgte die Tagespässe.

Lauri blieb schweigsam, schien sich aber etwas zu entspannen. Ich bildete mir trotzdem ein, dass seine Blicke ab und zu über die Menschen schweiften.

Unter all den Skifahrern, die nun zum Lift drängten, wurde mir bewusst, was ich getan hatte. Das Board in meiner Hand fühlte sich falsch an. Mit holprigen Schritten wegen der steifen Schuhe stakste ich weiter. Je näher wir dem Lift kamen, desto nervöser wurde ich. Ohne Skistöcke, fühlte ich mich auf einmal nackt. Auf dem Kopf trug ich nicht meine neue Mütze, denn der Puschel passte nicht unter den Helm, für den ich dankbar war. Wenn ich das heute ohne Knochenbrüche überlebte, war es ein guter Tag.

Beim Warten passierten wir das große Orientierungsschild, auf dem die Pisten markiert waren. Die Auswahl war überschaubar, aber abwechslungsreich. Es gab für jeden Schwierigkeitsgrad etwas. Ich liebäugelte mit der

Kinderstrecke und dem Skikurs. Auch die Männer wollten es erst einmal langsam angehen zum Aufwärmen. So kam es, dass nachdem Basti meine Bindung am Board ein letztes Mal kontrolliert hatte, ich zwischen ihm und Lauri zur Markierung vorhumpelte. Ein Bein fixiert, eines zum Anschieben. Die Gondeln ließen Platz für vier Personen, weshalb sich Jari neben Lauri einreihte. Pekka, Aki und Yanis nahmen die nächste. Mein Herz schlug bereits wild, ehe der Sitz gegen meine Kniekehle stupste. Steif plumpste ich zurück und erst als die Halterung nach unten einrastete, entwich mir die angehaltene Luft. Wir gewannen schnell an Höhe, das Board zog baumelnd an meinen Beinen. Hektisch schob ich es in die Fußleiste. Ein Kribbeln setzte sich in meinem Bauch fest, konträr zu dem kalten Piksen des Windes in meinem Gesicht. Höhenangst hatte ich keine, trotzdem war mir mulmig zumute. Basti neben mir strahlte und reckte seine Nase, die schon total rot gefroren war, in die Luft. »Ich liebe es!«

Unter uns erstreckten sich die breiten präparierten Schneepisten durchzogen und umgeben von Wald. So viel Schnee, dass ich mich nicht daran sattsehen konnte. Der Himmel war grau, Wolken verdeckten die Sonne. Vermutlich waren deshalb die Pisten bereits jetzt mit Flutlichtern ausgeleuchtet. Der Ausblick über die bewaldeten Hügel mit all dem Weiß war wunderschön. Sogar die massiven Metallsteher der Gondeln waren mit einer dicken Schicht Eis und Schnee bedeckt. In jede Ritze blies der Wind die Flocken.

Basti versuchte, mit seinen Handschuhen das Handy zu bedienen. Todesmutig zog er sie mit den Zähnen aus.

Das Drama, wenn das Ding runterfiel, erhoffte ich mir zu ersparen.

Lauri neben mir saß ruhig da und schaute den Menschen zu, die unter uns die Pisten eroberten. An seinen Wimpern hingen geschmolzene Tropfen, auf den Wangen bildeten sich rötliche Flecken. Ganz in Gedanken versunken ruckten seine Augen hin und her.

»Na, bereits tolle finnische Sehenswürdigkeiten entdeckt, die dir gefallen?«, fragte mich Basti auf Deutsch von der Seite. Ehe ich begriff, schoss er ein Foto von mir, wie ich Lauri anglotzte. Als hätte ich es nicht gesehen, schwenkte er schnell auf die Umgebung. Ich hoffte, dass ihm zumindest ein kleiner Finger abfror.

»Kümmere dich um deinen eigenen Scheiß«, schimpfte ich ertappt.

»Ich kann verstehen, dass ein unnahbarer Rockstar eine gewisse Wirkung auf dich hat. Ich wollte nur darauf hinweisen, dass du der tollen Landschaft auch ein bisschen Aufmerksamkeit schenken solltest«, stichelte Basti grinsend weiter. Mittlerweile versuchte er, fahrig die Handschuhe wieder anzuziehen. Es war wirklich eisig kalt hier auf dem Lift.

Was ich bei der kindischen Diskussion in unserer Muttersprache vergessen hatte, war Jari, der uns verstand.

»So toll ist die Landschaft auch wieder nicht. Schnee, wohin man sieht.«

Entsetzt blickte ich an Lauri vorbei zu Jari und verging vor Scham. Der blonde Finne grinste breit und frech.

»Probleme?«, fragte Lauri neugierig.

»Nein, alles gut«, zischte ich. Basti und Jari lachten gleichzeitig auf.

»Sag mal Lauri, gehst du oft Snowboarden?«, wollte ich das Thema schnell in eine andere Richtung lenken. Die beiden Nervensägen lachten nur noch lauter. Lauri war höflich genug verwirrt dreinzusehen, meine Frage aber zu beantworten. »Ja, jedes Jahr. Meine Uroma hat hier in dem Ort gewohnt, ist aber vor ein paar Jahren gestorben. Wir sind dennoch oft hier. Wie lange bleibt ihr denn?«

»Bis zum zweiten Januar.«

»Sehr gut. Wir bleiben auch bis zum Ersten. Silvester ist hier nicht sehr spektakulär, aber schön«, erzählte er mit einem ehrlichen Lächeln. Lauri schien also so etwas wie Heimaturlaub zu machen.

»Lauri kennt sich hier sehr gut aus, er könnte dir bestimmt ein paar interessante Dinge zeigen«, mischte sich Jari wieder auf Deutsch ein. Die Tatsache, dass er eine Sprache wählte, die sein Freund nicht verstand, in Kombination mit dem anzüglichen Wackeln seiner Augenbrauen, machte deutlich, dass er nicht von Museen sprach.

Basti sprang auf diesen Zug auf: »Oh, Karo ist sehr an der finnischen Kultur interessiert. Besonders die mürrischen Ureinwohner mit blauen Augen haben es ihr angetan!«

Jari prustete laut los, obwohl der Verräter genauso blaue Augen hatte, wie Lauri.

»Was redet ihr da für einen Unsinn? Haltet die Klappe!«

Die zwei amüsierten sich köstlich. So sehr, dass die Gondel ins Schaukeln geriet, weil die beiden sich vorbeugten und sich vor Lauri und mir abklatschten.

Der Unwissende sah mich ratlos an, was mich dazu brachte seufzend den Kopf zu schütteln. »Sie machen sich über dich und mich lustig.«

Lauri sah zu seinem Freund hinüber, sprach dann aber wieder mit mir: »Sollen sie doch. Ist bestimmt nur der Neid!«

Er schenkte mir ein freches schiefes Grinsen mit Grübchengarantie und ein kleines mädchenhaftes Bauchkribbeln flammte ganz kurz in mir auf.

Die Ausstiegsstelle kam in Sicht und machte mich nervös. Je näher das Häuschen kam, desto mehr rutschte ich hin und her. Ich versuchte, das Board richtig auszurichten und mich daran zu erinnern, was mir vor Jahren im Skikurs mal beigebracht worden war.

Bier auf Wein, lass es sein, half nicht wirklich. Die Gondel bremste, der Ausstieg kam näher. Als Jari den Bügel löste und hochdrückte, biss ich konzentriert die Zähne zusammen. Ich rutschte ganz nach vorne und sowie das Board den Boden berührte, schob ich schnell mit dem hinteren Fuß an. Während ich in Gedanken kopfüber am Sessellift hing, und wieder ins Tal fuhr, schaffte ich es überraschenderweise strauchelnd und stolpernd aus der Gefahrenzone. Mein Puls schlug mir wummernd bis an die Kehle, mein Kiefer schmerzte. Erst jetzt registrierte ich, dass mich sowohl Sebastian als auch Lauri links und rechts festhielten, damit ich nicht hinfiel. Genauer gesagt hing ich zwischen den beiden wie ein nasses Geschirrtuch an der Leine. Sie bugsierten mich nach draußen, um den Nachkommenden nicht im Weg zu stehen.

»Vielen Dank«, sagte ich kleinlaut.

Gegenüber auf der Hügelkuppe stand eine Holzhütte, die verdächtig nach einem Restaurant aussah. Auf der Terrasse saßen trotz der Kälte Menschen mit Heißgetränken. Daneben reihten sich Skier und Boards auf dafür vorgesehenen Aufstellern. Dichter Rauch stieg aus dem Kamin auf. Wir blieben abseits stehen, um auf die anderen zu warten. Yanis und Aki kamen auf ihren Skiern näher, dahinter folgte Pekka auf seinem roten Snowboard.

Hier oben stand noch mal die Orientierungstafel, die wir uns versuchten einzuprägen. Der Schneefall nahm zu, die Sicht blieb aber ausreichend.

»Wir sehen uns unten«, verkündete Jari euphorisch. Er stieß sich mit seinen Stöcken ab und glitt davon. Aki folgte ihm, so wie Yanis, nachdem er mir einmal zuzwinkerte. »Viel Glück«, rief er zurück. Natürlich konnte ich nicht erwarten, dass die *Fremden* direkt Rücksicht nahmen, doch auf meinem Board fühlte ich mich dennoch ein bisschen verloren.

»Ich möchte die leichte Piste zum Aufwärmen nehmen«, schlug Lauri vor. Er studierte interessiert die Karte. Basti gluckste leise. »Dann kann ich ja die Fortgeschrittene nehmen mit den anderen. Pekka?«, fragte mein Freund in unsere verbliebene kleine Runde.

Jaris Bruder sah unschlüssig aus. Er stand lässig auf seinem Snowboard, die Hände in die Hüfte gestemmt. Man sah ihm an, dass er sich nach Geschwindigkeit sehnte, aber gleichzeitig nicht unhöflich sein wollte.

»Meinst du, du kommst klar Karo?«, fragte er zögernd nach.

Mir graute zwar vor den nächsten Minuten, wenn rauskam, wie mies ich auf dem Board war, aber irgendwen von seinem Urlaubsvergnügen abhalten, wollte ich auch nicht. Vor allem nur weil ich dämliche Entscheidungen traf, ohne rationalen Grund. Ob es zu spät war, nach einem süßen Skilehrer-Studenten zu fragen?

An uns vorbei glitten die anderen Menschen, die wussten, was sie taten, und zwar mit einer Leichtigkeit, die mir gerade abhandenkam.

»Fahrt nur, wir sehen uns unten. Ich schaffe das allein. Runter kommt man bekanntlich immer«, beruhigte ich alle. Basti sah mich musternd an. »Lauri, pass bitte auf sie auf. Ich will mir nicht eine neue Mitbewohnerin suchen müssen«, befahl er dem Musiker. Einfühlsam wie eh und je. Wirklich böse war ich nicht, denn wenigstens konnte er so keine peinlichen Fotos von mir machen, wenn ich in irgendeinem Busch oder Baum landete.

Die beiden hielten sich nicht länger auf, sondern machten sich auf den Weg. Basti stieß sich mit den Stöcken ab, Pekka mit seinem freien Fuß. Die Abfahrt begann für alle gleich, weiter unten trennten sich die steilen Abhänge auf verschiedene Wege. Mit einem mulmigen Gefühl im Magen beobachtete ich, wie Basti den Hügel hinabrutschte, gefolgt von Pekka.

»Man kann auch mit dem Sessellift nach unten fahren«, schlug Lauri vor. Sofort stieg der Trotz in mir empor, obwohl er es nur gut meinte.

»So schwer kann das doch nicht sein«, sprach ich und rutschte näher an den Abgrund. Ich stieg mit dem zweiten Fuß aufs Board und verlagerte mein Gewicht nach vorne.

Ein paar Zentimeter sah ich souverän aus, bis mich die Panik überkam, weil ich pfeilgerade abwärts schoss. Statt irgendwie zu lenken, ließ ich mich fallen. Mit einem lauten Quietschen und einem lauten Rumps, setzte ich mich in den Schnee und schlitterte auf dem Po davon, bis ich anhielt.

Der Blick ins Tal half nicht. Lässig wedelten dort die Wintersportler voller Freude nach unten. Die meisten machten eine Kurve zur steileren Strecke. Von meiner Misere abgesehen, war der Rundumblick atemberaubend. Überall erhoben sich die weißen Hügel mit den vereisten Wäldern. Zwischendrin durchzogen die Landschaft die beleuchteten Lifte und Laternenpfade.

Lauri erschreckte mich, als er mit einem einzigen eleganten Schwung vor mir quer zum Stehen kam. Mit dem Rücken zur Abfahrt sah er auf mich herab.

»Ich kann dir ein paar Tipps geben. Ich muss nicht schnell runterfahren«, sagte er.

Eigentlich hatte ich ziemlich großen Schiss allein. Die Aussicht, dass zumindest jemand mitbekam, wenn ich gegen einen Baum fuhr, um die Rettungskräfte rufen zu können, war doch ein bisschen erleichternd.

»Wieso bist du nicht bei deinen Freunden? Ich bin durchaus dankbar, möchte dir aber nicht den Spaß verderben«, gab ich ihm noch mal die Chance, es sich anders zu überlegen. Lauri schnaubte allerdings kopfschüttelnd. »Ich habe genug Adrenalin in meinem Job. Also los, hoch mit dir. Stell die Kufe in den Schnee und versuch erst mal, allein aufzustehen. Dann probiere vorsichtig quer zum Hang nach unten zu rutschen, um dein Gleichgewicht zu finden. Wenn du das drauf hast, kannst du die ersten Schleifen fahren. Hier, ich zeig es dir.«

Ohne groß auf meine Reaktion zu warten, machte er eine langsame, aber geschmeidige Wende, sodass er parallel zu mir stand. Ausbalanciert rutschte er dann auf der Kufe gerade weiter, bis er sich erneut in die Kurve legte. Ich hievte mich hoch, mit dem Erfolg nicht gleich einen Purzelbaum zu machen. Das Gleichgewicht zu halten war nicht leicht und meine Beine zitterten jetzt schon. Mit wedelnden Armen ruckte ich nach unten. Mein Blick richtete sich starr auf das Board, hoch konzentriert zog ich die Stirn kraus. Stück für Stück rutschte ich weiter. Erst Lauris Hände auf meinen Schultern signalisierten mir, dass ich ihn erreicht hatte. Er lächelte mich unter seinem Schal aufmunternd an. »Sieht schon gut aus. Ganz unfähig bist du also doch nicht.« Ich nahm es als Kompliment. Erneut demonstrierte er den Schwung und wandte sich danach wieder zu mir. Sein Winken motivierte mich. Wenn ich mich daran erinnerte, dass ich eine gute Skifahrerin war, konnte das wirklich nicht so schwer sein. Dieses Mal rutschte ich auf der Kufe schneller zu ihm, direkt in seine ausgebreiteten Arme.

»Ich stehe hier und passe auf, wenn du die erste Wende machst«, schlug er vor. Um besseren Halt zu haben, stieg er von seinem Board ab und rammte es stehend in den Hang. Oh, offensichtlich hatte ich doch meinen süßen Skilehrer bekommen.

Sein Optimismus sprang auf mich über, also verlagerte ich mein Gewicht und glitt den Hang langsam entlang.

»Jetzt wenden!«, rief er, während er neben mir herlief. Gefühlt erreichte ich die Höchstgeschwindigkeit eines ICE. In Wahrheit zuckelte ich im Schritttempo ins Tal. Die erste Wende kostete mich Überwindung.

»Den Fuß nachziehen und das Gewicht verlagern!«, schrie Lauri.

Klar, klang logischer, als pfeilgerade und unkontrolliert den Hang nach unten zu donnern. Die Ausführung des Ratschlages enthielt Optimierungspotenzial. Ich verkantete und kippte vornüber, aber Lauri bekam meine Hand zu fassen. Wie gesagt, ich hatte die Geschwindigkeit einer Schnecke, die auf einer Schildkröte ritt, daher fiel es ihm nicht schwer, mich zu halten.

»Alles okay?«, fragte er lachend, weil ich nun beide Arme um seinen Oberkörper schlang, wie ein Faultier beim Schlafen.

»Ja, vielen Dank. Das hat eigentlich Spaß gemacht.«

Lauri lachte tief, das Vibrieren seines Brustkorbs fühlte ich an meinem Körper. Überrascht, wie nah ich ihm war, ließ ich erschrocken los. Es war seltsam, wie vertraut er mit mir umging, obwohl wir einen schweren Start gehabt hatten.

»Bist du sicher, dass das lustiger ist als mit deinen Kumpels die Pisten runter zu jagen?«, fragte ich aus dem Bauch heraus. Er holte tief Luft, ließ den Blickkontakt aber bestehen.

»Sieh es als Entschuldigung für die Axt an. Ich wollte dich nicht erschrecken. Außerdem sind wir jedes Jahr hier und auf der Piste erkennt uns niemand. Allein das ist mehr Spaß und Erholung als alle anderen Aktivitäten.«

»Ich probiere es trotzdem gleich noch einmal.«

Lauri stapfte zu seinem Board, um dann lässig nach unten zu gleiten.

Die nächste Wende klappte, wobei ich bei der Drehung stets vor Schreck fiepste, wenn ich in den Abgrund sah. Genau genommen gab es so flache Abschnitte, dass manche Skifahrer mit ihren Stöcken nachhalfen, während es sich für mich wie eine Achterbahn anfühlte. Lauri blieb in meiner Nähe und ich nutzte seine Bahnen als Orientierungshilfe. Bald fand ich meinen eigenen Rhythmus. Das Gefühl für das Snowboard wurde mit jedem Meter natürlich. Es war verdammt anstrengend, was nicht am ungewohnten Board lag, sondern an meiner fehlenden Kondition. Auch Skier hätten mich zugrunde gerichtet, denn irgendwie vergaß ich vor jedem sportlichen Ereignis, wie unsportlich ich war.

Der Schneefall nahm weiter zu, die Wolken wurden dunkler. Ohne Flutlichter wäre das eine gefährliche Sache gewesen. Die extreme Kälte war ich nicht gewohnt, aber dank den Glückshormonen, die mein Körper jauchzend nach jedem Schwung ausschüttete, verdrängte ich sie. Lediglich meine Wangen stachen, der Rest von mir kribbelte warm. Je näher wir der Talstation kamen, desto dichter näherten sich andere Sportler. Von unseren Freunden war nichts zu sehen. Mit etwas Verspätung schloss ich zu Lauri auf, der schon vom Board gestiegen war.

»Geschafft! Nichts gebrochen und das Allgemeinwohl ebenfalls nicht gefährdet. Na, wenn ich keine geborene Boarderin bin«, verkündete ich glücklich.

Lauris dargebotene Gratulationshand, nahm ich voller Inbrunst an. Durch die Handschuhe war das Ergebnis nur ein dumpfes Patschen.

»Gut gemacht! Möchtest du noch mal, eine schwierigere Strecke?«, fragte Lauri.

»Ääähm.«

Mehr kam spontan nicht aus meinem Mund. Es hatte Spaß gemacht. Das Erfolgserlebnis sollte mindestens bis zum Abend anhalten. Meine Oberschenkel brannten, genau wie mein Hintern, der von den Stürzen schmerzte. Erschöpft stieg ich vom Board und streckte die Arme. Das Zittern der Beine verbarg hoffentlich die dicke Skihose.

»Wir können auch einfach etwas essen gehen, bis die anderen fertig sind«, schlug Lauri eine Richtung ein, mit der ich mehr als nur einverstanden war.

»Kann es sein, dass du Wintersport gar nicht magst?«, hinterfragte ich schmunzelnd. »Du kannst ruhig noch ein paar Mal die richtige Piste fahren. Ich bin ein großes Mädchen, ich brauche keinen Aufpasser.«

»Oh, willst du allein sein?«, fragte er ehrlich betroffen. »Tut mir leid, ich dachte, du hättest gern Gesellschaft. Aber ich lass dich sofort in Ruhe.«

Erneut überraschte mich dieser Mann.

Perplex starrte ich ihn an. »Äh nein. Wir können gern gemeinsam essen gehen.«

Damit war das Thema wohl erledigt, denn er hob sein Board auf und schüttelte die Beine aus.

»Ich kenne einige tolle Restaurants.«

Damit ging er los und ich hatte Mühe, ihm zu folgen. Mit den klobigen Schuhen patschte ich ungeschickt hinter ihm her. Zuerst holten wir aus den Spinden meine Sachen. Es tat unfassbar gut wieder in die Winterstiefel zu steigen. Mein Gang blieb trotzdem weich wie Wackelpudding. Der Fußweg zurück in den Ort zum Geschäft, wo wir die Boards abgaben, verlangte mir die letzten Kraftreserven ab. Ich schnaufte wie Thomas die Lokomotive, so laut, bis Lauri mir lächelnd mein Board abnahm.

»Danke«, murmelte ich nicht protestierend, weil mir der Arm gleich abgefallen wäre. Durch den knirschenden Schnee auf dem Boden wurde mein Geschnaufe immerhin etwas übertönt. Ich war vollkommen alle und bemühte mich, mit ihm Schritt zu halten. Auch ohne Spiegel wusste ich, dass mein Gesicht vor Kälte und Anstrengung glühte. Im Winter sah ich immer aus wie ein Nussknacker, dem man zwei rote Kreise als Wangen aufgemalt hatte.

Kapitel 8

Wiener Traditionen und finnische Kulinarik

Lauri ließ mich vor dem Geschäft warten, wo ich dankbar nach Atem rang. Er brachte das Zeug rein, während ich beobachtete, wie die kleinen Flocken zu einem Schneefall anwuchsen. Ich hoffte, Basti und die anderen würden rechtzeitig zurücksein, ehe die Sicht zu schlecht wurde. Jetzt wo es dunkel war, sah die kleine Stadt noch bezaubernder aus. Die weißen Lichterketten, die quer über die Straße gespannt waren und in dessen Mitte jeweils ein opulenter Stern glomm, sahen hübsch aus. Gemeinsam mit dem Schnee und den bunt geschmückten Auslagen der Geschäfte war das Weihnachtsfeeling perfekt. Ich reckte das Gesicht empor, sodass die Flocken kühl auf meiner warmen Haut schmolzen. Meine Brille beschlug und die Tropfen nahmen mir zunehmend die Sicht, aber das war egal. So fühlte sich der Winter richtig an.

»Auf was hast du Lust? Herzhaft oder Süß?«, fragte mich Lauri, nachdem er aus dem Geschäft trat. Ich griff in meine Einkaufstasche und holte die neue Mütze mit dem Puschel heraus.

»Alles! Fettig, herzhaft und klebrig süß«, antwortete ich. Ich war bereit mich durch alle finnischen kulinarischen Highlights zu futtern.

Er übernahm selbstbewusst die Führung, was ich nur befürwortete. Der Ort in Kombination mit dem Schneefall war niedlich, romantisch und perfekt für einen Spaziergang. Das änderte aber nichts an meiner Verfassung. Mir war kalt und ich war hungrig. Ich wollte nicht jammernd fragen, wie weit es war, trotzdem hoffte ich bei jeder Tür, dass wir hineingingen. Ich musste aus der Skijacke heraus, ausdampfen und meine Füße entlasten. Er bog in eine Seitenstraße ein, die nur eine Fahrspur breit und mit Kopfsteinpflaster ausgelegt war. Sie ging leicht bergauf, auf jeder Straßenseite waren holzvertäfelte Wohnhäuser. Die Bewohner hatten die Fenster dekoriert, was den Weg zu einem kleinen Museum machte.

Lauri hatte ein bisschen Vorsprung und blieb irgendwann endlich stehen. Da ich von den hübschen Stroh-Rentieren in einem Fenster so abgelenkt war, torkelte ich in ihn. Er legte mir intuitiv die Hände auf die Schultern, sah jedoch über mich hinweg konzentriert zurück zur Hauptstraße. Müde blinzelte ich auf der Höhe seines Kinns gegen den Schnee an, der auf meinen Wimpern landete. Er rührte sich nicht, also drehte auch ich mich um. Durch die Tropfen auf der Brille erkannte ich in der Ferne nur Schemen, aber nichts Interessantes. Hier in der Seitengasse war es deutlich dunkler als bei den Geschäften.

»Was ist los?«, fragte ich leise und er sah mich überrascht an, als hätte er mich vergessen. Dabei war er es, der mich festhielt und ich, die sich nicht dagegen wehrte.

»Wollte nur sehen, ob uns jemand folgt«, murmelte er. Da war aber einer richtig paranoid, doch ich war zu K.O. und zu hungrig, um eine Diskussion anzufangen, also wartete ich einfach ab, bis er überzeugt davon war, dass uns keine Agenten in einem fahrenden Transporter einkassierten. Als wir weitergingen, schwieg er ohne weitere Erklärung.

Immerhin stoppte er kurz danach wieder und hielt mir eine kleine Holztür auf, an der ich sonst vorbeigegangen wäre. Bei genauerer Betrachtung entdeckte ich sehr wohl das Willkommensschild mit einem Pinguin darauf, der eine Kaffeetasse hielt.

»Ein Geheimtipp, abseits der Touristeneinkaufsstraße. Ich kenne die Besitzerin und hier gibt es die besten finnischen Gerichte«, pries er seine Wahl an, bevor er mir die Tür öffnete und wir eintraten.

Als wäre der Eingang das Portal in eine andere Dimension, hüllte mich nach dem ersten Schritt nicht nur eine Lebensgeister weckende Wärme ein, sondern auch ein Duftpotpourri. Rauch, Zimt, Vanille, gebratenes Fleisch und vieles mehr. Mein Magen knurrte so laut wie bei einem Raubtier und ich wischte mir mit dem Handrücken über die Lippen, um sicherzugehen, dass mir der Sabber nicht vom Kinn tropfte. Auf meinem gesamten Körper setzte ein so intensives Kribbeln ein, dass durch die Durchblutung bestimmt die ersten Falten wieder aufgepolstert wurden.

»Alles in Ordnung?«, fragte Lauri, amüsiert neben mir. »Du siehst aus, als würdest du nach einer langen Autofahrt pinkeln.«

»Woher willst du wissen, wie ich beim Pinkeln aussehe?«, konterte ich, musste aber trotzdem schmunzeln. Er stand dicht bei mir, durch den dunstigen Nebel vor meinen Augen, sah er aus wie ein Yeti. Genervt zog ich mir die Mütze vom Kopf und die Brille rauf, was immerhin meine verschwitzten Haare etwas bändigte. Sie standen bestimmt lockig in alle Richtungen ab. Das Licht im Restaurant war warm. Es herrschte eine rege Geräuschkulisse, die unerwartet laut war. Von außen hatte das Haus nicht so groß gewirkt.

Erst als Lauri seine Skijacke an einen riesigen schwarzen Garderobenständer hing, kam ich in die Gänge. Eilig befreite ich mich von ein paar Schichten Stoff, inklusive der Skihose und atmete erleichtert auf. Bis ich hektisch an mir runterblickte und die Arme hob, um nach verräterischen Schweißflecken zu suchen. Den Strickpullover ließ ich zur Sicherheit an.

»Was machst du jetzt schon wieder?«, hinterfragte Lauri natürlich, als ich versuchte, an meiner Achsel zu riechen. »Ähm, ich wollte wissen, ob ich für einen öffentlichen Raum zu sehr stinke.«

Er blinzelte ein paar Mal, ohne den Blick von mir zu nehmen, bis er schließlich schallend zu lachen begann. Peinlich berührt senkte ich die Arme. Weiterhin breit grinsend, trat er einen Schritt näher und beugte sich zu mir hinunter. Er stank keinesfalls. Ganz im Gegenteil, sein herber Duft war äußerst angenehm. Als seine zerzausten blonden Haare über meine Wange strichen, hielt ich den Atem an. Ich dachte, er wollte mir jetzt etwas ins Ohr flüstern, doch alles, was er tat, war, an mir zu riechen. Langsam und konzentriert mit geschlossenen Augen. Ehe er sich aufrichtete, raunte er mit tiefer

Stimme: »Ich nehme nichts Anstößiges wahr. Alles im grünen Bereich.«

Der Blick, den er mir anschließend aus nächster Nähe schenkte, sollte verboten werden. Leicht verengte Augen, intensiver Augenkontakt, angedeutetes Schmunzeln. Das Grübchen war schüchtern, ich wusste aber, dass es da war. Die leicht kratzige Stimme gab mir den Rest.

Es war, als stünde er auf der Bühne in seinem Scheinwerferlicht, während ich der einzige Fan im Zuschauerbereich war. Genauso fühlte sich dieser Moment an. *Lauri, ich will ein Kind von dir*, hätte auf meinem Plakat gestanden, aber ich unterdrückte das Bedürfnis kreischend zu klatschen.

War das Flirten, Einbildung oder wirkte sich der Hunger auf meine Zurechnungsfähigkeit aus?

Die Luft entwich meinen Lungen wie einem Luftballon, als sich Lauri wieder aufrichtete. Seine Wangen waren rot, ein glänzender Schweißfilm stand auf seiner Stirn und er sah dabei zum Anbeißen aus.

»Komm, da hinten ist ein Tisch frei«, sprach er und ging voran.

Wir bahnten uns den Weg an vielen runden Tischen vorbei, auf denen überall lange weiße Kerzen brannten, umrahmt von einem Gesteck aus Ästen und roten Beeren. Der alte Dielenboden knarzte laut bei jedem Schritt. Lauri stoppte vor einem lauschigen Plätzchen direkt an der Wand mit zwei gepolsterten Stühlen. Sowie ich meine Füße entlastete, entwich mir ein seliges Stöhnen.

»Oh mein Gott fühlt sich das gut an!«

Hingebungsvoll fiel mein Kopf in den Nacken, während ich die Zehen in den Schuhen bewegte. Als ich wieder aufblickte, grinste mich Lauri mit glänzenden Augen an.

»Willst du wissen, wonach du jetzt aussiehst?«

Nein, wollte ich nicht. Geplatztes Schlauchgummiboot vielleicht?

»Tut mir leid, aber ich bin ein Büromensch und das heute war schon mehr Bewegung als ich gewöhnt bin«, versuchte ich mich zu erklären und seine Frage zu ignorieren. Er schüttelte amüsiert den Kopf und streckte sich selbst ein paar Mal.

»Was möchtest du denn nun essen? Kaffee, Tee, Wasser, etwas mit Alkohol? Süßes oder Deftiges?«, wollte er wissen. Eine Speisekarte lag nicht auf dem Tisch, aber als ich mich umdrehte, erblickte ich eine Kuchentheke, über der eine Tafel mit Angeboten hing.

»Wie gesagt, ein paar finnische Spezialitäten wären nett. Kannst du etwas für uns bestellen?«

Er hob das Kinn und zeitgleich die Brauen.

»Vertraust du mir?«

Lachend nickte ich, vor allem, weil ich sowieso nichts lesen konnte, was dort geschrieben stand. Als ein junger Mann zu uns an den Tisch kam und uns unverständlich ansprach, übernahm Lauri das Gespräch. Es klang, als zählte Lauri anschließend viele Dinge auf und der Kellner notierte sich in Windeseile alles auf einem klassischen Block.

Ich gönnte mir ein paar Minuten, um mich zu akklimatisieren und hoffte, dass das Schwitzen bald abnahm. Nachdem der Kellner weg war, schweifte auch

Lauris Blick durchs Restaurant. Irgendwie wirkte er immer suchend.

»Wieso versteckst du dich vor deinen Fans? Ich dachte, als Rockstar sucht man die Aufmerksamkeit und den Ruhm?«, fragte ich ihn endlich direkt, weil es mir keine Ruhe ließ. Basti hatte mir erzählt, dass er sich zurückzog, was aber bedeutete, dass er früher nicht so gewesen war. Lauri war vermutlich in meinem Alter, konnte jedoch auf eine gut laufende Karriere zurückblicken.

Er hätte jetzt abweisend oder genervt reagieren können, stattdessen entwich ihm ein tiefes Seufzen. Er stützte die Ellenbogen auf den Tisch, um das Kinn auf seinen gefalteten Händen abzulegen.

»Ich liebe die Aufmerksamkeit, den Ruhm und die Musik«, begann er überraschenderweise zu antworten, während er die Kerze vor uns fixierte. »Auf der Bühne«, fuhr er dann fort.

Ich wartete ein paar Herzschläge lang, doch mehr kam nicht. Ehe ich nachfragen konnte, kam der Kellner mit einem vollen Tablett zurück. Er stellte es ächzend auf einem freien Tisch neben uns ab und begann zu servieren. Zwei Kaffee mit Schaumkrone machten den Anfang. Gefolgt von zwei weiteren Glastassen mit einer roten dampfenden Flüssigkeit darin. Drei Teller drapierte er, die mit augenscheinlich Süßem belegt waren. Einer davon mit dunklen Pfannkuchen. Zuletzt ein kleines Pfännchen, das mit Kartoffeln und Wurst gefüllt war, sowie eine Suppenschüssel, die verdächtig nach Fisch roch. Alles in allem sah es unfassbar gut aus.

»Hier hätten wir Kaffee, finnischen Glühwein, eine Lachssuppe, Makkaraperunat, was ein Mix aus Kartoffeln, Rentierwurst und Zwiebeln aus dem Ofen ist. Die süßen Sachen sind Pfannkuchen, die Veriletut heißen. Piparkakku ist eine Art Lebkuchen und der Klassiker ist das Joulutorttu, welches ein finnisches Weihnachtsgebäck, gefüllt mit Pflaumenmarmelade ist. Ich hoffe, du bist keine Vegetarierin.«

Begeistert bestaunte ich das Buffet und war ihm dankbar alles auf einmal bestellt zu haben. Wenn es ums Essen ging, war ich nicht zimperlich. Ob süß vor salzig oder durcheinander machte meinem Magen nichts aus. Doch bevor Lauri auch nur einen Schluck von dem verlockenden Kaffee nehmen durfte, zückte ich das Handy. Ich schoss mindestens zehn Fotos aus allen Perspektiven von unserem Tisch. Mein Gegenüber sah nicht begeistert aus, ließ es aber über sich ergehen. Als ich das Zeichen gab, dass er loslegen konnte, hielt er sich erst einmal an den Kaffee, so wie ich.

»Die Pfannkuchen solltest du warm genießen. Das ist wahrlich eine läppische Spezialität, die du vermutlich sonst nirgendwo bekommst«, erklärte er und schob mir den kleinen Teller hin. Die drei dampfenden Scheiben waren ansehnlich mit einem roten Beerenhäufchen belegt. Die dunkle Farbe verhieß ein schokoladiges Erlebnis. Ich trennte mit der Gabel ein großes Stück ab und nahm es voller Vorfreude in den Mund. Bereits bei der ersten Berührung mit meiner Zunge stellte sich ein seltsames Gefühl ein. Wie diese falschen Torten, die wie ein Hotdog aussahen, aber aus Buttercreme bestanden. Mein Geschmackssinn drehte sich im Kreis, denn der süße, leckere Schokoladengeschmack wollte sich nicht einstellen. Der Bissen war fluffig und seltsam. Sehr seltsam. Die Beeren platzten säuerlich auf. Irgendwann gesellte sich meine Mimik zu den verwirrten Geschmacksknospen und ich verzog das Gesicht. Lauri begann augenblicklich zu lachen.

»Oh Gott, was ist das denn?«, fragte ich mit weit offenstehendem Mund.

»Veriletut. Aus Poron Verta. Rentierblut. Hier im Norden wird alles vom Tier verwertet. In die Pfannkuchen wird das Blut mit hineingemischt.«

Noch bevor mein Hirn verarbeitet hatte, was Lauri mir da gerade erzählte, reagierte mein Mund schneller. Wie ein Lama spuckte ich den Bissen aus. Quer über den Tisch, sodass sogar ein paar feuchte Stückchen auf Lauris Wange landeten. Meine Mutter würde sich in Grund und Boden schämen. Mit weiterhin weit aufgerissenen Augen starrte ich ihn an.

»Rentierblut? In Pfannkuchen?«, fragte ich und versuchte, die Reste mit Kaffee runterzuschlucken. Lauri tupfte sich einstweilen sein Gesicht ab, was mir die Schamesröte in die Wangen trieb.

»Tut mir furchtbar leid!«

Er winkte grinsend ab und lehnte sich zurück. Sein grauer Pullover spannte über seiner Brust, als er tief seufzend Luft holte.

»Vermutlich hätte ich dich vorwarnen sollen, doch ich wollte deine Reaktion sehen. Wir Finnen mögen die Pfannkuchen wirklich.«

Ich schob sie trotzdem symbolisch ein Stück von mir weg. »Okay, und welche Innereien sind in diesem Törtchen? Muss ich sie wieder ausspucken?«

»Normalerweise wollen die Fans von uns ja die angeleckten Wasserflaschen oder verschwitzte Handtücher haben. Aber ich muss dir leider sagen, diese Aktion war echt widerlich«, sagte er lachend, als er die zerknüllte Serviette auf den Tisch legte. Ich hatte gerade nach dem sternförmigen Blätterteigteilchen gegriffen, doch nun hielt ich es überrascht vor meinem Mund und starrte Lauri an.

»Wenn dir ein Fan begegnet, der dich bittet, dich anzuspucken aus Fetisch-Gründen, würde ich wirklich überlegen den Beruf zu wechseln. Hast du andere Talente? Kannst du malen? Oder Makramee knüpfen?«, fragte ich und gestikulierte mit der Nachspeise vor seiner Nase herum.

Natürlich lief ich Gefahr, ihm dieses süße Ding jetzt auch noch gegen den Pulli zu klatschen. Am Ende prangte noch ein Selfie von mir beim Eingang mit dem Titel *Diese Person wird hier nicht bedient*, weil ich die Gäste mit Essen bewarf. Lauri fuhr sich mit der Hand durch die Haare und zerwühlte sie gekonnt. Es verlieh seinem Ausdruck etwas Weiches, Sympathisches. Während er die Stirn in Falten zog und offensichtlich nachdachte, biss ich zögerlich von dem Gebäck ab.

»Ich muss dich enttäuschen. Musik ist das Einzige, was ich gut kann. Zumindest wollte ich nie etwas anderes machen.«

Er zuckte mit den Schultern und beobachtete, wie ich mich an das Törtchen wagte. Als sich Süße auf meiner Zunge ausbreitete, nahm ich voller Erleichterung einen größeren Bissen mit der Marmelade in der Mitte. Hier passte alles und ich genoss es nach dem Blut-Debakel.

Lauri stützte sich nun mit der Glastasse in der Hand wieder auf der Tischplatte ab.

»Möchtest du gerne herausfinden, welche verborgenen Talente ich besitze?«, raunte er mit dieser tiefen Hypnosestimme, die meine Zellen zum Vibrieren brachte und dadurch ein Kribbeln durch meinen Körper schoss. Dazu wehte mir ein süßlicher Duft in seinem Atem von dem Getränk entgegen. Er beugte sich so nahe über den Tisch, dass ich seine Wimpern einzeln hätte zählen können. Einen Augenblick gönnte ich mir diesen Herzflatter-Moment, ehe ich die Augen zusammenkniff und mich ebenso nach vorne lehnte. Vermutlich klebten mir noch Blätterteigreste auf den Lippen.

»Flirtest du gerade ernsthaft mit einem Fan? Ich meine du machst das echt gut. Es wirkt. Aber nach dem Drama heute, hätte ich nicht gedacht, dass du das draufhast. Außerdem wolltest du heute Morgen noch mein Handy vernichten, weil du dachtest, ich mache Nacktfotos von dir im Wald«, antwortete ich amüsiert ehrlich. Es dauerte nicht lange, bis sich seine Mundwinkel hoben und er zu lachen begann. Laut glucksend lehnte er sich zurück.

»Früher hat das sehr gut funktioniert. Ist wie Fahrradfahren. Außerdem mag ich es, wie du reagierst.«

Was auch immer das bedeutete. Niemals hätte ich laut zugegeben, dass ich sehr viel Spaß mit diesem wankelmütigen Musiker hatte.

Feierlich nahm ich mir auch eine Glastasse, die sich lauwarm in der Hand anfühlte, um ihm zuzuprosten.

»Kippis«, sagte er daraufhin.

Es war ein köstlich süßer Glühwein mit Zimt und Nelken. Am Boden schwammen Mandeln und Rosinen.

»Und wieso hast du mit dem Flirten aufgehört?«, fragte ich neugierig. Dieses Mal fuhr er sich mit der Hand eindeutig frustriert über das Gesicht.

»Du gibst nicht auf, was? Denkst du, ich weiß nicht, dass es dich wahnsinnig interessiert, wieso ein so starker, attraktiver Mann wie ich, sich auf den Boden wirft, wenn ein paar junge Frauen auf ihn zulaufen? Ich habe meine Gründe!«

Ja, die hatte er offenbar. Hoffte ich zumindest. Und ich war unfassbar neugierig, welche. Dass er mir aber nun nicht mehr erzählen wollte, musste ich akzeptieren. Es war schon bewundernswert, wie wohl ich mich in seiner Nähe fühlte.

Wir aßen zusammen von denselben Tellern und lachten sehr viel gemeinsam. Für zwei Fremde, die sich erst kurz kannten, fühlte sich das Ganze ziemlich gut an.

Um die Stimmung nicht zu verderben, widmete ich mich wieder den Speisen. Mich erwarteten keine neuen unangenehmen Überraschungen. Die Kartoffeln mit der Wurst schmeckten köstlich, genau wie die Suppe und der Lebkuchen mit Zuckerguss. Noch bevor alles aufgegessen war, bestellten wir eine zweite Runde von dem süßen Glögi. Die Geräuschkulisse des Cafés war laut, aber nicht unangenehm. Die Art von Lärm, die einem eine gewisse Anonymität vermittelte, weil man sicher sein konnte, dass niemand zuhörte. Lauri und ich unterhielten uns gut.

Als mich Sebastian schließlich anrief, um zu fragen, ob ich noch lebte, spürte ich die einlullende Wirkung des Alkohols deutlich. Wir verabredeten uns für die Abfahrt vom Geschäft aus.

»Ich lade dich ein, du musst nicht bezahlen«, sagte Lauri und stand bereits auf. Er winkte den Kellner gar nicht heran, sondern ging zur Kuchentheke, wo sich auch die Kasse befand. Ich lächelte selig, satt und angeschwipst vor mich hin. Genauso hatte ich mir Urlaub vorgestellt. Nur ohne Rockstars im Ferien-Resort.

Das Anziehen der Skiklamotten erwies sich als unfassbar anstrengend. Trotzdem erlitt ich beim Hinausgehen einen erneuten Kälteschock. Ohne dass ich bitten musste, bot mir Lauri seinen Arm an, in den ich mich gerne einhakte, weil der Temperaturunterschied mir mal wieder die Brillensicht nahm und der Alkohol meine Koordination einschränkte. Gemeinsam schlenderten wir in gemächlichem Tempo durch die Straße. Das Wetter war endgültig umgeschlagen. Wind wirbelte den dichten Schnee in alle Richtungen und ließ meinen Puschel hin und her tanzen. Es war eindeutig Zeit, zurück ins warme Hotel zu fahren.

Kapitel 9

Schneeflöckchen Weißröckchen

Schon aus der Ferne sah ich unsere Gruppe vor dem Geschäft stehen. Dass ich soeben wildfremde Menschen, nach nur einem Tag, als *meine Gruppe* betitelte, sprach ich jedoch nicht laut aus. Pekka, sein Bruder Jari, Yanis, der schweigsame Aki und mein bester Freund Basti verhielten sich, als wären wir alle zusammen angereist. Ich war so vollgefressen und der warme Glögi summte in meinem Kopf, dass ich Lauri keinesfalls losließ. Basti erspähte uns zuerst. Trotz meines desolaten Zustandes nahm ich sein Grinsen auch aus der Ferne wahr.

»Wo habt ihr euch denn rumgetrieben?«, rief uns Pekka entgegen. Die in die Hüfte gestemmten Arme strahlten eine *Kinder, was habt ihr angestellt?* Botschaft aus.

»Ist alles in Ordnung mit ihr? Sie sieht fertig aus«, wollte Aki wissen, der besorgt zu Basti blickte. Ertappt versuchte ich auf eigenen Beinen zu stehen.

»Mir geht es hervorragend. Wir waren etwas Essen und Trinken! Ich habe Blut getrunken, nein gegessen. Hattet ihr auch Spaß?«, fragte ich, bemüht darum weniger betrunken zu wirken, als ich es war.

»Die Pisten sind toll, aber das Wetter wird langsam ungemütlich«, erklärte Aki mit Blick nach oben. Er steckte sich dabei ein schwarzes Bonbon in den Mund.

Die Schneeflocken tanzten kreisend um uns herum, was prinzipiell hübsch aussah, aber tatsächlich unfreundlich wirkte. Der auffrischende Wind trieb die Kälte tiefer in die Winterklamotten.

Basti bezahlte die Leihgebühr bei der Rückgabestelle im Geschäft. Wir drängten uns gemeinsam näher an die Auslagen, um geschützter zu sein. Der ereignisvolle Tag zeigte Wirkung, indem mir immer öfter die Augen zufielen. Ich wankte verdächtig, weshalb Lauri seinen Arm erneut um meine Schultern legte. Lange mussten wir nicht warten, denn Sara kam wie vereinbart pünktlich mit dem Van angefahren.

»Moi. Gut, dass alle da sind. Ihr seid die Letzten aus dem Resort. Alle anderen haben es sich bereits bei uns gemütlich gemacht. Wir haben eine Wetterwarnung und das sollte man ernst nehmen«, erklärte sie sachlich. Sie verstauten die Sachen geschäftig im Anhänger und verloren keine Zeit. Gähnend krabbelte ich auf denselben Platz wie mittags ganz nach hinten. Es waren noch gar nicht alle eingestiegen, da sackte mein Kopf schon gegen die kühle Fensterscheibe. Gähnend hinterließ ich einen angelaufenen Fleck darauf. Lauri rutschte neben mich, obwohl er die freie Wahl hatte. Beim Anschnallen musste ich hochsehen, und als sich unsere Blicke trafen, lächelten wir uns stumm an. Intuitiv und ungezwungen. Offenbar war ein Lama-Spuckanfall ausreichend, um das Eis zwischen dem unnahbaren Sänger und der Frau aus dem Wald zu brechen.

Es dauerte nicht lange, bis alle im Auto saßen. Pekka hielt als Letzter mit geducktem Kopf Sara die Tür auf. Jari war es wieder, der ihn auf Finnisch anschnauzte, damit sein Bruder endlich einstieg. Mit dem Starten des Motors sprang das Radio zeitgleich mit der Heizung an.

Wir hatten den Ort noch nicht verlassen, als es wieder diesen Moment gab. Ein Lied, das man einfach mitsingen musste, so war es Gesetz. Mein Kopf nickte bereits mit, der Text tauchte in Gedanken auf. Ein zustimmender Blick zu Lauri genügte. Obwohl ich hundemüde war, machte ich mich bereit. Wir grinsten uns an, um zeitgleich den Refrain lautstark mitzusingen.

My loneliness is killing me
I must confess, I still believe (Still believe)
When I'm not with you, I lose my mind
Give me a sign
Hit me, baby, one more time

Ein gemeinsames Lachen unterbrach unsere Darbietung. Dieses Mal bekamen wir keinen Chor der anderen Sänger im Auto. Allein Lauri und ich kicherten zusammen. Jari drehte sich nach hinten. Kopfschüttelnd und betont entsetzt dreinsehend.

»Alles hat seine Grenzen«, erklärte er. Offenbar waren keine weiteren Britney Fans im Auto. Lauri und ich glucksten umso lauter.

Auf der restlichen Fahrt war deutlich zu sehen, was Sara mit *Wetterwarnung* gemeint hatte. Der Schneefall mutierte zu einem weißen Schleier und der Wind peitschte das Eis knisternd gegen den Wagen. Sie fuhr sehr vorsichtig durch den Waldweg, dennoch spürte man die Böen, die am Auto rissen. Am Straßenrand wogten die schneebedeckten Bäume im Sturm, was ziemlich bedrohlich aussah.

Bei der Ankunft wollte ich rasch nach vorne rutschen, um auszusteigen, doch Lauri blieb sitzen und sah mich eindringlich an.

»Karolina«, begann er und ich bekam unwillkürlich eine Gänsehaut. Vielleicht weil eisige Luft durch die geöffnete Autotür hereinwehte, oder aber, weil die Art und Weise wie er meinen Namen aussprach, das R betonend, sexy klang.

»Was ist eine österreichische Spezialität?« Diese Frage zu diesem Zeitpunkt, ohne vorherige Anknüpfung an unser Gespräch irritierte mich. Offenbar hatte er die Fahrt über darüber nachgedacht.

Nur kurz überlegte ich. »Sachertorte mit Schlag. Schlag ist unsere Mundart für den Schlagobers, also die Sahne. Es gibt viele regionale Traditionsgerichte, aber ich glaube, Sachertorte kennt jeder.«

Er wiederholte meine Worte und erneut passierte es, dass etwas völlig Harmloses aus seinem Mund heiß klang. Ich musste jetzt wirklich aus dem Auto aussteigen, um wieder einen klaren Kopf zu bekommen. Fordernd schob ich ihn an der Schulter voran. Der Sturm nahm mir die Luft zu atmen. Schneekristalle peitschten stechend auf meine Haut. Panisch hielt ich meine neue Mütze fest, dessen Puschel wild und her wehte.

»Wollt ihr zu uns in die Hütte kommen?«, schrie mir Pekka regelrecht entgegen. Es brauste unglaublich laut durch den Wald. Das klang schon wieder nach diesem Serienmörder-Szenario, welches mich heute Morgen im Wald heimgesucht hatte. Kennt ihr diesen Horrorfilm, der beginnt, in dem eine Grafikdesignerin sich in die Hütte von fünf rituellen Rockstars begab und ihr die Haut abgezogen wurde? Nein? Ich auch nicht. Aufgrund meiner Müdigkeit lehnte ich dankend ab.

»Gute Nacht, Jungs«, verabschiedete sich Sebastian winkend. Das Wetter ließ es nicht zu, dass wir zu lange plauderten. Sie luden noch ihre Skiausrüstung ab, doch ehe sie den Heimweg antraten, verschwand ich mit Basti schon im sicheren Foyer.

»Okay. Wir sind den zweiten Tag hier und du datest Lauri Korhonen. Wie Karo? Wie machst du das? Hast du was erfahren?«, bombardierte mich Basti mit Fragen, ehe der Schnee auf meiner Brille schmolz. Verdattert blinzelte ich durch die Wassertropfen hindurch zu ihm hoch.

»*Wie bitte?* Das war kein Date! Wir waren essen und was sollte ich denn erfahren haben? Lauri ist ein sehr charmanter Mann, mit dem man sich großartig unterhalten kann, solange man kein Autogramm von ihm möchte«, erklärte ich etwas patzig. Unter uns breitete sich ein dunkler feuchter Fleck auf dem Fußabtreter aus. Ich wusste, er meinte es nicht böse, aber ich hörte da einen dezenten Vorwurf heraus. Ich wollte Lauri nicht ausfragen. Trotzig stapfte ich die Treppe hoch, als Basti meinen Ellenbogen ergriff, mich zu sich drehte und umarmte. Seine Skijacke stand offen und so drückte sich meine Wange gegen seinen Pullover. Vertraut umschlangen mich seine festen Arme.

»Ich wollte dich nicht verärgern. Ich hoffe, du hattest ohne mich einen schönen Tag. Ich hatte ein schlechtes

Gewissen dich allein zu lassen und wollte nur hören, ob du Spaß hattest.«

Ich blickte seufzend zu ihm hoch und legte das Kinn auf seiner Brust ab.

»Es war ein sehr schöner Nachmittag. Du musst mich nicht bespaßen, ich weiß, dass du deinen Freiraum brauchst«, erwiderte ich ehrlich. Das warme Schmunzeln auf seinen Lippen versöhnte uns. Basti hatte wirklich Womanizer-Qualitäten mit seinen braunen Augen, dem kantigen Gesicht und dem aktuellen Dreitagebart. Trotzdem hatte es niemals zwischen uns geknistert. Plötzlich verwandelte sich sein Lächeln, in ein dreckiges Grinsen. Ich verdrehte bereits die Augen, ehe er zu sprechen begann: »Aber denk daran. Nichts, absolut gar nichts, spricht gegen einen Urlaubsflirt. Besonders, wenn es ein Promi ist. Genieße deine kleine Affäre!«

Mein Grunzen erstickte ich im weichen Stoff seines Pullovers, bevor ich mich von ihm löste und nach oben ging.

»Lauri und ich haben keine Affäre!«, grummelte ich dabei und hörte hinter mir sein vertrautes Lachen. Schnurstracks ging ich in mein Zimmer um die leichte Röte, die mir ins Gesicht gestiegen war zu verbergen. Ich schälte mich aus den Klamotten, vollzog eine warme Katzenwäsche und fiel wie ein Stein ins flauschige Bett. Ich hatte keine Ahnung, wie spät oder früh es war. Oder ob eigentlich noch ein Abendessen anstand. Ein paar Minuten lag ich da, resümierte über süßen Glögi und seltsamen Blutpfannkuchen und schlief schließlich zufrieden ein.

Der Morgen danach war schlimm. Dieses Mal wusste ich sofort, wo ich war und auch, wieso ich wie gelähmt liegen blieb. Ich starrte an die Holzdecke und lauschte nach Geräuschen im Hotel. Außer mal Schritte vor der Tür oder ein Knarzen von Holz vernahm ich nichts. Mein Stöhnen war so laut, dass ich Angst hatte, die Eiszapfen würden sich vom Fensterbrett lösen und klirrend zu Boden fallen. Dabei hatte ich nur versucht die Bauchmuskeln anzuspannen, um mich aufzusetzen. Ich war gescheitert. Es tat höllisch weh. Jeder jahrelang unbenutzte Muskel in meinem Körper schrie mich an, was ich mir dabei gedacht hatte im Urlaub plötzlich Sport zu machen. Die Faserrisse lachten mich aus, die in den Oberschenkeln, in den Waden und sogar im Po. Ganz besonders die im Po. Zwar wusste ich nicht, wie spät es war, weil ich dazu die Arme hätte bewegen müssen, aber da draußen Menschen umherliefen, musste es wohl Tag sein. Außerdem begann mein Magen zu knurren. Das war ein wirkliches Problem. Also holte ich tief Luft und rollte mich zur Seite. Natürlich ächzend melodramatisch. Alles andere wäre untertrieben gewesen. Fuchtelnd angelte ich nach meinem Telefon vom Nachttisch, um festzustellen, dass es noch früh war. Frühstück wäre jetzt also optimal. Ich schrieb Basti eine Nachricht, auf die er antwortete, dass er auch wach und bereit war, nach unten zu gehen.

Kannst du mich tragen?

fragte ich bei ihm tippend nach. Er schickte ein Emoji, das mir klar machte, dass er das nicht tun würde. Ich holte etwas Schwung, um die Beine aus dem Bett zu hieven. So war zumindest der Plan, in der Umsetzung scheiterte er allerdings. Mit einem Schrei rollte ich ungebremst über die Bettkante, strampelte wild herum und knallte dennoch mit dem Bauch auf den Boden. Zum Glück lag ein flauschiger Vorleger dort, was das Verletzungsrisiko ein wenig dämpfte.

»Aua«, stöhnte ich und blieb erst mal starr liegen, bis der Schmerz abebbte. Schwerfällig stemmte ich mich schließlich hoch, wobei sich meine Muskeln anfühlten, als würden sie aus brennender Säure bestehen. Ich war doch nur ein Mal die Piste runtergefahren, wieso tat mir alles weh? Ich fühlte mich zwar ausgeschlafen, aber elend.

Eine heiße Dusche linderte das Wehklagen, der Wunsch nach einem Trost-Frühstück nahm zu. Dieses Mal war ich es, die trödelte und Basti war voraus gegangen. Eingemummelt in meine neuen Flausch-Socken, einer dicken Leggins und einem riesigen bequemen weißen Wollpullover schlurfte ich nach unten. Die Treppe stellte sich als Endgegner heraus. Jeder Schritt brannte und ich brauchte ewig. Hoch konzentriert auf meine eigene Leidensgeschichte, bemerkte ich erst auf der letzten Stufe, dass etwas nicht stimmte. In der Lobby war es laut. Nicht nur das Geschirrklappern des Frühstücks, sondern aufgeregtes Stimmengewirr. Generell standen hier erstaunlich viele Menschen herum. Der Sprachenmix aus Englisch, Finnisch und anderen Nationalitäten verhinderte, dass ich sofort verstand, worum es ging. Daher sah ich mich erst einmal nach

Basti um. Die Gäste wirkten besorgt und genervt. Hinter der Rezeption standen Mikko und Sara, die versuchten, alle Fragen geduldig zu beantworten.

Als die Tür aufging und ein Wikinger von draußen eintrat, wich ich erschrocken einen Schritt zurück. Eine wuchtige Schneeböe wirbelte hinter ihm beeindruckend weiß herein. Der Wind pfiff ohrenbetäubend schrill. Sofort bildete sich auf dem Boden eine Schmelzpfütze, sobald die Tür wieder zu war. Der Wikinger begann sich wie eine riesige bärtige Zwiebel zu schälen. Darunter kam ein schwarzhaariger Mann mit Nikolausbart hervor, dessen Nase und Wangen knallrot leuchteten. In tief klingender Tenor-Stimme bellte er den jungen Menschen hinter der Rezeption etwas zu, die synchron das Gesicht verzogen. Weitere verärgerte Rufe erhoben sich und langsam wurde die Situation unangenehm. Ich drängte mich durch die Gäste hindurch.

»Was ist denn los?«, fragte ich Sara.

Sie bemühte sich um ein Lächeln, wirkte aber eindeutig gestresst. »Der Sturm ist über Nacht schlimmer geworden. Wir sollen niemanden rauslassen, denn die Wege sind bereits eingeschneit. Wir sitzen hier wohl vorerst fest!«, erklärte sie kurz und knapp. So dramatisch klang das für mich auf den ersten Blick jetzt nicht. Ich würde es unter der Bettdecke gewiss ein paar Stunden aushalten.

»Mein Vater Simo sagt, selbst wenn der Sturm abklingt, könnte es noch dauern, bis alle Straßen wieder befahrbar sind. Wir werden erst mal die Vorräte zusammentragen und sehen, was da ist«, fügte sie hinzu.

Jetzt wurde es drastisch schlimmer. Wenn uns das Essen oder der Alkohol ausging, könnte das hier eine Katastrophe werden.

»Da bist du ja!«, sprach mich Basti an und drückte mich kurz an sich. Er roch nach herbem Duschgel und sah frisch rasiert aus.

»Hast du es schon gehört? Der Sturm hat ein paar Bäume im Wald umgeworfen, die Wege sind versperrt und wir dürfen nicht raus. Es soll heute Abend oder morgen besser werden, aber so genau weiß das keiner«, wiederholte er die Informationen.

Als wäre die Lobby nicht voll genug, ging die Tür erneut auf und eine Gruppe weiterer Menschen trat herein. Eingemummt, geduckt und mit einer Schneeschicht bedeckt, drängten sie sich in die Wärme. Ein paar Leute wichen zum Kamin oder in den Frühstücksraum aus, dennoch wurde es eng.

Unter den Neuankömmlingen waren auch Pekka und die anderen. Sie befreiten sich von den durchnässten Klamotten und traten sich den Schnee von den Schuhen. Schnaufend sahen sie sich überrascht um.

»Alles in Ordnung?«, fragte ich, als Pekka winkend zu uns kam. Er sah müde aus, lächelte mich aber an.

»Ja, war nur eine unangenehme Nacht. Der Wind war so unfassbar laut und heute Morgen mussten wir uns erst freischaufeln. Bestimmt einen Meter hoch drückte er gegen die Tür und die Fenster. Auch der Weg hierher war mehr als anstrengend. Es ist wirklich ungemütlich da draußen. Wir haben uns mit den anderen Mökki Gästen getroffen und sind zusammen hergekommen, damit keiner verloren geht.«

Das klang wieder weniger harmlos. Wenn sich gebürtige Finnen über den Schnee beschwerten, musste es eine Menge davon sein. Hinter ihm drängten sich die anderen zu uns. Lauri behielt seine Sonnenbrille auf, das schiefe Lächeln unter dem dicken Schal sah ich trotzdem. Er hob eine Hand zum Gruß. Ich machte das Peace Zeichen und hätte mir am liebsten direkt danach selbst eine Kopfnuss verpasst. Aki rieb sich die kalten Finger und hauchte wärmend hinein.

»Ich hoffe, hier wird Kaffee ausgeschenkt, sonst gibt es Tote«, erklärte er missmutig.

»Tja, das wird wohl nichts mit dem Skifahren heute. Alles dicht, wir sitzen hier fest«, fügte Yanis mit bedauernder Miene hinzu. Im Gegensatz zu mir wirkte er wirklich traurig. Er nahm die Mütze ab und fuhr sich mit der Hand über seinen kurz rasierten Kopf.

Der Wikinger brachte abrupt Ruhe ins gesamte Foyer, in dem er ein paar Mal kräftig klatschte. Das musste Karls Mann Simo sein. Der zweite Vater von Sara und Mikko war eine eindrucksvolle Erscheinung.

»Liebe Gäste, bis wir die ganze Lage geklärt haben, bitte ich euch alle in den Speisesaal. Das Frühstück steht bereit und mit vollem Bauch lässt es sich besser planen. Ich bitte euch auch, habt noch etwas Geduld. Ich weiß ihr habt Fragen und wir werden versuchen, so viele Antworten wie möglich zu bekommen. Bis dahin, schlagt euch die Bäuche voll und genießt den Morgen am warmen Feuer!«

Das klang nach einer positiven Einstellung und ich sehnte mich nach Pfannkuchen ohne Blut und Kaffee. Die gesamte Menschenmenge setzte sich langsam in

Bewegung. Neben mir taumelte Lauri voran, immer noch mit Schal und Sonnenbrille getarnt. Es sah dämlich aus, weil es hier drinnen verdammt warm war und ihm bereits jetzt der Schweiß auf der Stirn stand.

»Wenn du dich auf alle viere wirfst, um dich zu verstecken, wird dich die hungrige Meute niedertrampeln«, raunte ich ihm zu. Er zuckte mit den Schultern und ging nicht auf meinen Spruch ein.

»Ach komm schon. Was denkst du, soll hier passieren? Hier wird keiner auf ein Autogramm vom Herrn Rockstar warten. Wir haben gerade andere Sorgen.«

Er antwortete zwar nicht, aber plötzlich schoss mir ein Gedanke durch den Kopf. Ich saß hier eingeschneit fest mit einer nicht zu unterschätzenden Anzahl an Rockstars. So begannen doch alle Mädchenträume, oder?

Kapitel 10

Entflammter Lockdown

Das Frühstück gestaltete sich weit weniger gemütlich als am Vortag. Es war rappelvoll und die Geräuschkulisse unfassbar laut. Mich überraschte, dass überhaupt so viele Menschen in dem Hotel residierten. Einige davon mussten die Hütten gemietet haben. Statt eingeschneit zu sein, wären die meisten außerdem den ganzen Tag draußen im Resort. Obwohl gewiss viele nicht erfreut über ihren Hausarrest waren, hielt sich die schlechte Stimmung in Grenzen. Meine größte Besorgnis war die Schlange beim Essen. Augenblicklich brach Futterneid in mir aus. Ich ließ Basti stehen und marschierte mit großen Schritten auf die Kaffeebar zu. Seinen empörten Laut hörte ich gar nicht mehr, denn ich folgte den herrlichen Röstaromen. Brav standen alle wartend in einer Reihe da. Ich bemühte mich, doch mein Fuß tippte trotzdem ungeduldig auf und ab.

»Beim schwarzen Gold verstehen wir Finnen keinen Spaß! Wir sind womöglich Weltmeister im Kaffeetrinken«, sagte jemand leise, dafür aber dicht an meinem Ohr. Ich zuckte erschrocken zusammen, erkannte dann aber schnell, dass es Lauri war. Zumindest vermutete ich es, denn er trug einen Schal quer übers Gesicht, eine Mütze auf dem Kopf und die Sonnenbrille.

»Du siehst lächerlich aus«, sagte ich aus dem Bauch heraus. »Und es ist sehr heiß, du musst doch wie verrückt schwitzen.«

Selbst ich spürte den Schweißfilm auf meiner Stirn. Das Feuer brannte hoch, zusätzlich heizten die vielen Menschen den Raum ordentlich auf.

»Wir lieben auch die Sauna«, versuchte er sich zu rechtfertigen. Ohne dass ich es wollte, glitt mein Blick über die Frühstückenden. Sich vorzustellen, wir wären jetzt alle gemeinsam nackt in einer riesigen Sauna, ließ mich erschaudern.

»Grauenvoll«, murmelte ich. Lauri nahm die Sonnenbrille ab und zog verwirrt die Stirn kraus.

»Sehe ich so schrecklich damit aus?«, fragte er verunsichert und schälte sich aus dem Schal. Als er die Mütze abnahm, standen seine Haare verwegen in alle Richtungen. Sein Gesicht glänzte rot. Kurz abgelenkt von seinen Augen schüttelte ich den Kopf.

»Ich habe mir gerade jeden hier nackt vorgestellt«, antwortete ich. Zu spät bemerkte ich, was ich da von mir gab. Prompt zog er die Augenbrauen zusammen. Ein Räuspern folgte und ein Blick an sich selbst hinab zu seinen Füßen.

»Also *grauenvoll* hat noch keine Frau zu mir gesagt, als sie mich nackt gesehen hat.«

Ich wollte es nicht, aber auch ich scannte seine Gestalt automatisch ab. Er stand mit offener Jacke da, trug darunter einen grauen Pullover und lockere schwarze Jeans. Meine Sauna-Nackt-Fantasie nahm soeben ganz andere Dimensionen an. Grauenvoll sah er bestimmt nicht aus. Ich könnte schwören, das Feuer loderte auf einmal dramatisch hoch.

»Nein, nicht dich. Also doch. Ich meine alle hier«, stammelte ich. Verlegen fuhr ich mir durch die Haare, die auch ziemlich zottelig waren. Während ich versuchte, die Knoten mit den Fingern zu lösen, lachte Lauri leise auf.

»Egal ob Winter oder Sommer, es gibt doch kaum etwas Schöneres, als nach einer heißen Sauna, nackt ins kalte Wasser zu springen«, erläuterte er. Wir gingen gemeinsam nach vorne, als sich die Schlange weiterbewegte. »Willst du es probieren?«, hakte er noch nach.

»Das nackt ins Wasser springen? Mit dir?«, japste ich erschrocken und erntete ein erneutes lautes Auflachen seinerseits.

»Ich meinte eigentlich die Sauna, lasse aber durchaus mit mir reden.« Natürlich fabrizierte mein Gehirn direkt passende Kopfbilder dazu.

Ich drehte mich einfach um, um der Situation zu entkommen. Wieso sprach er mich denn überhaupt schon wieder an? Gab es keinen Promi-Frühstücksservice in ihrem privaten Mökki?

Der Kaffee kam in Reichweite, das erlösende Gurgeln wurde lauter. Ich war die Nächste. Ich drückte das kleine Knöpfchen, das herrlichen Milchschaum in meine Tasse sprudeln ließ. Als der Duft der gerösteten Bohnen emporstieg, war der Tag gerettet. Höflich wartete ich, bis sich Lauri einen Espresso nahm, ehe wir uns nebeneinander im Raum umsahen. Er misstrauisch, ich nach Basti suchend. Sara und ihr Vater Karl waren damit beschäftigt, mehr Stühle hereinzubringen, aber es war absehbar, dass der kleine Frühstücksraum zu beengt war. Sebastian erspähte uns zuerst und kam mit einem vollen Tablett auf uns zu.

»Ich habe einfach von allem etwas mitgenommen, damit wir uns nicht noch mal anstellen müssen. Danke, dass du mir einen Kaffee mitgebracht hast«, sagte er sarkastisch und sah demonstrativ auf meine Tasse. Ja, manchmal war ich ein kleiner Egoist.

»Magst du einen Schluck haben?«, fragte ich, ohne es ernst zu meinen. Er schnaubte dementsprechend und sah sich stattdessen ebenso ratlos um.

»Wir könnten es beim Kamin versuchen«, schlug Lauri vor, nicht ohne sich weiterhin beobachtend umzusehen. »Dort sind vielleicht weniger Leute.«

»Sag mal, glaubst du wirklich, hier wird dich jemand belästigen? Sind doch alles nur Urlauber«, sprach ich ihn auf seine Hysterie an. Er setzte zu einer Antwort an, als Basti sein Handy hob, das Tablett mit einer Hand balancierte und von uns dreien ein Selfie schoss.

»Erster Schneelockdown, wir leben noch«, kommentierte er sein Werk. Gar nicht gut für meine Argumentation. Lauri beschwerte sich nicht, man sah ihm aber deutlich an, dass er das nicht so cool fand. Daher sprach ich ihn nicht erneut auf das Thema an, sondern drängte Basti weiter.

Im Foyer verweilten tatsächlich nur ein paar Gäste bei der Rezeption. Mikko sprach auf Russisch mit einer Familie, die offensichtlich weniger Verständnis für das Wetter zeigte. Der junge Finne versuchte sie zu beschwichtigen. Wir gingen an ihm vorbei zum Kamin. Die Sessel in der Ecke waren belegt, aber auf dem Sofa saßen drei bekannte Gesichter. Pekka, Aki und Jari machten es sich dort bequem, mit Tassen und Tellern in der Hand. Vermutlich hatte Lauri gewusst, dass seine Freunde hier waren. Sobald wir in Sichtweite kamen, strahlten sie uns alle triumphierend an.

»Erster! Unser Platz«, verkündete Jari und rutschte demonstrativ mit dem Hintern tiefer in die weichen Kissen. Er klemmte zwischen seinem Bruder und Aki, welcher der Einzige war, der sofort aufstand.

»Ich setze mich gerne auf den Boden«, bot er an. Ich fand das nett, winkte aber ab. Das Fell vor dem Kamin bot eine ausreichend weiche Unterlage. Ächzend ließ ich mich im Schneidersitz darauf nieder. Das Feuer knisterte dicht hinter mir und eventuell kokelten mir die feinen Haare im Nacken ab. Manche zahlten für eine Enthaarung viel Geld, also konnte es so schlimm nicht sein. Sebastian hingegen tat sich schwer seine langen Beine und den breiten Körper elegant niederzulassen. Er gab mir das Tablett und versuchte, die Füße irgendwie bequem zu arrangieren. Lauri plumpste unkompliziert neben mir auf den Boden.

»Was soll das denn? Da versorge ich euch mit Kaffee und schon wird man ausgeschlossen«, motzte Yanis, der mit einer großen Thermoskanne und zwei frischen Tassen aus dem Frühstücksraum kam.

»Da ist doch noch Platz neben Sebastian«, wies sein Bruder ihn auf die drei Zentimeter hin, die mein Kumpel zwischen Sofa und ihm gelassen hatte. Trotzdem rutschte er lächelnd weiter zu mir und ich näher an Lauri heran.

Yanis schnaubte, quetschte sich aber kniend in die Lücke. Er besaß ähnlich zu Basti keine schmale Statur. Mit verkniffener Miene fand er zwischen uns Platz.

»Für wen sind die beiden Tassen?«, fragte Basti mit anbetungswürdigem Blick auf die Thermoskanne. Der Finne mit dem rasierten Kopf hielt ihm eine hin.

»Nicht für die Säcke, die sich von mir bedienen lassen. Hier nimm ruhig eine«, bekam er die Antwort, auf die er gehofft hatte.

So kam Basti doch noch zu seinem Kaffee, ohne sich erneut anstellen zu müssen.

»Was machst du da?«, rief Jari dazwischen, allerdings zu Aki, der seinen eigenen Kaffee mit etwas umrührte, das nicht wie ein Löffel aussah. Der Gitarrist mit den Wuschelhaaren zuckte mit den Schultern.

»Das ist eine Lakritz-Zuckerstange. Ich aromatisiere mein Heißgetränk«, antwortete er breit grinsend. Jari verzog augenblicklich das Gesicht. Man sah ihm an, was er dachte. Yanis hingegen schenkte Basti und sich selbst aus der Thermoskanne ein und seufzte. »Aki hat seine Bonbons im Mökki vergessen. Er ist auf Lakritz-Entzug und muss das kompensieren. Sei froh, dass er einen annehmbaren Ersatz gefunden hat.«

»Was passiert, wenn er keine Lakritze bekommt?«, fragte ich neugierig.

Yanis hielt inne, verengte die Augen und beugte sich über Basti zu mir. »Das willst du niemals herausfinden. Es gibt Sagen darüber, aber niemand hat überlebt, um die Wahrheit zu berichten«, raunte er geheimnisvoll.

Ich prustete als Erste los, ehe die anderen mit einstimmten. Nur Aki schüttelte den Kopf und rührte weiter genervt in seiner Tasse. »Hör auf, so zu übertreiben. Mir schmeckt Lakritze eben.«

»Du hast eine Packung Lakritze neben unserem Klo deponiert. Das ist nicht normal«, fügte Lauri zu der tollen Unterhaltung hinzu. Basti musste so breit grinsen, dass ihm etwas Kaffee das Kinn hinabrann. Aki verteidigte sich erneut vehement gegen seine Freunde.

»Natürlich. Es kann schließlich so langweilig auf dem Klo sein, da will ich wenigstens etwas zum Kauen haben.«

Er fand seine Antwort gar nicht seltsam, wir schon. Unser Lachen erfüllte das gesamte Foyer. Mit diesen Männern konnte man wahrlich Spaß haben.

»Macht ihr öfter gemeinsam Urlaub?«, fragte ich in die Runde, da sie so gut aufeinander eingestimmt wirkten.

»Sie sind geflüchtet, weil ihre Frauen sie über Neujahr allein lassen. Damit sie nicht in Selbstmitleid zu Hause sitzen, habe ich sie überredet, einen Männertrip zu machen. Lauri hat das Resort vorgeschlagen«, erklärte Pekka zwischen zwei Schlucken Kaffee.

»Erzähl nicht so einen Blödsinn. Hannah und ich haben zusammen Weihnachten gefeiert und über Silvester ist sie mit Louisa nach Paris geflogen«, korrigierte Jari seinen Bruder.

Pekka hob ein Stück Toast mit Honig darauf in die Höhe, um damit vor ihm herumzufuchteln.

»Aber Anniina durfte mit nach Paris, und das macht dich stinkig.«

»Anni ist auch ein Mädchen. Sie machen einen Mädelstrip. Da kann ich nicht mithalten«, antwortete Jari mit patzigem Tonfall. Es war offensichtlich, dass er gern beim Mädelstrip dabei gewesen wäre.

»Außerdem organisiert Laura ein großes Silvester-Event in Hanko. Ich bin nur mitgekommen, weil ich ihr mit meiner *Hilfe*«, Aki machte mit den Fingern Gänsefüßchen in der Luft, »den letzten Nerv geraubt habe. Ich bin hier, weil ich ein verständnisvoller Freund bin.«

Es war süß, wie sich diese Kerle dafür rechtfertigten allein unterwegs zu sein.

»Und woher kennt ihr euch alle? Klar, durch die Musik, aber ihr scheint Freunde zu sein, oder?«, fragte Basti nach, ehe er genüsslich in ein Brot biss. Aus dem Lockdown war eine gemütliche Frühstücksrunde geworden.

»Mein Bruder Yanis und ich haben seit Kindestagen gemeinsam Musik gemacht. Jari und seine Band haben wir über unsere Managerin Laura kennengelernt, die auch meine Freundin ist … und Pekka ist ihr bester Freund«, begann Aki zu erzählen. Folgen konnte ich nicht, doch es war klar, dass sie eine enge Gemeinschaft waren.

Aki deutete meine verwirrte Miene diesbezüglich richtig. »Helsinki ist wie ein Dorf. Man muss hier echt aufpassen nicht seinen Cousin zu heiraten und wir alle kommen quasi aus dem Süden.«

»Also so schlimm ist das jetzt auch wieder nicht. Außerdem kann man sich ja eine deutsche Frau suchen«, warf Jari ein. Er grinste dabei breit, während Pekka die Augen verdrehte. »Hannah hat sich deiner erbarmt. Immerhin hat sie sich schon einmal von dir scheiden lassen!«

Sein älterer Bruder warf ein Stück Käse nach ihm.

»Die Ehe wurde annulliert und ein zweites Mal passiert das nicht. Wehe du erwähnst das in deiner Rede bei der Hochzeit im Sommer!«

Ich fand es schön, wie sie sich neckten. Schwer vorzustellen, dass hier vier bekannte Musiker saßen, die normalerweise Tausende Fans auf der Bühne begeisterten. Keiner von ihnen zeigte so etwas wie Staralüren.

»Lasst mich mal ein Resümee ziehen: Jari ist verlobt mit einer Deutschen, Aki ist mit seiner Managerin zusammen, Pekka und Lauri sind Single«, zählte ich konzentriert auf.

»Und Yanis ist flexibel«, ergänzte Pekka grinsend.

Ich lauschte ihnen aufmerksam, wenngleich ich absolut keine Ahnung hatte, worüber sie sprachen. Es war schön, inmitten dieser Gruppe zu sein, die ganz offensichtlich mehr als Musik verband. Lauri trug zu dieser Unterhaltung nur wenig bei. Er saß still da und nippte an seinem Espresso, der längst leer sein musste. Der Neugierde meines besten Freundes, der beruflich Leute ausfragte, entkam er allerdings nicht.

»Und wie habt ihr Lauri und seine Band kennengelernt?«

Der Kajal-Rockstar hob überrascht den Kopf. Er zögerte sichtlich, indem er ganz langsam die leere Tasse senkte. Selbst seine Freunde plapperten nicht drauf los, sondern gaben ihm die Zeit. Er schenkte mir einen flüchtigen Blick, der mich dazu brachte, mich verlegen zu strecken. Ein Ächzen entwich meinen Lippen. So gemütlich das Fell auf dem Boden aussah, meine Muskeln schmerzten und jede Bewegung ziepte. Ich lehnte mich zurück und hoffte, dass die Hitze des Feuers den Muskelkater linderte. Es kribbelte angenehm warm.

»Ich kann leider mit keiner so spannenden Geschichte dienen. Wir haben lediglich das gleiche Plat-
tenlabel und da trifft man sich nun mal öfter im Studio,
im Büro oder bei anderen Meetings. Ich glaube, die
Jungs haben mich adoptiert, weil wir noch nicht so
lange im Geschäft sind, und weil sie Mitleid hatten.
Nalle, Timo, Mikko und Niklas aus meiner Band sind
alle vergeben. Es ist ein Mitleidsurlaub, zu dem ich eingeladen wurde«, erzählte Lauri schließlich doch. Ich
stützte mich mit den Armen hinter mir ab, damit ich
den Rücken durchstrecken konnte und sah ihn ab-
schätzend an. Er hatte das sehr neutral kundgetan, aber
ich versuchte, herauszufinden, ob es ihn traurig oder
glücklich machte. Manchmal war es schwer in seiner
verschlossenen Mimik zu lesen. Pekka räusperte sich
in der auftretenden Stille hörbar. Zumindest konnte
ich nun deutlich wahrnehmen, dass die anderen tatsächlich ein eingespieltes Team waren, während Lauri
etwas abseits blieb. Das würde auch erklären, wieso es
ihn gestern nicht gestört hatte, bei mir zu bleiben. Vielleicht wollte er nicht das fünfte Rad am Wagen sein.

»Na ja Heilige sind wir nicht. Immerhin kennst du
hier das halbe Dorf und wir haben mega Rabatte bekommen«, sagte Pekka grinsend. Jari nickte zustimmend.

»Außerdem können wir hier bestimmt was als Spesen
abrechnen, weil es ja fast geschäftlich ist … oder von
den Steuern«, fügte er hinzu.

Lauris Mundwinkel zuckten. Ich mochte diese Momente an ihm. Wenn er eine eiserne Miene behalten
wollte, sein Humor ihm aber einen Strich durch die

Rechnung machte. Pekka zuckte mit den Schultern und bedachte ihn mit einem ernsten Blick.

»Ein bisschen gern haben wir den Emo-Rocker auch. Er macht uns seriöser.«

Jari prustete los und warf den Kopf in den Nacken. Anschließend klopfte er seinem kleinen Bruder so fest gegen den Rücken, dass dieser fast vom Sofa fiel.

»Ich bezweifle, dass dich irgendwas oder irgendjemand seriös wirken lassen könnte, Kleiner!«

So verstrichen die Minuten. Mit viel Gelächter und Vertrautheit, die Basti und mir gar nicht zustand. Das Hotelchaos um uns herum war vergessen, Personal sowie Gäste gingen geschäftig durch das Foyer. Manche stritten mit der Rezeption, andere stapften resigniert nach oben. Ich war nur kurz davon abgelenkt, als Lauri plötzlich seine Tasse fallen ließ und sich auf mich stürzte. Ich kreischte auf, weil er wie ein Irrer an meinem Pullover zerrte. Er war viel stärker als ich und ich war außerdem vollkommen überrumpelt. Er zog mich mit wenigen Handgriffen aus. Es knisterte und kribbelte. Nicht, wegen der so erotischen Situation, sondern weil sich die Wolle elektrisch auflud. Leider haftete das Shirt darunter am Pullover und daraus resultierte, dass ich nur noch in BH bekleidet in der Lobby saß. Lauri warf die geklauten Klamotten auf den Boden und klatschte mit den Händen darauf. Erst als ein dünner Rauchfaden emporstieg, kapierte ich, was überhaupt los war. Offensichtlich hatte ich mich zu nahe ans Feuer gelegt. Lauri keuchte. Ich keuchte. Die anderen starrten uns an.

»Du hast zu brennen begonnen«, erklärte er unnötigerweise. Ich nickte. Was sollte ich auch schon sagen?

»Du solltest dir vielleicht etwas überziehen«, sagte Basti. Der Schreck ließ nach, sodass mir schlagartig bewusstwurde, dass ich fast oben ohne dasaß. Peinlich berührt schlang ich die Arme um die Brust. Ein BH war zwar kein großer Unterschied zu einem Bikini, aber dieser hier war für keinerlei fremde Augen bestimmt. Nein, es waren keine peinlichen Tiere darauf. Auch kein obszöner Spruch und durchsichtig war er auch nicht. Aber er war bequem. Es war ein BH, den man eben auch daheim tragen könnte, obwohl ich keinen Sinn dahinter sehe das zu Hause zu tun. Jedenfalls nannte ich ihn *Urlaubs-BH* und er sah aus, wie ein mit rosa Blümchen bestickter baumwollener BH, den meine Oma getragen hätte. Hatte sie nicht, er war neu. Trotzdem war es nun mal nicht die Art Unterwäsche, die ich gern präsentierte, wenn mich ein attraktiver Mann auszog. Lauri erlaubte sich nur einen kurzen Blick, das Grinsen verbarg er nicht. Überraschenderweise zog er seinen eigenen Pullover aber aus und reichte ihn mir. Dankbar schlüpfte ich hinein. Lauris Geruch hing im weichen Stoff.

»Was ist das für ein Duft?«, fragte ich laut denkend. Statt mich merkwürdig anzusehen, antwortete Lauri sofort: »Dior.«

Voller Selbstbewusstsein verriet er mir die Marke. Seine Freunde glucksten bereits los, ich hielt den intensiven Augenkontakt mit Lauri fasziniert aufrecht.

»Kiitos«, sagte ich dankbar, als er sich wieder neben mich setzte. Ein paar finnische Worte hatte ich aufgeschnappt und das war wohl das Mindeste, was ich sagen konnte. Immerhin hatte er mir quasi das Leben gerettet.

»Alles in Ordnung?«, fragte Sara, die vermutlich von meinem Kreischen aufgeschreckt, zu uns kam. Ihre feinen blonden Haare waren aus dem Zopf gerutscht und schmiegten sich um ihr schmales Gesicht. Trotz des zarten Lächelns sah man ihr den turbulenten Morgen an. Wir kamen gar nicht dazu, zu antworten, denn Pekka sprang auf und legte ihr die Hände auf die Schultern.

»Alles in Ordnung. Können wir euch irgendwie helfen? Etwas tragen? Etwas holen? Jemanden beruhigen?«, plapperte er los. Es war offensichtlich, dass er für die junge Frau schwärmte. Sie sah verlegen zu Boden, schüttelte dabei aber langsam den Kopf. »Danke, im Moment wissen wir noch zu wenig. Unsere Küche sortiert gerade die Vorräte, die sollten für ein paar Tage reichen. Wir haben einen Generator mit Notstrom sowie genug Holz. Es tut uns leid, dass ihr nicht raus könnt, aber wir werden das Beste draus machen. Bitte bleibt im Resort. Ihr könnt zu den Hütten. Mein Vater bemüht sich, mit dem Schneemobil die Wege halbwegs passierbar zu lassen. Wir wollen nicht, dass jemand da draußen abgeschnitten wird. Wir werden hier mittags und abends ein gemeinsames Essen für alle zubereiten.«

Das klang zumindest so, als hätten sie alles im Griff. Wenn ich mich selbst nicht gerade abfackelte, fand ich es auch nicht schlimm. Dann wurde es eben kein sportlicher Urlaub, sondern gemütlich. Mein Körper signalisierte mir ohnehin, dass ich demnächst Urlaub vom Urlaub brauchte.

Enttäuscht sah Pekka Sara hinterher, wie diese zurück zur Rezeption ging. Schließlich drehte er sich um, klatschte in die Hände und verkündete laut: »Wer hat Lust auf Flaschendrehen?«

Kapitel 11

Der Fazer Flirt

»Auf gar keinen Fall!«, rief Jari und stand auf. Zugegeben, niemand von uns wollte Flaschendrehen spielen. Während sich die Männer lauthals darüber stritten, wie dämlich sie Pekkas Vorschlag fanden, rappelte ich mich ächzend auf. Lauri tat es mir gleich. Geschmeidig und elegant.

»Muskelkater«, erklärte ich entschuldigend meine merkwürdigen Geräusche, die jeder Bewegung folgten. Er sah mich einmal von oben bis unten an und zog die Augenbrauen noch ein Stückchen höher.

»Wir sind doch nur einmal die Piste runtergefahren.« Ja, das wusste ich.

»Fühlt sich eher so an, als wäre ich einen Biathlon gelaufen«, verteidigte ich mich. Er schenkte mir ein amüsiertes Schmunzeln. Vermutlich verbrannte er täglich Tausende Kalorien auf Bühnen oder im Fitnesscenter. Ich nahm sogar den Lift zu unserer Wohnung, obwohl wir nur im zweiten Stock wohnten.

Noch mal laut aufstöhnend hob ich den angekokelten Pullover auf. Lauris Exemplar war mir zu groß, schmiegte sich aber angenehm an meine Haut.

Es wurde leiser im Hotel, wodurch ich das dumpfe Rauschen erstmals wahrnahm. Neugierig ging ich zu einem der bodentiefen Fenster, die hinter dicken grauen Vorhängen verborgen waren. Als ich sie zur Seite zog, blickte ich in mein eigenes Spiegelbild. Draußen war es stockduster. Eigentlich müsste es dämmern, doch die Wolken sperrten die spärlichen Sonnenstrahlen aus. Innen kondensierte die Luftfeuchtigkeit zu einem nassen Film, außen türmte sich der Schnee zentimeterhoch auf dem Fenstersims. Die Eiskristalle klebten am Glas, während die Schneeflocken durch die Luft schossen. Ich trat näher heran und legte meine Hand auf die eiskalte Scheibe. Immer wieder wehte der Sturm knisternd eine Ladung Schnee dagegen. Es ließ sich nur erahnen, was da draußen abging, und ich war froh, im Warmen zu stehen.

»Ich liebe den Winter. Ich finde es nicht schlimm nicht raus zu können. Auf Tour bin ich von so vielen Menschen umgeben, dass ich mich immer wieder freue hier zu sein. Meine Oma ist hier aufgewachsen, deswegen habe ich die Chance mit den Jungs auch genutzt hierher zu kommen«, erzählte Lauri. Unbemerkt hatte er sich zu mir gesellt. Er stand so dicht hinter mir, dass ich mich an ihn hätte anlehnen können. Als ich mich umdrehte, berührte meine Schulter seine Brust. Außer in seinem Bühnenoutfit hatte ich ihn nur am Flughafen im Kapuzenpulli gesehen. Hier im Resort trug er immer diese Winterklamotten. Jetzt hatte er seine Schutzkleidung abgelegt. Keine Sonnenbrille und keine Mütze. Einfach nur er, in einem engen schwarzen Shirt und Jeans. Ich hob den Kopf, um ihm in die Augen zu sehen. Sein Blick war, wie meiner vorher, auf den Schnee draußen gerichtet.

»Wieso suchst du nun meine Nähe, wenn du vor wenigen Stunden eigentlich mir gegenüber ziemlich skeptisch warst? Im Wald wolltest du mich noch umbringen«, fragte ich und erzeugte dadurch ein leises Lachen bei Lauri. Ich mochte keine Unklarheiten, deswegen sprach ich gerne an, was mich beschäftigte. Er schob die Hände in seine Hosentaschen und senkte den Blick. Unter seiner Musterung wurde mir noch ein Stück wärmer. Seine Augen sahen dunkler aus, glänzten und fokussierten mich.

»Ich wollte dich doch nicht umbringen. Nur dein Handy kaputtmachen. Ich dachte, du kriechst durch den Wald, um Fotos von uns zu schießen«, erläuterte er noch einmal. Das schiefe Lächeln blieb auf seinen Lippen. Verwirrt verschränkte ich die Arme vor der Brust.

»Aber wie kannst du ernsthaft so einen Schwachsinn annehmen? Wer macht denn so etwas?«

Lauri seufzte, wodurch sein Atem auf meine Haut traf, und mich erschaudern ließ. Eine ganz normale Reaktion auf einen Lufthauch, oder?

»Mehr Menschen als du denkst. Immerhin warst du auch am Flughafen. Ich dachte, du verfolgst uns.«

Das konnte er doch nicht ernst meinen.

»Sorry Lauri, ich mag deine Musik, aber ich habe auch ein Leben. Ich würde für niemanden durch dieses Eiswetter kriechen für ein Foto. Außerdem erklärt das vielleicht, wieso du misstrauisch warst, aber nicht, warum du so nett zu mir bist. Mir scheint, dass du dich von deinen Freunden abkapselst«, hakte ich nach.

Hinter uns stritten diese weiterhin, inklusive Basti, über mögliche Spiele und Beschäftigungen.

Lauri beugte sich nach vorne, woraufhin ich instinktiv einen Schritt zurück machte und mit dem Rücken gegen das Fenster stieß. Die Kälte brauchte ein paar Sekunden, bis sie den dicken Stoff des Pullovers durchdrang.

»Ich kapsele mich nicht ab. Ich kenne die Jungs nur erst seit ein paar Monaten. Sie sind sich so nahe und mir fällt es seit geraumer Zeit ... schwer zu vertrauen. Ich mag sie sehr und bin ihnen dankbar. Es ist immer schön Menschen aus derselben Branche kennenzulernen. Sie wissen, was man durchmacht.«

Was man durchmacht? Ich dachte, er lebte seinen Traum, aber gerade wirkte seine Karriere eher wie eine Last für ihn. Ich wollte mehr wissen, nachhaken und ihn auch irgendwie trösten, doch er trat noch näher und erstickte meine Fragen mit seiner Aura. Seine Brust berührte fast meine, als ich mich fester gegen das Glas presste. Er beugte sich tiefer, sodass sein Gesicht vor meinem schwebte.

»Außerdem find ich dich süß.«

Er sagte das einfach so. Ohne Vorwarnung oder ersichtlichen Grund. Mein Mund wurde ganz trocken und mein Herz begann etwas schneller zu schlagen.

»Süß? Wie ... Schokolade?«, fragte ich verwirrt. Lauri lachte und legte beide Arme links und rechts neben meinem Kopf ans Fenster.

»Wie eine verführerische Salted Caramel Fazer Schokolade«, bestätigte er. Wir sahen uns dabei direkt in die Augen, bis ich zu kichern begann.

»Flirtest du schon wieder mit mir? Es wirkt nämlich.«

Einen Atemzug lang fokussierte er mich noch, eher er sich aufrichtete.

»Wir sind hier alle zusammen eingesperrt. Man sollte sich gut aussuchen, mit wem man seine Zeit verbringt. Und wir sind im Urlaub, ich finde, da sollte auch der Spaß nicht zu kurz kommen«, war seine Erklärung. Okay. Versuchte er mir gerade etwas Schmutziges zu vermitteln? War das ein unmoralisches Angebot? Ich war furchtbar schlecht beim Lesen zwischen den Zeilen und Lauri brachte mich vollkommen durcheinander. Ich genoss seine Gegenwart. Es freute mich, dass er mir zu vertrauen schien und auch private Dinge mit mir teilte. Aber alles andere überforderte mich gerade sehr. Also versuchte ich, die Unterhaltung in andere Bahnen zu lenken.

»Was ist Fazer?«

»Ich werde es dir zeigen, wenn du das möchtest.«

Schon wieder klang das nach etwas Verruchtem. Wollte ich das? Darüber nachdenken musste ich in dieser Sekunde nicht, denn Basti unterbrach den seltsamen Moment.

»Die Jungs haben sich darauf geeinigt, dass niemand mit Pekka Flaschendrehen spielen will.«

Er verschränkte die Arme und bedachte mich mit einem Blick, der mich daran erinnerte, wie nahe Lauri und ich uns standen. Daher machte ich einen Schritt zur Seite. Auch Pekka kam zu uns, mit einem enttäuschten Gesichtsausdruck. »Wir werden wohl erst einmal zurück ins Mökki gehen. Dort werden wir uns aufgrund der Enge vermutlich bald alle gegenseitig umbringen, aber hier ist niemand dabei, der Spaß haben möchte. Alles Langweiler«, beschwerte er sich schmollend.

»Wir können uns ja nach dem Mittagessen zu einer Runde Twister treffen«, schlug ich vor und brachte Pekkas Augen damit zum Strahlen. Es hatte ein Witz sein sollen, aber offensichtlich begeisterte ihn diese Idee. Ich hoffte, dass er hier kein Exemplar davon auftrieb.

Gemeinsam begannen sie sich wieder in ihre Schichten Klamotten zu zwängen, wobei ich ein schlechtes Gewissen bekam, weil ich noch immer Lauris Pullover trug.

»Ich zieh mich schnell um«, sagte ich und wollte nach oben gehen, doch er winkte ab.

»Es ist nicht weit. Ich werde es überleben und hole ihn mir später ab.«

Die Vorstellung, dass er bereits ankündigte, dass wir uns wiedersahen, gefiel mir ... und beunruhigte mich zugleich. Lauri mutierte zu einer sehr netten Urlaubsbekanntschaft. Eine von der Sorte, die mich in Schwierigkeiten bringen konnte.

Auf dem Treppenabsatz blieben Basti und ich stehen, bis sie alle fertig waren. Vermummt mit Mützen, Kapuzen und teilweise sogar Skibrillen. Als sie die Tür öffneten, fegte der Sturm herein und verteilte den Schnee bis zur Rezeption, wo er sofort schmolz und nasse Spuren hinterließ. Sie winkten, als sie sich auf den Weg zurück machten.

»Das könnte interessant werden«, sagte Sebastian zu mir. Ich ignorierte ihn, drehte mich um und kämpfte mich nach oben. Jede Stufe brannte in den Beinen, also bewegte ich mich wie eine Oma. Mein Freund blieb bei mir. Nicht, weil er sich sorgte, sondern sich an meinem Leid ergötzte und leise vor sich hin gluckste.

Die nächsten zwei Stunden verbrachte ich mit Basti in seinem Zimmer. Wir lagen auf dem Bett nebeneinander und vertrieben uns die Zeit. Er mit dem Laptop auf dem Schoß, ich mit einem Buch. Immer wieder linste ich zu ihm hinüber, wie er sich durch seine Fotos klickte, seine Mails checkte und durch diverse Plattformen scrollte. Er zauberte daraus geschnittene Videos, die äußerst professionell wirkten. Ich war da ein ganz anderer Typ. Nämlich jener, der sich in der Wanne auf Instagram herumtrieb und aus Versehen den Videochat öffnete. Anschließend geriet ich in Panik und warf das Telefon fort, sodass es auf dem Boden landete. Schließlich versuchte ich, es so aus der Wanne zu angeln, dass ich nicht meine nackten Brüste in die Kamera hielt, weil der Videochat weiterhin aktiv war. Das war meine professionellste Leistung in den sozialen Netzwerken. Sebastian lachte heute noch darüber.

»Hast du schon was für deinen Artikel?«, fragte er plötzlich. Er deutete meine Miene korrekt. »Du solltest bereits jetzt damit anfangen, wenn die Eindrücke noch frisch sind«, erklärte er mir. Ich resümierte, was für Eindrücke ich überhaupt gesammelt hatte. Hauptsächlich hatte ich Fotos von einem glitzernden See, Schnee und Essen. Nicht sehr spektakulär. Lustlos betrachtete ich die Bilder, die sich auf meinem Telefon tummelten. Die vom gefrorenen See waren schön, danach gab es nur noch verwackelte Schnappschüsse. Es folgten einige Bilder vom Restaurant, bei denen ich leise kicherte, weil mir Lauris Miene in den Sinn kam, als ich ihm den Pfannkuchen ins Gesicht gespuckt hatte. Ich schmeckte unwillkürlich den fruchtigen Glögi auf meinen Lippen. Passend dazu stieg mir Lauris Duft in die

Nase, als ich mich tiefer in seinen Pullover kuschelte, den ich immer noch trug. Er war wunderbar weich.

»Wieso grinst du wie eine Ameise, die Zuckerwatte gefunden hat?«, wollte Basti wissen und ich zuckte ertappt zusammen. Lauri beherrschte meine Gedanken in einem Ausmaß, das ich unterbinden musste. Murrend legte ich das Handy weg, um mein Gesicht ins Kissen zu drücken. Basti ignorierte es und tippte fleißig weiter. Das monotone Klacken mischte sich zu dem stetigen Rauschen des Windes. Abwechselnd knackte und pfiff es. Langsam aber sicher nickte ich ein, doch nicht ohne vorher an Lauris schiefes Lächeln zu denken, was mich bis in meine Träume verfolgte.

Als ich aufwachte, war jegliches Zeitgefühl verloren. Dadurch dass die Lichtverhältnisse wenig hilfreich waren, musste ich mich erst mal orientieren. Ich lag immer noch in Bastis Bett. Er hatte mich offensichtlich zugedeckt und mir die Brille abgenommen. Im Bad rauschte das Wasser, also duschte er. Die Uhrzeit verriet mir, dass ich zwei Stunden geschlafen hatte. Dafür waren der Urlaub und der Schneesturm schließlich da, oder nicht? Es war Mittag, draußen war es kaum erkennbar heller. Ich stand stöhnend auf und bereute jede Bewegung. Nein, in dieser kurzen Zeit war der Muskelkater nicht besser geworden. Langsam schlurfte ich zum Fenster und spähte hinaus. Der Wind peitschte unaufhaltsam den Schnee in Wirbeln durch die Luft. Unten kämpften sich zwei Personen geduckt voran. Hinter sich zogen sie einen voll beladenen Schlitten her. Es sah sehr mühsam aus und mein Verlangen nach Frischluft, ebbte abrupt ab.

»Basti, ich geh mich mal eben frisch machen und die Beine vertreten. Ich will mich im Hotel umsehen. Kommst du mit?«, rief ich, ohne den Blick von den zwei Menschen im Schnee abzuwenden.

»Nö, ich möchte meine Recherche weiterführen. Verlauf dich bitte nicht.«

Ich brummte als Antwort zu seiner letzten Bemerkung.

»Ich schreibe dir, sobald es Mittagessen gibt«, verkündete ich großherzig und ging dann in mein eigenes Zimmer. Im Flur war es verhältnismäßig kühl, also huschte ich schnell hinüber und wechselte die Klamotten. Lauris Pullover faltete ich extra stilvoll zusammen und legte ihn andächtig auf den Schreibtisch. Danach machte ich mich auf Erkundungstour durch das Haus. Aus den Zimmern hörte man heute deutlich mehr Stimmen. Gelächter, Fernseher, ein Schnarchen, das hoffentlich keine Lawine auslöste und sogar prekäre Geräusche, die mich kurz stehen bleiben und dann breit grinsend davonschleichen ließen. Ja, die Menschen nutzten ihre ungewollte Freizeit ganz unterschiedlich.

Unten in der Lobby vergnügte sich eine Familie mit ihren zwei Kindern bei einem Brettspiel. Wie auch im Essensraum hatten sich ein paar Menschen mit Karten oder Büchern eingefunden. Alles in allem hatte sich die Stimmung beruhigt.

»Brauchst du etwas?«, fragte mich Mikko, der plötzlich hinter dem Tresen auftauchte, weil er sich offenbar gerade gebückt hatte.

»Nein, ich wollte mich nur etwas umsehen und bewegen. Ist das in Ordnung?«

Er wedelte mit der Hand, in der er ein Blatt Papier hielt. »Klar doch. Wenn du in die Sauna möchtest, gib Bescheid. Aktuell sind sehr viele Menschen dort, aber nachher ist bestimmt Platz.«

»Nein Danke, ich schlendere nur ein bisschen herum.«

Lustlos durchstöberte ich die Flyer mit Angeboten für Skischuh-Wanderungen, Snowmobil-Touren oder einen Besuch bei den Rentieren. Alles gute Optionen, wenn draußen nicht die eisige Hölle herrschen würde. Ich betrachtete ein paar Bilder an den Wänden und gönnte mir einen weiteren Kaffee, der einladend auf einem Tresen zur freien Entnahme bereitstand. So riesig war das Hauptgebäude leider gar nicht. Ich durchquerte jetzt einen Gang, hinter dem sich ein kleiner bezaubernder Wintergarten befand, in dem zwei braune Ohrensessel standen. Darin saßen sich Pekka und Sara gegenüber, vertieft in ein Gespräch mit vielen intensiven Blicken. Offensichtlich hatte er es nicht lange mit den anderen im Mökki ausgehalten.

Mehr gab es leider nicht zu sehen, also stellte ich mich wieder ans Fenster und starrte hinaus. Obwohl wir hier drinnen Strom hatten, schien sonst alles ausgefallen zu sein. Die Dunkelheit, gepaart mit dem vielen Weiß sah beeindruckend aus. Auch das, was der Mann da draußen tat, war atemberaubend. Jemand stand knietief im Schnee mit so etwas wie einer Laterne neben sich und kämpfte mit der Naturgewalt. Über ihm flatterte etwas Dunkles wild im Wind. Ich kniff die Augen zusammen, was dämlich war, denn dadurch sah ich keinesfalls besser. Trotzdem erkannte ich, dass er versuchte, eine

Plane irgendwo zu befestigen, die drohte davon zu fliegen. Eine Weile beobachtete ich ihn, bis ein mulmiges
Gefühl in mir hochstieg. Der Erfolg seiner Bemühun-
gen blieb aus. Immer wieder entglitt ihm die Plane und
er musste sich neu orientieren.

»Wer ist das?«, fragte ich etwas lauter in Richtung der
Rezeption. Mikko reagierte, zog die Brauen hoch und
grinste.

»Mein Vater Simo hat draußen die Vorräte zusam-
mengetragen aus den Nebengebäuden, damit, falls wir
morgen komplett eingeschneit sind, es nicht weit haben. Er sichert sie gegen den Sturm«, erklärte er. Angst
stand ihm nicht ins Gesicht geschrieben, obwohl ich bei
dem Anblick des Mannes da draußen ein schlechtes Gewissen bekam. Vermutlich gab es hier nicht viele Angestellte im Familienbetrieb und er könnte bestimmt
Hilfe gebrauchen. Ich kam allerdings gar nicht dazu ab-
zuwägen, ob ich mich schnell genug in meine Skiklamotten zwängen könnte ... der entsetzte Laut entwich
mir spontan. Ohne dass ich oder der Mann es hatten
kommen sehen, wirbelte ein dicker Ast aus der Dunkelheit empor und rammte ihn. Seinen Schrei hörte ich
nicht, aber er kippte augenblicklich in den Schnee.

»Mikko, dein Vater braucht Hilfe. Bitte, er bewegt sich
nicht!«, schrie ich schockiert. Als könnte er mich durch
den Sturm hören, hämmerte ich ein paar Mal auf die
kalte Scheibe ein, ehe Mikko an meine Seite eilte, um
hinauszusehen. Die prekäre Lage sofort erfasst, hetzte
er auf Finnisch rufend davon. Mutige Helden-Men-
schen wären jetzt ohne Rücksicht auf Verluste in Leggins und Pullover hinausgestürmt. Ich hingegen

schlang bange die Arme um meine Brust und sah verängstigt hinaus. Keine Glanzleistung. Mikko stolperte in dicken Stiefel zurück in den Raum und drehte sich hektisch um die eigene Achse, als er versuchte, in die Ärmel einer Winterjacke zu kommen. Die Mütze zog er so fest über den Kopf, dass er kurz nichts sah. Karl kam mit flatterndem Mantel an mir vorbeigerannt, ehe Mikko die Tür aufriss. Es pfiff und knarrte, während der Wind durch die Lobby fegte. Das Feuer im Kamin flackerte wild auf und ließ die Schatten über die Möbel tanzen. Ich bekam augenblicklich eine Gänsehaut. Die zwei stapften in die Dunkelheit hinaus, beide mit einer Hand nach oben gereckt, um ihr Gesicht zu schützen. Gebeugt kämpften sie sich voran. Durch das Fenster beobachtete ich, wie sie Mikkos Vater erreichten. Weitere Gäste aus dem Frühstücksraum stellten sich verwundert zu mir. Besorgtes Gemurmel erfüllte das Foyer. Sara stürzte herbei, beladen mit einem Stapel Decken und einem Erste-Hilfe-Koffer. Ich nahm ihr das Bündel Stoff ab und presste es eng an mich. Es schien ewig zu dauern, bis wir wieder Silhouetten der drei im Sturm ausmachten. Der Schnee lag kniehoch, weshalb sie nur zäh vorankamen. Simo wurde von den beiden anderen gestützt. Die Erleichterung war groß, dass er aufrecht unterwegs war. Sara atmete hörbar auf und tippelte nervös hin und her. Sie bugsierten ihren Vater durch die Tür, wodurch jede Menge Schnee hereinwehte. Der komplette Eingangsbereich war innerhalb weniger Sekunden durchnässt. Schnaufend traten sie ins Warme und stützen sich erst mal auf ihre Oberschenkel. Sara kam Simo sofort zu Hilfe. Sie zog ihm die Mütze sowie den Schal vom Kopf. Ein feines Rinnsal Blut bahnte

sich über seine Schläfe zur Wange, aber er schob seine
Tochter lächelnd zur Seite. Was sie redeten, verstand
ich nicht, er schien jedoch klar im Kopf zu sein. Gemeinsam befreiten sie ihn von den restlichen Klamotten. Dankbar über eine Aufgabe, reichte ich ihnen die
Decken. Anschließend bemühte ich mich die Eingangstür zu schließen, was durch den vielen Schnee und den
Wind nicht so leicht war. Kurz bevor ich es schaffte,
warf sich eine Gestalt von außen dagegen. Ich schrie erschrocken auf, wurde nach hinten gestoßen und landete auf dem Rücken. Mein Kopf donnerte gegen den
Boden und ich sah Sternchen vor den Augen tanzen.
Der pochende Schmerz in meinem Steißbein mischte
sich mit Kälte und Nässe. Rücklings lag ich in einer eisigen Schneeschmelze und auf meinem Bauch lastete
etwas Warmes, sehr Schweres, das mir die Luft aus den
Lungen presste und mir ins Gesicht atmete. Ein Eisbär
war es nicht, obwohl ich orientierungslos nach oben
griff und weiche Haare ertastete. Außerdem hatte ein
Eisbär gewiss keinen minzigen Atem. Mit zusammen-
gepressten Augen und einem Summen in den Ohren ertastete ich einen Kopf. Die Haare waren wirklich weich
und man konnte hervorragend mit den Fingern hin-
durchfahren ... immer wieder. Es räusperte sich jemand.

»Ähm, alles in Ordnung? Suchst du etwas?«, fragte
mich Lauri hörbar amüsiert und Kaugummi kauend.
Ein kurzes tiefes Lachen ließ mich aufblicken. Nase an
Nase lagen wir da. Lediglich mit einer Hand hatte er
sich neben meinem Kopf abgestützt, um seinen Oberkörper etwas aufzurichten. Wie immer in Wintermon-

tur lag er auf mir drauf, die Mütze war ihm in den Nacken gerutscht. Er grinste mich breit und schwer atmend an.

»Aua«, murmelte ich aus Protest. Das hinderte mich allerdings nicht daran, den Eisbären, äh Rockstar, noch mal zu streicheln.

»Das ist so weich«, fügte ich meinen Gedanken laut hinzu. Gott sei Dank auf Deutsch, sodass Lauri nur die Brauen zusammenzog. Ehe ich mich versah, hievte er sich hoch und zog mich mit solch einem Schwung mit, dass ich zwar auf die Beine kam, aber erneut gegen ihn prallte. In meinem Kopf pochte es dumpf. Um uns herum standen etliche Menschen. Mikko und Saras Vater Simo wurden zum Kamin geführt, um seine Wunde zu untersuchen. Sein Mann Karl durchwühlte den Erste-Hilfe-Koffer. Andere begannen den Schnee mit einem Mob aufzuwischen und Lauri hielt mich an der Hüfte fest.

»Geht es dir gut?«, wollte er erneut wissen. Ein Nicken brachte ich zustande, verwirrt war ich trotzdem. Neben ihm stand Jari, der sich die Kapuze zurückstrich und den Schal abnahm. Von beiden tropfte es nass herab. Sara fiel Jari um den Hals und hüpfte ihn regelrecht an, sodass er die schlanke Frau kurz hochhob. Ihrem Tonfall nach bedankte sie sich gerade tausend Mal.

»Was ist passiert?«, fragte ich und trat einen Schritt zurück, um Abstand zu Lauri zu bekommen. Zögerlich nahm er die Hand von meiner Hüfte.

Jari strich sich die verschwitzten blonden Haare nach hinten. Die roten Wangen brachten seine blauen Augen besonders zur Geltung.

»Wir kamen gerade vorbei, als Simo mit der Plane kämpfte. Wir konnten sie gemeinsam befestigen«, erklärte er zufrieden. Die Tür war zu und das Feuer knisterte wieder ruhiger vor sich hin. Weil ich hier außerdem nicht wirklich helfen konnte und mich umziehen wollte, wandte ich mich zur Treppe.

»Hei, warte. Du hast ein Date mit Karl«, sagte Lauri, woraufhin ich mich überrascht umdrehte. Der schlanke Mann mit Brille saß noch bei seinem Mann und klebte ihm ein großes Pflaster auf die Stirn. Ich starrte, darüber grübelnd, inwiefern ich ein Date mit ihm hatte, in dessen Richtung, da fummelte Lauri suchend an seiner schweren Jacke herum. Er zog etwas Flaches Rechteckiges heraus.

»Karl Fazer. Salted Caramel. Du wirst es lieben«, verkündete er und brachte mich damit zum Lachen. Ich bedeutete ihm, mir nach oben zu folgen.

Ob Basti auf unsere Schritte reagierte oder es reiner Zufall war, blieb ungewiss, doch er öffnete in der Sekunde, in der ich Lauri einlud in mein Zimmer zu gehen, seine Tür. Er hielt inne, um uns überrascht zu mustern. Lauri grüßte ihn, aber das Grinsen im Gesicht meines besten Freundes war peinlich genug.

»Sag einfach nichts«, befahl ich auf Deutsch und schob Lauri durch meine Tür. *Wieso*, war eine Frage, die ich nicht beantworten konnte. Eigentlich wollte ich unten nur aus dem Getümmel heraus, doch plötzlich war ich mit einem Mann allein in meinem Hotelzimmer. Wenn er sich unwohl dabei fühlte, zeigte er es nicht. Seelenruhig zog er seine Skihose und Jacke aus, hing sie über die Lehne des Stuhls und hielt mir die Schokolade entgegen.

»Ich bin ganz nass und zieh mich schnell um. Dort liegt dein Pullover. Fühl dich wie daheim«, sagte ich und verschwand mit neuen Klamotten im Badezimmer.

Wenige Minuten später kam ich zurück, da saß der Herr auf meinem Bett und öffnete sein Mitbringsel. Mehr Möbel gab es hier zwar nicht, trotzdem war der Anblick etwas seltsam. Voll auf die Schokolade konzentriert, merkte er hoffentlich nicht wie ich unschlüssig dastand, ehe ich mich neben ihn setzte. Er brach ein Stückchen ab und reichte es mir.

»Wenn du denkst, ich esse jetzt Pornolike genießerisch die Schokolade, während du mich dabei anstarrst, liegst du falsch«, stellte ich klar. Einen Augenblick lang bedachte er mich mit einem Blick, in dem ich las, dass er sich das gerade bildhaft vorstellte. Dann zuckte er mit den Schultern und spuckte seinen Kaugummi in ein Taschentuch, um es danach in der Hosentasche verschwinden zu lassen. Nachdem er auch für sich ein Stück Schokolade abbrach, stießen wir feierlich damit an.

»Versteckst du dich schon wieder bei mir?«, fragte ich schmatzend.

»Du bist eine willkommene Ablenkung. Wenn man sich mit lauter Musikern in eine Hütte sperrt, artet das immer in eine Jam Session aus. Die Jungs haben alle mindestens ein Instrument mit in den Urlaub genommen. Aber ich bin hier, um auszuspannen und nicht, um zu arbeiten«, erläuterte er. Bisher hatte ich angenommen, dass Musiker immer Musik machten.

Die Schokolade schmolz auf meiner Zunge und schmeckte sehr gut, trotzdem trat eine unangenehme

Stille ein, weil Lauri auf den Boden starrte. Ich hatte das Gefühl, ihn aufmuntern zu müssen, aber mir fiel nicht ein womit.

»Was heißt Schokolade auf Finnisch?«, fragte ich, griff hinüber und nahm mir noch ein Stück. Er sah überrascht hoch und grinste mich schief an. »Suklaa.«

Ich wiederholte das Wort, doch es klang lange nicht so melodisch wie bei ihm. So, als würde ein Deutscher versuchen, österreichisch zu sprechen. Er nickte, lächelte aber noch breiter.

»Und was sind sonst so die wichtigsten finnischen Vokabeln?«, hakte ich weiter nach. Der Schalk blitzte in seinen Augen auf und seine Haltung straffte sich.

»No Niin, auch Noni gesprochen. Das ist der wichtigste Ausspruch, den du immer sagen kannst.«

Interessiert sprach ich die zwei kleinen Wörter so lange nach, bis es ihm ähnlich klang. Aber dann hob er den Zeigefinger und das Kinn.

»Es kommt darauf an, wie du es aussprichst. Es kann *also* bedeuten, es kann belehrend sein, enttäuscht oder ungeduldig. Mitfühlend und auch überrascht oder zustimmend.«

Das ergab überhaupt keinen Sinn. Trotzdem lauschte ich der Vielfalt an Variationen, die er mir präsentierte.

»Gibt es ein deutsches Pendant dazu?«, wollte er wissen und ich überlegte. Es gab einen Ausdruck, der in Wien, richtig betont, keinerlei weiterer Bedeutung bedurfte.

»Passt scho«, murmelte ich und versuchte, es ebenfalls in diverse Situationen einzubauen. Ein freundliches *passt scho*, wenn keine Gegenleistung nötig war.

Ein betrübtes *passt scho*, wenn man nicht darüber reden wollte und ein sarkastisches *passt scho*, wenn das Gegenüber keinen Streit wert war, man aber ausdrücken wollte, für wie dämlich man dessen Aussagen hielt. Lauri gluckste über meine Darstellungen, weil ich mich bemühte Mimik und Gestik anzupassen. Als er mich nachahmte, lachten wir uns gegenseitig aus.

Er klatschte in die Hände und verschluckte sich beinahe. »Genauso wichtig ist *Kalsarikärkynnit*. Dieses Wort beschreibt, dass man sich allein, nur in Unterwäsche zu Hause aufs Sofa legt und betrinkt.«

Wow, jetzt war ich beeindruckt. Das schwedische Hygge war ein Scheiß dagegen. Jede Sprache sollte ein Wort dafür haben.

Ich ließ mich prustend rücklings aufs Bett fallen. Beim Versuch, es nachzusprechen, brach ich mir fast die Zunge, aber es klang witzig.

»Und es passt hervorragend zu unserer jetzigen Situation«, sagte ich. Lauri plumpste neben mir aufs Bett, sodass ich auf und ab wippte. Er zog seine Brauen hoch und drehte den Kopf zu mir.

»Na ja, außer, dass wir nicht allein sind, mehr als nur Unterwäsche anhaben und nicht betrunken sind«, stellte er richtig, woraufhin ich wieder lachte.

»Das kann man alles im Grunde sehr schnell ändern«, konterte ich.

»Ich mag die österreichische Mentalität«, raunte er zwinkernd. Da war wieder dieser Flirt mit einem fremden Rockstar.

Ich zog die Beine aufs Bett und kuschelte mich in Seitenlage in die warmen Kissen. Lauri tat es mir mit etwas Abstand gleich. Es war nichts zu hören, außer unser Atem, ein Uhrenticken, von dem ich bis jetzt nicht herausgefunden hatte, woher es kam und ab und zu ein Knarzen oder das Geräusch einer Tür. Draußen brauste der Wind und ab und zu klapperte etwas. Ich bettete das Gesicht auf meinem Arm und seufzte.

»Danke, dass du dich mit mir abgibst«, murmelte er.

Irritiert zog ich die Stirn kraus.

»Ich mit dir? Lauri, du bist quasi ein Promi und noch dazu eine charmante Begleitung. Wieso denkst du, dass sich jemand mit dir abgeben muss?«

Er brummte und rollte sich auf den Rücken. Das Geräusch war tief und angenehm und verursachte eine kribbelnde Gänsehaut auf meinem Körper.

»Nenne es eine musikalische Midlife-Crisis!«

Ein Lachen entwich mir, das ich, aber sofort versuchte, zu unterdrücken, um ihn nicht zu beleidigen. Er nahm es mir aber nicht übel, sondern seufzte noch einmal und fuhr sich theatralisch mit den Händen über das Gesicht.

»Meine Band wurde zusammen gewürfelt vom Management, weil ein Solokünstler weniger erfolgreich sei. Ich mag die Jungs, aber uns verbindet kaum etwas. Anders als bei Aki mit seinem Bruder oder Jari mit seiner Band, die er seit Jahren kennt. Uns wurde ein Image aufgedrückt, das wir gar nicht verkörpern. Weißt du, wie oft ich mir mit dem Eyeliner fast das Auge ausgestochen habe? Es hieß, finnische Bands sehen nun mal so aus. Zerreißt eure Hosen, malt euch an und mimt den Klassiker«, sprudelte es aus ihm heraus. Zuletzt fielen seine Arme kraftlos aufs Bett und er brummte erneut. Ich brauchte ein paar Sekunden, um seine Worte

zu verdauen. Offenbar gab es da ernsthafte Differen-
zen, die ihn belasteten. Dass er so unzufrieden mit seiner Band war, hatte ich ihm beim Konzert nicht ange-
merkt. Auch Sebastian hatte niemals etwas in diese
Richtung erwähnt. Das hieß, dass es ein gut gehütetes
Geheimnis sein musste. Lauri verschränkte die Arme
vor der Brust, wodurch sich seine Muskeln deutlich anspannten. Nur kurz sah ich ein kleines bisschen beeindruckt darauf.

»Und dann dieser ganze Rummel. Aufpassen, was
man tut, was man sagt. Sei ein Bad Boy, sei ein Vorbild.
Sei aktiv auf Social Media, aber verhindere, dass deine
Freundin deine Adresse per Video verrät, sodass Fans
auf einmal versuchen, dich auf deinem Balkon zu fotografieren oder als Putzfrau getarnt in deinem Wohnzimmer stehen. Alles Bullshit«, plapperte er weiter. Es
kam gerade einiges in ihm hoch und da es mir vorkam,
als erzählte er das zum ersten Mal offen, schwieg ich.
Die Decke war ein guter Zuhörer. Doch dann trat wieder Stille ein, die sich dieses Mal aber entspannter anfühlte. Lauris Brust hob und senkte sich langsam. Es
dauerte, bis er den Kopf in meine Richtung drehte.

»Tut mir leid«, nuschelte er leise. Zerknirscht blickte
er mich an, also versuchte ich, milde zu lächeln.

»Keine Sorge. Ich kann mir auch keinen Lidstrich ziehen. Wir könnten aber versuchen, uns gegenseitig zu
schminken, vielleicht klappt das besser«, antwortete
ich trocken.

Es tat unfassbar gut, ihn wieder lachen zu hören. Das
ganze Bett bebte unter seinem Glucksen. Aus eigener

Erfahrung wusste ich, dass man manchmal mit Fremden besser reden konnte als mit Leuten, die einem nahe standen.

»Was ist mit der Musik? Wurde die dir auch vorgegeben?«, wollte ich wissen.

»Teilweise. Man gab uns zwar keine fremden Songwriter, aber es wurde hart ausgesiebt, was wir veröffentlichen durften. Niemals würde ich etwas singen, hinter dem ich nicht stehe. Sobald ich die Gitarre halte oder die Jungs den Song starten, bin das vollkommen ich. Für diese kurze Zeit zumindest, egal was ich anhabe.«

Das freute mich, denn so steckte also doch ein kleiner Emo-Rockstar in ihm. Dass die einnehmende Aura auf der Bühne vollkommen gespielt gewesen wäre, hätte mich auch gewundert.

»Und du hast eine Schreibblockade? Weil du erzählt hast, dass du nicht mit den anderen Musik machen willst«, fuhr ich vorsichtig fort. Dieses Mal zuckte er mit den Schultern.

»Nein, eigentlich habe ich immer Song-Ideen, aber im Moment ertrage ich es einfach nicht mit jemand anderem zu musizieren.«

Irgendwie klang das verständlich für mich, obwohl ich mit Musik nichts am Hut hatte.

»Wir sind jetzt allein«, stellte ich unnötigerweise fest. »Niemand würde hören, was du singst.«

Lauris Blick war schwer zu deuten. Er sah nicht schockiert aus, sprang auch nicht auf, wirkte aber genauso wenig euphorisch. »Ich habe keine Gitarre hier.«

»Ich habe mir sagen lassen, das größte Instrument eines Sängers wäre seine Stimme«, neckte ich ihn.

Ein paar Herzschläge lang schien er zu zögern, dann sah er wieder an die Decke und rutschte nach oben, um sich ein bisschen aufzurichten. Ich gab ihm Zeit. Als er Luft holte und leise zu singen begann, kam der altbekannte Schauer. Ein Prickeln, das jedes Härchen auf meinem Körper für eine Standing Ovation animierte. Hätte meine Niere Härchen gehabt, wäre auch diese mit einer Gänsehaut überzogen gewesen. Lauri stimmte ruhige Töne an, anfangs nur geflüstert, sodass ich erst bei der zweiten Zeile mitbekam, dass er auf Finnisch sang. Mit jeder Silbe wurde er sicherer und aus den einzelnen Wörtern, entstand schließlich eine ruhige, wunderschöne Melodie. Mir entwich ein Seufzen, das nicht zu unterdrücken war. Zufrieden kuschelte ich mich tiefer ins weiche Bett, um ihn entspannt zu beobachten. Wie der Adamsapfel zuckte, die Lippen sich bewegten und sich sein Brustkorb hob und senkte. Dabei formte er eine ergreifende Ballade. Worum es ging, war egal, aber es waren an- und absteigende Töne, immer im tiefen Bereich, die auch ohne Bässe oder Mikrofon bis in meinen Bauch vibrierten. Als Lauris Augen zufielen, wurde seine Stimme noch fester. Der Song nahm etwas Fahrt auf, klang leidenschaftlich und traurig zugleich. Ich musste ihn unbedingt fragen, was er mir hiermit erzählte, doch im Augenblick war ich von den Emotionen ganz und gar überwältigt.

Zeile für Zeile sang er weiter, wiederholte einen Chorus, den ich wiedererkannte, ehe auch meine Lider schwer wurden. Langsam döste ich weg, immer mit seiner tiefen, melodischen Stimme im Ohr, die mir ein Lächeln auf die Lippen zauberte. Noch bevor der letzte Ton verklang, war ich zufrieden eingeschlafen.

Kapitel 12

Life is live

Ich wachte allein im Dunkeln auf. Nichts Besonderes in Finnland, nur dass ich dieses Mal sofort mit der Hand nach dem leeren Platz neben mir tastete. Doch alles, was ich fand, war eine Deckenkuhle und die Schokolade. Lauri war verschwunden. Obwohl ich mich total müde fühlte, war genau das, das ideale Urlaubserlebnis. Schlafen, wann immer man wollte. Ich liebte das. Ein paar Minuten lang wälzte ich mich noch im Bett und ließ die Stunden vor meinem Nickerchen Revue passieren. Lauri hatte sich mir anvertraut und noch wusste ich nicht genau, wie ich damit umgehen wollte. Seufzend holte ich tief Luft, woraufhin mich Lauris Geruch schmunzeln ließ.

Ein Klopfen an der Tür beendete den Schmacht-Moment jäh. »Ja?«, murrte ich und streckte mich, wobei meine Muskeln erneut schmerzhaft protestierten.

Basti steckte seinen Kopf herein.

»Bist du allein? Wieso ist es so dunkel? Hast du geschlafen? Allein?«

Augenverdrehend setzte ich mich auf und sah ihn an. »Natürlich bin ich allein. Wer sollte denn da sein? Und ich hab ein kleines Schläfchen gemacht. Allein!«, betonte ich. Einen Moment lang sah er mich mit dem *Das*

166

*ist bullshit, ich weiß, wer sich aus deinem Zimmer ge-
schlichen hat-*Blick an, doch dann zuckte er mit den
Schultern. »Komm mit runter, es gibt Abendessen!«

*Abendessen? Was war denn mit dem Mittagessen
passiert?*

Als wir wenig später nach unten trotteten, war es relativ still im Hotel.

»Habe ich was verpasst?«, fragte ich Basti gähnend.

»Sieh doch mal raus«, schlug er vor.

Skeptisch wankte ich zu dem Fenster. Ein *Oh* entwich
mir, als ich den Vorhang zur Seite schob. Klar lag da
Schnee, aber die Menge war beeindruckend. Eine
Wand aus Eiskristallen, die sich fest gegen die Scheibe
presste. Wir waren komplett eingeschneit, eingehüllt
in eine eisige Decke! Ich legte meine Hand ans kalte
Glas. Basti trat hinter mich und lachte amüsiert.

»Wir bleiben wohl länger hier drinnen. Es hat jetzt
über zwanzig Stunden durchgeschneit. Mikko meinte
vorher, es lässt nach und morgen früh sollte der Spuk
vorbei sein. Aber bis wir frei sind, und man die Straßen
wieder gut benutzen kann, wird es noch etwas dauern.«

Ich nickte, als mich nun doch ein unheimlicher
Schauer überkam. In Gefahr waren wir wohl nicht,
doch trotzdem wirkte die Situation, von Schneemassen
eingeschlossen zu sein, etwas bedrohlich. Er legte mir
einen Arm um die Schultern, sodass ich mich an ihn
lehnen konnte.

Gemeinsam schlenderten wir rüber in den bekannten
Speisesaal, wo wieder alle Sitzmöglichkeiten belegt waren. Die Menschen saßen murmelnd beisammen. Manche wirkten müde und besorgt, andere lächelten. Sara
und Karl verteilten Tassen mit Kaffee und Tee. Mikko

stand wiederum mit Simo in einer Ecke und beriet sich mit ihm. Es schien seinem Vater nach dem Unfall wieder recht gut zu gehen. Pekka und seine Freunde saßen alle beisammen. Ihre Köpfe waren tuschelnd zusammengesteckt. Ein Lächeln erschien auf meinen Lippen, als ich Lauri sah, der mit finsterer Miene vehement den Kopf schüttelte.

Am Buffet versorgten wir uns mit heißen Getränken aus Thermoskannen. Meine Finger kribbelten, als sich die Wärme der Tasse bis in die Arme hinauf ausbreitete. Nach einem beeindruckenden Räuspern von Simo, legte sich fast komplette Stille über die Gäste. Der breite Mann mit dem dichten grauen Bart trat in die Mitte. Er hob die Hände, um noch mehr Aufmerksamkeit zu erhalten.

»Liebe Gäste, danke, dass wir uns hier versammelt haben. Wie ihr alle seht, werden wir erst mal keine Waldspaziergänge machen«, begann er schmunzelnd. Richtig ängstlich wirkte der stämmige Mann nicht. Er strahlte Ruhe aus, was mir ebenfalls guttat. Ich nippte am Kaffee und genoss den milden Geschmack. Den konnten die Finnen wirklich gut kochen.

»Wir haben Kontakt zum Ort und wenn ein Notfall eintreten sollte, bekommen wir auch Hilfe. Trotzdem wurde veranlasst, dass wir erst einmal hierbleiben, uns den Bauch mit den Vorräten vollschlagen und wenn morgen die Sonne scheint, kümmern wir uns um alles weitere. Es werden bestimmt bald wieder Flüge gehen, aber macht euch auf Verspätungen gefasst! Wenn ihr Fragen habt, könnt ihr euch gerne an mich, meinen Mann Karl oder unsere Kinder wenden. Auch wenn ihr etwas braucht. Die Mökki-Bewohner sind jederzeit willkommen und dürfen sich mit Vorräten versorgen. Wir haben genug Essen für ein paar Tage.«

Zustimmendes Gemurmel schwoll an und die Mienen entspannten sich sichtbar. Die größte Sorge im Wald nach Beeren suchen zu müssen, war sprichwörtlich vom Buffettisch.

»Eine gute und eine schlechte Nachricht habe ich noch für euch«, fuhr Simo mit einem ernsten Blick fort und machte eine dramatische Pause.

»Die schlechte: Alkohol werden wir aus Sicherheitsgründen kontrolliert erst ab fünfzehn Uhr ausschenken, damit hier ein kleiner Hauch Ordnung verbleibt.«

Gespielte Buhrufe wurden laut, gefolgt von lautem Gelächter. Grinsend hob Simo die Hände, um wieder Ruhe einkehren zu lassen.

»Aber die gute Nachricht: Es ist bereits nach fünfzehn Uhr, also darf ich euch alle auf Glühwein, Wein oder Bier einladen, damit wir uns einen gemütlichen Sturm-Abend gestalten können!«

Nun jubelten einige Tische, manche klatschten und lachten. Auch ich grinste, weil wie abgesprochen Sara und Karl jetzt mit zwei Tabletts hereinkamen, auf denen Glögi und Weingläser standen. Ich nahm mir zum Kaffee eine zweite Tasse mit dem fruchtigen Glühwein. Außerdem wurden die Buffettische mit kalten Platten, Gebäck und ein paar dampfenden Töpfen befüllt.

Meine trüben Gedanken, hervorgerufen durch den langen Mittagsschlaf wurden spätestens durch die Musik vertrieben, die nun aus Lautsprechern ertönte. Nicht im besten Sound, aber auflockernd fröhlich. Es war ein finnischer Popradiosender, der gute Laune versprühte.

Nach dem Kaffee kippte ich den Alkohol direkt hinterher, der mir offenbar sofort ins Hirn schoss. Anders konnte ich es mir nicht erklären, dass ich mich aufgrund der Ermangelung einer Sitzgelegenheit, von Basti zum Tanzen verführen ließ. Er wirbelte mich um die eigene Achse, zwischen den voll besetzten Tischen hindurch. Manche spielten Karten, andere aßen und tranken einfach. Alle hatten Spaß. Selbst Mikko und Sara gönnten sich Wein und anhand von Küchenschürzen erkennbar, schienen sich auch andere Angestellte dazuzugesellen.

Dazwischen schob ich mir Brote mit Aufstrichen in den Mund, ehe Basti mich wieder an sich zog, um einen Walzer zu einer absolut unpassenden Musik zu erzwingen. Wir lachten laut, schwitzten und hatten jede Menge Spaß. Der Schneesturm draußen war vergessen.

Je später es wurde, desto ausgelassener amüsierten sich die Gäste. Nach drei Glögi im Bauch wippte ich an Bastis Seite angeschickert zur Musik. Wir machten lustige Fotos zusammen und genossen die Zeit.

Aufgeregte Stimmen lenkten unsere Aufmerksamkeit zu einer kleinen Menschentraube. Sara stand mit Pekka bei Jari und mit Aki und Yanis schienen sie einer regen Diskussion verfallen zu sein. Sie gestikulierten, bis Pekka in die Hände klatschte und Jari an den Schultern von sich schob.

»Weißt du, was die vorhaben?«, fragte ich Basti, doch er wischte sich kopfschüttelnd den Schweiß von der Stirn. Mit all den Menschen im Raum trieb die Hitze des Kamins die Temperatur ganz schön in die Höhe. Um etwas klarer im Kopf zu werden, machte ich mich auf die Suche nach einem Glas Wasser. An der Theke lehnte Lauri an einer Wand. Ein Bein daran aufgestellt, die Hände in den engen Hosentaschen. Das sah lässig und sexy zugleich aus.

»Moi«, begrüßte er mich auch noch mit schiefem Grinsen und Grübchen unter dem Dreitagebart.

»Machst du wieder auf unnahbaren Rockstar?«, fragte ich provozierend, weil er sich erneut von seinen Freunden abgrenzte. Seine Schultern zuckten.

»Die lassen sich zu dummen Ideen überreden. Ich versuche einfach, nicht mit reingezogen zu werden«, antwortete er kryptisch.

Ehe ich über seine Worte nachdenken konnte, wurde es hektisch im Raum. Tische wurden zur Seite geschoben und Stühle verrückt. Die Gäste suchten sich neue Plätze, gespannt auf das, was folgte. Ich verschluckte mich fast an meinem Wasser, als Jari und Aki mit je einer Gitarre in der Hand auf die freie Fläche traten und die Menge zu klatschen begann. Lauri brummte.

»Hei, mein Name ist Jari und neben mir steht der weltbeste Gitarrist Aki. Wenn ihr Musikwünsche habt, geben wir unser Bestes«, leitete der blonde Finne das Privatkonzert ein. Die Gäste fingen prompt an, ihnen durcheinander Songtitel zuzurufen. Während ich mein Wasser leerte, klimperten die beiden Musiker vorne ein paar Töne, um sich einzustimmen. So wie sie grinsten, war auch ihr Alkoholpegel leicht erhöht. Akis Augen schimmerten glasig, aber ihr Stand war stabil. Nach wenigen Minuten hatten sie sich wohl auf ihren ersten Song geeinigt, denn Aki begann an den Saiten zu zupfen. Anfangs etwas zaghaft, doch dann schien er die richtige Tonlage gefunden zu haben. Mit geschickten Fingergriffen spielte er eine angenehme Melodie. Jari nickte im Takt mit Kopf und Fuß, ehe er ebenso einsetzte und gut mit Aki harmonierte. Automatisch begann auch ich mit meinem Körper sachte mit zu wippen. Sie sangen einen mir unbekannten fröhlichen Song. Die ersten Zeilen aus Jaris Mund überraschten mich. Seine Stimme klang viel voller als in den Liedern, die ich mal im Radio gehört hatte. *The wicked elephant* spielte nur englischsprachige Musik, doch in seiner Muttersprache machte er auch eine gute Figur. Die Menge sang textsicher begeistert mit und feierte mit den beiden. Der Rhythmus wurde schneller, woraufhin Aki begann mit dem ganzen Körper zu tanzen. Er beugte sich vor und zurück, verzog das Gesicht, als fühlte er jeden Ton. Ohne Mikrofon oder Technik schmetterten sie akustisch den Chorus heraus.

»Sie sind großartig«, sagte ich unnötigerweise zu Lauri. Selbst er nickte im Takt mit dem Kinn und lächelte. Mitten im Song stoppte Jari, während Aki weiterspielte. Er hob die Hände und animierte das Publikum mitzumachen. Ganz der Profi spielte er mit den Menschen, die das freudig annahmen, um den Sturm zu vergessen. Mir wurde prompt noch wärmer bei der aufgeheizten Stimmung.

Nach dem ersten Lied applaudierten alle vollkommen mitgerissen und sofort begann der nächste Song. Nach den ersten Noten erkannte ich den Klassiker, woraufhin ich euphorisch auf und ab hüpfte. Lauri gluckste, als ich mich an ihm festhalten musste. Ich war die Erste, die lauthals mitsang und meine Hände emporriss, um sie hin und her zu schwenken.

»And darling, darlin stand ... by me«, sang ich ihn hingebungsvoll schmachtend an.

»Oh stand, by me ...«

Ich hakte mich bei ihm unter und schunkelte zu beiden Seiten.

»Please stand by me.«

Jetzt hatte ich ihn. Die Augen verdrehend stimmte er mit ein. Obwohl der gesamte Speisesaal mitsang, hörte ich seine Stimme neben mir ganz deutlich. Als ich ihn auch noch mit der Hüfte antanzte, lockerte er schließlich seine verkrampfte Haltung. Seine dargebotene Hand nahm ich liebend gern entgegen, unter der ich mich um die eigene Achse drehte und weitersang. Es machte riesigen Spaß und vertrieb meinen Muskelkater.

Zum Ende des Songs hin schwitzte ich am ganzen Körper und Lauri rieb sich über das feuchte Gesicht. Wir sahen uns so intensiv an, dass uns das kleine Mädchen erst auffiel, als es die Hand hob, um zu winken.

Mit braunen Kulleraugen blickte es schüchtern an Lauri hoch. Sie sprach ihn kaum hörbar auf Finnisch an. Er beugte sich zu ihr, bis sie ihm direkt ins Ohr flüsterte. Seine Miene wirkte überrascht. Mit hochgezogenen Brauen lächelte er mich schief an. Ehe er mir erklären konnte, was sie wollte, zauberte sie eine Serviette und einen Filzstift hervor.

»Oh«, sagte ich verzaubert.

»Die Kleine sagt, sie ist ein großer Fan und möchte ein Autogramm«, erklärte er unnötigerweise. Sie trug zwei kurze brünette Zöpfe, die sie nun zwischen ihren kleinen Fingern zwirbelte. Das ein so junges Mädchen sich für seine Musik begeisterte verwunderte mich. Immerhin war seine Band doch eher im härteren Bereich angesiedelt.

Lauri schenkte dem Mädchen ein Augenzwinkern, das auch meine Knie weich werden ließ und nahm die Serviette entgegen. Die Wand als Unterlage nehmend, malte er ein kleines Herz darauf und unterschrieb. Ich heulte fast vor Rührung. Als er ihr das wertvolle Geschenk zurückgab, traute sie sich ihn noch mal anzusprechen. Dieses Mal zuckten mehrere Muskeln in seinem Gesicht, als er sich zwang das Grinsen zu erhalten.

»Was ist denn los?«, fragte ich. Er seufzte tief.

»Sie wünscht sich einen Song von uns.«

Da sie unverständlich brabbelten, konnte ich nur ihre Mienen deuten. Aber es sah eindeutig nach einem kleinen Kind aus, das mit ihrem Charme, herzzerreißend »Biiitteee«, hauchte. Er versuchte abzulehnen, ihre Unterlippe zuckte und er ... stimmte zu. Sie quietschte aufgeregt, hüpfte, bis die Zöpfchen wackelten, und trippelte dann davon. Er richtete sich mit Sorgenfalten auf der Stirn auf. Er sah so leidend aus, dass ich einfach leise kichern musste.

Gemeinsam verfolgten wir das Kind, das zu einem der vordersten Tische flitzte. Stolz überreichte sie die Serviette.

»Oh«, entwich es mir erneut, dieses Mal aber weniger erfreut. Lauri hatte es auch gesehen und schreckte sogar sichtbar zurück. Ich zog lediglich die Brauen hoch, ehe ich in schallendes Gelächter ausbrach. So heftig, dass ich mir demonstrativ den Bauch hielt. Am Tisch saß eine schwarzhaarige Frau, den Ellenbogen aufgestützt, die Lauri mit verklärtem stechendem Blick anstarrte. Sie zwinkerte nicht einmal, was ziemlich gruslig aussah. Ihr verträumtes Seufzen hörten wir nicht, aber ihr Brustkorb hob und senkte sich sichtbar. Daneben kauerte ein Mann, der Lauri ebenfalls angaffte. Grimmig und mit zusammengekniffenen Augen. Das kleine Mädchen interessierte sich für die Serviette gar nicht mehr, plapperte aber fröhlich auf ihre Eltern ein und bekam darauf irgendeine Süßigkeit gereicht, die sie sich direkt in den Mund steckte. Glücklich schaukelte sie mit den kleinen Beinchen unterm Sessel.

»Das ist unverschämt«, brummelte Lauri, während ich immer noch kicherte.

»Die hat ihre Tochter benutzt. Schamlos!«, zeterte er weiter. Ich wischte mir die Tränen aus den Augenwinkeln und nickte zustimmend.

»Ja, sieht so aus. Mit Erfolg.«

»Ich singe jetzt bestimmt nichts.«

Das machte mich abrupt traurig. Insgeheim hatte auch ich mich auf eine live Performance von Lauri gefreut. Also stellte ich mich vor ihn hin, zog einen Schmollmund und starrte ihn an. »Biiitteee.«

Er blinzelte ein paar Mal überrascht, ehe er die Masche durchschaute.

»Nein. Schäm du dich auch!«

»Biiitteee«, fuhr ich fort und kringelte eine meiner schwarzen Haarlocken um den Zeigefinger. Zusätzlich wippte ich langsam auf den Fußballen vor und zurück. Das Unterlippenzucken performte ich ebenfalls.

Lange hielt er die ernste Mimik nicht aus. Wieder begann sich seine Wange zu verziehen, ein Mundwinkel wanderte nach oben und der andere folgte. Er gluckste leise. »Verdammt.«

Zufrieden klatschte ich. Trotzdem fiel ich ihm um den Hals. Überrumpelt taumelte er zurück, bis ich mich löste.

»Los, los, los. Sing bitte das Lied, das du mir heute schon im Schlafzimmer präsentiert hast«, forderte ich. Es war eine langsame Melodie, aber ich wusste, dass sie allen gefallen würde. Skeptisch dachte er nach, zuckte dann aber resignierend mit den Schultern. Wenigstens zierte er sich nicht lange und ging schnurstracks nach vorne. Jari und Aki machten ohnehin gerade eine Bierpause. Ich beobachtete von hinten, wie er die beiden ansprach und sich schließlich die Gitarre von Jari umhängte.

»Wie hast du das denn geschafft?«, fragte mich Basti, der plötzlich wieder neben mir stand und mich interessiert musterte.

»*Was?*«, fragte ich in zu hoher Tonlage. »Das kleine Mädchen wollte, dass er etwas singt. Er mag seine Fans, auch wenn er nicht mit ihnen fotografiert werden möchte«, verteidigte ich mich.

»Das kleine Mädchen also«, wiederholte Basti wissend.

Lauri ließ sich nicht lange Zeit. Gemeinsam mit Aki betrat er die improvisierte freie Fläche und stellte sich ebenfalls vor.

»Guten Abend. Ich bin Lauri und wurde hierzu gezwungen. Es gab den Wunsch eines Fans, dass ich etwas singe und dafür entschuldige ich mich jetzt schon.«

Gelächter machte sich breit und die Leute schenkten ihm die volle Aufmerksamkeit.

»Vielleicht kennt ihr ja einen unserer Hardrocksongs, aber ich denke, um den Abend etwas abzurunden, kann man ruhigere Töne anschlagen. Ich möchte heute ein Lied singen, das ich noch nie live performt habe. Es handelt vom Zauber des Winters, Schneeflocken und einem einsamen Herzen, das in der Kälte des Eises zum Schmelzen gebracht werden möchte.«

Bei dieser Erklärung wurde mir noch ein bisschen wärmer. Dieses Mal begann Lauri zu spielen und gab Aki etwas Zeit, sich an die Melodie zu gewöhnen. Dieser hörte aufmerksam zu, lächelte zufrieden und stimmte mit ein, bis sie eine gemeinsame Dynamik entwickelten. Mein Atem setzte intuitiv aus, als Lauri zu singen begann. Wieder mit dieser dunklen, tiefen Stimme. Jedes Wort behutsam betonend und auskostend. Dank seiner Einleitung tauchten Bilder von langsam zu Boden sinkenden Schneeflocken in meiner Fantasie auf. Ich hörte in Gedanken den Kamin knistern und bewunderte Lauris Gesicht, das vollkommen entspannt wirkte, als er die Augen schloss und den Chorus ansang.

Anders als im Schlafzimmer heute Mittag, beruhigte mich das Lied zwar, machte aber nicht schläfrig. Im Gegenteil, mein Herz klopfte etwas schneller.

Basti riss mich aus der Trance, als er an meinem Rücken herumfummelte.

»Was machst du da? Ist da etwas? Eine Spinne?«, fragte ich schnell hintereinander und leicht panisch. Er schüttelte den Kopf und zuckte mit den Schultern.

»Ich wollte dir deinen BH aufmachen, damit du ihn Lauri zuwerfen kannst. Du sahst aus, als hättest du dir das gerade bildlich vorgestellt«, antwortete er so trocken, dass ich ein bisschen brauchte, bis ich ihn verstand. Empört schlug ich ihm gegen die Schulter, was ihn auflachen ließ.

»Trottel. Ich trage gar keinen BH unter diesem dicken Pullover«, konterte ich.

Ich wollte von Lauris Auftritt nichts verpassen, also blickte ich lieber nach vorne und es war mir egal, wenn ich aussah wie ein Fan, der vor seinem Idol stand. Es war einfach wundervoll und ich war dankbar, dass er sich hatte überreden lassen. Das Lächeln blieb so hartnäckig in meinem Gesicht, das ich morgen auch davon Muskelkater haben würde. Falls es so etwas überhaupt gab.

Kapitel 13

Wo ist der Schinken?

Der Abend hatte sich kurzweilig angefühlt, war aber sehr lang geworden. Lauri hatte sich nur kurz die Ehre gegeben, doch dieser kleine Auftritt hatte mich sehr berührt. Leider zollten die Glögi und das verschiedene Essen, welches ich mir abwechselnd in den Mund geschoben hatte, ihren Tribut. Irgendwann war ich mit Bastis Hilfe nach oben getaumelt. Wie spät es wirklich geworden war, wusste ich nicht. Ebenso wenig, was die Uhr jetzt sagte. Immerhin bestand mein Körper aus mehr als Schmerz. Der Muskelkater war milder, aber immer noch deutlich spürbar. Vorsichtig streckte ich mich im kuschelweichen Bett und genoss die Wärme und Ruhe. Neben dem Uhrenticken, das mich beinahe wieder eindösen ließ, drangen nach und nach dumpfe Stimmen zu mir durch. Gepaart mit seltsamen Geräuschen, die ich nicht einordnen konnte. Irritiert sah ich mich im Zimmer um, doch im Gang war es still. Es dauerte eine Weile, bis ich begriff, dass der Lärm draußen sein musste. Neugierig richtete ich mich auf und ächzte auf. Meine Beine waren schwer und sobald ich aufrecht saß, setzte ein leichtes, aber nerviges Kopfweh ein. Der Alkohol war mir wohl doch nicht so gut bekommen, obwohl es nicht viel gewesen war. Seufzend tapste ich

179

vorsichtig durchs Zimmer zum Fenster und zog die Vorhänge weg.

Wie ein Vampir schreckte ich zurück, als mir die gleißend helle Sonne ins Gesicht schien. Natürlich brannte mir da nicht die hoch stehende karibische Sonne die Netzhäute weg, aber nach all der Finsternis war das diesige Tageslicht mindestens genauso intensiv. Verwirrt blinzelte ich, bis ich mich an die Helligkeit gewöhnte. Der Sturm hatte nachgelassen. Sobald ich das Fenster ganz frei hatte, blieb mir erneut der Atem stehen. Nicht nur, dass zierliche Kristalle wie ein Mandala an der gesamten Scheibe klebten und sich der Schnee auf dem Fensterbrett häufte, die Aussicht war mindestens genauso großartig. Aus dem ersten Stock heraus bot sich mir ein atemberaubender Blick über schneeweiß verschneite Bäume. Teilweise ragten nur noch die Spitzen aus einer glatten Fläche heraus, in der Sonne schimmerten glitzernde Hügel und kleine Schneeböen fegten darüber. Das erklärte auch die seltsame Helligkeit, denn die Reflexionen verstärkten jeden einzelnen Lichtstrahl auf magische Art und Weise. Ich hatte noch nie im Leben so viel Schnee gesehen.

Erneutes Stimmengemurmel lenkte meinen Blick nach unten, wo sich mehrere Gestalten mit Schneeschaufeln durch das Weiß kämpften. Obwohl es wie immer wegen der dicken Winteroutfits total schwer war überhaupt zu erkennen, ob da Mensch oder Yeti am Werken waren, fiel mir ein Detail doch ins Auge. Bastis Haube. Das überraschte mich so sehr, dass ich, ohne nachzudenken, das Fenster öffnete. Zwei Dinge geschahen gleichzeitig: Furchtbar todbringende Kälte umwehte mich und halb Lappland klatschte in Form von Schnee in mein Hotelzimmer. Dieser begann augenblicklich auf meinen Zehen zu schmelzen.

»Verdammte Scheiße!«, brüllte ich, weil der Schock mir bis ins Hirn jagte und meine Kopfschmerzen verstärkte. Ich hüpfte zitternd aus dem nassen Haufen und verfluchte mich selbst. Auf dem Fensterbrett hatte sich bis zur Hälfte natürlich ebenfalls Schnee gesammelt, den ich vor Kurzem noch bewundert hatte.

»Karo?«, hörte ich meinen Namen von unten und riss mich zusammen. Mit angeekeltem Gesicht trat ich auf die schmatzende Masse. Nun war eh schon jeder Zeh tiefgekühlt und taub.

»Ja?«, antwortete ich Basti, der jetzt einen auf Romeo machte und nahe unter meinem Fenster stand.

»Was tust du da?«, wollte er wissen und starrte zu mir hoch. Mit einer Hand schirmte er seine Augen ab, um offenbar nicht vom Licht geblendet zu werden, in der anderen hielt er eine massive Schneeschaufel.

»Ich überflute mein wohlig warmes Hotelzimmer mit kaltem, nassen Schnee, und du?«, gab ich ihm eine Antwort, wobei mir bereits eine Gänsehaut stechend über den ganzen Körper kroch.

»Wir suchen den Schinken!«

Den Schinken? Wollte er nur eine genauso alberne Antwort geben wie ich oder war das irgendein Codewort, das ich nicht kannte?

»Was für Schinken?«, fragte ich daher verwirrt und beugte mich weiter nach vorne. Nun winkte mir auch Pekka und neben ihm stand Jari.

»Na den Kochschinken«, erklärte mir Basti mit selbstgefälligem Ton, als wüsste ich nicht, worüber er sprach.

Natürlich wusste ich das nicht. Es ergab ja auch null Sinn!

»Kochschinken? Wieso?«

»Na fürs Frühstück natürlich. Wofür braucht man denn sonst Kochschinken?«

»Ich habe doch keine Ahnung. Warum zum Teufel gräbst du bei Minus achtzig Grad draußen im Schnee nach Schinken?«, brüllte ich ungeduldig zurück, da mein Zimmer zum Kühlschrank mutierte.

»Weil er eingeschneit ist«, rief er ebenso genervt zurück. Ich beschloss, das Gespräch zu beenden. Mit zittrigen Fingern schloss ich das Fenster und sah mir die Sauerei an. Ehe ich weiter über versteckte Schinken nachdenken konnte, holte ich Handtücher aus dem Bad.

Das alles verbesserte meine Laune sowie den dröhnenden Kopf ganz und gar nicht.

Plötzlich donnerte etwas gegen das Fenster und vor Schreck rutschte ich in der Hocke aus und fiel rücklings auf meinen Hintern. Na großartig. Noch einmal zerbarst ein Schneeball am Glas. Ich rappelte mich grummelnd auf und sah hinaus. Dieses Mal aber durchs geschlossene Fenster, immerhin war ich ab und zu lernfähig.

»Ja?«, fragte ich, in dem ich die Hände hob und mit den Schultern zuckte.

Pekka hüpfte auf und ab und bedeutete mir, dass ich rauskommen sollte. Genau, so sah ich aus. Ich zeigte ihm den Vogel und zog die Vorhänge wieder zu. Wodurch ich jetzt nicht nur im Nassen, sondern auch im Dunkeln stand.

Eine kleine Ewigkeit später saß ich mit dem Laptop auf dem Bett. Nur mein knurrender Magen beschwerte sich lautstark. Ich hatte geduscht, die nassen Handtücher waren im Bad in die Wanne gelegt und ich in alle Decken eingewickelt, die ich hatte finden können. Drei Paar Socken umhüllten meine Zehen, doch sie kribbelten munter vor sich hin. Konzentriert tippte ich ein paar Zeilen, um die Rohfassung eines Reiseberichts zu verfassen. Sehenswürdigkeiten bekam man hier nicht zu Gesicht, dennoch fiel es mir schwer, die vielen Eindrücke niederzuschreiben. Den See in passende Worte zu kleiden war komplizierter, als Lauris Grübchen zu beschreiben. Während ich durch die Fotos in der Cloud klickte, sah es eher nach einem Tagebuch aus. Die Idee, der Chefin zu zeigen, dass ich genügend Vokabular besaß, um auch Artikel schreiben zu können, gefiel mir. In der Umsetzung hakte es allerdings noch.

Es klopfte an der Zimmertüre, was ein Dilemma auslöste. Mich aus dem Deckenhaufen heraus zu kämpfen kam nicht infrage. Da ich davon ausging, dass es nur Basti sein konnte, sagte ich einfach »Komm rein«. Allerdings steckte nicht mein Kumpel den Kopf vorsichtig durch den Spalt, sondern Lauri.

»Darf ich reinkommen?«, fragte er und hielt eine Tasse mit dampfendem Kaffee von sich. Der Duft stieg mir sofort in die Nase, mein Magen antwortete auf den Ruf wie ein Elefant in der Savanne seiner Mutter. Hastig schloss ich den Laptop, auf dem vielleicht gerade eine Recherche zu Lauri Korhonen stattgefunden hatte.

»Du bist ja schon wieder da«, entschlüpfte es mir.

Er lachte kurz auf und schloss die Tür hinter sich. Als er mir die Tasse reichte, grinste er mich schief an.

»Wo soll ich denn bei all dem Schnee hin?«

»In das Sommerhaus. Du wohnst doch gar nicht hier«, erinnerte ich ihn. Nicht, weil ich Lauri nicht hier haben wollte, sondern weil meine Tage hier langsam, aber sicher mit ihm begannen und endeten.

»Hier gibt es Essen ... und Gesellschaft«, ergänzte er schmunzelnd. Meine Direktheit schien ihm keine Probleme zu bereiten. Manchmal fühlten sich die Menschen von mir vor den Kopf gestoßen. Mit seligem Lächeln sah ich auf die dunkelbraune Oberfläche des Kaffees. Das Aroma stieg mir in die Nase, eine Gänsehaut folgte. Der erste Schluck kroch warm meine Kehle hinab, was ich mit einem genüsslichen Seufzen quittierte.

»Magst du Schneeschuhwandern gehen?«, fragte er vollkommen aus dem Zusammenhang gerissen. Prompt schwappte die heiße Flüssigkeit gegen meine Lippen, wo sie mich verbrannte. » *Was?*«

»Schneeschuhwandern. Na ja, zumindest spazieren. Sie haben die Wege nur mäßig freibekommen, aber wir könnten an die frische Luft, solange es hell ist. Unten kann man sich Equipment leihen.«

Skeptisch überlegte ich, ob das eine gute Idee war. Die Alternative, allein in meinem Deckeniglu zu sitzen, klang gar nicht schlecht. Hier war es warm, weich und angenehm ... so wie Lauris Finger, die sich über meine legten. Ich umklammerte die Kaffeetasse, dessen Wärme die Haut ohnehin kribbeln ließ. Doch als er sanft darüberstrich, war es ein Wunder, dass der Inhalt nicht zu Blubbern anfing, weil mir so heiß wurde. Fasziniert starrte ich auf diese Berührung. Er saß auf dem Bett, schräg zu mir gedreht und wartete immer noch auf eine Antwort.

»Karo? Alles okay?«

»Hm?«, machte ich komplett abwesend. Bewegen konnte ich mich nicht, weil ich versuchte herauszufinden, welche Faser meines Körpers, nicht gerade in Aufruhr schnurrte.

»Schneeschuhwandern?«

»Hm?«

Er lachte laut auf und nahm seine Hand weg, um sich durch die Haare zu streichen. Das löste auch meine kindische Paralyse, die ich gern verheimlicht hätte. War mir aber nicht ganz so gut gelungen. Als ich aufsah, starrte er mich erwartungsvoll an ... mit einem breiten Lächeln, das seine Zähne aufblitzen ließ. Er wusste ganz genau, dass er eine bestimmte Wirkung auf mich hatte. Ich war keine zwölf mehr, also musste ich mich wohl entscheiden, was ich daraus machte. Bevor ich ihm vorschlug, einfach den Tag mit mir hier im Zimmer zu verbringen, was von Sekunde zu Sekunde verlockender wurde, kippte ich den Kaffee in wenigen großen Schlucken runter und sagte: »Schneeschuhwandern klingt aufregend.« Der Schmerz im Hals ebbte lange nicht ab.

Lauri ging voraus, um unten auf mich zu warten, während ich meinen Zwiebellook perfektionierte. Lange Unterhose, Leggins, Hose und Schienbeinwärmer darüber. Kurzes Shirt, langes Shirt und Pullover. Ich fühlte mich innerhalb weniger Sekunden wie ein Marshmallow, das auch schon schmolz. Zuletzt noch die Skihose und Jacke, ein Schal, Handschuhe und meine neue Mütze. Socken plus Thermosocken. Vielleicht übertrieb ich, aber die letzten Tage hatten mir gezeigt, dass ich im Urlaub bis jetzt nur gefroren hatte.

Im Foyer stand Lauri dann genauso gekleidet bereit und lächelte mich an. Seine düstere verkniffene Miene vermisste ich langsam ein bisschen, denn diese war einnehmend, verursachte aber keine weichen Knie mehr.

»Kommt noch jemand mit?«, fragte ich und wusste nicht, ob ich das wollte oder nicht. Er schüttelte den Kopf und zuckte gleichzeitig mit den Schultern.

»Wo die anderen sind, weiß ich nicht. Aber zwei liegen dort drüben!«

Unser Stammplatz beim Kamin war gemeint. Bei genauer Betrachtung lag Basti auf dem Bauch auf dem Sofa und schlief wie ein Baby. Im Sessel kauerte Pekka, den Kopf nach hinten gekippt mit offenstehendem Mund. Fast sahen die beiden niedlich aus. Die Schinkensuche musste sehr erschöpfend gewesen sein.

»Kommst du? Wir haben nicht mehr lange gutes Tageslicht«, drängte Lauri. In seinen Händen baumelten die großen Schneeschuhe. Ich hatte noch nie so etwas angehabt, erkannte die Dinger aber sofort. Sie sahen aus, wie Mini-Surfbretter für die Füße. Ich hatte sie mir irgendwie altmodischer vorgestellt. Aus Holz oder mit Fell bespannt. Hier reichte mir Lauri etwas, das hochkomplex aussah, mit Metallstiften, einer Ski-Bindung ähnlich war und komplett aus Hartplastik bestand. Ich setzte mich auf die Treppe, wo mir Lauri mit geschickten Handgriffen half, meine Schuhe auf den Dingern festzumachen.

»Bei Cinderella war es zwar ein hübscher Glasschuh, aber mir hat noch nie ein Mann Schuhe angezogen«, kommentierte ich verlegen, als er meinen zweiten Fuß fixierte. Er blickte schelmisch grinsend hoch und zwinkerte mir zu.

»Und ich war noch nie jemandes Prinzen. Ich habe nämlich Angst vor Pferden.«

Er half mir hoch und ich stolperte direkt ungeschickt voran. Wie eine watschelnde Ente machte ich meine ersten Gehversuche, während er sich selbst die Schneeschuhe anzog. »Einfach normal gehen. Die breitere Fläche verteilt dein Gewicht besser, sodass man nicht so leicht einsinkt«, erläuterte er.

»Diese kleine Fläche soll mein Gewicht verteilen? Ich werde bis zum Bauch in einem Haufen versinken und du wirst mich rausziehen müssen«, mutmaßte ich skeptisch.

Lauri verdrehte die Augen und kommentierte meinen weiblichen Anflug erst gar nicht, sondern öffnete die Eingangstür. Die eisige Kälte drang zwar sofort herein, aber der Sturm hatte sich komplett gelegt. Für läppische Verhältnisse um diese Jahreszeit strahlte die Sonne groß am wolkenlosen Himmel. Für mich sah sie trotzdem anders, irgendwie diesiger aus. Als hell konnte man die Lichtverhältnisse im Vergleich zu den vorherigen Tagen dennoch bezeichnen. Wir stapften auf dem geräumten Weg nach draußen und mir klappte automatisch der Mund auf, woraufhin das Gaumenzäpfchen gefühlt einfror und mich zum Husten brachte. Röchelnd war der Ausblick trotzdem noch beeindruckend. Links und rechts des Weges türmte sich der Schnee so hoch, wie ich selbst groß war. Das

Gehen mit den Schneeschuhen war ungewohnt, aber nicht unmöglich. Vermutlich stellte ich mich nicht sehr geschickt an, denn die staksigen Schritte fühlten sich seltsam an. Trotz der Räumung knirschte es lautstark, als die Schuhe den Schnee platt drückten. Erst am Ende des Weges öffnete sich die Sicht und erneut musste ich total begeistert die eiskalte Luft tief einatmen, doch dieses Mal zog ich mir den Schal über den Mund, damit keine inneren Organe vereisten. Es glitzerte auf der weißen Schneedecke, als hätte man kleine Diamanten darauf gestreut. Sanfte Windböen brachten die Eiskristalle zum Rieseln und verstärkten den Effekt. »Das ist unglaublich«, wisperte ich, während ich mich staunend umsah. Lauri ging voraus und stemmte die Hände in die Hüften. Aus einer Jackentasche zog er schließlich eine schwarze Sonnenbrille, was in Anbetracht der grellen Reflexion der Sonnenstrahlen auf dem Schnee durchaus Sinn machte. Ich blinzelte, weil ich keine Lust hatte, wieder nach oben zu gehen.

»Wir können eine kleine Runde zum See drehen. Wenn es dunkel wird, sollten wir wieder zurück sein«, sagte er und ich nickte. Lauri stapfte voraus, elegant und geschmeidig. Neugierig versuchte ich, mir abzuschauen, ob er etwas anders machte als ich, denn obwohl die Schuhe leicht waren und man darin relativ natürlich abrollen konnte, empfand ich es als anstrengend. Dauernd hatte ich das Bedürfnis meine Füße abartig hochzuheben, obwohl gar kein Hindernis da war und durch die merkwürdigen Bewegungen, geriet ich ins Wanken. Lauri schien sich keine Sorgen um mich zu machen, denn die ersten Meter marschierte er zielstrebig voran.

»Weißt du, was es mit dem Schinken auf sich hat?«, fragte ich, als mir die Spuren von Basti und Pekka ins Auge fielen. Sie hatten sich offenbar eine Schneise erkämpft und weites Gelände freigeräumt. Lauri blieb stehen und betrachtete die Stelle ebenfalls. Er zeigte mit der Hand auf einen meterhohen Schneehaufen, in dem ich erst beim zweiten Blick eine Tür erkannte.

»Sie haben den Schuppen befreit. Da haben Mikko und seine Familie die meisten Vorräte verstaut. Jemand musste den Weg freimachen und etwas fürs Frühstück rausholen«, erklärte Lauri. Offenbar musste unsere Nahrung hart erkämpft werden, was mich daran erinnerte, dass ich lediglich Kaffee im Magen hatte. Nach dem Spaziergang wollte ich mir diesen ominösen Schinken unbedingt genauer ansehen.

Wir überquerten den nur spärlich geräumten Parkplatz, wo ich unter den vielen Hügeln Schnee Autos oder andere verschüttete Gegenstände vermutete. Das Straßenschild, welches ich letztens noch bewundert hatte, lugte lediglich mit der Spitze heraus. Ich vertraute Lauri, dass er sich gut genug auskannte, und überließ ihm die Führung.

Kapitel 19

No Nun

Auf den Wegen war das Schneeschuhwandern wenig spektakulär. Als Lauri jedoch mit einem großen Schritt vorhatte die aufgetürmten Hügel zu besteigen, begann meine Misere. Ganz der Gentleman drehte er sich um und reichte mir die Hand, um mich mit hochzuziehen. Ächzend schaffte ich es auch und dank der breiten Konstruktion, sanken wir nicht so stark ein, wie man es vermutet hätte. Trotzdem sah ich mich gedanklich bis zum Puschel meiner Mütze verschwinden. Nach ein paar kräftigen Schritten waren wir abseits vom Weg auf einer fluffigen Schneeschicht angekommen. Nicht so hoch, wie die Haufen, die beim Räumen zusammenkamen, aber immer noch eine beeindruckende Höhe. Lauri schlug die Richtung in den Wald ein und das war wie der Weg in eine Fantasiewelt. Es war fast nichts mehr von den Ästen der Bäume zu sehen. Der Schnee hüllte sie wie eine dicke bauschige Schutzschicht ein. Egal wohin man blickte, überall war es weiß. Manch kleine Exemplare sahen aus wie skurrile Figuren, die, wie wir durch den Winter wanderten. An Lauris Seite stapfte ich ihm hinterher, weiter hinein in diese neue Welt.

Natürlich geschah das, was immer passierte. Im unpassendsten Moment spürte ich, wie sich meine Blase meldete. Nach dem Kaffee keinesfalls ungewöhnlich. Mitten im finnischen Eisland allerdings höchst nervig. Ich konnte nur hoffen, dass beim nächsten tiefen Atemzug die Flüssigkeit darin gefror.

»Ich liebe das Lappland in dieser Zeit. Im Sommer kann man hier auch toll Urlaub machen, aber ich mag den Winter. Als wäre die Welt zugedeckt«, erzählte er. Ich nickte zustimmend und hielt mich an einem Baumstamm fest, um das Gleichgewicht zu bewahren.

»Außerdem leben die Menschen hier noch all ihre Traditionen. Du musst dir mal die Trachten der Samen ansehen. Jede hat ihre Eigenheit und eine Bedeutung in der Musterung«, fuhr er stolz fort. Es war schön mitanzuhören, wie begeistert er von seiner Heimat sprach. Obwohl ich konzentriert auf den Boden sah, um nirgendwo zu stolpern, entging mir die atemberaubende Umgebung nicht. Es war wirklich sehr still. Man hörte ab und zu ein Knarzen und Knacken. Den Wind, der durch die Eislandschaft streifte und mein Keuchen, das ich versuchte zu unterdrücken, weil es erbärmlich klang. Meine Blase wurde auch immer voller und drückte bereits. Da ich aber vermutete, dass wir nicht lange unterwegs waren, blieb ich noch entspannt. Sich kurz hinter einen Busch zu hocken, um das kleine Geschäft zu erledigen, schloss ich dank der Witterung und den gefühlt fünfzig Schichten Klamotten sowieso aus.

»Aber eigentlich kann man in ganz Finnland einen schönen Urlaub verbringen. Im Süden, in Hanko, gibt es zum Beispiel tolle Sandstrände. Das wissen die Touristen kaum. Man kann auch im Sommer Moore erkunden, wenn man genug Mückenmittel dabei hat oder lange Hängebrücken in Nationalparks überqueren. Ich möchte nirgendwo anders leben«, verkündete Lauri voller Stolz. Ich bemühte mich um ein Lächeln, aber verdammt, war Schneeschuhwandern anstrengend. Wieso fiel mir normales Gehen so schwer? Meine Beine zitterten, weil ich mich so verkrampfte und der Puls vibrierte an meinem Kinn. Kurz dachte ich, Nebel war aufgezogen, doch es war nur mein abgehackter Atem, der die Brille beschlagen ließ. Dazu kam ein Bauchgrummeln, das mir gar nicht gefiel.

Als Lauri stoppte, seufzte er lediglich, mit Blick auf den See. Er hatte mich an die Stelle geführt, wo der kleine Holzsteg aufs Wasser führte. Dieses gefrorene Naturschauspiel hatte ich bereits fotografiert, doch nun konnte man den See darunter nur vermuten, denn Schnee bedeckte die gesamte Fläche.

»Gefällt es dir hier auch?«, wurde mir eine Frage gestellt, die ich nicht im Stande war zu beantworten. Lauri drehte sich zu mir um und ich stützte mich mit den Händen auf meinen Oberschenkeln auf und übte mich an unkontrollierter Schnappatmung.

»Was machst du da?«, wollte er wissen, weil ich einige Schritte hinter ihm stehen geblieben war.

»Ersticken«, japste ich. Vor lauter Hecheln lief meine Brille schon wieder trüb an.

»Wieso?«

»Weil ich verheimlichen wollte, wie wenig Kondition ich habe und deswegen aufgegeben habe laut zu atmen«, fiepte ich und holte tief Luft, was bei der Kälte wie gehabt unangenehm und wenig zielführend war.

»Wieso?«, fragte er erneut und ich hörte das Grinsen in seiner Stimme, obwohl der Schal seinen Mund bedeckte.

»Weil es mir peinlich war, neben dir wie eine Seekuh zu schnauben, während du lässig von der schönen Landschaft schwärmst?«

Sein Lachen hatte ich verdient.

Ich richtete mich schnaufend auf und spürte, wie ich trotz Kälte unter der Mütze und der Kleidung schwitzte. Meine Lunge füllte sich wieder mit Luft, doch ein Seitenstechen gesellte sich zum Bauchzwicken. Lauri reichte mir eine Handschuh-Hand, die ich ergriff, und zog mich daran zu sich.

»Schau dir das nur an. Es ist wunderschön«, murmelte er. Wäre das ein romantischer Film, hätte er mich bei diesem Satz verträumt angesehen, um die Zweideutigkeit zu unterstreichen. In Wirklichkeit glitt sein Blick über den eingeschneiten See und den Wald rund herum. Eiszapfen an Ästen, die aussahen wie kleine Kunstwerke, Schneeverwehungen, in die der Wind einzigartige Muster gemalt hatte und ein großartiges Farb- und Lichterspiel der Sonne auf dem Eis. Mein Atem kam zur Ruhe und ich genoss die Aussicht in vollen Zügen. Auch die Tatsache, dass er meine Hand nicht losließ.

»Hast du eine große Familie?«, wollte er wissen, ohne den Blick vom See zu nehmen.

»Nein, eigentlich nicht. Ganz normal langweilig. Meine Eltern wohnen in Wien, Geschwister habe ich keine. Als verwöhntes Einzelkind haben sie mich immer in allem unterstützt. Ich habe fast ein schlechtes Gewissen, dass ich karrieretechnisch noch nicht dort bin, wo ich sein könnte. Sie standen stets hinter mir«, erzählte ich bereitwillig.

»Meine Familie war sehr skeptisch, als ich ihnen eröffnete, dass ich Musik machen will. Meine große Schwester arbeitet in einer Bank und unsere Eltern sind beide Lehrer. Sie konnten mit meinen *Ideen*, wie sie es nannten, wenig anfangen. Ich habe ewig bei ihnen gewohnt und sie haben mich durchgefüttert. Als Straßenmusiker konnte ich nicht viel beitragen. Ich reiste von Casting zu Casting, versuchte es bei vielen Agenturen und verschickte Unmengen an Demos, doch nie bekam ich eine Antwort. Fast hätte ich aufgegeben und doch als Kellner oder so gearbeitet. Da hätte ich immerhin viel Trinkgeld bekommen«, sagte er und gab damit viel Privatleben preis.

»Aber jetzt seid ihr sehr erfolgreich«, erinnerte ich ihn, da er auch international ein bisschen bekannt war. Vielleicht wusste nicht jeder auf der Straße, wer Lauri war, doch Konzerthallen konnte er füllen. Trotzdem schnaubte er.

»Ja, wie ich schon mal sagte, als Band sind wir erfolgreich. Aber niemand wollte mich als Solokünstler unter Vertrag nehmen. Ich sei nicht markant genug und bräuchte ein Image. Die einzige Chance, Geld für meine Musik zu bekommen, war der Deal mit der Band. Ich hatte Glück, denn die Jungs sind eine tolle Truppe. Wir bringen uns auf Tour zwar nicht um, aber irgendwie hatte ich mir das dennoch alles anders vorgestellt. Die Setlist wird einem vorgegeben, die Outfits und teilweise wurde uns gesagt, was wir in Interviews von uns geben dürfen und was nicht. Irgendwann begann ich zu vergessen, wer ich eigentlich bin und was ich möchte.«

Dieses Geständnis brachte mich dazu, ihn erstaunt anzusehen. Seine Mimik war mit der Mütze, der Brille und dem Schal schwer zu deuten, aber seine gedrückte Stimmung war deutlich spürbar.

»Ich mache doch auch einen Job, der nicht dem entspricht, was ich will, aber ich mache meine Sache gut und verdiene Geld. Das ist keine Schande und auch nicht die Endstation. Irgendwann werde ich am Ziel sein. Wieso sollte die Band dann deine Endstation sein?«, fragte ich ihn und drückte seine Hand.

Er drehte den Kopf in meine Richtung und nickte zaghaft. »Ja, genau darüber denke ich in letzter Zeit oft nach. Der Erfolg ist viel wert und ich bin für jeden Fan sehr dankbar. Die Schattenseiten waren einem vorher natürlich bewusst, aber es zu erleben ist noch mal was anderes. Anfangs war ich sehr naiv und blauäugig und habe mich in der Bewunderung anderer gesuhlt. Suuri, meine Ex-Freundin, hat mir den Rest gegeben. Sie war ein Fan, wirkte aber aufrichtig. Die Art, wie sie zu mir aufsah, machte mich stolz. Wir waren erst acht Monate zusammen, als sie angefangen hat unsere Beziehung für ihre Zwecke zu nutzen. Anfangs nur Backstage als meine Freundin. Später nahm sie Sponsorengeschenke an und zuletzt begann sie unsere Standorte preiszugeben, in der Hoffnung gesehen zu werden, Paparazzi zu treffen und sich selbst in Magazinen wiederzufinden. Das Ergebnis war natürlich, dass die Fans immer tiefer in unser Privatleben eindrangen. Ich hatte es die ersten Male nicht verstanden, weil ich sie sehr mochte. Aber schließlich kam ich dahinter. Man vergisst eben, wie leicht man ausgenutzt werden kann, wenn man im Rampenlicht steht und alle etwas vom Kuchen abhaben wollen.«

Was er mir da erzählte, passte ins Bild und erklärte ein bisschen, wieso er sich so ablehnend verhielt. Allerdings wirkte er damit genauso wenig glücklich. Lauri wollte sich nicht einigeln und verstecken, er brauchte nur etwas Ruhe, um zu sich zu kommen.

Er nahm die Sonnenbrille ab und hielt sein Gesicht ins Licht. Die Sonne begann unterzugehen, doch er genoss ihre Wärme. Ein Lächeln legte sich auf seine Lippen und ich starrte fasziniert sein Profil an, die Bartstoppeln auf seinen Wangen und das kleine Muttermal auf seinem Kinn.

Ein Brummeln durchdrang jetzt die Stille des Waldes ganz deutlich und ich kniff den Mund zusammen.

»Warst du das?«, fragte er amüsiert und sah mich an. Verdammt! Meine Blase, mein Magen und mein Bauch ziepten, brummten und zwickten um die Wette. Mit einem Mal war mir total unwohl zumute und alles zog sich in mir zusammen. Oh je, da bahnte sich eine Katastrophe an.

»Ja, tut mir leid. Könnten wir vielleicht langsam zurück gehen? Ich habe Hunger«, log ich, denn der leere Magen war mein geringstes Problem.

»Klar, wir können machen, was wir wollen.«

Es klang nach einem verführerischen Versprechen, doch aktuell wollte ich nur eine Toilette.

Wir drehten um und bahnten uns einen Weg zurück zwischen die Bäume. Es ging nur langsam voran, aber nach wenigen Minuten krümmte ich mich erneut zusammen. Mein Darm verknotete sich und ich keuchte zähneknirschend auf.

»Alles in Ordnung?«, erkundigte er sich und ich presste eine Hand auf meinen Bauch. Der Kaffee auf leeren Magen war keine gute Idee gewesen. Es war kein Geheimnis, dass er den Stoffwechsel und die Verdauung anregte. Aber auf Durchfall im Wald hatte ich so gar keine Lust und genauso fühlte sich mein Bauch gerade an.

»Ich ... schaff es nicht«, keuchte ich und biss die Zähne zusammen, bis der Krampf vorbei war. Eine frische Schweißschicht legte sich auf mein Gesicht und prickelte zeitgleich eiskalt.

»Was ist los?«

»Ich muss dringend auf die Toilette und das Hotel ist zu weit weg«, gestand ich, weil sich bereits die nächste Welle anbahnte. »Entweder ich bring hier spontan ein Kind zur Welt, oder ich muss sofort auf ein Klo«, keuchte ich.

Lauri schien zwar zu verstehen, sah sich aber leider genauso suchend im Wald um, wie ich. Kurz überlegte ich, ob die nächste Schneemulde nicht doch eine Option war, aber diese Idee verwarf ich sofort wieder.

»Das Mökki ist näher. Komm mit«, schlug er vor und ich war ihm dankbar, dass er meine Hand ergriff und mich weiterzog.

Mir war unfassbar heiß, aber nicht wegen ihm. Die Panik, sich an Ort und Stelle in die Hose zu machen war real.

»Verdammt«, jammerte ich.

Er zog mich stetig voran und ich stolperte flink hinterher. Dass ich dazu in der Lage war, überraschte mich selbst. So lange, bis ich dann doch strauchelte und hinfiel. Dramatisch schreiend plumpste ich auf die Knie, sank in den Schnee ein und war froh, dass ich die Kontrolle über meine Organe behielt. Als plumper Schneeengel formte meine Silhouette den Untergrund.

»Ist dir was passiert?«, fragte Lauri und eilte mir sofort zur Hilfe.

»Bitte ... ich ... muss zu diesem Mökki, sonst geschieht ein Unglück«, nuschelte ich in den Schnee, während ich mich versuchte auszugraben.

Er tat das, was ein Rockstar so tat. Mit einem beherzten Griff um meine Hüfte hob er mich aus dem Loch und schulterte mich, wie einen Sack Reis. Schnee rieselte herab, als er mit mir losmarschierte. Mein Kopf baumelte gegen seinen Rücken, während seine Hand meine Oberschenkel an seine Brust presste. Heldenhaft trug er mich fort, während ich den finnischen Waldgott um Gnade anbetete.

»Halte durch«, verkündete er optimistisch und rannte auf den Schneeschuhen durch den Wald, wie Poseidon auf Wasser.

Ich versuchte in seiner Jacke Halt zu finden, was mit den dicken Handschuhen fast unmöglich war. Deswegen donnerte ich mit der Brust mehrmals gegen seinen Rücken. Also entweder es kam jetzt hinten oder vorne raus, irgendetwas Schreckliches würde gleich passieren.

Weil ich so konzentriert darauf war, meine Körperfunktionen zu koordinieren und schwitzte wie am Strand bei dreißig Grad, bekam ich gar nicht mit, dass wir das Mökki schon erreicht hatten. Er setzte mich auf der Veranda ab und öffnete die Holztür, die zum Glück nicht abgeschlossen war.

»Links ist das Badezimmer«, erklärte er, nachdem ich mich einmal panisch und schwindlig im Kreis gedreht hatte. Mit zittrigen Knien stürmte ich voran, was mit den Schneeschuhen im Inneren der Hütte noch schwieriger war als draußen. Fast verhedderte ich mich in einem Teppich, doch dann erreichte ich das ersehnte Badezimmer mit der Toilette. Während ich meine Mütze von mir schleuderte, gefolgt von den Handschuhen, begann ich verzweifelt, auf und ab zu hüpfen, und zu summen. Das brachte nichts, aber schreien wäre die andere Alternative gewesen. Die Schuhe klackerten laut auf dem Boden.

»Brauchst du Hilfe?«, drang Lauris Stimme dumpf durch die Tür. Zuerst lachte ich, weil das wirklich eine absurde Frage war, für jemanden, der sich gleich in die Hose machte. Dann wurde mir bewusst, dass Lauri ganz in der Nähe stand und alles hörte.

»Geh weg«, brüllte ich, während ich die Jacke aufriss und abstreifte.

» *Was?*«

»Geh bitte weg. Steh da nicht so vor der Tür. Du sollst das nicht hören«, erklärte ich und hielt beim nächsten Krampf die Luft an. Ich brauchte drei Anläufe den Reißverschluss der Skihose aufzubekommen und verfluchte die Kälte. Viel zu viel Stoff trennte mich von meiner Erleichterung.

»Bist du noch da?«, rief ich, als ich mir die erste Leggins runterzog.

»Ich warte im Wohnzimmer«, erklang Lauris Stimme.

»Nein, dort kannst du mich ja noch hören. Bitte geh weg. Geh nach draußen!«, beharrte ich und machte mich an die zweite Schicht. Die lange Unterhose klebte an meinen schwitzigen Beinen und ich fluchte laut.

»So ein Drecks-Klumpat!«, ließ ich meine österreichischen Wurzeln heraus.

»Ich soll raus in die Kälte?«, fragte Lauri überrascht, was wenig verwunderlich war.

»Ja, bitte.«

Die Panik, dass er die Geräusche hörte, die ich gleich von mir geben würde, trieb mir noch mehr Schweiß über den Körper.

»In Ordnung«, kam die erhoffte Antwort. Ob er es wirklich tat, bekam ich nicht mit, denn endlich hatte ich mich freigekämpft und konnte mich gerade noch rechtzeitig erleichtern. Wenn etwas schief gegangen wäre, hätte ich meine Unterwäsche wohl irgendwie unauffällig im Schnee vergraben müssen. Vermutlich galt dies als schwere Umweltverschmutzung.

Wie lange ich in dem kleinen Badezimmer saß, konnte ich nicht sagen, denn es dauerte ein paar Minuten, bis sich mein Herzschlag beruhigte und die Schmerzen nachließen. Es war mir so unglaublich peinlich. Ich vergrub auf dem Klo sitzend das Gesicht in den Händen und atmete schwer aus. Lauri ließ mir meine Privatsphäre, er klopfte nicht und auch sonst hörte ich nichts.

Beim Anziehen nahm ich mir extralange Zeit. Die Klamotten über die feuchte Haut zu ziehen war ekelhaft. Ich war erschöpft von dem Stress und fühlte mich gedemütigt. Erst jetzt sah ich mich in dem Bad um, das

aber wenig Überraschungen bot. Eine Keramikbade-
wanne mit Duschvorhang, ein rundes Waschbecken
und daneben die Toilette, unter einem einzigen Fenster. Auf dem Boden lag ein flauschiger roter Teppich,
der nun nass glänzte, weil ich Schnee mit reingetragen
hatte. Rundherum verteilten sich meine Klamotten, die
Mütze lag in der Wanne. Für eine Waldhütte sah das
hier jedenfalls sehr modern und sauber aus.

Die Hände wusch ich mir extra gründlich. In den
Spiegel zu schauen, brachte ich nicht übers Herz, denn
ich wusste, dass meine Wangen bestimmt rot glühten
und meine Haare nass auf dem Kopf klebten. Jetzt
heimlich aus dem Fenster im Bad zu klettern und zu
verschwinden war nur kurz eine Option.

»Lauri?«, rief ich vorsichtig durch den Türspalt, als ich
mich endlich nach draußen wagte. Die Skiklamotten
hatte ich bis auf die Mütze, den Schal, die Handschuhe
und Schneeschuhe wieder angezogen. Im Mökki war es
sehr warm, doch das machte jetzt auch keinen Unterschied mehr. Immerhin war Lauri wirklich nirgendwo
zu sehen. Allerdings ging jetzt eine Tür auf der anderen
Seite auf und Aki trat heraus. Er sah aus, wie man sich
einen verschlafenen Menschen vorstellte. Seine wu-
scheligen brünetten Haare waren zerstrubbelt, die Augen klein und er trug einen grauen Jogginganzug, während seine Füße in dicke flauschige Socken gehüllt waren.

Verwirrt sah er mich an, wie ich in dem kleinen
Wohnzimmer stand und ihn panisch anstarrte. Was
mein erster Gedanke war? *Oh mein Gott, hoffentlich
riecht er nicht, was ich gerade getan habe.*

»Hi«, sagte ich mit piepsiger Stimme und winkte. Seine Brauen hoben sich verwundert, aber sonst rührte er sich nicht. Sein Blick wanderte kurz über den leeren Raum.

Vor dem großen gekachelten Kamin stand eine gemütlich aussehende Sitzgruppe aus verschiedenen zusammengewürfelten Sesseln und einer Couch. Außer ein paar spärlichen Regalen und einer Kommode gab es hier keine weitere Einrichtung. Mehrere Türen gingen von dem Raum ab.

»Was machst du hier?«, fragte er gähnend. Dazu passend rieb er sich die Augen.

»Ich warte auf Lauri«, antwortete ich.

Aki bedachte mich ein paar Sekunden lang mit einem nachdenklichen Blick, ehe er den Kopf schüttelte und hinter einer anderen Tür verschwand. Unschlüssig blieb ich stehen und hörte, wie er offenbar in der Küche hantierte.

»Magst du einen Kaffee oder was anderes?«, bot er an.

»Nein danke. Aber Lauri vielleicht«, rief ich, woraufhin es sofort still wurde. Er steckte den Kopf zu mir heraus und sah mich fragend an.

»Wo ist er? Etwa noch im ... Bett?«

Aki fokussierte die Tür zu meiner Rechten und prompt schoss mir erneut die Schamesröte ins Gesicht.

»Nein, so ist das nicht. Er wartet draußen, bis ich ihm erlaube reinzukommen. Glaube ich zumindest.«

Diese Erklärung war alles andere als logisch. Dementsprechend verengte Aki die Augen.

»Ist das ein seltsames Dominanz-Spielchen oder so was in der Art?«

» *Was?* Nein, natürlich nicht. Ich war auf der Toilette.«

Das war zu viel für ihn. Erneut schüttelte er den Kopf und verschwand wieder außer Sichtweite. Bevor es zu weiteren peinlichen Gesprächen kam, ging ich hinaus auf die Veranda. Überraschung, es war immer noch arschkalt. Und da stand mein Held! Eingesunken, die Hände trotz Handschuhen aneinanderreibend, frierend in der Ecke und starrte in den Wald. Als er mich hörte, drehte er sich erleichtert zu mir um. Sein Gesicht drückte tausend Fragen aus, aber ich wusste nicht, was ich sagen sollte. Verlegen lehnte ich mich gegen die verschlossene Tür und sah zu Boden.

Er kam langsam zu mir und stellte sich vor mich. In gebückter Haltung versuchte er, Augenkontakt herzustellen.

»Ist jetzt wieder alles in Ordnung?«

Ich schloss kurz die Lider und holte tief Luft. Mir fehlten immer noch die passenden Worte, also sagte ich das Erste, was mir in den Sinn kam.

»No niin«, erwiderte ich seufzend.

Lauri antwortete nicht. Weil es so still war, blickte ich doch auf und sein Schmunzeln war breiter als jedes, das ich zuvor an ihm je gesehen hatte. Seine Mundwinkel zuckten, die Nase kräuselte sich. Er riss sich lange zusammen, bis das Lachen schließlich doch aus ihm herausbrach. Laut und schallend, bog er den Rücken durch und ließ seinen Emotionen freien Lauf. Es dauerte nur kurz, bis er mich ansteckte und ich mit einstimmte. Zuerst entwich mir ein leises Glucksen, doch bald prustete ich mit ihm um die Wette. Es tat nach dem Stress unglaublich gut und befreite immens. Er machte sich nicht über mich lustig, sondern wir amüsierten uns beide über diese seltsame Situation.

Tränen standen mir in den Augen und meine Nase lief, als wir uns langsam wieder beruhigten. Er trat zwei weitere Schritte auf mich zu und lächelte schief. Seine Mütze war bis zu den Augenbrauen geschoben, aber sein Gesicht lag mit roter Nase und Wangen frei. Ich glückste noch ein paar Mal, als er plötzlich so dicht vor mir stand, dass sich unsere Jacken berührten. Grinsend sah ich ihm zu, wie er sich die dicken Handschuhe von den Fingern zog und sie achtlos zu Boden fallen ließ. Ich blickte ihnen nach, als ich seine Hände schon an meinen Wangen spürte. Behutsam nahm er mein Gesicht in seine Hände. Warme Haut, traf auf kalte, als er zart darüberstrich und innerhalb einer Sekunde mein Lachen vertrieb. Ersetzt wurde es durch ein feuriges Kribbeln in meinem Bauch ... dieses Mal angenehm und atemraubend. Er zwang mich sanft dazu, ihn direkt anzusehen. Sein Blick musterte mich intensiv, sodass ich schlucken musste. Seine Augen verengten sich minimal, bevor er sich vorbeugte und mich küsste.

Es war der unsexieste Kuss meines Lebens. Ich war verschwitzt, die Haare klebten an meinem Gesicht und mein Hintern brannte. Weniger attraktiv konnte sich niemand fühlen, trotzdem durchströmte mich sofort die Lust nach mehr. Seine Lippen lagen nur kurz ruhig auf meinen. Nur so lange, bis sie warm wurden und er die Berührung intensivierte. Ich fühlte seine Hände fester an meinem Gesicht und seine Zungenspitze, die mich vorsichtig neckte. Ehe ich reagieren konnte, zog er sich wieder ein bisschen zurück und sah mich mit verhangenem Blick an.

»Karo, wenn ...«, flüsterte er unsicher, aber ich ließ ihn nicht ausreden. Stürmisch schlang ich die Arme um seinen Hals und zog ihn erneut fest an mich. Wir stolperten zurück gegen die Holztür und vertieften den Kuss. Leidenschaftlich erkundeten wir die Lippen des anderen. Sein Geschmack und das Gefühl seines Atems auf meiner Haut, wenn wir Luft holten, ließ mich tiefer in den Rausch sinken. Trotz der vielen Kleidungsstücke versuchte ich mich enger an ihn zu drücken. Ich wollte ihn spüren und mich ihm voll hingeben. Lust durchströmte mich verheißungsvoll. Lauris Hände sanken etwas tiefer, streichelten meinen Hals und meinen Nacken, was mich leise gegen seine Lippen stöhnen ließ. Er grinste zufrieden und drückte mich noch fester an die Tür. Ich wollte ein Bein um seine Hüfte schlingen, aber die glatte Textur der Thermohosen ließ mich immer wieder abrutschen. Dem Drang, ihm hier und jetzt die Jacke vom Leib zu reißen, um ihn unverfälscht anfassen zu können, widerstand ich dank Lebenserhaltungstrieb.

Wir lösten uns kurz voneinander, nur um dann erneut übereinander herzufallen.

Erst ein dreimaliges Klopfen an der Fensterscheibe, ließ uns keuchend innehalten und aufblicken. Nicht nur meine Lippen prickelten heiß durchblutet, als Lauri und ich uns noch einmal tief in die Augen sahen. Es klopfte erneut, dieses Mal energischer. Ein breit grinsender Aki beobachtete uns aus dem Mökki heraus und hob eine Kaffeetasse.

Kapitel 15

Schnipp schnapp, Haare ab

Mein vierter Urlaubstag und ich knutschte mit einem Mann, den ich kaum kannte. Das hatte ich so schnell noch nie erlebt. Man hörte immer von diesen berühmten Urlaubsflirts, aber selbst betroffen zu sein, war etwas ganz anderes.

Aki hatte uns offensichtlich gestalkt, also machte es keinen Sinn, die Sache zu verheimlichen. Lauri blieb außerdem erstaunlich ruhig. Um uns aufzuwärmen, gingen wir beide zurück ins Mökki. Das Grinsen auf Akis Gesicht bot keinen Interpretationsspielraum.

»Wollt ihr einen Tee oder ist euch schon warm genug?«, fragte er.

»Ein Kaffee wäre großartig«, war Lauris Antwort. Mir stand jetzt zwar nicht der Sinn danach, ein Kaffeekränzchen abzuhalten, aber draußen wurde es dunkel und ich war erschöpft. Wir schälten uns aus den Klamotten. Ich war diese An- und Auszieherei wirklich leid.

Als Lauri aufs Sofa plumpste, zog er mich an der Hand einfach mit. Wir sanken zusammen tief in die weichen weinroten Kissen. Automatisch neigte ich mich damit näher zu ihm, sodass sich unsere Oberschenkel und Schultern berührten. Ehe ich nervös hin und her rutschte, legte er selbstbewusst seinen Arm um mich. Wie war ich denn nun in diese beziehungstechnisch fragwürdige Lage geraten? Mein Hirn surrte immer noch mitten in der Verarbeitung des Kusses und was das nun bedeutete. Als mich Lauri von der Seite anlächelte, schmolzen meine Zweifel dahin. Mein Körper vermittelte mir, dass ich absolut zufrieden mit der Situation war, also hoffte ich einfach, dass mein Verstand bald miteinstimmte.

Verknallte ich mich halt hormongeleitet im Urlaubsrausch in einen finnschen Rockstar. Was sollte da schon schief gehen?

Aki brachte auf einem Tablett drei dampfende Tassen, welches er auf den runden Holztisch vor uns abstellte. Er selbst setzte sich in einen breiten Sessel uns gegenüber. Da saßen wir nun zu dritt und schwiegen uns an. In der Mitte verbreiteten die aufsteigenden Dampfwölkchen den Duft von Kaffee und Früchtetee. Aki betrachtete uns mit einer leicht hochgezogenen linken Augenbraue. Das genügte, um jeden malträtierten Muskel in mir anzuspannen. Als er sich vorbeugte und sich eine Tasse nahm, knarzte der Sessel unter ihm. Er schlürfte vorsichtig, was in dieser Stille unfassbar laut klang. Immer noch machte keiner von ihnen Anstalten das Wort zu ergreifen. Ich räusperte mich, weil mein Hals ganz trocken wurde. Ich traute mich trotzdem nicht mal, mich vorzubeugen, um mir ein Getränk zu nehmen.

»Also«, begann Aki plötzlich leise und dennoch schreckte ich hoch, als hätte mich jemand mit einer Nadel in den Rücken gepiekst.

»Bei was genau habe ich euch erwischt und wie viel dürfen die anderen davon erfahren?«, wollte er grinsend wissen.

Lauri verdrehte die Augen, mein Puls beschleunigte sich. Wir hatten nichts Verbotenes getan, aber es fühlte sich irgendwie dennoch so an. Lauri verstärkte seinen Griff um meine Schultern.

»Wenn sich hier jemand schämen muss, dann du. Lauerst auf der Suche nach Skandalen vor dem Fenster. Sehr erwachsen«, antwortete er mit einem Grinsen. Aki seufzte und rutschte im Sessel tiefer, sodass er breitbeinig darin lehnte. Die Tasse stellte er auf seinem Bauch ab.

»Du hast ja recht. Aber es ist so langweilig hier! Alles, was ich wollte, war Skizufahren. Nun sitzen wir hier fest. Pekka jagt Sara, Jari und Yanis sind die halbe Nacht auf und schlafen irgendwo«, nörgelte er.

Lauri reichte mir meine Tasse und der Kaffee darin roch herrlich. Obwohl es dank des Feuers im Kamin sehr warm war, tat der erste Schluck sehr gut. Jedoch erinnerte mich das Gefühl daran, dass mein Magen immer noch leer war und ich daher mit Koffein heute besonders vorsichtig sein sollte. Wie auf Kommando grollte mein Innerstes auf. Lauri hob erschrocken seinen Arm hoch und lehnte sich etwas zur Seite.

»Warst das wieder du? Musst du ...«, begann er und sah automatisch zur Badezimmertür.

»Nein, alles gut. Ich habe nur Hunger«, beschwichtigte ich ihn. Allerdings war ich mir nicht wirklich sicher, ob ich jetzt etwas zu mir nehmen sollte.

Als ich dachte, der Tag könnte, von der fantastischen Knutscherei einmal abgesehen, nicht noch peinlicher werden, wurde ich eines Besseren belehrt. Da saß ich auf dem Sofa, mit einem Kaffee in der Hand und ein trainierter, warmer Arm lag um meine Schultern. Mein Körper war aufgewühlt von Kälte, Schweiß, Durchfall und rebellierenden Hormonen. Lauris vertrauter Geruch und die Wärme, die er ausstrahlte … mein Muskelkater war bei all dem Adrenalin beinahe vergessen … bis die Tür des Mökkis aufging und lachend und grölend eine Gruppe Männer hereinkam. Wie immer mischte sich warme Kaminluft mit dem eisigen Atem von draußen, bis die Tür energisch zugedrückt wurde. Einen Flur gab es nicht, daher tropften sie den Eingangsbereich voll. Die Stimmen erkannte ich schon, dennoch brauchte ich ein paar Minuten, um die Gesichter zuzuordnen. Nach und nach warfen sie ihre Kleidung ab, wie eine Schlange ihre Haut. Auf einem Haufen sammelten sich Stiefel, Jacken, Mützen und Schals.

»Was machst du denn hier?«, fragte mich Basti sichtbar überrascht. Seine Wangen glühten rot und sein Tonfall klang schwer. Ich kannte ihn gut genug, um zu wissen, dass er bereits angetrunken war. Pekka schlug ihm so fest auf den Rücken, dass Sebastian fast vornüberkippte und sich strauchelnd auf dem kleinen Couchtisch abstützen musste. Erneut sah er mich fragend an. Sein Blick wanderte von meinem Gesicht zu Lauris Arm, der sich soeben noch enger um meine Schultern legte.

»Ich trinke Kaffee«, antwortete ich ausweichend.

Seine Augen verengten sich kurz, wodurch die kleinen Fältchen rund herum sichtbar wurden, doch dann breitete sich ein Lächeln auf seinen Lippen aus.

»Freut mich, dass du Spaß hast. Wir haben drüben angestoßen und sind jetzt gemeinsam rübergekommen, weil Pekka gesagt hat, ich muss einen speziellen Salmiakki probieren«, erklärte er mit glasigem Blick.

Auch Jari und Yanis blieben vor uns stehen und musterten Lauri und mich interessiert. Während ich mich immer mehr verkrampfte, schien den Herren neben mir das nicht groß zu stören. Ganz im Gegenteil, seine Finger strichen wie beiläufig über meinen Oberarm.

Die Neuankömmlinge machten wieder Lärm, trampelten durch das kleine Wohnzimmer, mischten Deutsch, Englisch und Finnisch und ich saß ratlos da. Der Kaffee war kalt geworden, trotzdem kippte ich den Rest hinunter.

Während die anderen quer durch die Räume rannten und alle Türen aufrissen, sah mich Lauri ruhig von der Seite an. »Alles in Ordnung?«

Ich wusste es nicht genau, nickte aber automatisch. Mehr darüber nachdenken wollte ich nicht, da plötzlich laute Musik aus einem der Zimmer schallte. Pekka trug einen kleinen Bluetooth-Lautsprecher herein, der offenbar mit seinem Telefon verbunden war.

Aki und Jari jubelten auf und bewegten ihre Körper sofort im Beat. Bei ihnen sah das auch nicht albern aus. Offenbar entsprach das eher dem Unterhaltungsprogramm. Pekka drehte den Lautsprecher lauter, wackelte mit dem Hintern und sang lauthals mit. Selbst Basti gesellte sich dazu, hakte sich bei Yanis ein, worauf sich beide drehten. Ich erkannte nicht mal das Lied, es war irgendetwas Finnisches mit Beat und Elektroeinflüssen. Mein Stresspegel ebbte ab, erst recht, als Lauris Lippen meine Wange streiften. Sein warmer Atem kroch über meine Haut, bis ins Dekolleté, die Gänsehaut folgte prompt. Ich senkte den Blick und hielt intuitiv die Luft an, während mein Herzschlag an Tempo zulegte. Die zärtlich beginnende Berührung schlug ziemlich schnell in etwas um, das mich fast aufkeuchen ließ. Lauris Zähne kratzten vorsichtig über meinen Hals, bevor er dieselbe Stelle forsch küsste und mit der Zunge liebkoste. Die leere Tasse purzelte mir aus den Fingern und fiel zu Boden.

»Ich konnte nicht widerstehen«, flüsterte er mir ins Ohr. Nach Luft schnappend schluckte ich. Antworten konnte ich nichts, weil ich mit einem berauschenden Schwindel kämpfte. Stattdessen wandte ich mich ihm zu, legte meine Hände um seinen Hals und küsste ihn mindestens genauso leidenschaftlich wie zuvor. Lauri war eindeutig nicht der vorsichtige, schüchterne Typ und es gefiel mir. Sofort ergriff er meine Taille und eng umschlungen begannen wir eine neue heiße Knutscherei. Ich fuhr durch seine Haare, verkrallte mich sogar darin, nur um ihn dann loszulassen und von ihm an der Hüfte an ihn gedrückt zu werden. Unsere Nasen strichen übereinander, als wir die Neigung des Kopfes änderten. Erneut widmete er sich meinem Hals, den ich willig entblößte. Sanfte und feste Küsse wechselten sich ab, kombiniert mit zarten Bissen. Innerhalb kürzester Zeit schickte er mich ins kribbelnde Nirwana. Ich schmolz wie der Schnee vor dem Kamin.

In einer Atempause lehnte er seine heiße Stirn an meine, während wir uns tief in die Augen sahen. Sein lustvoller Blick spiegelte sich bestimmt in meinem wider.

»Möchtest du mit mir ...«, begann er zögerlich und verstummte.

Ich biss mir auf die Lippe, was seine Aufmerksamkeit sofort in Anspruch nahm. Ich wollte in diesem Augenblick alles. Ihn hier und jetzt besteigen oder mit ihm ins Schlafzimmer gehen. Falls er um Erlaubnis bat, war das löblich, aber nicht nötig. Ich strich ihm mit beiden Händen über das stoppelige Gesicht.

»Was denn?«, fragte ich trotzdem neckend, weil es mir wie ein reizendes Spiel vorkam. Er schenkte mir einen weiteren dunklen Blick, ehe er sich etwas aufrichtete und meine Hand nahm.

»Möchtest du mit mir ... tanzen?«

Er grinste schief, erhob sich so schnell wie eine Katze und zog mich mit sich.

»*Wie bitte?*«, hauchte ich noch vollkommen betört von all den Küssen. Er grinste immer noch und wusste, dass ich an etwas anderes gedacht hatte. Statt sich weiter zu erklären, zog er mich in die Mitte des Raumes. Mit einer Hand an meiner Taille begann er sich mit mir zwischen seinen Freunden im Takt zu bewegen. Mehr stolpernd, als tanzend wurde ich lachend mitgerissen. Er drehte mich um die eigene Achse und fing mich gekonnt auf. Eng an ihn gepresst spürte ich seinen Herzschlag unter meinen Händen. Wir suchten einander mit den Augen und genossen die Nähe des anderen. Es machte wahnsinnig Spaß.

Erst recht, als Whitney Houston *Your love is my love, and my love is your love* sang. Wir stimmten alle begeistert und textsicher mit ein. Ich schlang meine Arme um Lauris Nacken, während wir zusammen schunkelten. Voller Inbrunst gaben wir uns dem berühmten Chorus hin. Da war sie wieder, die gemeinsame Leidenschaft für die Musik aus den Neunzigern.

>>*Cause your love is my love*
And my love is your love
It would take an eternity to break us
And the chains of Amistad couldn't hold us.<<

Er drehte mich noch einmal, fing mich und hob mich kurz hoch. Auch die anderen hatten sichtlich ihren Spaß. Zwischen den Finnen fühlte ich mich wohl und frei.

Einen weiteren Song lang hampelten wir ausgelassen im Wohnzimmer herum, dieses Mal ein finnischer Rap, der mich alberne Handbewegungen machen ließ, die alles andere als cool aussahen. Jari und Aki hatten den Text drauf und wechselten sich Profi-mäßig ab.

Es war Lauris Telefon, das mich ablenkte. Niemand hörte es bei dem Lärm, aber er blieb plötzlich stehen und holte es aus seiner Hosentasche.

Sorry, formten seine Lippen, bevor er sich in die Küche zurückzog. Genau wie in den letzten Tagen, war mein Zeitgefühl vollkommen abhandengekommen. Wir hätten bis zum Abend tanzen können, oder bis in die Morgenstunden. Mir ging jedenfalls langsam die Energie aus. Schwer atmend setzte ich mich aufs Sofa. Basti und Pekka hüpften beim nächsten Lied synchron wie zwei Flummis und schrien sich bei einem Miley Cyrus Song an. In der richtigen Gruppe und zur richtigen Zeit, konnte eben jedes Lied perfekt für alle sein.

Mein Hals war ausgetrocknet und mein Magen grummelte. Mir fehlte definitiv die feste Nahrung an diesem Tag. Ein paar Minuten boten mir die springenden Kerle gute Unterhaltung. Mein Blick huschte dennoch regelmäßig zur Tür, hinter der Lauri verschwunden war. Ich nahm meine Tasse, um nach ihm zu sehen. Als ich in die Küche trat, stand er mit dem Rücken zu mir und sah telefonierend aus dem Fenster. Er drehte sich kurz zu mir, lächelte, wandte sich dann aber wieder ab. Hastig schloss ich die Tür, damit ihn der Lärm nicht zu sehr störte. Die Musik dröhnte so deutlich dumpfer durch die Wände. In der spartanischen Einrichtung fand ich mich schnell allein zurecht. Spüle, Herd, zwei Hängeschränke, Kühlschrank und eine kleine Arbeitsplatte. Das sah praktisch und sauber aus, aber für bekannte Musiker, die auf Tour in edleren Hotels übernachteten, sehr einfach. Das brachte noch mehr Sympathiepunkte.

Während Lauri sein Gespräch leise, aber bestimmt fortführte, sah ich neugierig in die Schränke und den Kühlschrank. Vom Orangensaft schenkte ich mir etwas in ein Glas, um damit gegen den Tresen gelehnt zu warten. Lauri musste mir unbedingt ein paar Sätze aufs Handy sprechen. Ich liebte es, wie er in seiner Muttersprache redete. Vielleicht ließ ich ihn eine Speisekarte vorlesen, damit ich etwas zum Einschlafen daheim hatte. Hart und kantig klang seine Stimme und die Intonation faszinierte mich.

Das Gespräch schien ernst zu sein, zumindest lachte Lauri nicht. Als er auflegte, war mein Saft leer und ich grübelte, ob es wirklich gut gewesen war auf den lädierten Magen auch noch flüssiges Obst zu trinken. Das wirkte doch ebenfalls abführend, oder?

»Paska!«, fluchte Lauri lauthals. Er riss mich aus den Gedanken und Sorgen über weiteren Durchfall heraus. Brummend drehte er sich zu mir um, das Telefon noch am Ohr und das Gesicht genervt verzerrt. Er hielt den Kopf seltsam schief und knurrte.

»Was ist denn los?«, wollte ich wissen.

»Vittu, Perkele, Paska!«

Zählte er jetzt die Namen der finnischen Glücksbärchi auf?

Er zerrte am Telefon und jetzt erkannte ich sein dramatisches Problem. Ein weißer Kaugummi verband seine zerstrubbelten blonden Haare mit dem Handy. Auch sein Finger schien in die klebrige Angelegenheit verwickelt zu sein. Ich eilte ihm zur Hilfe, konnte mir ein Lachen aber nicht verkneifen. »Wie hast du das denn geschafft?«

»Ich habe den Kaugummi in ein Taschentuch gespuckt und eingesteckt und bei der Wärme muss er wieder weich geworden sein. Beim Telefonieren hat er sich in meinen Haaren verklebt.«

Ich bemühte mich, ihn zu befreien, und zupfte vorsichtig daran, während er ungeduldig herumwackelte.

»Halt doch mal still«, ermahnte ich ihn.

Schließlich schaffte ich es zumindest, das Handy zu befreien. Allerdings verteilte sich die Masse mit einer dicken Haarsträhne auf seinem Kopf.

»Wie schlimm ist es? Was mache ich denn jetzt?«, klagte er leidend.

Ich überlegte, welche Hausmittel ich parat hatte.

»Habt ihr Öl?«

Er sah mich entrüstet an und ich trat schulterzuckend einen Schritt zurück.

»Damit soll es rausgehen, habe ich gehört.«

Er zog skeptisch die Brauen zusammen, begann aber trotzdem die Schränke abzusuchen. Er fand ein Fläschchen Sesam-Öl. Fett war Fett. Ich träufelte etwas davon auf seine Haare und massierte es vorsichtig ein. Es wurde schmierig und feucht, als ich mit den Fingernägeln begann Teile des Kaugummis herauszuziehen. Sehr erfolgreich war ich damit aber nicht.

»Sonst noch Ideen?«, fragte er brummend.

»Einfrieren könnte funktionieren!«

»Soll ich meinen Kopf ins Gefrierfach stecken und wir warten, bis mir die Nasenspitze abfällt?«, fragte er sarkastisch.

»Hallo? Da draußen ist es gefühlt minus fünfzig Grad. Geh doch spazieren«, schlug ich vor, musste aber selbst dabei grinsen.

»Noch mehr Optionen?«

Grüblerisch legte ich einen Zeigefinger an meine Lippen. »Habt ihr Butter?«

Lauri gab sein Vertrauen in mich auf und ging kopfschüttelnd an mir vorbei, während ich ihm kichernd ins Wohnzimmer folgte. Die Musik war leiser gedreht und die anderen tanzten nicht mehr. Sie saßen lachend auf dem Sofa und den Sesseln, Pekka auf dem Boden und reichten eine dunkle Flasche im Kreis herum. Als wir eintraten, sahen sie zu uns auf.

»Krisensitzung Leute. Wie bekomme ich Kaugummi aus dem Haar?«, kam Lauri direkt auf den Punkt. Kurze Stille trat ein, ehe Aki das Wort ergriff.

»Wieso hast du Kaugummi im Haar?«

Lauri verdrehte die Augen. »Weil ich ein neues Styling ausprobiert habe, was missglückt ist.«

Er sagte das so todernst, dass wohl nicht nur Aki darüber nachdachte, ob das sein Ernst war. Verzweifelt warf Lauri die Hände in die Luft.

»Er hat auf meinem Handy geklebt. Natürlich war das keine Absicht!«

»Öl!«, rief Pekka.

»Eiswürfel«, folgte Basti und Jari fügte: »Abschneiden« hinzu.

Lauri seufzte.

»Niemand kommt auf die Idee mir meine Haare abzuschneiden.«

Seinem Satz Nachdruck verleihend zeigte er mit dem Finger auf jeden Einzelnen. Es folgten sehr lustige Minuten. Für alle anderen, außer für Lauri.

Wir rieben ihn noch einmal mit Olivenöl ein, das Yanis in der Küche herauskramte. Ein Klecks Margarine folgte und zuletzt rann ihm kaltes Wasser ins Ohr, als Jari einen Eiswürfel an seinem Kopf rieb, bis dieser schmolz. Lauris Stimmung sank mit jedem weiteren Versuch, während wir uns kaputtlachten.

Es wurde immer offensichtlicher, dass der Herr großen Wert auf seine Haare legte. Vermutlich waren sie deswegen so weich, weil er sie gut pflegte.

Die Lage wurde schlagartig ernst, als Pekka mit einer kleinen Nagelschere hereinkam und Yanis mit einem Rasierapparat. Lauri schrie auf und sprang hinter mich. Mit den Händen klammerte er sich an meine

Schultern. Ich prustete los, weil er sich benahm, als kämen seine Freunde mit einem Schlachtermesser auf uns zu.

»Wage es ja nicht!«, schrie Lauri mir ins Ohr und tötete damit jede Menge Haarsinneszellen.

»Stell dich nicht so an. Das wächst ja wieder nach. Du beginnst zu stinken. Bring es hinter dich. Bei mir sieht das auch gut aus«, sprach Yanis beruhigend auf ihn ein.

Lauri zog mich mit sich, als er nach hinten auswich. »Geh weg!«

Jari gesellte sich zu uns und reichte ihm die dunkle Glasflasche, in der Salmiakki war. Der Geruch des Lakritzschnapses, stieg mir sofort in die Nase.

»Soll ich mir jetzt auch noch Alkohol auf den Kopf kippen?«, fragte Lauri.

»Blödsinn. Trink das. Vor einer Operation auf dem Esstisch ohne Medikamente gibt man doch auch immer Wodka.«

Kurz sah es aus, als würde Lauri ausrasten und in den Schnee flüchten. Sein rechtes Auge zuckte minimal. Schließlich griff er forsch nach der Flasche und nahm vier riesige Schlucke von der dunklen Flüssigkeit. Als er die Flasche absetzte, verzog er die Miene.

»Okay, tun wir's.«

Der aufgebauten Dramatik geschuldet, war das Großereignis ziemlich enttäuschend. Er setzte sich aufs Sofa, Pekka stellte sich hinter ihn und entfernte mit drei kleinen Schnitten den Kaugummi. Zurück blieb öliges, fettiges Haar. Pekka reichte ihm sein Opfer, das Haarbüschel, welches er mit trauriger Miene auf seiner Handfläche betrachtete. Ich setzte mich neben ihn, legte eine Hand auf seinen Oberschenkel und die andere an seine

Wange. Sanft drehte ich sein Gesicht zu mir, um ihn zu küssen.

»Du siehst immer noch heiß aus«, wisperte ich grinsend, ehe wir uns darin verloren. Dieses Mal ruhiger, aber nicht weniger intensiv. Mir war es egal, was um uns herum geschah oder wer uns beobachtete. Da ich selbst nicht genau wusste, was hier passierte, konnte ich mich auch nicht darum sorgen. Genießerisch schloss ich die Augen und gab mich seinen Berührungen hin, die sich von Mal zu Mal vertrauter anfühlten. Mit dem kleinen Zusatz, dass Lauri roch wie ein chinesisches Buffet.

Kapitel 16

Titanic mal anders

Der Abend nahm seinen Lauf, als der Salmiakki leer war und die anderen zu Wein übergingen. Ich war vernünftig genug, mir vorher etwas von dem mitgebrachten Essen aus dem Hotel zu gönnen. Die Finnen hatten da keine Bedenken. Wir saßen zusammen, lachten, tanzten und verfielen in das typische Tief, um danach wieder erneut aufzudrehen. Lauri und ich schenkten uns tiefe Blicke, wir berührten uns, aber vor allem der spürbare Zusammenhalt verlieh unserem Abend eine unfassbar angenehme Atmosphäre. Je später es wurde, desto eher musste ich mir die Frage stellen, ob Basti und ich es zurück ins Hotel schafften. Auch wo ich schlafen sollte und wie weit ich mit Lauri noch gehen wollte, waren offene Optionen, die ungewiss blieben. Es erübrigte sich allerdings, weil bis auf Aki, niemand von uns ins Bett ging. Die Atmosphäre wurde schwerfälliger, wir leiser und das Geschnarche des eingedösten Yanis lauter.

Am Ende erfüllten sie zumindest ein Rockstar-Klischee, denn bis auf einen zerstörten Fernseher, den es einfach nicht gab, sah die Hütte aus, als hätte hier ein finnischer Orkan gewütet. Chipsreste auf dem Boden, leere Gläser und Flaschen verteilt im ganzen Raum und der Haufen Winterklamotten hatte sich dazwischen verstreut. Pekka schlief halb sitzend im Sessel, sein Kopf war vornüber gekippt. Yanis hatte sich auf dem anderen Exemplar eingerollt und Jari lag in Embryohaltung auf dem Teppich am Boden. Lauri und ich waren eingekuschelt auf der Couch ins Land der Träume gekippt. Ich hatte keine Ahnung, wann das passiert war. Wir hatten uns noch leise murmelnd über belanglose Dinge unterhalten, dann war ich weg.

Das Aufwachen gestaltete sich als weit weniger angenehm. Nicht nur, dass der Muskelkater noch mal Hallo sagte, auch mein steifes Genick von der miesen Haltung meldete sich. Meine Zunge war pelzig und die Haut klebrig und ekelig. Ich sehnte mich nach so vielen Dingen gleichzeitig und wusste nicht, welches ich priorisieren sollte. Die Tatsache, dass mein Kopf auf Lauris Brust lag, half da nur geringfügig. Er atmete ruhig und gleichmäßig unter mir. Bemüht darum ihn nicht zu wecken, rappelte ich mich langsam auf. Auf dem Boden musste ich Acht geben, nicht auf Jari zu treten. Es war früh am Morgen und noch dunkel. Viel Schlaf war mir also nicht vergönnt gewesen. Ratlos stand ich in der Mitte des Raumes, streckte mich und überlegte, was ich jetzt tun sollte. Schließlich beugte ich mich zu Lauri hinunter und strich ihm vorsichtig über die Wange. Schmatzend und brummelnd öffneten sich seine Augen. Auch er sah sich verwirrt um. Ächzend stemmte er sich hoch.

»Was ist los?«, fragte er mit kratziger Stimme. Verschlafen und mit kleinen Augen sah er viel älter aus als sechsundzwanzig.

»Ich geh zurück ins Hotel. Ich muss duschen und mich umziehen«, flüsterte ich.

Es dauerte, bis er eine Antwort formulieren konnte. Falten bildeten sich auf seiner Stirn. »Du kannst hier duschen.«

Ich lachte leise kopfschüttelnd auf.

»Und dann zieh ich nackt meine Skisachen an?«

Um seine Stimme klar zu bekommen, räusperte er sich ein paar Mal, doch es half nur wenig.

»Ich begleite dich«, bot er an und wollte aufstehen. Ich drückte ihn zurück aufs Sofa.

»Nein. Es ist ja nicht weit. Aber die Schneeschuhe kannst du nachher mitbringen. Sehen wir uns beim Frühstück?«

Er nickte träge, was verdeutlichte, wie müde er war. Während ich mich so leise wie möglich in die Thermohose und die Skiklamotten zwängte, stand er langsam auf und drückte den Rücken durch. An der Tür schloss er mich noch einmal in die Arme. Seinen Kopf bettete er an meiner Schulter, wo er verharrte und mir gegen den Hals atmete. Das Duft-Potpourri aus Butter und Öl ließ mich die Nase rümpfen.

»Es war ein schöner Abend. Lass uns heute mal in Ruhe reden, ja?«, nuschelte er.

Als wir uns ansahen, wurde es eng in meiner Brust. Reden. Ich wusste worüber, aber nicht, was ich ihm sagen sollte. Also nickte ich einfach und wagte mich hinaus in die finstere Kälte. Die Wege waren wieder passierbar, trotzdem drang der Frost sofort in meine müden Glieder. Ich hatte mir wenig Mühe beim Einpacken gegeben, was dazu führte, dass ich trotz des rutschigen Untergrunds schneller im Hotel ankam.

Keuchend trat ich in das beleuchtete Foyer, wo Sara überrascht hinter dem Tresen zu mir sah.

»Oh, guten Morgen.«

»Ich war ... bei Pekka und den anderen«, erklärte ich, obwohl ich Sara vermutlich keine Erklärung schuldig war.

»Möchtest du einen Kaffee? Er ist gerade fertig geworden. Wir könnten dir auch etwas fürs Frühstück herrichten«, bot sie an. Das klang herrlich.

»Ich gehe mich schnell frisch machen. Danach wäre ich bereit für jede Menge von allem.«

Ich ließ mir nicht lange Zeit und kam duftend mit nassen Haaren wieder runter. Wie ein Trüffelschwein folgte ich den Aromen des schwarzen Goldes.

Sara saß an einem Tisch allein vor einer dampfenden Tasse und starrte vor sich hin. Am Buffet bediente ich mich selbst.

»Darf ich mich zu dir setzen?«, fragte ich, weil sonst nur ein Mann mit uns im Raum war, der in einer Zeitung blätterte. Sara blickte auf und lächelte müde.

»Natürlich. Konntest du nicht schlafen oder wieso bist du so früh wach?«

»Wir haben gestern ein bisschen gefeiert und ich bin auf dem Sofa eingeschlafen. Ich bin zu alt für so etwas«, ächzte ich und massierte demonstrativ meinen Nacken. Sie lachte leise.

»Pekka hat mich gefragt, ob ich mitkommen möchte, aber wir haben hier so viel zu tun mit dem Schnee. Ich bin auch total fertig«, erklärte sie wehmütig. Offenbar hätte sie ihn gern begleitet. Ihre Begründung klang nach harter Arbeit, meine armselig.

»Eure ganze Familie arbeitet hier?«

Nach einem großen Schluck nickte sie.

»Seit fünf Generationen. Angefangen hat unsere Familie mit den kleinen Hütten und irgendwann wurde das hier draus. Mikko und ich werden es eines Tages übernehmen. Ich finde es schön meine Väter um mich zu haben, auch wenn etwas Abstand ab und zu gut wäre«, erzählte sie bereitwillig.

Als hätte er es gehört, kam Simo mit einem Tablett in den Frühstücksraum. Er stellte es vor uns ab und mein Magen knurrte ihn bei dem leckeren Anblick bedrohlich an. Eine kalte Platte mit Wurst und Käse, ein Obstschälchen, Rührei, gebratener Speck und Gebäck sahen unwiderstehlich aus.

»Wow, vielen Dank!«

Er winkte ab und war bereits dabei sich um das restliche Buffet zu kümmern, das noch leer war. Er hatte scheinbar extra für uns etwas zusammengestellt.

»Wolltest du nie etwas anderes machen?«, fragte ich Sara weiter aus und bediente mich dabei an dem Essen. Das Vollkornbrot, dick beschmiert mit Butter, einer Scheibe Kochschinken, wohlgemerkt *der* Schinken, war das Beste, was ich je gegessen hatte. Zumindest auf fast leerem Magen, nach einem aufregenden Tag wie gestern.

»Uns wurde die Wahl gelassen, aber eigentlich wollen wir es gerne übernehmen. Karl ist unser leiblicher Vater, aber wir sind schon sehr früh mit Simo an seiner Seite aufgewachsen. Allein hätte ich Bedenken, doch Mikko und ich sind ein gutes Team. Ein bisschen Reisen würde ich vorher aber gerne.«

Sie naschte dabei von den Käsewürfeln. Ich stopfte mir den Mund mit Birnenstücken voll. Es war bewundernswert, wie sehr sie für das Familienunternehmen brannte. Wenn man etwas liebte, nahm man Einschränkungen in Kauf. Ich steckte in einem Job fest, der mich wenig erfüllte und ich wartete darauf meine Chance zu bekommen.

»Und wie funktioniert das mit einer Beziehung?«, hakte ich deswegen nach und hoffte, nicht unhöflich zu klingen. Ein breites Lächeln erschien in ihrem Gesicht. Um Zeit zu gewinnen, nahm sie sich mehr Käse.

»Jaaa«, begann sie gedehnt kauend. »Hier kommen viele Touristen vorbei und man kann schon den einen oder anderen Flirt finden. Aber dem Kerl zu erklären, dass ich hier eben nur bedingt weg kann, ist oft schwierig. Im Sommer reicht es, wenn immer einer von uns da ist. Wir sind hier also keine Gefangenen.«

Sie schien sich ihrer Sache ziemlich sicher zu sein. Während sich das Tablett leerte, kamen ein paar weitere Gäste nach unten.

»Sag mal, wie sieht denn die Lage aus?«, erkundigte ich mich. Für uns war es nicht so dramatisch. Der Urlaub sollte sieben Tage dauern und davon war erst die Hälfte rum. Nach Silvester ging es für uns zurück nach Österreich. Weg von Finnland, weg von den finnischen Rockstars.

Sara lehnte sich laut seufzend auf dem Stuhl zurück. Sie nickte ihrem Vater zu, als Zeichen, dass sie ihm bald helfen würde.

»Besser. Die Hauptstraßen kann man wieder vorsichtig mit Ketten befahren, aber rund herum sind wir ziemlich abgeschnitten. Der Skibetrieb wird noch nicht aufgenommen. Ein paar Gäste können heute Nachmittag vermutlich abreisen. Der Flughafen ist wieder in Betrieb und wir sind damit beschäftigt den Leuten zu helfen ihren Flug umzubuchen. Stück für Stück kommt man wohl weg von hier, aber es geht nur schleppend voran. Strom gibt es weiterhin nur vom Generator. Aber es ist nicht das erste Mal, dass wir eingeschneit sind.«

Nach dem Essen ging es mir deutlich besser. Die Müdigkeit brannte ein wenig in den Augen, sonst fühlte ich mich fit. Stellte sich die Frage, was dieser Tag bringen würde.

»Ich muss jetzt zurück an die Arbeit. Wenn du etwas brauchst, sag Bescheid«, verabschiedete sie sich von mir.

Ich wechselte vom Frühstücksraum, in dem der Lärmpegel langsam zunahm, mit einer neuen Tasse Kaffee zum Kamin und beschäftigte mich mit meinem Telefon. Darauf entdeckte ich auch ein paar lustige Videos und Fotos von letzter Nacht, die meinen Bauch warm prickeln ließen. Auf die angenehme Art, nicht auf die *Ich muss mir die Hosen vom Leib reißen, sonst ist es zu spät-Art.*

»Hier steckst du also«, sagte Basti, als er sich brummend, mit einem Schinkenbrot aufs Sofa fallen ließ.

»Wann bist du denn zurückgekommen?«, fragte ich überrascht, weil auch er frisch geduscht aussah. Sein Gesicht zeugte allerdings von den Strapazen des Feierns.

»Ich sollte wohl eher dich fragen. Als du nicht mehr auf dem Sofa zu finden warst, habe ich in Lauris Schlafzimmer nachgesehen«, konterte er breit grinsend. Ich verdrehte Augen.

»Ich hoffe, du weißt, worauf du dich da einlässt«, fügte er in einem Tonfall hinzu, den er immer dann anschlug, wenn er auf *großer Bruder* machte. Dieses Mal erwiderte ich seinen Blick. Das Brot war verschlungen und seine volle Aufmerksamkeit galt mir. Widerwillig legte ich das Telefon auf die Armlehne.

»Um ehrlich zu sein, habe ich keine Ahnung, wie das alles passiert ist. Ich wollte das gar nicht.«

Bastis Schultern bebten, als er leise lachte.

»Klar. Ganz aus Versehen hast du dich in den unnahbaren, attraktiven Rockstar verknallt. Karo, du bist nicht der erste Fan, dem das passiert.«

Der letzte Satz traf mich hart. So war das nicht. So wollte ich nicht sein.

»Verdammt Karo«, unterbrach Basti entrüstet meine schockierten Gedanken. Er setzte sich auf, lehnte sich nach vorne und stützte die Ellenbogen auf den Knien ab.

»Du verliebst dich hier doch nicht etwa, oder? Ein bisschen Spaß ja, aber dein Blick beunruhigt mich. Das kann nicht gut enden.«

Ja, dem war ich mir bewusst. Ich hatte auch nie das Gegenteil behauptet. Es war doch erst gestern passiert. Was auch immer es war.

»Sie reisen auch am ersten ab, oder?«, fragte ich ihn, ohne auf seinen Kommentar einzugehen. Er musterte mich trotzdem ein bisschen zu lange, ehe er antwortete.

»Sie bleiben nur bis in der Früh zu Neujahr.«

Drei Tage also noch.

Meine Kehle schnürte sich zu und mir wurde heiß, obwohl das Feuer im Kamin deutlich heruntergebrannt war.

»Okay, so wie ich das einschätze, solltest du die Zeit genießen. Mach das Beste daraus, aber verlier nicht den Überblick. Lauri wird in Finnland bleiben und du lebst in Wien.«

Er musste mir das nicht erklären. Frustriert verschränkte ich die Arme vor der Brust.

»Karo, es tut mir ...«, begann er, aber ich schüttelte vehement den Kopf. Es war nicht seine Schuld und er hatte nur die Wahrheit gesagt.

Wir schwiegen uns kurz an, ehe er seine Haltung lockerte und sich wieder aufsetzte.

»Was möchtest du denn heute unternehmen? Wir haben bisher wenig Zeit zusammen verbracht.«

Tatsächlich ging ich in mich und überlegte, was ich von unserem Urlaub noch erwartet hatte. Welche To do's in Finnland auf mich warteten. Da gab es einen Punkt, den ich unbedingt noch abhaken wollte.

»Ich möchte Nordlichter sehen!«

Basti grinste zufrieden.

»Na das sollte sich hier oben doch irgendwie machen lassen.«

Floating. Es klang wie eine Foltermethode der CIA in dunklen Katakomben. Der Beschreibung nach konnte es auch ähnlich für mich enden.

»Es wird großartig werden. Wir haben perfekte Bedingungen. Ich freue mich so, dass wir das gemeinsam machen«, plapperte Sara am Steuer des kleinen Vans.

Noch nie hatte ich sie so aufgekratzt erlebt. Mit den Schneeketten kamen wir gut voran, obwohl sie trotzdem sehr langsam fuhr. Es war später Nachmittag und schon wieder dunkel. Die helle Tageszeit hatte ich schlafend auf dem Zimmer verbracht. Lauri ebenso, wie er berichtete, als er und die anderen gemeinsam ins Hotel kamen. Natürlich schlossen sie sich uns an, da Sara nach einem Telefonat betonte, sie bräuchte eine Mindestpersonenanzahl. Wir mussten nur wenige Kilometer weiterfahren, um das *Floating* erleben zu dürfen.

»Unsere Freundin Mina macht das mit ihrem Mann seit zwei Jahren. Es ist absolut Trend geworden. Wegen des Schnees freuen sie sich, dass wir die ausgefallenen Gäste ersetzen«, redete Sara freudig weiter. Dieses Mal hatte sich Pekka den Platz neben ihr erkämpft. Lauri, Basti und ich saßen wieder ganz hinten. Über den Liebestatus hatten wir nicht gesprochen. Weil die Stimmung keineswegs seltsam war, machte ich mir keinen Kopf. Seine Hand ruhte locker auf meinem Oberschenkel und ich lehnte mich an seine Schulter. Basti wischte abgelenkt über sein Handy.

Viel von der Landschaft gab es in der Dunkelheit nicht zu sehen, aber irgendwann verkündete Sara das Ende der Fahrt.

»Da sind wir.«

Vor uns stand ein großes, normal gemauertes und weiß verputztes Haus, dessen Fenster alle mit bunten Lichterketten behängt waren. Ich war den Anblick von Holzhütten schon so gewöhnt, dass das Gebäude fast fehl am Platz im Wald wirkte. Wir waren wie immer umgeben von eingeschneiten Bäumen, die sich unter der Last des Schnees bogen. Ein großes Holzschild verriet wohl, wo wir waren, doch es war komplett vom Sturm unter einer Schicht Weiß versteckt. Nacheinander stiegen wir aus. Auf Anhieb war nichts Außergewöhnliches zu entdecken. Wir hatten uns auf Anraten von Sara hin nicht zu dick eingepackt, daher fröstelte ich bereits nach wenigen Atemzügen in der Kälte. Zum Haus führte ein freigeräumter Weg, ähnlich wie beim Hotel gesäumt von mannshohen Schneehaufen. Wie der Vorgarten also in Wahrheit aussah, war schwer zu sagen. Das Häuschen jedenfalls hatte keine zweite Etage, war aber trotzdem überraschend groß. An der Tür hing ein Tannenkranz, der dank des Vordachs nur halb verschneit war. In den Fenstern blinkten Weihnachtslichter und es roch nach Kaminfeuer, dessen Rauch sichtbar aus dem Schornstein emporstieg. Der Duft von Winter und Weihnachten.

»Tervetuloa. Willkommen bei uns«, rief ein Mann mit glattrasiertem Gesicht und strahlendem Lächeln, als er schon die Tür öffnete, ehe die ersten von uns dort ankamen. Er breitete einladend die Arme aus. Sara nahm die Geste an und drückte sich fest an ihn. Als er uns erblickte, lächelte er noch mal breiter.

»Es freut uns, dass ihr hier seid. Bei all dem Schnee kann man hier etwas vereinsamen ohne Touristen«, erklärte er. »Kommt rein, kommt rein ins Warme.«

Wir grüßten ihn, nickten ihm zu und gingen nacheinander in die warme Stube.

Überraschenderweise standen wir nicht in einem normalen Hausflur, sondern direkt in einer geräumigen modernen Umkleide. Bodentiefe Spinds, niedrige

Holzbänke und ein Kleiderständer voller orangefarbiger Anzüge fielen mir sofort ins Auge.

»Mein Name ist Illmari und wir werden euch heute zeigen, was finnische Entspannung ist. Der Himmel ist klar, der See von uns frisch enteist und ihr werdet davonschweben«, verkündete er so euphorisch, dass man nur mitgerissen werden konnte. Plötzlich stand Lauri hinter mir und legte mir eine Hand um die Taille. Sanft zog er mich zu sich.

»Tut mir leid, dass ich heute nicht bei dir war. Wir haben fast alle den halben Tag verschlafen«, flüsterte er, während Illmari bereits zu Jari ging und abschätzte, welche Größe er brauchte. Statt Lauri zu antworten kuschelte ich mich an seine Seite, da ein kleiner Teil in mir froh darüber war, sich dem Ganzen noch nicht stellen zu müssen. Mein verräterisches Herz klopfte allerdings etwas schneller, nur weil mir sein Geruch in die Nase stieg und seine Finger zart über die freie Stelle an meinem Hals strichen.

»Ihr werdet diese Wet-Suits anziehen, welche aus sehr gutem Neopren bestehen. Wir gehen zu Fuß zum See hinüber und dort steigt ihr über eine Leiter ins stille Wasser. Meine Frau Mina und ich haben erst vorhin die frische Schnee- und Eisschicht für euch weggeschlagen. Heute bestehen besonders gute Chancen, dass ihr zum Floating auch noch ein paar Nordlichter zu sehen bekommt. Im Wasser treiben und die Augen schließen. Etwas Schöneres werdet ihr nie wieder machen«, erzählte Illamri freudig und reichte Aki den nächsten Anzug. In meinem Kopf machte es kurz Klick.

»Moment mal. Wir steigen *wo* rein?«, fragte ich laut, sodass mich alle ansahen.

Basti verdrehte die Augen und nahm den ihm gereichten grell orangenen Anzug entgegen.

»Was hast du denn gedacht, was *Floating* bedeutet? Du wolltest Nordlichter, du sollst sie bekommen.«

»Ja, aber doch nicht im Wasser. Ich geh doch nicht schwimmen«, beharrte ich entsetzt. Lauri lachte und drückte mich fester an sich.

»Ihr nehmt mich nicht ernst. Ihr Finnen steigt ja auch wie die Irren nach der Sauna ins Eiswasser. Ich bin Österreicherin. Ich sterbe womöglich.«

Noch nie war ich tauchen gewesen, noch nie hatte ich einen Neoprenanzug angehabt. Als mir Illmari auch mein Exemplar reichte, verstummte ich. Er lächelte mich so offen an, dass ich gar nicht mehr meckern konnte.

»Ich verspreche dir, dir wird nicht kalt werden. Erstens ist der Anzug dicht und nur deine Nase und Augen sind frei, wenn du das so möchtest. Außerdem ist das Wasser deutlich wärmer als die Lufttemperatur, und drittens werden dich das Gefühl und die Aussicht so sehr beeindrucken, dass du alles andere vergisst.«

Das klang nach einem Versprechen, mit dem ich leben konnte. Knatschend und quietschend zwängten wir uns in die Schichten des orangefarbenen Monstrums. Die dicke Gummischicht war klobig. Als meine Beine endlich drin waren, keuchte ich bereits wieder. Illmari half uns mit den Handgriffen und zeigte uns, wie man den Anzug dicht verschloss. Es gab eine engere Schicht und darüber etwas, das sich anfühlte wie ein labbriger Autoreifen. Sich darin zu bewegen war schwierig. Illmari setzte mir zuletzt die Brille auf und musterte uns zufrieden. Wenigstens sah jeder von uns gleich albern aus. Yanis hüpfte amüsiert auf und ab, wodurch er quietschende Geräusche machte. Jari ahmte ihn nach und übte Squads. Pekka drehte sich wie ein Irrer im Kreis und Aki stand steif da, mit abstehenden Armen und sah missmutig drein. Aki konnte ich verstehen, denn ich fühlte mich ebenfalls wie ein unbeweglicher orangener Seestern. Sara lachte herzhaft über Pekka, der nach seinem Kreisel taumelnd über die Bank gestolpert war und jetzt nicht mehr ohne Hilfe hochkam. Illmari zog sich nur Stiefel und einen Mantel an, bevor er in die Hände klatschte.

»Es kann losgehen.«

Im Entenmarsch stapften wir in unseren neuen Outfits hinter ihm her. Für Außenstehende sah es wie diese Seuchenschutztruppe aus, die anrückte, wenn Gefahr für die Menschheit bestand. Wir knarzten, schnauften und quietschten. Immerhin bekam ich keine Möglichkeit zu jammern, denn der Weg war wirklich nicht weit. Wir durchquerten den verschneiten Wald auf dem markierten Weg. Laternen auf dem Boden, bestückt mit Kerzen, leuchteten uns die Richtung. Hätten wir Kutten anstatt grellen Autoreifen angehabt, wäre die Atmosphäre perfekt für eine Opferung gewesen. Die rituellen Rockstars waren ja schon dabei. Basti begann die Melodie der sieben Zwerge zu pfeifen und zerstörte damit den Gruselfaktor sofort wieder.

Unser Ziel wurde durch eine kleine Frau markiert, die mit einer Stirnlampe am Weg stand und winkte.

»Willkommen«, rief sie genauso begeistert, wie ihr Mann zuvor. Hinter ihr führte ein Holzsteg aufs Wasser hinaus. Auch hier wiesen kleine Laternen den Weg und erhellten die Dunkelheit. Stockfinster war es jedoch nicht, denn der Mond und die Sterne sorgten für eine eindrucksvolle Lichtquelle. Ein seltsamer heller Schleier legte sich über das Firmament. Ich fragte mich, ob das bereits die berühmten Nordlichter waren.

»Das ist meine Frau Mina. Sie hat heute alles für euch präpariert. Während ihr im Wasser seid, werden wir aufpassen und euch später auch wieder raushelfen.«

Nein, ich stellte jetzt nicht die Frage, worauf sie genau aufpassten. *Darauf, dass wir nicht ertranken, erfroren oder von irgendwelchen Fischen gefressen wurden?*

Sara umarmte die Frau und beide lachten, weil sie sich im Anzug kaum bewegen konnte.

Wir trugen dicke Handschuhe und über dem Kopf eine enge Gummischicht, die man wahlweise unters Kinn oder bis über die Nase ziehen konnte.

Sara ging als Erste langsam auf den Steg hinaus. Pekka folgte ihr und lauschte ihren Warnungen, nicht auszurutschen. Entweder sie kannte Pekka oder den Steg relativ gut. Selbstbewusst stieg sie rückwärts die Leiter hinab ins Wasser. Als sie bis zu den Schultern drin war, lehnte sie sich zurück. Langsam trieb sie auf dem Rücken und schwebte grinsend davon. Das Wasser schwappte dabei leise rhythmisch gegen den Steg.

»So schön«, hauchte sie.

Aki war der Nächste und wir stellten uns wie im Schwimmbad am Sprungbrett an. Links und rechts flackerten die Kerzen. Ich musste aufpassen nicht auszurutschen, denn obwohl das Holz komplett vom Schnee befreit war, glitzerte eine Eisschicht darauf. Wäre nicht untypisch gewesen, wenn ich jetzt ausrutschte und mit dem Gesicht voran ins Wasser fiel, mich nicht umdrehen konnte und starb.

»Ich helfe dir rein, wenn du möchtest«, sagte Lauri hinter mir, der damit das Schlusslicht bildete.

Schritt für Schritt gingen wir voran. Meine Nervosität stieg, und das minderte meine Auffassung für diesen besonderen Moment. Vor uns lag ein riesiger, vereister See, umrahmt von einem dunklen Wald, der in ein weißes Gewand gehüllt war. Über uns strahlten die Sterne, so wie ich sie in der Stadt selten zu sehen bekam und am Horizont flimmerte es.

»Sind das Nordlichter?«, fragte ich zögerlich. Lauri folgte meinem Blick und schmunzelte.

»Ja, je später es wird, desto deutlicher werden sie. Wir haben Glück, man kann sie schwer vorhersagen und braucht manchmal mehrere Versuche, um sie zu sehen.«

Mir wurde bewusst, welche Chance ich hier hatte und was für großartige Erinnerungen wir gerade sammelten. Vielleicht erlebte ich so etwas nie wieder. Als ich an der Reihe war, zitterten mir vor Aufregung die Knie. Ich drehte mich um und sah zu Lauri und zu seinem aufmunternden Lächeln. Es fiel mir schwer, mit den Handschuhen und dem Anzug an der Leiter Halt zu finden. Deutlich behäbiger als alle vor mir patschte ich in den See. Die Erwartung, direkt nasse Beine zu bekommen, erfüllte sich nicht. Ich fühlte, wie die kleinen Wellen an meinen Körper schwappten, aber es wurde weder feucht noch kalt. Ermutigt davon kletterte ich hinunter.

»Und jetzt lass los und lehne dich zurück«, wies mich Mina an. Ein paar tiefe Atemzüge brauchte ich, bis ich den Mut fand und losließ. Sanft kippte ich nach hinten, bis ich waagrecht davontrieb. Sofort fühlte ich den Auftrieb des Wassers und obwohl kleine Wasserspritzer auf meine Wange perlten, ging ich nicht unter. Unbewusst hielt ich verkrampft den Atem an, als könnte mich die Luft in der Lunge am Untergehen hindern. Doch schnell merkte ich, wie fantastisch diese Sache war. Mein Körper war leicht und weich, das Wasser wogte mich sanft hin und her und über mir tanzten die Sterne. Ich blendete alles um mich herum aus. Mein Atem stieg weiß empor zum Himmel.

»Es ist so schön«, hauchte ich im selben Tonfall, wie Sara zuvor.

»Voi leiwand«, antwortete Basti auf Deutsch und ich verdrehte die Augen. In Situationen, in denen ihn die Emotionen übermannten, kam automatisch der Wiener raus. Er trieb nicht weit weg von mir. Ab und zu hörte man ein leises Platschen, wenn jemand versuchte, mithilfe der Hände in eine bestimmte Richtung zu treiben. Kleine Eisbrocken schwammen zwischen uns. Ich drehte neugierig den Kopf, um nach den anderen zu sehen. Sie alle schienen von der Aussicht und dem Gefühl genauso überwältigt zu sein wie ich. Da schwebten wir still in unserem ausgeschlagenen Rechteck eines großen Sees. Rundherum aufgetürmter Schnee und Eisschollen. Wie lange wir so drifteten, war schwer zu bestimmen. Unsere Aufpasser standen Arm in Arm am Ufer und sahen gen Himmel. Was sich dort nun immer deutlicher abspielte, toppte das Erlebnis noch einmal. Es begann mit einem grünlichen Leuchten, das sich wie ein Schleier am dunklen Himmel bildete. Es schien sich träge über uns hinweg zu bewegen, während sich weitere Nuancen dazu mischten. Die Farben tanzten harmonisch miteinander, umschlangen sich und lösten sich dann wieder auf. Das seltsame Licht erstrahlte bis weit über uns hinaus. Es war atemberaubend. Grinsend schwebte ich auf der Wasseroberfläche und fand das Leben einfach toll. Am Rande nahm ich wahr, wie jemand meine Hand berührte. Es war Lauri, der langsam zu mir paddelte. Mit den Handschuhen fiel es schwer einander zu greifen, aber wir versuchten es trotzdem. Hand in Hand kreisten wir gemächlich umher. Es hätte eine Ewigkeit andauern können. Ich hatte keine Ahnung, ob uns trotz des Anzugs irgendwann kalt werden würde, aber ich wollte es herausfinden; in dieser Schwerelosigkeit, die mich glücklich machte. Vielleicht blieb ich einfach hier im Lappland, trank jeden Tag süßen Glögi, aß ausgegrabenen Schinken und ging abends im Wet-Suit schwimmen.

Meine einlullende Blase zerplatzte durch das Gekreische der anderen.

»Eisberg voraus!«, brüllte Jari und patschte daraufhin wild mit den Händen. Aki schimpfte, weil ihm ein Schwall eiskaltes Wasser ins Gesicht schwappte und Pekka und Yanis lachten lauthals los.

»Auf meine Tür lass ich dich nicht. Du wirst sterben. Der Platz ist für Sara reserviert«, konterte Pekka und trat mit dem Bein nach Jari, der versuchte, sich an seinem Bruder festzukrallen. Die auserwählte Finnin kicherte mädchenhaft und kreischte einmal auf, als ein Schneeball über sie hinwegflog und ins Wasser klatschte. Aki hatte sich vom Rand Material geholt und formte bereits den nächsten. Sie stupsten sich gegenseitig an, sodass sie wild hin und her trieben. Auch mich traf eine Welle und ich hustete lachend, als mir Wasser in die Nase spritzte. Drei Grad kaltes Wasser, wohlgemerkt.

»Vertraust du mir?«, fragte Lauri schelmisch grinsend.

Ehe ich antworten konnte, zog er mich schon an der Hand zu sich. Wir gerieten ins Trudeln, kreiselten langsam und lachten. Die idyllische Stille war eindeutig gebrochen. Es blieb aber ein grandioses Erlebnis. Ob trotz oder gerade wegen der verrückten Finnen, es machte Spaß.

Basti knallte ein Schneeball direkt gegen die Wange und Pekka schaffte es fast zu kentern. Es war Sara, die sich an seinen Arm klammerte, und so verhinderte, dass er mit dem Gesicht nach unten im Wasser lag.

»Ich muss bald pinkeln. Daheim im See lasse ich es einfach laufen«, erläuterte Yanis.

»Erstens: Das ist ekelhaft. Die arme Natur. Zweitens: Mach du nur, du bepinkelst dich nur selbst, aber ist bestimmt schön warm. Am Anfang zumindest«, antwortete sein Bruder Aki.

Ich rümpfte angeekelt die Nase, weil mein Kopfkino zu realistisch wirkte.

»Aus Rücksichtnahme an den nächsten Gästen, bitte ich euch, nicht in den Anzug zu pinkeln«, rief Illmari vom Steg aus.

Ob aus Angst vor tatsächlichen Unfällen dieser Art, oder weil es einfach an der Zeit war, beendete Mina das ganze Treiben und winkte uns zu sich. Wir paddelten zu ihr und sie half uns mit einem Griff zurück auf die Leiter. Mit all dem Staunen und dem Spaß hatte ich die

Kälte wirklich nicht gespürt. Aber jetzt, wo ich aus eigener Kraft aus dem Wasser klettern sollte, zitterten meine Muskeln. Mein Gesicht war ebenfalls taub gefroren. Lauri schob mich an der Hüfte nach oben und Mina ergriff meine Hand, um mitzuhelfen.

Auch der Weg zurück zum Haus war sehr anstrengend. Ich stapfte mit Illmari voraus, ohne auf die anderen zu warten. Erst im Warmen, als ich mich hinsetzte, atmete ich erleichtert aus. Ich war vollkommen fertig. Wieder einmal. Illmari half mir, ohne zu fragen, mit den Klamotten und zog mir die dicken nassen Handschuhe aus. Schicht für Schicht schälte ich mich wie eine verschwitzte Zwiebel heraus. Ich hoffte, dass die Anzüge gut gewaschen wurden, ehe der Nächste reinschlüpfte. Die anderen folgten dicht hinter uns, laut und gut gelaunt. Mir wurde klar, wie schnell wir Teil dieser Gruppe geworden waren und wie sehr sich alles vertraut anfühlte.

Lauri zog mich auf die Beine und drückte mich fest an sich. Er hatte sich obenrum bereits den Neoprenanzug ausgezogen, untenrum hing der Rest um seine Hüfte. Mit einem intensiven Blick fokussierte er mich. Als er mir meine feuchten Haare aus der Stirn strich, lächelte er mich schief an.

»Können wir uns nachher unterhalten?«

Kapitel 17

Nonverbale Kommunikation vs. Verdrängung

Die Rückfahrt verlief deutlich leiser. Manche waren müde, andere einfach noch beeindruckt von dem Erlebten. Ich saß hinten auf meinem Stammplatz, zwischen Lauri und Basti. Die Männer sahen aus dem jeweiligen Fenster, ich hatte den Kopf zurückgelegt und entspannte meine Augen. Als wir hielten, schreckte ich auf.

»Alle fürs Mökki bitte aussteigen«, rief Sara nach hinten und die Finnen rappelten sich hoch. Jari war der Letzte aus den vorderen Reihen und blickte zu uns zurück. Lauri blieb sitzen. Eine stumme Unterhaltung bahnte sich zwischen den beiden an. Sie beinhaltete hochgezogene Brauen, zuckende Mundwinkel und zusammengekniffene Augen. Ich registrierte das trotz meiner Müdigkeit, die die hereinströmende Kälte aber schnell vertrieb. Jari murmelte etwas auf Finnisch und Lauri nickte. Nun sah ich zwischen den beiden skeptisch hin und her.

»Alles ok?«, fragte ich Lauri. Er nickte noch einmal und Jari schloss die Autotür. Als der Wagen langsam weiterfuhr, erhaschte ich noch einen interessierten Blick. Basti hatte das Kinn gehoben und die Stirn gerunzelt.

»Fang gar nicht erst an«, ermahnte ich ihn auf Deutsch, woraufhin er kaum merklich mit den Schultern zuckte.

»Dein Leben, dein Herz.«

Na toll, genau mit so einem Kommentar hätte er gar nicht erst anfangen sollen. Ich wollte, dass Lauri mit uns ins Hotel kam. Ich wollte mit ihm reden. Ich wollte ... Lauri.

Natürlich sprach ich das nicht laut aus. Nicht mal leise dachte ich es. Dennoch flatterte etwas verräterisch in meinem Bauch und ich hoffte inständig, dass es Hormone waren und keine Organe, die lieber still bleiben sollten. Sara parkte vor dem Haus, wo ihr Vater Simo erneut mit einer Schneeschaufel den Weg freiräumte. Es hatte kaum geschneit, aber die Haufen fielen in sich zusammen und blockierten die freigeräumten Pfade.

Im Hotel hörte man die gewohnten Geräusche des Abendessens, Gemurmel und Gelächter. Basti streckte sich gähnend, sodass sein Pullover hochrutschte und seinen behaarten Bauch freigab. Aus reiner Gewohnheit kniff ich hinein. Er zuckte zusammen und stieß das vertraute schrille Quietschen aus, welches ihm unfassbar peinlich war und ich liebte. Grimmig zog er sich den Stoff wieder herunter, während ich zufrieden grinste.

»Pass bloß auf Kleine«, drohte er wenig angsteinflößend.

Als wäre es total normal, dass Lauri mit hinaufkam, trotteten wir schweigend die Stiegen zu unseren Zimmern hoch, aber die Blicke sprachen ohnehin für sich. Bastis hochgezogene Mundwinkel und die zuckenden Brauen fragten: *Brauchst du Kondome?*

Lauris unsteter Blick, der mal zu mir, mal zu Boden wanderte, flüsterte: *Was tun wir hier?* Und meine panisch geweiteten Pupillen vermittelten die absolute Überforderung.

»Gute Naahaacht«, flötete Basti fröhlich und gar nicht zweideutig, als er seine Tür öffnete und dahinter verschwand. Noch bevor ich nach meiner Klinke greifen konnte, berührte Lauri mich an der Schulter und ließ mich innehalten. Er stand schräg hinter mir, sodass ich den Kopf nur leicht in seine Richtung drehte, ohne ihn anzusehen.

»Ich möchte nicht, dass es komisch ist zwischen uns. Da ist eine Leichtigkeit, die mir seit Monaten gefehlt hat. Bitte lass sie uns nicht verlieren. Ich ... wir ... können ... müssen nicht ...«, stotterte er das Ende eines angefangenen Satzes, ohne offenbar selbst zu wissen, wie es weitergehen sollte. Lächelnd drückte ich die Klinke hinunter und ließ ihm den Vortritt.

»Wir können reden«, sagte ich mit einem aufmunternden Blick.

Es war warm und dunkel und der intensive Geruch nach Holz begrüßte uns. Nachdem die Tür zu war, schaltete ich das Deckenlicht ein. Lauri sah sich im Zimmer um, als wäre er das erste Mal hier. Mit wild schlagendem Herzen, so laut, dass ich fürchtete, er würde es in der Stille hören, blieb ich an der Tür stehen und beobachtete ihn. Als er sich zu mir umdrehte, weiteten sich seine Augen eine Spur. Er holte nur einmal tief Luft. Ehe ich seinen überraschten Ausdruck hinterfragen konnte, war er mit drei großen Schritten bei mir und drückte mich gegen das kalte Holz. Mein Kopf stieß einmal leicht dagegen, doch das war lange nicht so atemraubend wie sein Kuss. Lauri vergrub seine Finger regelrecht in meinen Haaren, zog mich an sich, obwohl sein ganzer Körper bereits gegen meinen drückte. Hinten kalt, vorne heiß. Bartstoppeln kratzten über meine Oberlippe und meine Nägel über seinen Hals. Wir trugen beide noch dicke Pullover, daher suchten wir wie Ertrinkende nach jedem Fleckchen Haut. Wir rissen aneinander, fuhren die Konturen des anderen entlang und schnappten keuchend nach Luft. Ein Kuss folgte dem nächsten und ich sog seinen Geruch und Geschmack regelrecht in mir auf. Augenblicklich durchfuhr mich ein heißes Prickeln, bis in die Fingerspitzen. Sein Herz hämmerte unter meinen Berührungen genauso wild wie meines. Instinktiv schlang ich mein rechtes Bein um seine Hüfte, er griff danach, hob mich hoch, und presste mich nur noch fester gegen das Holz und sich selbst. Mein anderes Bein umklammerte ihn fest, wobei die Sohlen der festen Stiefel ihm bestimmt ins Kreuz drückten. Doch er beschwerte sich nicht, sondern keuchte nur lustvoll auf, als ich ihn leidenschaftlich auf den Hals küsste und ihn mit meinen Zähnen neckte. Kurz darauf folgte ein tiefes leises Glucksen und er hielt einen Augenblick inne, der ausreichte, um auch mich aus der heißen Trance zu holen.

»Wir sind echt gut in Sachen Kommunikation. Reden haben wir voll drauf«, raunte er und sein Atem strich verführerisch kitzelnd über meine Wange. Ich legte den Kopf in den Nacken und hob das Kinn, sodass wir uns nun Nase an Nase gegenübersahen. Sein Blick war verhangen, seine Lippen geschwollen. Das zerzauste Haar stand ihm in alle Richtungen.

»Du hast angefangen. Ich stand nur da«, verteidigte ich mich grinsend. Er lachte erneut und ich liebte es, wie sein Brustkorb dabei vibrierte und seine Wangen zuckten.

»Ich habe mich umgedreht und dann ... warst du da.«

Ich schnaubte über diese Antwort, doch er beharrte darauf. »Ehrlich. Du hast einfach dagestanden und hast mich mit diesem Blick angesehen. Unsicher und forsch zugleich. Deine grünen Augen haben mich angestarrt und du hast dir auf die Lippe gebissen.«

Jetzt war ich es, die lachte.

»Das stimmt überhaupt nicht. Ich beiße mir niemals auf die Lippen, außer ich esse zu gierig. Und ich habe dich nur beobachtet, weil du so seltsam durchs Zimmer gewandert bist«, erörterte ich die Lage. In Wahrheit hatte ich keine Ahnung, ob er recht hatte oder nicht. Ich wusste nämlich nichts mehr vor dem Moment, in dem er mich geküsst hatte. Auch jetzt setzte er mich nicht ab, obwohl meine Beinmuskeln bereits verräterisch zitterten. Doch Lauris Daumen, der über meine Jeans strich, ließ mich durchhalten.

»Wir müssen wirklich reden. Was wir hier tun ... ich kann nicht versprechen, dass ...«, begann er mit kratziger Stimme, aber ich ließ ihn nicht ausreden, sondern küsste sanft seine Nase. Danach seine Wange, bis hinunter zu seinem Hals. Er seufzte leise, sein Griff an meinen Schenkeln wurde fester.

»Karo, so wird das nichts mit meinen kognitiven Fähigkeiten.«

Ich tätschelte ihm die Schulter und wies ihn an, mich runterzulassen. Langsam, quälend langsam glitt ich zu Boden, wobei er unseren engen Kontakt nicht beendete. Ich fühlte die Hitze seines Körpers, seine Beckenknochen und seine Brust an meiner. Er stützte sich links und rechts von meinem Kopf mit seinen Armen ab. Dieses Mal biss ich mir mit purer Absicht auf die Unterlippe und erzeugte damit das erhoffte Ergebnis. Er grinste schelmisch und verdrehte die Augen. Mit den Fingerspitzen zeichnete ich die Kante seines Kinns nach, ließ sie in seinem Nacken in seinen Haaren verschwinden und genoss es, wie er darauf reagierte.

»Was hältst du davon, wenn wir zuerst das machen, was wir machen wollen und wir uns danach unterhalten? Zwei Erwachsene im Urlaub, die Erholung und Spaß brauchen. Ich möchte jetzt nichts Klischeehaftes sagen wie *Keine Verpflichtungen* aber ich bin mir bewusst, dass wir uns gerade erst kennenlernen und ich nachher nicht Mrs. Kajal-Rockstar werde.«

Bei der Bezeichnung für ihn sah er überrascht auf. Allerdings konnte er seinen Protest nicht laut aussprechen, denn ich fuhr selbstbewusster fort: »Außerdem bist du hier, küsst mich, als wäre ich die attraktivste Frau in Lappland und das, obwohl du mich unaussprechliche Dinge in deinem Badezimmer hast machen lassen!«

Dieses Mal war sein Lachen laut und offen. Euphorisch ergriff ich seine Hand und stieß ihn gleichzeitig zurück, sodass ich ihn mit mir ziehen konnte.

»Revanchiere dich doch damit, dass wir gemeinsam unaussprechliche Dinge in meinem Badezimmer machen.«

Lauri wehrte sich nicht und folgte mir glucksend.

»Okay, aber an deinem Spitznamen für mich, müssen wir noch arbeiten. *Kajal-Rockstar.* Das geht gar nicht.«

In mein kleines Badezimmer passten wir zusammen gerade mal so eben rein. Das eckige Waschbecken mit dem großen Spiegel bildete die Front, links war die Toilette und ein schmaler, weißer Schrank, rechts die Badewanne mit Duschvorhang. Ich beugte mich hinunter, um den Stöpsel zu schließen, sowie das Wasser aufzudrehen. Anschließend kippte ich etwas vom hoteleigenen Schaumbad hinein. Das Rauschen erfüllte sofort den Raum und warmer Wasserdampf stieg empor. Die Brille legte ich auf das Waschbecken, Lauri erkannte ich dennoch. Der entstehende Schaum verbreitete einen blumigen Lavendelduft.

»Magst du es eher warm oder kälter?«, fragte ich neckend. Lauri beantwortete die Frage mit einem intensiven Kuss, der mich fast umgeworfen hätte, wenn er mich nicht mit einer Hand im Rücken aufrecht gehalten hätte.

»Ich hoffe, du hast nichts gegen ein Bad?«

Vielleicht war das etwas unkonventionell mit einem fast Fremden ein gemütliches Bad zu nehmen, allerdings war hier generell nichts konventionell zwischen uns. Als Antwort zog er sich den Pullover über den Kopf. Es knisterte elektrisch aufgeladen, als er ihn zu Boden fallen ließ. Ich tat es ihm gleich und nahm zwei weitere Schichten Stoff mit, sodass ich im BH vor ihm stand. Diesen Anblick kannte er ja schon vom Kamin-Vorfall. Trotzdem fühlte ich seinen Blick musternd über meine Haut wandern. Ich war kein schambehafteter oder schüchterner Mensch ... sich vor jemand anderen zum ersten Mal komplett auszuziehen, war dennoch etwas Besonderes. Nervosität keimte in mir auf. Das zeigte sich in meiner Atmung, die flacher wurde. Als Lauri sich ebenfalls obenrum frei machte, entwich mir ein staunender Laut, den ich lieber unterdrückt hätte. Als hätte jemand mit Airbrush Konturen von Muskeln und feine sexy Härchen auf seinen Bauch gesprüht. Spätestens im Wasser würde ich das Kunstwerk enttarnen. Er hatte einen gut definierten Oberkörper, ohne dabei wie ein trainiertes Cornetto-Eis zu wirken. Keine Waffel-Bauchmuskeln, dafür schrie der schöne Bauch danach von mir berührt zu werden. Langsam griff er nach der silbernen Gürtelschnalle und öffnete seine Hose. Das Geräusch des Reißverschlusses ließ mich hochsehen. Bevor er sich die Jeans nach unten streifte, trat er an mich heran und knöpfte meine auf. Grinsend stellte er fest, dass ich darunter wieder eine lange Unterhose trug. Das war vielleicht nicht sexy, aber in Finnland eben lebensnotwendig. Rasch entledigten wir uns aller Klamotten, bis auf die Unterwäsche. Nur einen kleinen Moment stand ich unbeholfen da und unterdrückte die Arme schützend vor meiner Brust zu verschränken. Stattdessen legte ich sie auf seine Schultern und streichelte seine breiten Oberarme. Er genoss es, schloss die Augen und legte den Kopf schief. Die Gänsehaut, die über seine Haut kroch, spürte ich unter den Fingern. Sie brachte mich zum Lächeln und ich wurde forscher. Ich griff nach seiner

Taille, liebkoste ihn mit dem Daumen, während auch er darin überging aktiver zu werden. Er begann mit meinem Hals, wanderte tiefer zu den Schultern, und über meinen Brustkorb zum oberen Ansatz des BHs. Langsam fuhr er immer wieder ein bisschen darunter. Mit dem Handrücken strich er über die Wölbung meiner Brust, was mich aufkeuchen ließ. Wir rückten näher zueinander. Ich spürte, wie seine Hände über meinen Rücken zu meinem Po glitten, wo er sanft zudrückte. Ich schlang die Arme um seinen Nacken und wir küssten uns langsam und vorsichtig. Zärtlich und genießend. Das Wasser plätscherte neben uns, wodurch der Spiegel mit einem feuchten Film beschlug. Unter uns türmten sich die Klamotten. Mein BH gesellte sich dazu, als er ihn öffnete und mir von den Schultern strich. Wir umarmten uns eng, spürten uns Haut an Haut, vertraut, als wäre das nicht unser erstes Mal. Lauri hatte keine sichtbaren Tattoos oder Piercings, nur eine kleine Narbe auf dem Schulterblatt, die ich erspürte.

»Wenn wir nicht aufpassen, läuft sie über«, stellte Lauri belustigt fest. Tatsächlich türmte sich bereits eine Schaumkrone in der Wanne. Wir ließen voneinander ab und zogen uns das letzte Stück Stoff aus. Lauri war der Erste, der hineinstieg und den Hahn abdrehte. Er sank elegant tiefer, wobei ich seine Oberarmmuskeln genau betrachtete. Ich zögerte nur kurz, ehe ich mich zu ihm gesellte. Das Wasser hatte eine angenehme Wärme, die sofort auf den ganzen Körper wirkte. Das war ein krasser Kontrast zum Floating heute. Mit dem Rücken zu ihm setzte ich mich zwischen seine Beine. Die Wanne war nicht besonders groß und wir beide keine zierlichen Elfenwesen. Das Wasser schwappte gefährlich nahe an den Rand und der Schaum knisterte. Bei einem tiefen Atemzug pustete ich eine Schaumkrone von der Spitze des Berges. Erst jetzt entspannte ich mich vollends und Lauri gluckste leise hinter mir. Das war verdammt intim und ein bisschen verrückt. Er legte die Arme seitlich von mir an den Rand. Es war so leise, dass wir jedes kleinste Schwappen des Wassers hörten, selbst, wenn wir uns nicht bewegten.

»Was erwartet dich zu Hause nach deinem Urlaub?«, fragte er leise. Ich zog die Stirn kraus und verrieb etwas von dem Schaum zwischen meinen Händen.

»Falls du nach einem Ehemann fragst, muss ich dich enttäuschen.«

Er lachte kurz auf und seufzte anschließend.

»Gut zu wissen. Ich meinte eher dein Leben. Bist du dort, wo du sein willst? Machst du das, was du liebst?«

Wow, das war eine sehr tiefsinnige Frage für so einen Badewannen-Moment. Dennoch versuchte ich, ehrlich darüber nachzudenken. Ich war nicht unglücklich, nur ein bisschen frustriert in meinem Job.

»Im Großen und Ganzen bin ich sehr zufrieden. Ich hatte eine spitzen Chance nach dem Studium und bin dabei Erfahrungen zu sammeln. Ich mache zwar etwas, das ich gut kann, aber wirklich Spaß habe ich daran nicht. Ich hoffe immer noch auf eine Weiterentwicklung. Ich denke, dass das Leben eine Mischung aus Spaß und Vernunft sein sollte. Keinesfalls soll man seine Zeit mit Dingen verbringen, die man hasst, aber man darf ruhig realistisch genug sein, um zu wissen, dass nicht jeder seiner Passion nachgehen kann und sonst nichts. Ich denke, das ist das Schwierigste ... diese Balance zu finden.«

Er sank seufzend etwas tiefer, wodurch seine Knie herausragten. Vorsichtig lehnte ich mich zurück und bettete meinen Kopf auf seiner Schulter. Er legte mir dafür die Hände auf die Oberarme und strich zärtlich daran auf und ab.

»Ja, das kann ich gut verstehen. Man will auch nicht undankbar wirken, für das, was man hat. Immer mehr zu wollen ist nicht gesund. Aber wie weiß man, wann es genug ist? Was ist, wenn man nie glücklich ist, mit dem, was man hat?«, murmelte er.

Ich schnaubte und verdrehte meinen Hals, um einen Blick auf ihn zu erhaschen. Schaumreste hingen an seinem Kinn. »Man oder du?«

Ein Grinsen breitete sich auf seinen Lippen aus. »Klinge ich wie ein trotziger kleiner Junge?«

Ich sah wieder nach vorne auf den Schaumberg, der langsam schrumpfte.

»Nein. Du hast für deine Träume gekämpft und hast eine Chance bekommen. Du hast sie genutzt, hast dich weiterentwickelt, Erfahrungen gesammelt und vielleicht ist es jetzt an der Zeit für etwas anderes. Ich denke, gerade in der kreativen Branche muss man mal was Neues ausprobieren.«

»Aber es erwarten alle von mir, dass ich weiter mache. Weil wir Erfolg haben und Geld verdienen. Die Plattenfirma, das Management, die Jungs von der Band und die Fans. Vor allem die Fans erwarten das gewohnte Programm. Ohne sie wären wir immerhin nicht *Dark but it's rock*.«

Es war deutlich herauszuhören, wie ihn das Ganze belastete und beschäftigte. Dass er mit der Band-Situation nicht zurechtkam, wusste ich bereits. Wie schwer das auf seinen Schultern wog, überraschte mich dennoch.

»Also ich glaube, die Band wird wieder Jobs finden. Immerhin seid ihr auch zusammen gecastet worden. Von deinem und eurem Erfolg werden sie gewiss profitieren. Wie das Management reagiert, weiß ich natürlich nicht, aber solange du gültige Verträge einhältst, sollte das doch kein Drama sein. Sind alles Business-Menschen. Und die Fans ... tja, die meisten werden es verstehen, dass man sich verändert. Es gibt immer ein paar wenige, die übertreiben, denken die Stars schulden ihnen etwas persönlich oder die eingeschnappt sind, wenn die Musik nicht mehr ihren Vorstellungen entspricht. Genauso wie es immer welche gibt, die jegliche privaten Grenzen überschreiten. Aber da sind doch so viele andere, die sich über Neues freuen werden. Oder du erlangst ganz frische Fan-Kreise, falls du etwas anderes machen möchtest. Frag mal Basti, der kann ein Lied davon singen, wie sich Stars, Fans und die gesamte Branche danebenbenehmen können«, plapperte ich und hoffte, ihn aufzumuntern.

»Wieso denn Basti? Ist er ein Promi bei euch?«

Okay, das war ein Fettnäpfchen, das ich lieber vermieden hätte. Bislang hatte ich Lauri nicht von Sebastians genauem Job erzählt und ich wusste nicht, inwiefern dieser es den anderen erläutert hatte. Augenblicklich wuchs das schlechte Gewissen in mir. Natürlich sollte ich es einfach aufklären, immerhin hatten wir nichts Falsches gemacht. Allerdings in Anbetracht von

Lauris Verfolgungswahn, brachte ich es nicht über die Lippen.

»Er kennt sich aus, wir gehen oft gemeinsam auf Konzerte und er interessiert sich für alles, was in den Klatschmedien landet«, sagte ich daher ausweichend.

Lauri machte »Hm«, was schwer zu deuten war. Da er aber nicht weiter nachhakte, beließ ich es dabei.

»Tut mir leid. Du hast dir sicher nicht vorgestellt, dass ich hier rumjammere«, entschuldigte er sich stattdessen.

Ich nahm seine Arme und legte sie mir um die Brust, sodass ich mein Kinn darauflegen konnte. Genüsslich schmiegte ich mich tiefer ins Wasser.

»Aber genau das ist es doch, oder? Diese Vertrautheit zwischen uns, die uns hierhergebracht hat. Ich glaube nicht, dass das zwei Fremden so oft passiert. Ich finde es schön, wenn du offen mit mir reden kannst.«

Kurz herrschte Stille, bis das Wasser wieder in Bewegung kam, weil Lauri sich unter mir aufrichtete. Er drückte sanft meinen Kopf zur Seite und küsste meinen Hals.

»Woran denkst du jetzt?«, wollte er wissen und ich grinste verträumt. Eine Lady sprach nicht aus, was mir gerade durch den Kopf ging. Daher enthüllte ich die zweite Antwort, die mir in den Sinn kam: »An Sachertorte.«

Lauri hörte auf, über meinen Nacken zu küssen. Obwohl ich es nicht direkt sah, konnte ich mir seinen verwirrten Ausdruck vorstellen.

»An Torte?«

»Ja, denn du bist wie eine Wiener Sachertorte. Außen edel, glänzend mit einer hübschen Schokoladenschicht überzogen. Der unnahbare Rockstar, den man nicht anfassen will, weil man sonst die schöne Glasur zerstört. Danach der fluffige Schokoladenteig, süß, wie dein freundlicher Charakter, wenn man davon absieht, dass du dich manchmal ein bisschen grummelig verhältst. Dann wäre dann noch die fruchtige, saftige Marmelade, die alles abrundet und einen zum Lächeln bringt. So würde ich deinen Humor beschreiben. Und zuletzt die Schlagsahne, die bei uns Schlagobers heißt, aber wenn ich das ausführen müsste, wären wir im nächsten cremigen, versauten Abschnitt des Abends angelangt.«

Ein warmes Lachen platzte aus ihm heraus, das mir eine Gänsehaut bescherte. Sein ganzer Körper zuckte unter mir und ich musste mitkichern.

»Das ist völlig an den Haaren herbeigezogen, aber ich kann mit Sachertorten-Rockstar besser leben als mit der Sache mit dem Kajal«, erwiderte er prustend.

Es löste die leichte Melancholie auf, die zuvor aufgekommen war. Er nutzte diese Leichtigkeit, um meine verborgenen Gedanken doch noch in die Tat umzusetzen.

Ohne große Vorankündigung strich er mir die halb nassen Haare von der Schulter und ließ mich seine Zunge spüren. Auf einmal waren unsere Intimität und Nacktheit im Vordergrund. Sein Körper unter mir, der sich anspannte ... seine Hände, die jetzt um meinen Bauch lagen.

»Wie vertraut möchtest du denn noch werden?«, fragte er mit tiefer Stimme dicht an meinem Ohr. Es war ein Klang, der mich alles hätte mit ihm tun lassen.

Jedoch gab es hier in der Wanne nicht die idealen Voraussetzungen mit einem fast Fremden aufs Äußerste zu gehen. Und genau in dieser Sekunde wurde mir klar, dass ich keine Kondome hatte. Die packte ich nicht für jeden Urlaub ein, denn normalerweise endete dieser nicht in der Wanne mit einem Rockstar. Basti hatte also doch recht gehabt.

»Ich denke, in deiner musikalischen Sprache wäre das der Voract, der Support.«

Ehe ich mich um das Problem mit dem Hauptact kümmern konnte, ließ Lauri meine Gedanken verstummen. Seine Hände wanderten synchron über meine Oberschenkel. Das abgekühlte Wasser schwappte gegen den Rand, während ich den Atem anhielt.

»Der Voract ist dazu da, die Stimmung anzuheizen. Ich glaube damit kann ich gut leben«, murmelte er. Ich ließ mich seufzend gegen seine Brust sinken. Jeden Finger spürte ich auf meiner feuchten Haut, als er forscher wurde. Mit einer geschmeidigen Bewegung wanderte er mit seinen Händen an der Innenseite meiner Oberschenkel nach unten, um meine Beine langsam auseinanderzudrücken. Viel Platz bot die Wanne nicht, aber das machte die Sache nur noch intensiver. Er ließ sich Zeit, meinen Körper zu erkunden, streichelte meinen Bauch, die Hüfte und einmal verschränkten sich nur unsere Hände. Er sorgte dafür, dass ich mich vollkommen fallen ließ. Es quietschte leise, wenn wir versuchten, eine bequemere Position zu finden, das minderte die prickelnde Stimmung jedoch nicht. Lauri legte einen Arm fest um meinen Bauch und schob seine Beine unter mich, sodass ich fast rücklings auf ihm lag. Irgendwo plätscherte es, als vermutlich Wasser aus der Wanne auf den Boden rann. Doch er küsste mich so leidenschaftlich auf den Hals, dass ich nur meinen eigenen Puls hörte, der schnell und euphorisch klopfte. Jede Berührung seiner Zunge oder seiner Zähne ließ mich aufkeuchen. Vermutlich schmeckte ich nach Schaum, aber es schien ihn nicht zu stören. Als seine Hände meine Brüste umfassten, bog ich mich ihm entgegen. Ein großer Schaumberg auf meinem Bauch hob sich empor. Die Zeit für tiefsinnige Gespräche war eindeutig vorbei. Lauris Berührungen waren fest und bestimmt. Er haderte nicht mit meinen Reaktionen zu spielen. Der letzte Rest Schaum knisterte und ich biss mir auf die Lippen, damit ich morgen im Frühstücksraum den anderen Hotelbesucher noch ins Gesicht sehen konnte. Mussten ja nicht alle durch meine Geräusche wissen, was der Sachertorten-Rockstar mit mir anstellte. Doch in der Sekunde, in der Lauri seine Finger zwischen meine Beine schob, war mein Schicksal besiegelt. Das eindeutige Stöhnen hallte von den Wänden wider und Lauri entwich ein tiefes lustvolles Lachen, falls es so etwas gab. Gefühlt schwebte ich über der Wasseroberfläche, während er sich bemühte, mich um den Verstand zu bringen. Die Kombination seiner Finger, seiner Hand um meiner Brust und seiner Zunge an meinem Hals, bescherte mir einen feuchtfröhlichen Blubberblasen-Orgasmus, den wahrscheinlich das ganze Hotel hörte. In Badezimmern hörte man dank der Leitungen sowieso immer alles. Ich hielt mich trotzdem nicht zurück, es wäre unmöglich gewesen, meine Lust nicht herauszulassen. Lauri hielt mich fest an sich gedrückt, bis sich mein Atem beruhigte. Unter mir spürte ich seinen warmen Körper, während das Wasser mehr und mehr abkühlte. Er grinste spürbar gegen meinen Hals und setzte langsame und weiche Küsse darauf. Wie eine Boje schwebte ich vollkommen entspannt dahin.

»Das soll jetzt keine Beschwerde sein, aber bevor wir uns auflösen, sollen wir ... ins Schlafzimmer wechseln?«, flüsterte er. Seine Stimme war immer noch rau und sexy, was kein Wunder war in Anbetracht der Tatsache, dass ich glückselig war und er noch unter Strom stand.

In die Wanne zu steigen war deutlich leichter gewesen, als sich mit Gummi-artigen Knien daraus hochzuhieven. Lauri half nach, in dem er meinen Hintern nach oben drückte, was mich wiederum zum Lachen brachte.

Das gesamte Badezimmer war von einem feuchten Film überzogen. Auf dem Boden rutschten wir abseits des durchweichten Teppichs aus, und der Spiegel zeigte nur ein verschwommenes Abbild von uns beiden, wie wir in Handtücher gehüllt, die Klamotten vom Boden einsammelten.

Im Schlafzimmer überkam mich erst mal eine Gänsehaut, weil es hier im Vergleich zum saunaähnlichen Zustand im Bad kühl war. Ich schnappte mir einen Bademantel, während Lauri sich schnell ins Bett warf und theatralisch unter die Decke rollte. Grinsend sah ich ihm dabei zu, auch wenn er ohne Brille etwas unscharf wirkte. Allerdings nicht im körperlichen Sinne.

»Ähm soll ich etwa nicht ... soll ich gehen?«, fragte er stotternd, als er mir in die Augen sah. Ich fand es unheimlich sympathisch, dass er gerade eben noch sehr zielgerichtet meine intimsten Stellen berührt hatte und jetzt ertappt dreinsah. Lächelnd schüttelte ich den Kopf.

»Nein, ich freue mich immer noch aufs Konzert und den Star auf der Bühne, aber ich habe leider keine passenden Requisiten hier«, erklärte ich stolz mein Wortspiel. Der Mann in meinem Bett verzog jedoch das Gesicht.

»Karolina, mein Blut ist momentan woanders als im Hirn. Fragst du gerade nach Kondomen oder nach einem Scheinwerfer für unser nächstes Konzert?«

Dieses Mal lachte ich laut los und mir kamen dabei sogar ein paar Tränen.

»Nach Kondomen. Ich habe keine. Du hast keine eingepackt heute Morgen, oder?«

Er verzog erneut das Gesicht.

»Nein, ich bin heute nach der anstrengenden Nacht nicht wach geworden mit dem Gedanken nackt in deinem Bett zu landen. Wo bekommen wir denn welche her?«

Ich beichtete ihm jetzt nicht, dass ich sehr wohl schon darüber nachgedacht hatte.

»Ich schaue mal«, murmelte ich, schlüpfte in meine Stiefel und huschte hinaus. Plan B war die Rezeption. Allerdings klopfte ich zuerst an Bastis Tür. Natürlich war ich auf eine gewisse Reaktion eingestellt. Aber auf diesen Ausdruck in seinem Gesicht, als er mir aufmachte und mich von oben bis unten musterte, war ich nicht gefasst gewesen. Selbst ohne Brille war er kaum zu ertragen. Er sah zu meiner Tür hinüber und dann wieder zu mir. Vermutlich las er von meinen geschwollenen Lippen und den roten Wangen alles ab.

»Servus«, sagte er.

Ich verdrehte die Augen und zog den Gürtel von meinem Bademantel enger. »Hallo. Hast du Kondome?«

Die Augenbrauen wanderten in die Höhe, die Mundwinkel folgten. Er sah noch einmal zu meiner Tür.

»Ist Lauri noch in deinem Zimmer?«

Ich schnaubte. »Mein Gott, ja! Was denkst du denn, wozu ich sonst Kondome bräuchte? Weil ich sie mit Wasser füllen will, um sie draußen einzufrieren für einen Tischschmuck?«, rief ich zu laut und zuckte selbst zusammen. Basti schürzte die Lippen. »Das wäre bestimmt hübsch!«

Ich donnerte ihm meine Faust gegen die feste Schulter. Er wankte kaum.

»Schon gut. Ich hole welche. Was habt ihr denn bis jetzt gemacht?«, fragte er und verschwand zeitgleich in seinem Zimmer.

Ungeduldig tippte ich mit dem rechten Fuß auf und sah mich verlegen im Gang um.

»Uns Liebesgedichte vorgelesen und uns früheste Kindheitserinnerungen erzählt. Lauri hatte mal einen Hund, der hieß: *Das geht dich nichts an.*«

Basti kam zurück und reichte mir eine Zehnerreihe Kondome. Ich nahm sie überrascht entgegen und wollte gerade fragen, was er dachte, wie viel Ausdauer ich im Bett hatte.

»Wirklich? Mein Pudel hieß: *Ich will es trotzdem wissen*«, gab er zurück, ohne zu lachen. Es gab nichts Sinnvolles, was ich dieser Unterhaltung noch hätte beisteuern können, also drehte ich mich mit meiner Kondombeute um und ging zurück ins Zimmer.

Lauri lag im Bett und sah mich überrascht an, als ich unser Verhütungsmittel triumphierend in die Höhe hielt.

»Sag mal, was erwartest du denn in dieser Nacht von mir?«, fragte er halb ernst, halb amüsiert. Offenbar schüchterte ihn die Zehnerpackung ebenso ein. Ich warf sie ihm entgegen, sodass sie ihm direkt ins Gesicht knallte, weil er seine Arme unter der Decke hatte. Lachend setzte ich mich zu ihm, während er sich aufrichtete und sie auf den Nachttisch legte. Einen kurzen Moment lang sahen wir uns noch lächelnd an. Eine Sekunde, in der ich mich darüber freute, wie locker wir miteinander umgingen, ehe sie verflog und ein anderer Ausdruck in seinen Augen erschien. Er beugte sich zu mir, ich kam ihm entgegen und wir küssten uns. Diese Geste reichte aus, um das Prickeln zurückzuholen. Ich strich ihm durch die feuchten Haare und rutschte näher an ihn heran. Er schlang seine langen Arme um mich und ich genoss die Wärme seines nackten Oberkörpers. Berauscht von seinen Berührungen setzte ich mich rittlings auf seinen Schoß über der Decke. Er grinste mich zufrieden an und öffnete prompt den Gürtel des Bademantels. Sobald seine Hände über meine Hüfte glitten und mich fest packten, seufzte ich auf. Wir agierten harmonisch, aber auch gierig. Die Küsse wurden schnell leidenschaftlicher und fordernder. Lauri strich mir fahrig den Stoff von den Schultern, umfasste meine Brüste und hatte sichtlich Spaß daran zuzusehen, wie ich mich deswegen auf ihm wand. Der Wechsel zwischen seinen zärtlichen Liebkosungen zu dem einen oder anderen forschen Griff machte mich wahnsinnig. Zu meinem Glück hatte er genauso wenig

Geduld wie ich, denn er hob mich an der Taille hoch und vermittelte mir damit, ihm Platz zu machen. Mit hektischen Handgriffen warf er die Decke zwischen uns zu Boden. Er griff zwar direkt nach den Kondomen, doch ich nahm mir die Zeit, mich für die Aktion in der Badewanne zu revanchieren. Ich erkundete ihn, beobachtete, wie er stöhnend die Augen schloss, bis sein Kopf zurück gegen das Bettgestell sank. Sein Becken hob sich mir entgegen, während ich mit einer Hand seinen flachen, warmen Bauch streichelte. Feine Härchen kitzelten auf meiner Haut, bis hinauf zu seiner Brust. Seine Atmung wurde flacher, sein Brummen lauter. Schließlich ergriff er mein Handgelenk und öffnete seine Augen. Sein Blick sagte mir ganz klar, dass er mich wollte. Einverstanden machte ich ihm Platz und rutschte etwas zurück, sodass er sich das Kondom überstreifen konnte. Danach hielten wir uns nicht mehr lange auf. Er zog mich zu sich, küsste mich intensiv und gemeinsam dirigierten wir uns in die richtige Position. Als ich mich auf ihm niederließ, lag er rücklings entspannt unter mir und ich blickte mit erhitztem Gesicht auf ihn hinab. Mir wurde heiß, meine Muskeln spannten sich an. Zusammen keuchten wir auf und ich ließ mir Zeit, das Gewicht langsam auf ihn wirken zu lassen. Er strich derweil mit glasigem Blick meine Oberschenkel hinauf und wir kosteten den Moment voll und ganz aus. Es war mir überlassen, wann ich mich bewegte und obwohl ich die Sache gerne lange genossen hätte, war meine Willenskraft trotz seiner Vorarbeit nicht sehr stark. Alles in mir brannte nach mehr. Lauri packte mich an der Hüfte und gemeinsam gaben wir uns hin. Meine Haare fielen mir über die Wangen und kitzelten mein erhitztes Gesicht. Mein ganzer Körper kribbelte. Keuchend stützte ich mich mit den Händen auf seiner festen Brust ab. Je wilder wir wurden, desto mehr kratzte ich ihn mit den Nägeln, was ihm zu gefallen schien. Schnell bildete sich ein dünner Schweißfilm auf meiner Haut und auch Lauris Stirn glänzte. Plötzlich setzte er sich auf und umarmte mich. Ich fühlte eine seiner Hände an meinem Hinterkopf und die andere an meinem Po. Fest und bestimmt presste er mich leidenschaftlich an sich, während sein heißer Atem über meinen Nacken, meinen Rücken hinunter strömte. Ich streckte die Beine aus, sodass ich die Fersen hinter ihm verschränken konnte. Das Bett knarzte unter unseren Bewegungen und unser Keuchen wurde lauter. Mir war schwindlig, ein berauschendes Gefühl, das alles andere in Watte packte. Ich war ja der Meinung, dass guter Sex nicht zu lange dauern durfte, denn dazu fehlte mir die Kondition. Allerdings war das hier auch gar nicht nötig, denn die neue Position verstärkte die nötigen Reize noch und das Ziehen und Prickeln breitete sich zunehmend über meinen Bauch aus. Ich kniff die Augen zusammen, klammerte mich an Lauri und kurz darauf kam der Höhepunkt erlösend über mich. Lauri umfasste mich noch fester und ich ließ mich komplett auf ihm gehen. Seinen lustvollen Biss in meinen Hals, der keineswegs wehtat, aber das letzte Prickeln durch meine Adern sandte, kündigte auch seine Befriedigung an. Mit einem luftigen Gefühl im Kopf, nahm ich wahr, wie sich unsere Körper aufeinander entspannten. Die Atemgeräusche wurden leiser, der schnelle Puls in meinen Ohren blieb. Da saßen wir wie zwei Klammeraffen, während meine Beine schwer wurden. Auch wenn ich sofort hätte einschlafen können, hob ich den Kopf. Lauri strich mir schmunzelnd die Haare aus dem Gesicht. Er sah verdammt heiß aus, so erledigt und mit roten Wangen. Einen letzten, leichten Kuss gaben wir uns noch, ehe ich von ihm herunterrutschte. Ächzend rappelte er sich auf und verschwand im Badezimmer. Mir zitterten ein wenig die Knie, doch die wohlige Wärme in meinem Inneren machte mich äußerst glücklich. Als er zurückkam, hatte ich die Decke aufgehoben. Schnell huschte auch ich ins Bad, um mich frisch zu machen, ehe ich am Ende das Licht ausschaltete und zu Lauri ins Bett kroch. Es gab gar keine Diskussion darüber, ob er blieb oder ich ihn wegschickte. Mittlerweile war es spät und mir war es nur recht.

Als wäre das nicht unsere erste gemeinsame Nacht, kuschelte ich mich an seine Seite und bettete mein Gesicht auf seiner Brust.

»Geredet haben wir nicht«, flüsterte er in die Dunkelheit hinein. Ich hörte das Grinsen auf seinen Lippen und schnaubte.

»Du kannst gern anfangen, aber ich schlafe gleich ein.« Leise gluckste er, wodurch ich mit ihm mitwippte. Ich fühlte seine Finger zart auf meiner Schulter und kuschelte mich tiefer ins Bett. Wann ich mich das letzte Mal derart sicher und zufrieden gefühlt hatte, daran konnte ich mich nicht mehr erinnern.

»Okay, dann reden wir morgen«, murmelte er gähnend.

»Ja, reden wir morgen!«

Kapitel 18

Rerr Rudolph Rerr

Ich schlief wie ein Stein. Ein nackter, befriedigter Stein. Als der Zeitpunkt kam, ins Reich der Lebenden zurückzukehren, hatte ich arge Orientierungsprobleme. Das bekannte Gefühl von schweren Muskeln kannte ich allerdings schon. Der Muskelkater war also wieder da. Dieses Mal an der Innenseite meiner Oberschenkel und am Bauch. Das klassische after-Sex Drama, wenn man lange keinen gehabt hatte und außerdem einfach unsportlich war. Der zweite unangenehme Fakt war, dass ich allein war. Mit der Handfläche klopfte ich das Bett und mich ab. Doch da war kein Sachertorten-Rockstar mehr. Geträumt hatte ich es aber bestimmt nicht. Im Zimmer war es leise. Das Handy sagte mir, dass es fast mittags war. Ich musste wirklich im Koma gelegen haben. Mein Magen knurrte heftig. Als ich das Licht anschaltete, stach mir direkt etwas Weißes auf dem schmalen Schreibtisch an der Wand ins Auge. Die Decke wickelte ich mir um den Körper und so schlurfte ich hinüber. *Für Karoliina* stand dort auf einem verschlossenen Kuvert. Mit zwei i. Ich sprach meinen Namen laut aus und schmunzelte. Eindeutig ein finnischer Einschlag. In dem Umschlag befand sich ein einzelner weißer Zettel, auf dem handschriftlich etwas auf Englisch verfasst war.

Guten Morgen. Ich wollte dich nicht wecken, mich aber auch nicht davonschleichen. Ich brauchte dringend frische Klamotten und bin deshalb zurück ins Mökki gegangen. Melde dich, wenn du wach bist, dann können wir gemeinsam frühstücken. Anbei schon mal etwas Süßes, falls du mich bereits vermisst.

Erst jetzt sah ich den kleinen Schokoriegel auf dem Tisch liegen.

»Karlfazer Maitosuklaa.« Ich grinste vor mich hin. Unter seiner Unterschrift hatte er mir noch seine Telefonnummer hinterlassen. Während ich die Schokolade öffnete und hineinbiss, schrieb ich ihm direkt eine Nachricht.

Guten Morgen. Bin wach. Schokolade gut. Habe immer noch Hunger.

Der Riegel war noch nicht ganz gegessen, als er mit einem lachenden Smiley antwortete.

Es ist fast Mittag. Ich habe mir schon Sorgen gemacht. Bereit für Brunch? Ich warte unten.

Auf die Idee, dass er bereits wieder da war, war ich gar nicht gekommen. Umso schneller schlüpfte ich in Jeans und Pullover und stürmte nach unten. Im Foyer war es überraschend hell, als die Sonne durch die Fenster hereinschien.

Vorangetrieben von den Fantasien von frisch gebratenem Speck, heißem Kaffee, knusprigen Broten und Zimtschnecken wurde ich schneller und eilte zur Rezeption. Ein kleines bisschen freute ich mich auch auf Lauri. Mikko dahinter hob den Kopf, doch ich winkte ihm nur zu. Auf dem Weg zum Frühstücksraum wurde ich abrupt gestoppt, als ich in Aki hineinlief. Der großgewachsene Gitarrist hielt mich taumelnd an den Schultern fest und lachte mich an. »Sorry.«

Er roch intensiv nach Lakritz und als er lachte, blitzte das schwarze Bonbon zwischen seinen Zähnen auf.

»Gibt es noch etwas zu essen?«, fragte ich ernsthaft besorgt, weil mir gerade klar wurde, dass das Frühstücksbuffet bestimmt schon abgeräumt war. Er lachte erneut. »Natürlich. Lauri sitzt bei den anderen«, erklärte er, als er an mir vorbei ging und mir zuwinkte. Das war gar nicht meine Frage gewesen, trotzdem gut zu wissen. Plötzlich fragte ich mich, was die anderen wohl wussten.

Langsamer ging ich in den Speisesaal und fand dort nur zwei belegte Tische. An einem saßen drei ältere Herren, die Karten spielten und am hinteren die vertraute Gruppe. Basti, Lauri, Yanis und Jari. Als Basti mir zuwinkte, drehten sich alle Köpfe unheimlich synchron in meine Richtung. Erneut blieb ich stehen. Es war Lauri, der aufstand, wobei sein Stuhl auf dem Boden laut quietschte. Von den anderen mit den Blicken verfolgt, kam er zu mir. Selbstbewusst legte er eine Hand an meine Wange und küsste mich. Er roch nach frischem Duschgel und Kaffee.

»Wir wollten schon nachsehen, ob du noch lebst«, sagte er erheitert. Augenblicklich entstand eine Unsicherheit in mir, die ich nicht hatte kommen sehen. Was würden die anderen über uns denken? Hatte Lauri ihnen von unserer Nacht erzählt? Oder Basti?

Er nahm mich bei der Hand und führte mich zum Tisch. Ich setzte mich und lächelte verlegen in die Runde. Der Ausdruck im Gesicht meines besten Freundes verriet mir jedenfalls, dass er sehr gern mehr als nur einen anzüglichen Witz gerissen hätte. Die anderen Finnen sahen neutral drein. Kurz darauf kam Pekka herein, wobei ich zwei Mal hinsehen musste, denn um die schlanke Hüfte hatte er eine klassische weiße Schürze gebunden und in der Hand trug er ein Essenstablett. Ich bekam von ihm eine Tasse mit dampfendem Kaffee und einen Teller gefüllt mit Brot, Wurstscheiben, Tomaten und Paprika serviert.

»Danke?«, fragte ich überrascht.

»Ole hyvä«, antwortete er auf Finnisch und zwinkerte mir zu. Ich beugte mich über den Tisch zu Jari.

»Hat er eine Wette verloren?«

Der große Mäkinen Bruder grinste breit.

»Nein, er ist nur ein Pfau, der versucht zu imponieren«, erklärte er etwas verwirrend. Doch als Sara aus der Küche folgte, um die Tische mit einem Lappen abzuwischen, wusste ich, was er meinte.

»Ich finde das süß. Er scheint sich echt in sie verguckt zu haben«, sagte ich.

Yanis verengte seufzend seine Augen.

»Love is in the Air und so weiter. Kaum auszuhalten hier.«

Er sah mich dabei nicht direkt an, trotzdem fühlte ich mich angesprochen. Auf einmal stieg der Drang in mir empor, tatsächlich mit Lauri zu reden. Mit Worten und nicht nackt im Bett. Hier am Tisch schluckte ich diese Gedanken aber mit meinem Frühstück hastig herunter.

»Was wollen wir heute unternehmen? Die Pisten sind wieder freigegeben«, fragte Jari in die Runde. Er trug ein kurzärmliges Shirt, wodurch die schwarzen Tattoo-muster an seinen Oberarmen deutlich sichtbar waren. Ich war so damit beschäftigt interessiert den ver-schlungenen Linien zu folgen, dass ich zusammen-zuckte, als Lauri neben mir seinen Arm um meine Schultern legte. Die plötzliche Nähe rief mir die Emp-findungen an die vergangene Nacht in Erinnerung. Wie sich seine Hände auf meinem Körper angefühlt hatten, meine Lippen auf seinem Hals. In mir loderte ein Kaminfeuer, das aufgeregt knisterte und knackte.

Er drehte den Kopf zu mir, wodurch seine Nase fast meine berührte. Das innere Feuer flammte gefährlich hoch und drohte mich erbarmungslos abzufackeln. Da-für haftete meine Hausratsversicherung niemals. Die-ser Mann hatte mich wahrlich erwischt. Womit auch immer. Ich aß alles auf, was auf dem Teller lag, und hörte nur mit einem Ohr zu, was die Gruppe redete. Zu sehr beschäftigten mich meine Gedanken und Empfin-dungen.

»Gut, dann gehen wir rüber und holen unsere Sachen. Bis später«, verkündete Yanis, als er als Erster aufstand. Jari folgte, Lauri drückte mir einen Kuss auf die Wange und ging mit ihnen. Verdutzt starrte ich ihnen hinter-her. Zurück blieben nur Basti und ich und mein leerer Teller.

»Echt übel Karo. Ich sehe dich jetzt schon bei uns daheim mit Eiscreme und Schokolade auf dem Sofa heulen. Ich habe dir gesagt, das endet mies«, erklärte er mir besserwisserisch. Natürlich wusste ich sofort, was er meinte, aber dennoch interpretierte er die Situation falsch. Ich starrte Lauri nicht liebestrunken nach, sondern verwirrt, weil ich keine Ahnung hatte, was wir ausgemacht hatten. Ok, ein kleiner Teil war ein winziges bisschen liebestrunken.

»Lass dich nicht zu sehr darauf ein, habe ich dir gesagt, und da sitzt du nun. Durchgevögelt und verknallt.«

Diese freche Aussage konnte ich nicht auf mir sitzen lassen.

»Das sagt genau der Richtige. Wo ist denn dein Telefon Mr. Professionell?«, konterte ich und traf damit seinen wunden Punkt. Seit ich zum Tisch gekommen war, hatte ich ihn nicht mit seinem Handy gesehen, und das war keinesfalls normal. Basti legte dieses teure Ding nur dann weg, wenn er absolut privat in seiner Komfortzone war. Sehr untypisch für ihn. Er hatte sich in die finnischen Musiker genauso verknallt. Basti gab es nicht gern zu, aber so gut er sich in offiziellen Gesellschaften verhielt, charmant und wortgewandt mit Fremden umging, umso schwieriger tat er sich mit Freundschaften. Eine Gemeinsamkeit, die wir teilten und die uns zusammenschweißte. Dementsprechend schnaubte er und verschränkte die Arme vor der Brust.

»Ich habe Urlaub. Aber es kann sein, dass ich die Lage ein bisschen anders eingeschätzt hatte.«

»Meine Lage ist vollkommen in Ordnung. Ich bin erwachsen!« Erneut seufzte er, doch dieses Mal sackte seine Haltung ein. Er rieb sich mit den Fingern über die Augen.

»Ich will nicht, dass du verletzt wirst, und ich glaube, die Sache gerät ein bisschen außer Kontrolle.«

Ich fand, er übertrieb maßlos. Aber seine Sorge war echt, was mich überraschte. Ich drehte mich zu ihm und ergriff seine Hände.

»Selbst, wenn mir das mit Lauri über den Kopf wächst, ist das meine Sache und ich werde es überleben. Er tut mir gut. Ich weiß nicht genau wieso, aber irgendwie fühlt es sich an, als würden wir uns schon lange kennen. Ich kann mit ihm reden und lachen. Er vertraut mir, obwohl er keinen Grund dazu hatte und Vorbehalte. Ich genieße es sehr. Es war eine tolle Idee von dir, hierher zu kommen.«

Ich wollte ihn beruhigen, doch seine Miene verfinsterte sich. Er zog sogar seine Hände zurück und wich meinem Blick aus.

»Hör mal, da ist noch etwas anderes, was ich dir dringend erzählen muss. Es hat mit deinen Karriereplänen zu tun und ich weiß wie sehr du dir eine andere Stelle wünscht, aber ...«, begann er, doch ich unterbrach ihn kopfschüttelnd. »Sebastian, wir sind im Urlaub, wie du gerade richtig gesagt hast, und ich möchte jetzt wirklich nicht über so etwas reden. Ich weiß, dass ich im Büro vermutlich nie meine Traumstelle bekommen werde, aber das ist gar nicht mehr so wichtig. Irgendwie habe ich das Gefühl, dass mir die ganze Welt offensteht und wer weiß, was noch passiert? Immerhin waren wir hier mit den begehrtesten Rockstars von Finnland eingeschneit. Wie wahrscheinlich ist das denn? Man kann nie wissen, was einem im Leben passiert!«

Basti sah mich lange eindringlich an. Es war einer der seltenen Momente, in denen ich nicht wusste, was er dachte. Etwas beschäftigte ihn, aber wenn es nur Lauri und meine Job-Frustration waren, dann hatte ich jetzt wirklich keinen Nerv dafür. Die Arbeit und die Kolumne hatte ich sowieso schon vollkommen vergessen. Obwohl ich immer noch große Lust hatte, meine Eindrücke über Finnland in einem Artikel oder Blog niederzuschreiben, wusste ich, dass die Wiener Zeitung dafür wenig Interesse zeigen würde.

»Erzähl mir lieber, was wir heute vorhaben. Ich war mit den Gedanken ganz woanders. Wie verbringen wir mit diesen Verrückten den Tag?«

»Wir gehen zu einem Rentier-Ski-Rennen.«

Ich hatte mir einen gemütlichen Skiurlaub im Winterwunderland vorgestellt. Dass ich hier sämtliche Finnland To-Dos in nur wenigen Tagen abhakte, war nicht geplant gewesen. Dass ich mich in einen Sachertorten-Rockstar verguckte aber ebenso wenig. Bastis Worte prallten nicht an mir ab. Er hatte ja recht, wenn er sagte, dass ich nicht wirklich der Typ Mensch war, der mal eben Spaß mit Männern hatte. Mein Herz spielte dabei stets eine Rolle. Für mich war Lauri etwas Fernes, etwas das ich nicht mit nach Hause nehmen konnte. Nicht ihn als Mensch, immerhin war er kein Kühlschrankmagnet, sondern die Gefühle, die ich für ihn empfand. Ich wollte das als Urlaubsflirt abtun und daheim fröhlich mit dem Leben weitermachen. Doch je näher die Abreise rückte, desto mehr spürte ich einen Stich in meiner Brust … die Art, die mich seine Hand fester drücken ließ. Wir saßen alle zusammen in dem kleinen Van. Sara erneut am Steuer und Pekka auf dem Beifahrerplatz. Die gesamte Musikertruppe war dabei und auch Basti. Wir waren zu einer unzertrennlichen Einheit verschmolzen. Seit etwa einer halben Stunde hatte uns die junge Finnin erneut durch die verschneite Landschaft gefahren. Ab und zu durchquerten wir kleine Orte, aber große Städte bekamen wir nicht zu Gesicht. Oder sie waren unter dem Schnee nicht sichtbar. Ich lehnte mit dem Kopf an Lauris Schulter, unsere Finger waren seit der Abfahrt fest verschränkt. Wie selbstverständlich hatten wir diese Position eingenommen und genau das trieb mich in die Grübeleien. Waren wir jetzt ein Urlaubspaar? War das so offensichtlich, dass hier niemand nachfragte? Hätte ich nachfragen sollen?

But you see, it's not me
It's not my family
In your head, in your head, they are fighting
With their tanks and their bombs
And their bombs and their guns
In your head, in your head, they are crying

Lauri sang ganz leise das Lied aus dem Radio mit. Er starrte dabei aus dem Fenster ins Weiß hinaus. Seine Lippen deuteten ein Lächeln an und seine Brust vibrierte bei jedem Ton. Es war so schön ihn singen zu hören. Außerdem entspannte es uns beide. Ich summte ebenfalls mit und liebte unsere Harmonie.

In your head, in your head
Zombie, zombie, zombie-ie-ie

What's in your head, in your head?
Zombie, zombie, zombie-ie-ie-ie, oh

Beim letzten *Zombie* sang ich theatralisch mit, was Lauri zum Lachen brachte.

Wir waren auf dem Weg zu einer Rentierfarm. In Finnland war das wohl das Pendant zur Alm mit Kühen. Heute fand ein Rennen statt, unter dem ich mir wenig vorstellen konnte, außer ein paar Rentiere, die um die Wette liefen. Aki hatte das Event morgens aufgeschnappt und die Gruppe war sofort begeistert gewesen. *Unsere Gruppe*, zu der Basti und ich jetzt auch gehörten.

»Habe ich dir schon gesagt, dass ich sehr glücklich bin, dass du uns am Flughafen, im Wald und im Resort begegnet bist? Ich habe das Gefühl, es sollte so sein. Außerdem glaube ich, dass daraus etwas Großes werden könnte, denn ich fühle mich endlich nicht mehr wie ein Tier im Käfig«, murmelte mir Lauri ins Ohr, während das Lied ausklang. Das Motorengeräusch und das Radio füllten das Auto mit genügend Geräuschen, sodass niemand sonst hörte, was er sagte. Ich hatte jedoch jedes Wort verstanden und versteifte mich etwas.

»Das klingt ... als würde es mich überfordern«, antwortete ich wahrheitsgemäß. Er war auch nicht böse, sondern nickte lächelnd.

»Ja, aber keine Sorge, ich möchte dich nicht einengen oder zu etwas drängen. Mir ist es nur wichtig, dass du weißt, wie sehr ich unsere gemeinsame Zeit schätze. Ich habe keine Ahnung, was morgen passiert und genau das ist es gerade, was ich so liebe. Ich habe ein paar

Dinge entschieden und bald möchte ich dir davon erzählen. Ein paar Formalitäten sind noch offen und ich brauche einige Antworten, aber unsere Gespräche haben mir den letzten Kick gegeben, den ich brauchte, um auszubrechen!«

Skeptisch zog ich die Brauen hoch und fragte: »Das heißt, du bist jetzt doch der finnische Eisbär, der aus seinem Gefängnis ausbricht, und ich habe dir den Schlüssel dazu gegeben?«

Er lachte laut auf, schien von meiner Antwort aber begeistert zu sein.

»Ja, das ist gar nicht so falsch.«

»Und was denkst du, passiert, wenn der Urlaub für uns beide zu Ende ist?«, fragte ich vorsichtig, weil ich nicht genau wusste, welche Antwort mir gefallen könnte. Lauri nahm sich Zeit, darüber nachzudenken. Er ließ seinen Blick durch das Auto schweifen und wieder hinaus aus dem Fenster. Wir fuhren gerade zwischen zwei weitläufigen Feldern hindurch, die nichts als ein Meer aus Schnee boten.

»Ich weiß es nicht. Ich finde es schön, wie es ist, aber mir ist klar, dass das nur ein kleines Zeitfenster ist. Ich möchte dich gern besser kennenlernen, aber mir ist natürlich bewusst, dass Österreich und Finnland nicht die optimalen Bedingungen dafür bieten. Seit meiner Beziehung mit Suuri hatte ich keinerlei Interesse mehr an jemand Neuem und auf so etwas, wie mit dir, war ich nicht vorbereitet. Aber vermutlich passieren die tollen Dinge immer, ohne dass man sie kommen sieht. Gib uns noch ein bisschen mehr Zeit, um es herauszufinden.«

Er klang wirklich wie ein Erwachsener. In mir ploppten zwar mehrere Gegenargumente und Zweifel auf, diese verdrängte ich jedoch schnell, als wir abbogen und an einer riesigen Holzrentierfigur vorbeifuhren. Der Weg führte in einen Wald hinein, aber links und rechts standen die ersten geparkten Autos. Mittags bei der Morgendämmerung kamen wir an. Für das Rennen selbst hatten sie offensichtlich nicht viel Zeit im Tageslicht, es hätte aber auch eine Nachtaktion werden können.

»Ich war schon lange bei keinem Rennen mehr dabei«, verkündete Sara, als sie geschickt das große Auto am Straßenrand einparkte.

»Sag mal Sara, ist dein Bruder nicht ein bisschen beleidigt, wenn du deine Zeit ständig mit Pekka verbringst? Muss er dann nicht alles allein machen?«, stichelte Jari, wobei er sich weit nach vorne beugte. Sie blickte ihn im Rückspiegel sichtlich ertappt an. Saras Aufgabe bestand darin, uns zu fahren, aber nicht, uns bei allen Freizeitaktivitäten zu begleiten.

»Sie haben Verständnis, dass jeder von uns nach dem Sturm ein bisschen Auszeit braucht«, antwortete sie ausweichend, lächelte dabei aber charmant.

Pekka starrte seinen großen Bruder mit einem Todesblick an, der allerdings wirkungslos an Jari abprallte.

»Sara und Mikko sind nicht die einzigen Angestellten im Resort. Sie haben durchaus noch andere Mitarbeiter. Aber danke für deinen Input«, fügte Pekka grummelig hinzu. Jari lehnte sich leise lachend, aber sichtlich mit sich zufrieden, zurück.

Als wir der Reihe nach ausstiegen, fielen träge vereinzelte Flocken vom Himmel. Es war grau geworden und

weiterhin saukalt. Trotzdem hörte man bereits Gelächter und eine Geräuschkulisse, die von guter Stimmung
und vielen Menschen zeugte. Wir gingen die Straße
entlang, die von den Autos platt gefahren war, doch
seitlich türmte sich wie überall der Schnee auf. Auch
hier sahen die Bäume aus, als hätte man ihnen weiße
Zipfelmützen übergestülpt. Die Äste bogen sich unter
dem Gewicht und gaben ein skurril traumhaftes Bild
ab. Da man mir gesagt hatte, dass wir viel Zeit draußen
verbringen würden, trug ich wieder meinen zweifa-
chen Zwiebellook. Wenn es heute einen erneuten Toi-
letten-Notfall gab, hatte ich keine Chance. Noch war ich
optimistisch und mit kleinen Schritten in den dicken
Stiefeln marschierten wir auf den Lärm zu. Zwei Dinge
registrierte ich bei unserem gemeinsamen Gang. Zum
einen, dass sich Sara bei Pekka unterhakte und sich
prompt seine Haltung stolz straffte, zum anderen, dass
Lauri Abstand zu mir hielt. Das war nicht schlimm,
nach all den intimen Stunden fiel es mir einfach nur
auf. Genauso wie Lauris starre Miene, die er unter dem
Schal und der Mütze zu verbergen versuchte. Er warf
sich nicht auf den Boden, aber unter vielen Menschen
war der Rockstar immer noch nicht gern.

Nach der nächsten Kurve kam das erste große Holz-
haus in Sichtweite, davor sammelten sich schon die anderen Gäste. Ich roch das Lagerfeuer, bevor ich es sah.
Dichter Rauch stieg empor. Menschentrauben bildeten
sich trotz der klirrenden Kälte. Basti machte jede
Menge Fotos mit seinem Telefon und ich sog alles in
mir auf. Bereits ein paar Meter vor dem Haus gab es einen Infostand aus kahlen Holzlatten gezimmert. Jeder

Balken war mit einer goldenen Girlande und bunt blinkenden Lichtern umwickelt. Man merkte, dass Silvester nahte. Dahinter stand eine dick eingepackte Frau, von der man nur die Augen sah. Der Rest war vermummt, doch sie schien zu lächeln. Jari sprach sie freundlich an und bekam ein Blatt Papier in die Hand gedrückt.

»Der Zeitplan. Ein paar Plätze sind noch frei, sagt sie«, erklärte er uns und reichte die Info herum. *Plätze wofür? Hätten wir unsere eigenen Rentiere mitbringen können?* Ich hatte nicht vor an irgendeinem Rennen teilzunehmen, aber ich liebte die Atmosphäre enorm. Das Haus war eher eine große Scheune aus braunen Holzlatten, deren Türen weit offenstanden. Drinnen sahen wir Bierzeltgarnituren, ein Buffet, Heizstrahler und es roch köstlich deftig. Gepresste Heuquader und ein knarzender Holzboden, der bei jedem Schritt der Menschen nachgab, komplettierten das Wohlfühlerlebnis. Die Gäste hielten Pappteller mit dampfenden Essen und Becher in der Hand, lachten und unterhielten sich gut. Offenbar war das hier ein Treff aus der Umgebung, denn die meisten waren Finnen, die sich zu kennen schienen.

»Folgt mir, ich führe euch zu den Tieren«, rief Sara über den Lärm hinweg.

Wir verließen die Scheune und marschierten daran vorbei nach hinten. Lauri bedeutete mir mit dem Telefon in der Hand, dass er kurz verschwand.

Ein freigeschaufelter Weg führte in das lichte Waldstück hinein. Es roch herrlich nach Winter, Wald und auch ein bisschen herb. Als ein Gehege aus einem gezimmerten Holzzaun in Sicht kam, machte ich schon das obligatorische entzückte »Ohhh«. Zwischen den hohen Nadelbäumen mit den kahlen Stämmen standen unzählige schnaubende Rentiere. Kleiner als ich dachte, süßer als erwartet. Schon aus der Ferne grinste ich begeistert. Noch nie zuvor war ich solchen Tieren begegnet und ihnen jetzt so nahe zu kommen, war unglaublich. Auch hier standen ein paar Menschen und unterhielten sich, während sie auf die Herde zeigten.

»Das hier ist nur ein kleiner Bereich. Die Farm hat wilde Rentiere, die sie züchten und zur Fleisch- und Fellproduktion nutzen und ein paar Renn-Rentiere, die an Menschen gewöhnt sind. Man kann mit seinem eigenen Tier hierherkommen oder sich eines mieten. Das Rennen dauert nicht lange, ist aber sehr lustig. Man dreht zwei Runden auf dem gefrorenen See. Danach feiert man gemeinsam, bis es dunkel wird«, erklärte Sara und trat näher an den Holzzaun heran. Die Tiere wirkten entspannt und hoben ihre langen Köpfe. Die feuchten Nasen schnupperten zuckend, als Sara ihre Hand hob, um eines zu streicheln. Berührungsängste schienen sie nicht zu haben, denn keines wich zurück. Sie trugen alle ein Leder-Geschirr um die Brust, mit einem Stück Stoff auf dem Rücken, auf dem eine Nummer notiert war.

»Und die Rentiere rennen über das Eis und wissen wohin? Ich habe keine Bahnen gesehen. Oder reitet man auf ihnen?«, fragte ich neugierig nach. Sie sahen so niedlich aus. Flauschig mit großen blauen Kulleraugen und langen dunklen Wimpern. Ihr Fell war hellbraun mit weißen Flecken, das Geweih mit einem Flaum überzogen.

»Man spannt sich selbst auf Skiern hinter die Rentiere und sie ziehen einen dann.«

Sara erklärte das, als wäre das der einzig wahre Weg morgens zur Arbeit zu kommen. Los, auf zum Rentier, Batman.

»Klar. Eine normale Samstagabendbeschäftigung«, murmelte ich. Machten die Finnen das wirklich, oder veralberte sie mich gerade? Bei den finnischen Eisbären war ich sofort auf den Zug aufgesprungen.

»Ha! Ich darf mir eines aussuchen«, verkündete Pekka plötzlich. Er kam von weiter hinten herangelaufen und wedelte mit etwas in der Hand.

»Du machst mit?«, fragte Sara skeptisch, als er vor uns zum Stehen kam. Jari nahm ihm das Bündel aus der Hand und begutachtete es. Das war wirklich eine Teilnahmebestätigung mit Pekkas Namen darauf.

»Ich werde gewinnen«, verkündete er.

Sein Bruder schüttelte nur skeptisch den Kopf. »Du wirst dir was brechen. Mach doch lieber bei einem Wollsocken-Rennen oder Badeanzug-Skilauf mit. Aber doch nichts mit Rentieren, Pekka. Am Ende beißt dich noch eines. Ich sehe es schon kommen«, zeterte Jari total überzeugt los.

»Oder du brichst in den See ein und wir müssen dich retten. Lass es sein, Pekka«, fügte Aki hinzu.

»Ich würde lieber auf den Rentieren reiten, so wie Karolina das vorgeschlagen hat. Meint ihr, das ist möglich?«, wollte Yanis wissen.

»Und ich nehme alles für die Nachwelt auf, egal was ihr macht«, erklärte Basti zufrieden.

Da standen wir nun und die Herren diskutierten, wer die dümmste Idee an diesem Tag hatte. Ich wollte gar nichts davon selbst ausprobieren, außer etwas Warmes zu Essen und Trinken.

»Ich finde es toll, dass du mitmachst. Wir werden dich anfeuern. Ich traute mich nie, aber irgendwie ist das ja wie bei Santa Clause. Der lässt sich auch von Rentieren ziehen«, warf Sara begeistert ein und griff nach Pekkas Hand. Jari schnaubte, was sie ihm aber nicht übel nahm. Sie wurde Stück für Stück in diese verrückte Runde integriert, genauso wie wir, ohne dass sie es merkte. Offenbar passte sie gut dazu, wenn sie sich nicht abschrecken ließ.

»Santa Clause made in China vielleicht. Da ist ein Rentier und kein Schlitten. Nur Pekka, der hinter dem armen Tier hinterhergeschleift wird und sich und andere verletzen wird.«

»Ich könnte sowohl das Wollsocken-Rennen als auch den Badeanzug-Skilauf gewinnen. Na ja, in der Badehose eben. Ich mache alles gleichzeitig, wenn es sein muss. Ich kann das. Und Santa Clause hat sicher auch erst mit einem geübt, bevor er den Schlitten daran befestigt hat. Woher soll diese Tradition denn sonst kommen?«, erwiderte Pekka in einem Tonfall, der einen brüderlichen Streit provozierte. Sara stand zwischen den beiden und grinste amüsiert. Ich stellte mir schon wieder seltsame Bilder bei den Worten *Wollsocken-Rennen* vor. Die Brüder verfielen in eine lautstarke Diskussion, die schnell ins Finnische wechselte.

Ich ging ein paar Schritte abseits, und ließ sie sich fertig streiten, um mich den Tieren zu widmen. Es wirkte beruhigend, ihnen zuzusehen, wie sie dastanden und mit zuckenden Ohren die Umgebung beobachteten und irgendetwas kauten. Es war keine Aufregung vor ihrem großen Rennen zu sehen, sie schienen sich nicht dafür zu interessieren, wer gewann.

»Ich habe gute Nachrichten«, keuchte es hinter mir, als Lauri plötzlich dastand. Er atmete schwer, doch seine Augen strahlten und waren weit aufgerissen. Ich drehte mich zu ihm und prompt umarmte er mich so fest, dass meine Füße vom Boden abhoben.

»Ich habe es wirklich getan!«, jauchzte er und klang beinahe selbst fassungslos. Er setzte mich ab und zog mich kurz darauf noch weiter von den anderen weg. Ich lachte und wartete auf eine Erklärung.

»Bitte sag es niemanden, aber ich habe die Band aufgelöst. Ein paar letzte Auftritte und dann beenden wir den gemeinsamen Vertrag!

Kapitel 19

Entscheidungen

»Was?«, fragte ich perplex. Im ersten Moment wusste ich gar nicht, wie ich diese Nachricht einordnen sollte. Aber Lauris Mimik war so voller Freude, dass meine Bedenken klein blieben.

»Es wird noch hart werden, aber wenigstens die Jungs aus der Band haben Verständnis und haben es professionell aufgenommen. Ich denke, wenn sie keinen Ärger machen, kriegen wir das schon hin. Das Label wirft mich hochkant raus, aber egal. Ich werde mir etwas einfallen lassen. Ein eigenes gründen, oder woanders unterkommen. Irgendwie wird es schon gehen. Ich fühle mich so frei!«, rief er und zuckte zusammen, weil er lauter gesprochen hatte, als er wollte. Er legte mir seine Hände auf die Schultern. Sehr nachdrücklich, vor allem mit dem Blick, mit dem er mich dabei fokussierte. Seine Augen leuchteten, als hätte er darin Scheinwerfer eingeschaltet. Glänzend blau und hell. Offenbar geschah hier etwas Großes, was mir noch nicht ganz klar war.

»Dank dir und den Tagen hier habe ich endlich den Mut dazu gefunden. Du hast ein paar Dinge gesagt, die mich nicht mehr losgelassen haben und ich glaube, das war der letzte Stoß, den ich gebraucht habe.«

Bam! Da war es. Erklärte mir Lauri gerade, dass er meinetwegen seine Karriere beendete? Zumindest die seiner Band? Das war eindeutig bedeutend. Ich verstand, wieso er das tat.

Ehe mir klar werden konnte, ob ich ihm das nicht doch lieber ausreden sollte, küsste er mich. Er zog mich an der Hüfte zu sich, legte mir eine Hand in den Nacken und nahm mir damit den Atem. Erst sah es so aus, als verginge er sich an einer Schaufensterpuppe, doch dann schlug mein ausgesetzter Puls wieder und ich umarmte ihn genauso heftig. Wir lachten zusammen, während sich unsere Lippen berührten und schaukelten leicht hin und her. Lauris ausgelassene Stimmung war vollkommen einnehmend.

»Aber was willst du denn dann machen? Eine neue Band suchen?«, fragte ich, als wir voneinander abließen, weil ihm doch noch einfiel, dass wir unter Menschen waren und nicht allein.

»Nein, ich werde ein eigenes Soloalbum aufnehmen, in dem ich die klassischen Neunziger Hits auf Finnisch interpretiere«, sagte er. Mit ernster Stimme und total überzeugend. So überzeugend, dass ich die Stirn runzelte und ein paar Mal zu oft blinzelte, bis er zu lachen begann.

»So ein Quatsch. Ich möchte weiterhin meine eigene Musik produzieren. Auf Finnisch. Was und wie genau weiß ich selbst noch nicht.«

Diese Nachricht klang eher nach ihm und beruhigte mich. Ich hatte nicht viel von ihm in seiner Muttersprache gehört, aber es würde bestimmt großartig klingen. Dennoch überforderte mich die Tragweite seiner Entscheidung. Er schloss mich erneut in die Arme und

282

schnaufte mir ins Ohr. In den dicken Winterklamotten knisterten und raschelten wir.

»Was treibt ihr da? Das Rennen geht gleich los und wir wollen alle nicht verpassen, wie Pekka im Eis einbricht«, rief uns Jari sarkastisch zu. Mein Herz klopfte laut und wild, als wir zurückgingen. Ich konnte nicht verhindern, dass ich Lauri immer wieder musternd ansah. Er grinste breit und wirkte zufrieden. Leicht und locker, wie ich ihn selten unter anderen erlebt hatte. Offenbar war ihm eine große Last von den Schultern genommen worden.

»Was macht Pekka?«, fragte ich nach, um mich abzulenken. Von ihm selbst war nichts zu sehen, aber sein Bruder und Sara winkten uns zu sich.

»Kommt, wir gehen an die Startlinie«, drängte sie. Uns kam ein Trupp in Schals vermummter Männer entgegen, die hinter uns das Gehege der Tiere öffneten. Wir stapften allerdings den Menschen hinterher, die um die Scheune herum zurück zum See gingen.

Es war kein professionelles Großevent, wie ich sie aus Wien kannte. Viel eher wirkte es wie ein verrückter Nachbarschaftstreff, wo man sich auf Skiern hinter Rentiere spannte. Wir drängten uns langsam durch die Traube an Zuschauern und ich sah mich neugierig um. Obwohl es so kalt war, spürte man in diesen Minuten nichts davon. Die Geräuschkulisse schwoll an und zwischen all den Menschen heizte sich die Stimmung auf. Wir blieben schließlich in zweiter Reihe stehen, wo uns Aki und Yanis zuwinkten. Seitlich zur Startlinie hatten wir einen hervorragenden Blick auf den See vor uns. Durch die dicke Schneeschicht darauf war von dem Eis kaum etwas zu sehen. Rundherum schloss die Fläche der dichte Wald ein. Die Rennstrecke markierten Menschen, in orangenen Sicherheitswesten. Alle paar Meter stand jemand, mancher mit einer Thermoskanne in der Hand oder einem Stuhl dabei.

»Ist das nicht rutschig auf dem See?«, fragte ich niemand besonderen.

»Nein, durch den vielen Schnee darauf nicht. Du brauchst keine Sorge haben, dass etwas passiert. Rentiere können hervorragend im Schnee laufen«, versicherte mir Sara.

Eine große Frau trat aus den Reihen nach vorne, in ihrer Hand hielt sie ein Megafon. Die Menge klatschte jubelnd, jemand pfiff und es folgte lautes Lachen. Die Frau war kaum zu erkennen, da eine Wollmütze ihre Haare verbarg und eine dunkle Sonnenbrille ihre Augen. Was absurd war, weil die Sonne zwar mittlerweile zwischen den Wolken hervorschien, aber bereits wieder auf dem Weg nach unten war. Sobald sie das Megafon vor ihr Gesicht hielt, wurde es stiller. Sie begrüßte uns auf Finnisch und brabbelte etwas vor sich hin, was erneute große Begeisterung in den Zuschauerreihen hervorrief. Zu meiner Überraschung sagte sie auch ein paar Worte auf Englisch, wenngleich weit weniger als vorher. Außerdem knisterte ihre Stimme durch den Verstärker. Dass ich etwas verpasste, glaubte ich aber nicht, denn die Ansprache war schnell vorbei. Sie breitete die Arme aus und trat zurück. Auf ihr Kommando hin kamen die ... Rennteilnehmer? Eine Kolonne an Rentieren, jeweils geführt von einem Teilnehmer mit Skiern in der Hand trottete herbei. Die Tiere wurden an einer langen Leine, die zum Geschirr führte, festgehalten. Entspannt folgten sie den Menschen. Sie schnaubten und bliesen warme Luft aus ihren Nüstern. Mit gleichmäßigen Schritten marschierten sie voran. Das Publikum jubelte, doch auch davon ließ sich kein Tier durcheinanderbringen. Aber dann änderte sich die Stimmung plötzlich und unter den harmonischen Beifall mischten sich laute Lacher und anzügliche Pfiffe. Ich stellte mich auf die Zehenspitzen, um zu sehen, was da solche Aufregung hervorrief, doch ehe ich etwas erkannte, brummte Jari bereits entsetzt.

»Vittu! Wieso macht er das? Wieso blamiert er uns immer? Mama wird mich umbringen, wenn ich ihm das erlaube und Hannah auch.«

Dann reihte sich Pekka vorne am Startpunkt neben den anderen ein. Er stach sofort heraus, denn alle trugen dicke Winterklamotten, Mützen, Helme, Schals, Handschuhe und auch Skibrillen.

Pekka hingegen präsentierte sich in seiner Unterhose ... in seiner knallengen, roten Unterhose. Mir blieb wirklich die Sprache weg. Immerhin verzichtete er nicht auf den Schutz für Knie und Arme und auch den Helm hatte er auf. Ansonsten konnten wir alle seinen trainierten Körper bewundern. Das Nippelpiercing in seiner rechten Brust glitzerte im Sonnenschein und seine Gänsehaut sah ich selbst aus der Entfernung.

»Was tut er da?«, fragte ich entsetzt.

Die Menge applaudierte und nicht nur eine Hand zeigte begeistert auf unseren Freund. Jari ließ seinen Kopf auf die Brust fallen und schloss die Augen. Sara freute sich über das breite Lächeln, welches Pekka ihr schenkte.

»Er macht seine Drohung wahr. Es gibt auch ein Skirennen in Badeklamotten. Ich denke, Pekka wollte zwei Sportarten vereinen.«

Was genau in Pekkas Kopf vorging, wusste niemand von uns. Vermutlich war es auch besser so. Er schien sich seiner Sache sicher zu sein, obwohl er das Zittern seiner Gliedmaßen nicht verbergen konnte. Ich war so fassungslos über sein Erscheinen, dass ich total erschrocken zusammenzuckte, als eine laute Tröte den Start verkündete. Die Rentiere preschten voran, angetrieben von ihren Skifahrern. Ein paar wankten oder strauchelten, fanden aber schnell ihr Gleichgewicht. Pekka tat irgendwas anderes. Er schaukelte vor und zurück, verzog das Gesicht, hob ein Bein und hockte sich schließlich fast auf den Boden. Erstaunlicherweise blieb er auf den Skiern. Schon wenige Meter weiter fand er die Balance, um sich aufrecht zu halten. Er grinste glücklich, schrie sein Rentier freudig an, das gutmütig voran lief. Es sah herrlich seltsam aus. Die Tiere wirkten anmutig und manche Fahrer ebenso. Die Stimmung im Publikum heizte noch mal auf und alle johlten, pfiffen und feuerten die Teilnehmer an. Ich machte mit, riss gemeinsam mit ihnen meine Faust in die Luft und rief Pekkas Namen.

Der See war nicht groß, sodass wir die Rennteilnehmer gut über die ganze Strecke beobachten konnten. Auf der anderen Seite schrumpften sie zwar zu kleinen Silhouetten, doch der Sturz eines Fahrers war deutlich zu erkennen. Ein Raunen ging durch die Menge. Es war nicht Pekka, denn seine blasse Gestalt mit der roten Unterhose war gut von den anderen zu unterscheiden. Sofort war jemand bei dem Gestürzten und gab per Handzeichen Entwarnung.

Es war einfach großartig. Pekka kämpfte sich ein paar Plätze nach vorne. Drei Runden fuhren sie insgesamt. Jedes Mal, wenn er an uns vorbeisauste, schrien wir aus vollem Halse. Er musste fürchterlich frieren, denn selbst mir bibberten bereits wieder die Knie und das trotz meiner vielen Schichten.

Am Ende gelang es Pekka nicht, unter die Top drei zu kommen, aber er kam heil an und hatte das gesamte Publikum auf seiner Seite. Hinter der Ziellinie nahm ihm jemand sein Rentier ab. Als er von den Skiern stieg, stürmten wir auf ihn zu. Allen voran Sara, die ihm um den Hals fiel.

»Oh mein Gott du bist eiskalt, aber du warst großartig«, rief sie. Obwohl Pekkas Lippen sich bläulich färbten, drängten sich mehrere Passanten um ihn. Er genoss den Rummel sichtlich. Bereitwillig schoss er ein paar Fotos mit den Fans. Wir fürchteten am Rande ernsthaft um seine Gesundheit.

»So ein verrückter Kerl. Selbst für uns Finnen«, kommentierte Lauri grinsend. Er legte mir dabei seinen Arm um die Schultern, und ich lehnte mich leicht an ihn. Es war ein unscheinbarer Moment, trotzdem lag in seinem Blick eine fröhliche Wärme, die auch mir einen kurzen Hitzestoß in die kalte Nase bescherte. Hormone waren eben doch das beste Heizelement der Natur. Es war unglaublich, wie sehr ihn die Sache mit seiner Band belastet hatte und wie leicht er sich gerade fühlte. Allerdings war das Ganze frisch und ich hoffte sehr, dass er diesen Schnellschuss später nicht bereute.

»Möchtest du etwas trinken oder essen?«, fragte er und drehte bereits seinen Kopf in alle Richtungen auf Futtersuche.

»Etwas Heißes wäre gut«, erwiderte ich und erntete sofort ein ziemlich dreckiges, charmantes Lächeln in Lauris Gesicht.

»Hier sind ein bisschen viele Leute und wir wollen ja keinen ausgewachsenen Skandal riskieren, aber später im Hotel werde ich bestimmt die eine oder andere heiße Idee haben«, raunte er mir ins Ohr. Erneut stieg meine Kerntemperatur an. Das hielt allerdings nicht lange an, denn sobald er sich entfernte, kehrte die finnische Kälte zurück.

Ein Arm legte sich über meine Schultern. Dieses Mal war es Bastis vertraute Gestalt, die sich an mich schmiegte.

»Du siehst glücklich aus«, sagte er und er hatte recht damit. Ich hätte mich diesen Glückshormonen verwehren sollen, einen Schild aufbauen und meinen Verstand das Ruder übernehmen lassen. Alles war gescheitert.

»Lauri wird seine Band auflösen, um eine Solokarriere zu starten. Er sagt, ich hätte ihn zu dieser Entscheidung … inspiriert. Ist das gut oder schlecht?«, gestand ich, weil ich einfach das Bedürfnis hatte, mit jemanden darüber zu sprechen. Sebastian war mein bester Freund, egal wie sehr wir uns auch neckten. Er wusste, was in mir vorging, manchmal, bevor ich mir dessen bewusst war. Dieses Mal verleitete mich sein Schweigen aber dazu, besorgt zu ihm aufzusehen. »Meinst du, es ist ein Fehler?«

Er schmunzelte schief und seufzte. Sein Atem strich dabei warm über meine kühle Haut.

»Ich glaube, Lauri hat schon lange darüber nachgedacht und du warst das Zünglein an der Waage. Das heißt nicht, dass ich irgendwelche Gefühle runterspielen möchte. Du brauchst dir aber keine Sorgen machen, dass er wegen dir sein Leben auf den Kopf stellt. Er ist kein Dummkopf. Vielleicht hat er einfach einen Urlaub gebraucht, um über gewisse Dinge nachdenken zu können, und hat in dir eine Vertrauensperson gefunden. Du bist gut im Zuhören und hast eine gute Menschenkenntnis. Du bist empathisch und geduldig. Ich kann verstehen, wieso er in dir einen Ruhepol findet. Und dein Hintern ist auch nicht von schlechten Eltern«, schloss er seine Lobeshymne. Fast, aber nur fast wäre ich sentimental geworden. Er drückte mich fest an sich. Er hatte recht. Ich war für Lauris Leben nicht verantwortlich. Er war erwachsen und klug genug eigene Entscheidungen zu treffen. Ein klein wenig war ich sogar neidisch, dass er diesen großen Schritt wagte, um aus seiner Misere herauszufinden. Veränderungen fallen uns Menschen oft schwer und ich bildete da keine Ausnahme.

»Ich hab' dich sehr lieb Karolina. Ich hoffe, du weißt das und du hast jemanden verdient, der dich glücklich macht. Ob das der verschlossene Rockstar aus deinem Urlaub ist, bin ich mir nicht so sicher. Aber was weiß ich denn schon? Meine letzte ernsthafte Beziehung ist schon ziemlich lange her, weil ich mich auf die falschen Dinge konzentriere. Du bist selbst dafür verantwortlich glücklich zu werden und dazu gehören manchmal auch unorthodoxe Risiken«, erklärte er weiter. Bei seinem ernsten Tonfall mischte sich ein ungutes Gefühl in mein zufriedenes Bauchflattern. Wenn Basti so seriös wurde, war mir das selten geheuer. Hinterfragen konnte ich es aber nicht, denn Lauri kehrte mit zwei dampfenden Plastikbechern zurück. Heißer Glögi, der aber nicht so köstlich war, wie jener aus dem kleinen Restaurant im Skiort. Trotzdem wärmte der Alkohol meinen Bauch und ich nippte daran, während sich Basti zurückzog und zu Pekka ging. Mittlerweile trug der gefeierte Rennfahrer eine bunte Decke um die Schultern. Sara versuchte, ihn an den zitternden Händen zur Scheune zu ziehen. Ich sah ihnen noch amüsiert hinterher, als Lauri mich mit seiner freien Hand an der Wange zu sich drehte und küsste. Ein kurzer, flüchtiger Kuss, aber in aller Öffentlichkeit. Unschuldig und intensiv zugleich.

»Ich bin glücklich«, flüsterte er, als hätte er mein vorheriges Gespräch mitangehört. Auch ohne sein Geständnis, sah ich ihm die Zufriedenheit an. Mir ging es ähnlich. Ich war einfach glücklich.

Kapitel 20

Angriff der Killertorten

Dem ersten Glögi folgte ein zweiter, samt einer Portion Bratkartoffeln, um den aufsteigenden Schwindel zu dämpfen. Basti versuchte, unserer einseitigen Urlaubsernährung mit einem gegrillten Gemüsespieß entgegenzuwirken. Wir waren gemeinsam in die Scheune gegangen, wo Pekka jetzt voll bekleidet, aber immer noch bibbernd zwei Zentimeter vor einem Heizstrahler saß. Sara brachte ihm mehr Decken und eine heiße Suppe. Er wirkte trotz seiner Unterkühlung zufrieden mit ihrer Aufmerksamkeit. Wir scharrten uns um ihn herum auf einer Klappbank. Diese Truppe war etwas Besonderes und ein bisschen wehmütig wurde ich schon, wenn ich daran dachte, bald nach Hause zu fahren. Ein vollkommen anderes Leben wartete dort auf mich. Ohne Finnen, die verrückte Dinge machten, ohne Glögi und ohne Lauri. Der Alkohol verlieh meinen Gedanken eine Schwere, die ich versuchte zurückzudrängen.

Beim Abschied bekam Pekka einen selbstgepressten Button zum Anstecken, inklusive einer Einladung fürs nächste Rennen. Es war schnell dunkel geworden und das Publikum drängte sich mit uns in den wärmenden vier Wänden oder machte sich nach der Aufregung auf den Heimweg. Aki und Jari tauschten interessiert Handyvideos aus, die Pekka in Aktion zeigten. Mittlerweile sah er ziemlich mitgenommen aus. Wir alle freuten uns im Auto darüber, dass Sara die Heizung voll aufdrehte.

»Erste Haltestelle Rockstar-Mökki. Wir hoffen, Sie haben die Fahrt genossen«, rief Sara gähnend, als sie beim Resort an der Weggabelung stehen blieb. Jari, Aki und Yanis kletterten hinaus. Pekka nuschelte etwas auf Finnisch zu Sara, was sie zum Lächeln brachte. Sie sah ihn ein paar Sekunden lang neben sich auf dem Beifahrersitz an und drehte dann stumm den Kopf in unsere Richtung. Auch die anderen musterten den Wagen nur kurz, ehe Jari die Tür kommentarlos zuschob. Das Mökki wurde von Nacht zu Nacht leerer. Basti sah demonstrativ aus dem Fenster.

Zurück im Hotel sogen wir fünf fast zeitgleich genießerisch die winterlichen Düfte ein und genossen die wohlige Wärme. Das Kaminfeuer brannte gemächlich vor sich hin und füllte die Räumlichkeiten mit dem orangefarbenen Licht, welches die Schatten in den Ecken hervorhob. Die Rezeption war unbesetzt und auch sonst schien es sehr leise zu sein. Sara streckte sich und half anschließend Pekka aus seinem Mantel. Seine Finger zitterten vom Rennen mitgenommen. Sie bugsierte ihn zum beliebten Sofa vor dem Feuer.

»Was mache ich nur mit dir?«, murmelte sie lächelnd, als sie sich vor ihn hockte und aufsah. Er legte seine Hand an ihre Wange. Es war ein intimer Moment, bei dem Lauri, Basti und ich uns synchron wegdrehten. Als sie kicherte, sahen wir allerdings doch wieder hin. Pekka blieb zusammengesunken sitzen, aber Sara kam zu uns.

»Er möchte unbedingt meine selbst gemachten ... finnischen Stäbchen probieren«, erzählte sie und suchte offenbar für Basti und mich nach einer Übersetzung.

»Das ist ein Mandelgebäck. Schmeckt sehr gut«, half ihr Lauri. »Kommt einfach mit. Wir sehen nach, was in der Küche zu finden ist«, schlug sie vor.

Im Essensraum saß an diesem Abend niemand, obwohl es noch nicht so spät war.

Durch eine unscheinbare Tür betraten wir eine moderne überraschend große Küche. Die Mitte bildete eine breite quadratische Kochinsel. Sara steuerte zielstrebig das andere Ende an, wo sich ein Tresen an der Wand mit vielerlei Töpfen oder Tupperdosen befand. Tücher bedeckten weitere Schüsseln und Platten. Ich konnte nicht anders, als mit meiner Hand über die glänzende weiße Oberfläche des breiten Mittelblocks zu fahren. Ein Gasherd mit sechs Kochplatten, mindestens zwei Backöfen auf Augenhöhe und ein riesiger amerikanischer Kühlschrank ließen mich staunen.

»Wow«, flüsterte ich ehrfürchtig. Es war vielleicht keine Hightech-Großküche, aber was dieses rustikale Hotel hier drinnen zu bieten hatte, war schlichtweg unerwartet.

»Wie viele Gäste könnt ihr hier denn bekochen?«, fragte ich, während Sara aus einem der Hängeschränke eine schicke silberne Servierplatte zog. Mit dem Rücken zu uns, arrangierte sie offenbar das gesuchte Gebäck darauf.

»Während der Hochsaison mit den äußeren Hütten zusammen können das schon so fünfzig Menschen sein. Viele Familien verbringen hier auch den Sommerurlaub zum Wandern. Dieses Jahr gab es ein paar Stornos, beziehungsweise ein paar Leute sind früher abgereist wegen des Sturms, aber normalerweise haben wir in den Ferien zwischen Weihnachten und Silvester immer Vollbetrieb. Karl ist für die gesamte Kulinarik und Organisation der Buchungen verantwortlich, Simo kümmert sich um die Verwaltung und das Finanzielle. Sie gleichen sich hervorragend aus. Gemeinsam mit unserem kleinen Team schaffen wir das alles ganz gut. Wenn nötig holen wir uns Saisonarbeiter aus dem Ort oder Studenten. So haben Mikko und ich auch mal etwas mehr Freizeit. Wir haben außerdem ein fixes Reinigungspersonal und die Jäger helfen uns mit dem Grundstück. Generell halten wir hier alle zusammen«, erzählte sie bereitwillig. Ich konnte mir ein Leben im finnischen Lappland nicht wirklich vorstellen. Es war magisch, doch auf Dauer würde mir wahrscheinlich die Stadt und der chinesische Lieferservice fehlen.

Schließlich drehte sie sich mit einem breiten Lächeln um und hielt die Servierplatte stolz vor sich. Darauf stapelten sich höchst akkurat längliche kleine Küchlein. Basti grapschte sich das oberste und schob sich das Ding komplett in den Mund. Sara sah ihm erstaunt zu, während ich mich ein bisschen schämte. Basti war der Typ Mensch, der in freier Wildbahn edel gustierte und gern das Fünf-Gänge-Menü bestellte. Daheim aßen wir zusammen die Spaghetti aus dem Topf, damit nicht zu viel zum Abwaschen war.

»Gschmackig«, sagte er zu mir auf Deutsch schmatzend. Nachdem er alles wie eine Schlange runterwürgte, griff er sich mit jeder Hand noch zwei Kuchen.

»Die gönne ich mir auf meinem Zimmer als Betthupferl. Du hast ja was Kalorienärmeres gefunden, das in deinem Bett hupft«, sagte er im Anschluss. Ich war heilfroh, dass ihn weder Sara noch Lauri verstanden. Hatte er Lauri gerade als mein kalorienfreies Betthupferl bezeichnet? Fragend sahen die Finnen uns an, doch Basti zuckte nur mit den Schultern.

»Sie schmecken köstlich. Ich verziehe mich damit in mein Zimmer«, erklärte er verständlicher und machte auch schon kehrt.

»Fühlt euch wie daheim. Im Kühlschrank stehen noch angeschnittene Torten und die Kaffeemaschine ist selbsterklärend. Ich bringe Pekka seine versprochene Belohnung. Seit ich ihm heute im Auto davon erzählt habe, denkt er an nichts anderes mehr als an diese süßen Dinger.«

Sie hielt uns die hübsche Platte noch einmal hin, sodass auch Lauri und ich davon kosten konnten, ging dann aber mit großen Schritten zurück ins Foyer.

»Ich glaube, Pekka ist an Saras süßen Dingern mehr interessiert«, kommentierte Lauri grinsend. Ich schlug ihm spielerisch leicht mit der flachen Hand gegen den Bauch, schmunzelte aber ebenso.

Die finnischen Stäbchen schmeckten nach Mandeln und Marzipan, waren innen fluffig und außen knusprig. Sobald Sara außer Sicht war, wurde es unangenehm still in der Küche. Ich lehnte an der Kochinsel, Lauri stand neben mir. Sollte ich ihn jetzt fragen, ob er mit nach oben kam? Waren wir an dem Punkt, wo wir selbstverständlich die zweite Nacht zusammen verbrachten?

»Ich habe immer noch Hunger«, verkündete er statt-dessen und stieß sich ab. Überrascht beobachtete ich, wie er den großen silbernen Kühlschrank öffnete und sich tief hineinbeugte, als könnte er darin nach Narnia reisen. Zurück kam er mit einer halben Schokoladen-torte unter einer Glaskuchenglocke. Mit einem diebi-schen Funkeln in den Augen zwinkerte er mir zu und stellte sie auf die Arbeitsplatte. Als er die Abdeckung hochhob, füllte sich meine Nase sofort mit dem verfüh-rerischen Kakaoduft. Lauri öffnete diverse Schränke und Schubladen, und holte Teller und Besteck hervor. Schließlich fand er noch zwei Tassen und bald darauf gurgelte der Kaffeevollautomat verheißungsvoll vor sich hin.

»Sie hat gesagt, wir dürfen das«, rechtfertigte er sich, als ich ihn irritiert ansah. Zur Schokolade mischte sich das Kaffeearoma und auf einmal mutierte der Abend zum Morgen. So spät trank ich selten Kaffee, aber in diesem Urlaub war ohnehin nichts normal.

Lauri reichte mir die heiß dampfende Tasse und teilte uns jeweils ein Stück von der vorgeschnittenen Torte ab. Wieder nebeneinander lehnend, genossen wir schweigend die ersten Bissen. Natürlich schmeckte es saugut. Schokoladig, saftig, mit einer fruchtigen Mar-melade und einer Puddingcremeschicht.

»Fast wie Sachertorte«, murmelte ich vor einem gro-ßen Bissen und grinste Lauri dann vielsagend an. Mein Hinweis kam an, denn er zog seine Augenbrauen hoch. Nickend steckte er sich das letzte Stück in den Mund und trank danach seinen Kaffee. Dicht nebeneinander-stehend, ohne uns zu berühren, lehnten wir an der

Kochinsel und sahen uns an. Bevor das Schweigen wieder zu laut wurde, ergriff Lauri die Initiative. Er stieß sich ab, stellte sich mir gegenüber, woraufhin ich mich automatisch fester gegen die Kante drückte. Sein Blick musterte mein Gesicht und auf seinen Lippen lag ein angedeutetes Lächeln. Noch bevor er mich überhaupt anfasste, stellte sich jedes unrasierte Härchen auf meinem Körper voller Ekstase auf, und davon gab es sehr viele im Urlaub. Als er meine Hüfte berührte, sich vorbeugte und mich ganz langsam und zart küsste, war es vollends aus.

Küsse nach dem Essen waren generell so eine Sache. Wirklich erotisch war so eine nach Curry oder Fisch schmeckende Zunge im Mund ja nicht. Aber die Kombination aus dem Hauch Kaffee und Schokolade, sanft auf meinem Mund, begeisterte mich. Er unterbrach den Kuss viel zu schnell, strich mit seinen Lippen dann meine Wange entlang. Mit jeder Berührung stockte mein Atem. Seine Hände umfassten nun meine Taille, die Fingerspitzen rutschten unter meinen Pullover und er drängte sich langsam, aber bestimmt gegen mich. Als würde ein Schalter in meinem Hormonhaushalt umgelegt werden, der Alarm schlug und die Mannschaft, bestehend aus Adrenalin, Serotonin und Endorphine würden fröhlich in Uniform die Stange runterrutschen, um den Brand zu löschen. Oder sie waren auf den Weg den Flächenbrand anzufeuern, denn Lauri schob seine Hand nun höher an meinem Bauch hinauf, während er mir mit der stoppeligen Wange über den Hals kratzte und in den Nacken atmete. Sein Zeigefinger streifte den Ansatz meines BHs, zeitgleich mit seiner Zunge, die meine Haut in der Halsbeuge neckte. An der Art, wie er sich fester an mich presste, spürte ich, dass auch in ihm ein Hormoncocktail vor sich hin rührte. Ich umfasste seinen Nacken, kratzte über seine Haut und suchte schließlich wieder seine Lippen. Ungestüm küsste ich ihn, ließ mich vom Bauchkribbeln leiten und in den Rausch stoßen. Immer wilder ließ ich meine Hände über seinen Körper fahren, zog ihn an mich und versank gleichzeitig in seinen Armen.

Irgendwann packte er beherzt meinen Po, ging kurz in die Hocke und ehe ich mich versah, hob er mich hoch. Nach Luft schnappend schlang ich die Beine um seine Hüfte, und er setzte mich auf die Kochinsel. Es war männlich und heiß. Sexy und ... eine riesige Sauerei.

»Was tust du da?«, rief ich teils erschrocken und teils prustend aus, als auch schon die Schokolade und der Pudding unter mir hervorquollen und sich über die Platte verteilten. Meine Lippen prickelten immer noch dank seiner heißen Küsse, aber als er erschrocken zurücktrat, die Hände in seinen Haaren vergrub und finnisches Gebrabbel von sich gab, brach ein Lachen aus mir heraus. Lauri hatte mich mitten auf die halbe Torte gesetzt, die nun munter zwischen meinen Beinen schmatzend zu Boden platschte. Die Erotik war hiermit beendet und der Slapstick begann. Lauri lief erst mal orientierungslos wie ein narrisches Hühnchen durch die Küche und suchte irgendetwas. Ich saß da und ließ meine Beine baumeln, während der Klecks immer größer wurde. Er suchte erneut in den Schubladen und entschuldigte sich dabei tausend Mal. Ich fand das überhaupt nicht schlimm. Es war doch nur Torte. Wenn etwas schlimm war, dann, dass ich kein zweites

Stück mehr essen konnte, weil alles an meinem Hintern klebte. Immer noch glucksend rutschte ich von der Kochinsel und trat zur Seite. Es war eine richtige Sauerei.

Plötzlich ging die Tür auf und Sara trat ein, gefolgt von Pekka. Ertappt blieb Lauri wie angewurzelt stehen und ich streckte ihnen bildhaft meinen schmierigen Po entgegen. Beide sahen uns zuerst entgeistert an, entdeckten dann das Desaster und blickten uns wieder an.

»Was treibt ihr denn hier?«, fragte sie zwar ernst, doch das Grinsen kämpfte sich bereits in ihr Gesicht.

»Es gab einen Tortenunfall«, antwortete ich genauso amüsiert. Mir fiel rein gar nichts ein, wie ich die Situation hätte retten können. Musste ich aber auch nicht, denn Pekka und Sara lachten gemeinsam los, als sie sich uns näherten.

»Es gab einen Angriff von mutierten Killertorten und ihr konntet euch nur retten, indem ihr sie …?«, begann Pekka, unschlüssig wie er den Satz beenden sollte. Ich konnte ihm allerdings aushelfen.

»… indem ich mich mit meinem Hintern voran darauf gestürzt habe. Ich habe uns allen also quasi das Leben gerettet.«

Erneut prusteten wir gemeinsam los, dieses Mal erbarmte sich Sara und half Lauri nach Putzutensilien zu suchen.

»Ich habe das Geklapper in der Küche gehört, aber niemals hätte ich so etwas erwartet«, gestand sie. Zumindest gab es keine weiteren Fragen mehr, denn es schien offensichtlich zu sein, was passiert war. Sie zauberte viele Lappen, einen Mob, einen Mülleimer und Küchenrolle hervor, sodass wir uns daran machen konnten, die Torte zu entsorgen. Lauri näherte sich mit einem feuchten Geschirrtuch und übernahm höchstpersönlich die Reinigung meiner Kehrseite. Die Jeans war vollkommen eingesaut und die Schokolade zeichnete riesige dunkle Flecken darauf ab. Trotzdem wischte er gewissenhaft daran herum und machte dabei ein so ernstes Gesicht, dass ich kaum aufrecht stehen bleiben konnte vor lauter Lachen.

Wir brauchten ewig, um den Glanz der Küche wieder herzustellen. Lauri und ich tat es auch furchtbar leid. Zum Glück war Sara gnädig mit uns. Außerdem entging mir nicht, dass ihr blondes Haar zerzauster war als zuvor und Röte in ihre Wangen trat, sobald sie Pekka zu nahekam. Offenbar hatte draußen beim Kamin ebenfalls jemand rumgeknutscht. Dieser Urlaub war schlimmer als meine erste Sportwoche, in der wir Flaschendrehen gespielt hatten.

»Dann wünsche ich euch schon mal eine gute Nacht«, verabschiedete sich Sara. Wir verließen gemeinsam die Küche, aber als Lauri und ich kitschig händchenhaltend die Treppe nach oben nahmen, zog Sara Pekka in die andere Richtung.

Kapitel 21

Ein hässlicher Cupcake

Es gab verschiedene Klingeltöne, die einen mal mehr mal weniger sanft weckten. Ich bevorzugte den Klassiker, der mich so nervte, dass ich ihn unbedingt ausmachen musste, bevor ich wahnsinnig wurde. Die leise, tiefe Stimme von Lauri, die Finnisch sprach, gehörte zu der angenehmen Sorte. Sein Gerede geleitete meine Gedanken aus dem Traum in die Realität, wo ich realisierte, dass er gar nicht neben mir im Bett lag. Er telefonierte am Fenster, mir den Rücken zugewandt und splitterfasernackt. Die Stehlampe auf dem Schreibtisch beleuchtete seine Gestalt in mattem Licht, während er in die Dunkelheit starrte. Der Vorhang war zur Seite geschoben und die ersten Sonnenstrahlen deuteten sich zumindest zaghaft mit dämmrigem Schein an. Also musste es relativ spät sein. Ich streckte mich genüsslich, ehe ich mich auf die Seite rollte, das Kinn auf der Hand abstützte und grinsend Lauris Hintern anstarrte. Noch hatte er nicht bemerkt, dass ich wach war, also kostete ich meine Spanner-Sekunden aus. Mit der Hand am Telefon und dem Blick hinaus auf die Schneelandschaft gerichtet, war er vollkommen in sein Gespräch vertieft. Er flüsterte nicht, bemühte sich aber sichtlich leise zu ein. Erst nachdem ich mich von seiner ansehnlich nackten Silhouette losriss, registrierte ich seinen ernsten Tonfall. Kein Lachen, sondern still und besorgt antwortete er seinem Gesprächspartner.

Als er auflegte, sah er noch eine Weile auf das Display, bis die Beleuchtung ausging, dann räusperte ich mich. Erschrocken drehte er sich zu mir und nur ganz kurz, brachte mich der Anblick von meiner Frage ab.

»Was ... ist denn los?«

Zwischen seinen Augen hatte sich eine tiefe Falte gebildet und auch die Mundpartie wirkte grimmig. Doch dann ging ein weiteres Seufzen durch seinen Körper und er lockerte sich. Das Lächeln galt mir, worüber ich mich freute.

»Ach nur beruflich. Dass meine Entscheidung gestern Folgen haben würde, war mir bewusst, aber nicht, dass ich bereits heute damit konfrontiert werden würde. Doch wir bekommen das schon hin. Immerhin ist jeder gewillt, die Sache gut über die Bühne zu bringen, und das Management hat ein perfektes Team«, erklärte er. Da er von sich aus nicht mehr verriet, beließ ich es auch dabei. Außerdem kam er jetzt zurück ins Bett und seine eiskalten Zehen, die er mir zwischen die Schienbeine schob, brachten mich dazu, zu murren.

»Heute ist der letzte Tag des Jahres und ich kann ihn mir kaum besser vorstellen, als ihn mit dir zu verbringen«, verkündete er erwartungsvoll, bestätigt durch einen Kuss. Dass die Zeit so schnell vergangen war, entsetzte mich. Gleichzeitig fühlte sich diese Woche mit Lauri so an, als hätten wir ein ganzes Leben gelebt. Die Tatsache, dass wir in zwei Tagen abreisen würden, spürte ich körperlich in meiner Brust. Eine Schwere, die gegen das Bauchkribbeln ankämpfte. Vielleicht empfand er dasselbe, wir redeten nicht darüber, aber er küsste mich, als spukten ihm die gleichen Gedanken durch den Kopf; hingebungsvoll und ein bisschen verzweifelt. Ich ließ mich mitreißen, hob die Bettdecke an, damit er sich darunter schieben konnte, und hieß seinen warmen Körper willkommen. Ich umklammerte ihn mit Armen und Beinen, strich über seine Haut, und erstickte die Zweifel mit meinem Hormonangriffstrupp, der wieder euphorisch ausrückte, um sich den Bränden zu widmen.

Als wir beide, angezogen, nach unten kamen, war das gesamte Hotel auf den Beinen. Dieses Mal sorgte kein Schneesturm für die Aufregung, sondern der letzte Jahrestag. Die Stimmung und der Geräuschpegel waren durchweg fröhlich geschäftig. Da gingen Menschen mit diversen Dingen in den Händen hin und her, die ich die gesamte letzte Woche über noch nie gesehen hatte. An der Rezeption stand Sara, auf dem Kopf trug sie einen Haarreif, auf dem *Happy New Year* in Glitzerschrift abstand wie kleine Antennen. Zu den weihnachtlichen Lichterketten wurden noch mehr blinkende Dekorationen angebracht. Die Musik lief lauter als sonst und jedes Mal, wenn die Küchentür aufging, hörte man schrilles Klappern dahinter. Offenbar plante das Hotel eine große Feier und alle waren ganz heiß darauf. Als Basti mir vorgeschlagen hatte, den Jahreswechsel in Finnland zu verbringen, hatte ich nicht groß darüber nachgedacht. Ich feierte selten ausgelassen, hatte sogar schon das eine oder andere Silvester verschlafen. Während er die Qual der Wahl an VIP-Partys hatte, zelebrierte ich diesen Abend höchstens mit meinen Eltern und ihren Nachbarn oder anderen Bekannten. Meistens war das ein Spieleabend, ein Raclette und irgendwer kotzte ins neue Jahr. Hier hätte ich nichts dagegen gehabt mit Sebastian einen geilen Cocktail zu trinken und fertig. Nun hatte sich der Urlaub ohnehin anders entwickelt, also stellte sich sogar in mir ein bisschen Vorfreude ein.

»Seid ihr hier oder bleibt ihr im Mökki?«, fragte ich Lauri hoffnungsvoll, während wir versuchten voranzukommen, ohne jemanden anzurempeln.

»Na hier. So war der Plan. Alle zusammen. Immerhin sind wir die Mitleidsgruppe, wie du ja weißt«, sagte er grinsend. Ohne dass ich es bewusst wahrnahm, griff Lauri nach meiner Hand und gemeinsam suchten wir nach Kaffee. Wir hatten das reguläre Frühstück bereits verpennt und offenbar galt der Schneesturmbonus nicht mehr. Im Speisesaal saßen keine Gäste, auch hier wuselte Personal herum. Etwas überfordert standen wir beobachtend da. Die Tische waren mit weißen Deckchen belegt, darüber streute ein junges Mädchen buntes Konfetti. Ein anderer Mann platzierte in der Mitte kleine Laternen aus Gusseisen und bestückte sie mit einer roten Kerze. Am Buffettisch stand nicht wie sonst die Getränkebar mit Teekannen und Kaffee, sondern vorbereitete Tellerstapel, Besteck, leere Platten und warmhaltende Gefäße.

»Wie lange haben wir denn geschlafen?«, murmelte ich, in der Angst Silvester könnte jeden Moment losgehen.

»Als hätten wir geschlafen«, antwortete Lauri ausdruckslos, ohne hilfreich zu sein. Wir grinsten uns trotzdem wissend an.

»Steht da nicht so rum. Helft uns!«, rief Basti und ich brauchte mehrere Sekunden, bis ich ihn entdeckte. Er stand auf einem Stuhl und winkte mit einer Lichterkette in der Hand. Das andere Ende hielt Mikko fest, der ebenfalls auf einem Stuhl stand und versuchte, die Kabel an einem Haken in der Wand zu befestigen. Ich ließ Lauris Hand los und ging zu ihnen hinüber.

»Wir haben zuerst Hunger. Was machst du da? Und fang jetzt nicht wieder mit dem Schinken an«, hakte ich nach.

»Na, wir dekorieren für heute Abend.«

Klar, als wäre es selbstverständlich, dass Gäste im Urlaub das Hotel dekorierten. Aber irgendwie waren wir das nicht mehr. Schließlich hatte ich mich in der Küche auf eine Torte gesetzt. Bisher wusste ich von keinem anderen Hotel, wo mir das passiert war.

»Kaffee!«, forderte ich zuerst. Niemand konnte von mir verlangen, Lichterketten hübsch an die Wand zu hängen, ohne Koffein. Außer man wollte, dass ein Pentagramm hübsch in festlicher Beleuchtung blinkte.

Lauri war zugänglicher und sofort bereit Basti zur Hand zu gehen. Er stellte sich in die Mitte und half den beiden die Kabel besser zu spannen. Mit müdem Blick trat ich ein paar Schritte zurück und kommentierte, ob das Ding nun gleichmäßig oder schief hing. Auf einmal tauchte Karl, wie aus dem Nichts, in meinem Blickfeld auf und reichte mir eine große schwarze Tasse mit Kaffee.

»Bitte schön. Sara hat gesagt Lauri und du seit erst spät ins Bett gekommen. In der Küche könnt ihr euch auch etwas zu essen nehmen. Sie meint, ihr kennt euch aus«, erklärte er in harmlosem Tonfall. Ich nahm den Kaffee zwar dankbar an, meine Wangen glühten allerdings vor Scham.

»Kiitos«, murmelte ich dankend und nickte. Ob Sara ihren Vätern schon erzählt hatte, was mit ihrer leckeren Torte passiert war?

Nach dem Frühstück, das eher ein Brunch in der Küche war, machte Lauri sich auf den Weg ins Mökki, um sich umzuziehen. Basti und ich halfen noch ein bisschen bei den Vorbereitungen, bis wir es uns mit einer heißen Schokolade auf dem Sofa beim Kamin gemütlich machten. In meiner Tasse schwammen so viele Mini-Marshmallows, dass ich sie einzeln mit den Fingern naschte. Einige Gäste machten sich bei strahlendem Wetter auf den Weg zur Piste. Mir wurde bewusst, dass ich in diesem Skiurlaub erst einmal auf den Brettern gestanden hatte. Auf dem einen Brett.

Es reisten sogar extra Touristen nur für Silvester an. Meist junge Pärchen, die sich verliebt ansahen. Das Hotel hatte wirklich alle Hände voll zu tun. Ab und zu wurde bereits mit Tassen oder Sektgläsern angestoßen. Basti hatte seinen Laptop auf dem Schoß und tippte fleißig darauf ein, während ich aus dem großen Panoramafenster blickte. Auch dort arbeiteten jede Menge Menschen in der eisigen Kälte. Sie schaufelten Autos frei, transportierten Sachen mit dem Schneemobil oder stellten Fackeln auf.

»Hast du deine Kolumne eigentlich schon geschrieben oder nicht?«, fragte mich Basti. Erwartungsvoll sah er von seinen Tasten hoch. Ich ließ einen weiteren weißen Marshmallow in meinem Mund verschwinden,

306

der bereits von der heißen Schokolade angeschmolzen war.

»Hast du denn gearbeitet? Wir sind im Urlaub«, wich ich ihm aus.

Er verengte die Augen. »Ich arbeite immer. Du wolltest doch etwas über Finnland schreiben oder hat dich dein Rockstar zu sehr abgelenkt?«

Stimmt, ich wollte einen lustigen Beitrag über Blutpfannkuchen und den finnischen Schnee schreiben, um unserer Chefin zu zeigen, dass ich mehr draufhatte, als Absätze zu verrücken und Seiten zu gestalten. Aber das war vollkommen in den Hintergrund gerückt. Überhaupt brodelte es in mir, wenn ich an meine Rückkehr dachte. Nicht nur, weil es mir schwerfiel, mir vorzustellen die Tage ohne Lauris Gegenwart zu verbringen, auch alles andere schien auf einmal unmöglich zu sein. Noch konnte ich nicht genau greifen, was mich so störte, daher drängte ich die Gedanken zurück und ging nicht näher auf Bastis Frage ein. Er sah mich zwar noch eine Weile an, aber ich starrte stoisch aus dem Fenster.

Je später es wurde, desto weniger Personal huschte durch das Hotel. Ich verbrachte ein paar Stunden allein auf meinem Zimmer und grübelte darüber nach, was ich am Abend anziehen sollte. Für ein großes Event hatte ich kaum etwas dabei und die meisten Klamotten waren durchgeschwitzt. Jedoch bezweifelte ich, dass hier irgendjemand auf eine spezielle Etikette wertlegte. Lauri hatte mich schon in allen möglichen Lebenslagen gesehen und in keiner davon war ich besonders schick gewesen. Der Umstand, dass ich ihn in meine Kleiderwahl miteinbezog, verriet viel über meinen emotionalen Zustand und der kommenden Katastrophe.

In einer normalen blauen Jeans und einem schwarzen Pullover klopfte ich schließlich an Bastis Zimmertür, um ihn abzuholen. Als er öffnete, seufzte ich. Der Herr sah mal wieder aus, als ginge er auf eine Gala. Natürlich hatte er ein schickes weinrotes Hemd, eine Krawatte und eine elegante Stoffhose an ... ohne nur eine einzige Falte. Sein herbes Parfum stieg mir vertraut in die Nase. Frisch rasiert und die dunklen Haare frech verwuschelt sah er unverschämt gut aus.

»Lass uns den letzten Tag begießen«, sagte er feierlich und legte seinen Arm um meine Schultern.

Unten angekommen standen einige Leute zusammen mit einem Drink in der Hand und bunten Partyhütchen auf dem Kopf. Überall hingen Luftschlangen und Glitzerkonfetti zierte jede freie Oberfläche, als wären mehrere Packungen davon explodiert. Jari und Pekka entdeckten wir bei der Rezeption, wo sie mit Mikko lachten. Als wir näherkamen, strahlten sie uns an.

»Happy New Year ihr zwei«, riefen sie und Jari schloss mich in seine Arme. Pekka sah ein bisschen müder aus, freute sich aber genauso.

»Heute Abend gibt es ein kaltes und warmes Buffet und es wird Live-Musik gespielt. Draußen könnt ihr es euch beim Feuer mit Decken gemütlich machen. Wir zelebrieren ein paar finnische Traditionen und ich hoffe wir werden bis morgen früh im neuen Jahr Spaß haben«, erklärte Mikko freudig. Er trug eins dieser bunten Papierhütchen auf dem Kopf. Als er sah, wie ich es interessiert musterte, grinste er breit. Hinter dem Tresen holte er einen Karton hervor und reichte uns ebenfalls zwei Exemplare. Basti setzte seines begeistert auf und drückte mir das andere auf den Kopf. Anschließend ließ er den dünnen Gummi unter meinem Kinn schnalzen.

»Aua«, protestierte ich.

Gefüllt mit feiernden Menschen war mir der Speisesaal bekannt. Zusammen mit den Dekorationen und der lauten Musik vom Band wirkte es sogar noch festlicher als an unserem Schneesturmabend. Das Buffet war üppig und versprach einen vollen Bauch. Wir setzten uns an einen freien Tisch am Rand, weil ich gern abseits saß und beobachtete. Karl tänzelte mit einem Tablett, beladen mit unfassbar vielen Sektgläsern durch die Menge und machte auch bei uns Halt. Er stellte Basti und mir zwei davon hin und rauschte direkt weiter. Ich hatte noch keinen Schluck getrunken, da traten, Lauri, Aki und Yanis gemeinsam ein. Ich wollte winken, doch sie steuerten erst einmal Pekka und Jari beim Buffet an. So freudig, wie wir vorhin begrüßt wurden, sah das Ganze bei ihnen jetzt nicht mehr aus. Lauri wirkte ernsthaft genervt und zeigte eine grimmige Miene. Wild gestikulierend sprachen die Freunde eng zusammenstehend miteinander.

»Weißt du, was da los ist?«, fragte mich Basti, weil ihm die Gruppe natürlich auch aufgefallen war. Ich schüttelte den Kopf. Ihre Unterhaltung dauerte nicht lange und endete mit deutlichem Kopfschütteln von Jari. Erst danach sah Lauri suchend in die Menge und entdeckte mich. Immerhin entlockte mein Anblick ihm ein Lächeln. Was mich ebenfalls breit grinsen ließ. Zusammen kamen sie mit Getränken und etwas zu essen, zu uns an den Tisch. Vorwiegend sah das Angebot auf den ersten Blick kaum anders aus als bei uns zu Silvester. Pekka brachte eine Schüssel mit Kartoffelsalat und Aki trug eine Platte mit Frankfurter-Würstchen. Yanis nahm die Teller und Servietten mit und so hatten wir unser kleines eigenes Buffet am Tisch. Als ich mit der Gabel nach einem Würstchen stach, sah Lauri mich musternd an. Alarmiert biss ich nicht davon ab.

»Was denn? Ist die Wurst aus irgendetwas Seltsamen? Finnischer Dachs oder Schneeschlange?«

Er lachte und schüttelte den Kopf. »Nein, das sind nur Nakki. Aber es gibt auch speziellere Sachen, wenn du Lust auf neue Experimente hast. Rentiergulasch, Fischbrote und ein Auflauf mit so ziemlich allem, was man in der Küche finden kann plus Sahnesoße.«

»Nein Danke, Würstchen sind toll«, antwortete ich und ließ es mir schmecken. Nakki war ein niedlicher Name, aber sie schmeckten nach ganz normalen Frankfurtern.

Karl und Simo kamen gemeinsam mit Sara und Mikko aus der Küche. Zufrieden blickten sie auf die voll besetzten Tische. Sie gaben irgendjemanden ein Handzeichen, und die Musik verstummte.

»Tervetuloa, liebe Gäste. Willkommen bei unserer bescheidenen Silvesterparty. Ich hoffe, ihr habt alles, was ihr braucht. Bis Mitternacht wird euch eine Band aus dem Dorf unterhalten, gute Freunde von uns und wir sind dankbar, dass sie mit uns feiern. Ihr könnt euch hier drinnen und draußen am Essen bedienen. Die Sauna ist geöffnet und wer mutig genug ist, kann sich danach in eine Tonne mit Eiswasser setzen. Lasst uns den letzten Tag des Jahres genießen«, läutete er die Feierlichkeiten offiziell ein.

Eine Sache lernte ich in den nächsten Stunden ziemlich schnell und drastisch. Niemals nie sollte man mit Finnen trinken. Alles, was über einen fruchtigen Glögi hinaus ging, war reiner Selbstmord. Was die Finnen da in sich hinein becherten, war beeindruckend, während ich nach kurzer Zeit den Sekt zur Seite schob und mit schwammigem Kopf, Brot, Käse und Kartoffeln in mich hineinstopfte, damit irgendwas den Alkohol in meinem Magen absorbierte. Die Stimmung war großartig, wie immer.

Die angekündigte Band bestand aus zwei Männern und einer beleibten Frau, die sichtlich Freude an ihrem Auftritt hatten. Sie trugen eine Art traditionelle Tracht, in sattem Rot. Der weite Rock der Dame war mit goldenem Saum verziert, Quasten und ein grün besticktes Muster auf dickem Stoff komplettierte das Outfit. Die Männer waren ähnlich in Hosen gekleidet und auf dem Kopf thronten passende Hauben. Mitten unter uns sah es befremdlich aus, aber sie präsentierten es mit solch einem Stolz und einem breiten Lächeln im Gesicht, dass ich ihnen fasziniert zusah und zuhörte.

»Die Instrumente heißen Kantele«, erläuterte mir Lauri mit glühenden Wangen. Wir hatten uns mitten in die Menge vor die Band gestellt. Was er Kantele nannte, sah für mich aus wie eine Art Zither, ein Zupfinstrument, welches ich aus unseren Bergdörfern kannte. An den Klang musste man sich gewöhnen, aber zusammen mit dem hellen Gesang der Frau ergab es ein harmonisches Zusammenspiel. Es wurde geklatscht, getanzt und alle waren in Feierlaune. Ich sah mich fast schüchtern um, weil ich mit dieser geballten finnischen Power kaum umgehen konnte. Egal ob Mann oder Frau, sie johlten mit und hatten großen Spaß. Auch Aki und Jari kannten viele der Texte. Zu sehen, wie die Rocker ihre traditionelle Musik feierten, begeisterte mich.

Plötzlich gab es ein finnisches Gebrabbel, das nach Kommandos klang. Ehe ich mich versah, umschlang mich Lauri mit einem Arm an der Taille. Alle in der Nähe der Band begannen zu tanzen und sich zu drehen. Während jeder wusste, was zu tun war, stolperte ich nur lachend unter Lauris Führung zwischen ihnen umher und begann zu schwitzen. In Ermangelung von Partnerinnen vergnügten sich Aki und Jari zusammen und machten dabei gar keine so schlechte Figur. Sie sprangen vor und zurück, hoben ihre Arme und klatschten. Es war fantastisch und anstrengend. Ich japste nach Luft und versuchte, irgendwie Schritt zu halten. Auch Pekka und Sara entdeckte ich in der tanzenden Menge, genauso lachend wie wir. Das Fußgetrampel ließ das ganze Hotel erbeben und unser Gelächter übertönte beinahe die Musik. Am Ende drehte sich alles um mich, der Sekt blubberte in meinem Magen und meine Beine brannten. Als die Musik verstummte, applaudierten alle. Lauri zog mich an sich, um mich keuchend zu küssen. Heiß prickelnd wie der Alkohol. Ich schmiegte mich an ihn, während mein Puls noch Marathon lief. Wir sahen uns tief in die Augen. Selten war ich glücklicher gewesen.

Basti taumelte zwischen uns und legte sowohl mir als auch Lauri den Arm um die Schultern. Durch sein Gewicht ächzten wir beide auf. Seine Augen schimmerten unter dem Alkoholeinfluss glasig.

»Das ist die beste VIP-Feier, auf der ich je gewesen bin, und ich war auf vielen. Selbst die Aftershow-Party von den Fantas war nicht so irre. Wir könnten eine Titelstory mit diesem verrückten Zeug hier bringen. Ich liebe mein Leben«, verkündete er mit schwerer Zunge. Wenn Basti nicht eine Pause einlegte, würde er Mitternacht nicht mehr wach erleben. Drei Stunden trennten uns noch vom neuen Jahr. Wir geleiteten ihn zum Buffet, wo wir uns alle einen Kaffee einschenkten. Gemeinsam mit einem von den Hefegebäcken kehrte wieder etwas Klarheit in meinen Kopf.

»Was meinte Sebastian mit der Titelseite? Sind die Fantas Promis oder spricht da der Rausch aus ihm?«, hakte Lauri amüsiert nach, während wir beobachteten, wie Basti sich mit beiden Händen an seine Kaffeetasse klammerte und sie Schluck für Schluck inhalierte. Mir klebte das Gebäck plötzlich trocken am Gaumen, unschlüssig darüber, wie ich reagieren sollte. Mir war bewusst, dass ich Lauri noch eine Kleinigkeit verschwiegen hatte, aus Angst, was er denken könnte. Ihn anlügen konnte ich trotzdem nur schwer.

»Er arbeitet für ein Wiener Magazin und ja, Basti kommt mit einigen Promis in Kontakt. Aber ob er wirklich die Fantas kennt, kann ich dir nicht beantworten. Ich war bei der Party nicht dabei«, blieb ich deshalb bei der Wahrheit. Dass Lauri über meine Antwort nachdachte, sah ich an der Art, wie sich eine kleine Falte auf seiner Stirn bildete.

»Kommt, lasst uns frische Luft schnappen«, schlug Jari leichthin vor und rettete mich damit. Obwohl sein Vorschlag mich aus der unangenehmen Situation erlöste, wurde mir schlagartig bewusst, was er da soeben gesagt hatte. Frische Luft schnappen bei mehr als minus fünfzehn Grad war eine Idee, die man überdenken sollte. Aber auch Yanis und Aki marschierten selbstbewusst nach vorne zum Eingang. Zeit, um mich in den Zwiebellook zu begeben hatte ich nicht. Lediglich Jacke, Handschuhe, Schal und Mütze wurden mir gestattet, bevor wir in die dunkle Kälte hinaustraten. Ich hatte am Nachmittag zwar mitverfolgt, dass im Außenbereich einige Vorbereitungen getroffen worden waren, doch nun stockte mir kurz der Atem. Den Weg säumten rustikale Holzfackeln, dessen Flammen im eisigen Wind tanzten. Zusätzlich sicherten Laternen mit dicken Stumpenkerzen den Weg. Ich blieb in Lauris Nähe und sah mich staunend um. Überall knisterte Feuer und die Wärme, konträr zur finnischen Eiszeit jagte mir eine Gänsehaut über den Körper. Es sah wunderschön aus, wie der Schnee die Flammen reflektierte. Über uns lag die Dunkelheit des Himmels, in denen die Sterne klar leuchteten wie Diamanten. Ich musste mich ermahnen den Mund zu schließen, damit mir der staunende Sabber nicht am Kinn gefror.

Mit uns kamen auch andere Gäste heraus und wir folgten dem Weg. Was unser Ziel war, konnte man schon aus der Ferne sehen. Dichte Rauchschwaden stiegen in die Luft. Etwas vom Hotel entfernt brannte ein riesiges klassisches Lagerfeuer. Zu einem Kegel aufgestellt, dienten dicke Holzstämme als Gerüst. Rund herum waren Baumstümpfe mit kleinen Kissen platziert und auf einem Holzschlitten stand eine Truhe mit Decken. Wir nahmen uns jeder eine und näherten uns der Wärme. Die Flammen schlugen so hoch, dass mein Gesicht angenehm kribbelte. Überwältigt wickelte ich mich in die Wolldecke ein. Abseits tummelten sich Leute, um eine Ansammlung dicker roter Kerzen, die im Schnee steckten. Bestimmt zehn Zentimeter im Durchmesser und dreißig hoch. Manche Gäste hielten kleine Löffelchen darüber und starrten geduldig hinein.

»Was machen die da?«, fragte ich interessiert.

»Zinngießen. Man schmilzt kleine Hufeisen aus Zinn über dem Feuer und kippt sie dann schnell in kaltes Wasser. Die Form sagt etwas über das kommende Jahr aus. Wir machen das Ganze etwas rustikaler, denn wir benutzen einfach den Schnee zum Abkühlen«, erklärte Sara, die sich an Pekkas Arm festklammerte. Diese Tradition kannte ich auch aus Österreich. Früher hatten wir Blei gegossen, später dann ebenfalls Zinn. »Das will ich machen«, rief ich und hüpfte wie ein kleines Kind auf und ab. Ohne auf Zustimmung oder Proteste zu warten, stapfte ich zu den Kerzen hinüber. Zwar entfernte ich mich so von der Wärme des Feuers, aber noch fror ich nicht zu sehr. Ein Mann, der soeben sein flüssiges Zinn weggekippt hatte, reichte mir lächelnd seinen Löffel und ein Ledersäckchen, das leise klimperte. Daraus versuchte ich mit den dicken Handschuhen ein einzelnes Hufeisen herauszuholen, was länger dauerte als gedacht.

»Du blödes Klumpat«, zischte ich und schüttelte das Säckchen wild hin und her, als würde das irgendwas bringen.

»Mein Gott, beruhige dich doch«, sagte Lauri lachend und nahm es mir ab. Geschickter als ich kippte er sich ein paar Zinnhufeisen auf den Handschuh und zeigte sie mir. Ja, so konnte man das auch machen.

»Gieß dir ein gutes Neues Jahr«, wies er mich an, als das kleine graue Ding auf den Löffel plumpste. Zittrig näherte ich mich der Flamme in Zeitlupe. Es hatte eine beruhigende Wirkung zuzusehen, wie sich das Metall langsam verformte und schließlich zu einem kleinen Klecks schmolz.

»Da auf den Haufen«, sagte Lauri und zeigte auf einen Schneegupf. Mit verkniffener Miene drehte ich mich hinüber und beim Umkippen des Löffels, hielt ich den Atem an. Es zischte, dann war es vorbei. Irgendwie machte das mehr Spaß, als das Ganze in einer Schüssel Wasser zu versenken. Das Ausgraben meines Werkes dauerte etwas, aber ich fand den kleinen Klumpen schließlich im Schnee. Im Kerzenschein legte ich es auf meinen Handschuh und gemeinsam mit Lauri betrachteten wir es.

»Was soll das sein?«, fragte er und zog die Nase kraus.

»Ich weiß nicht. Sieht nicht sehr spektakulär aus.«

Mein Kunstwerk war kompakt, ohne große Auswüchse. Ein rundes Stück Metall mit rauer, welliger Oberfläche. Lediglich ein dünner Spitz ragte hervor. Normalerweise goss ich zu Silvester tausend kleine Einzelteile, die aussahen wie Farbnasen an der Wand, wenn man zu dick strich. Basti kam zu uns und blickte mir über die Schulter. Sein Atem hüllte uns in eine feuchte, warme Wolke.

»Sieht aus wie ein hässlicher Cupcake«, stellte er fest. Ich drehte die Zinnfigur in alle Richtungen, bis der Spitz nach oben zeigte. Ja, ein bisschen sah das tatsächlich aus wie eine Haube aus Creme.

»Oder eine hässliche Torte mit hässlicher Dekoration«, kommentierte Yanis, der sich wiederum hinter Lauri stellte und über dessen Schulter lugte. Ich sah zeitgleich mit Lauri hoch und unsere Blicke trafen sich. Auch das Grinsen konnten wir synchronisieren. Er war es, der aussprach, was ich dachte.

»Eine hässliche Sachertorte mit ...«

»... mit einem Klecks Sahne oben drauf«, ergänzte ich. Okay, das war kitschig und den vielen Kerzen um uns herum geschuldet, aber wahr. Dieses kleine Ding auf meiner Hand sah nun mal mit viel Fantasie aus wie eine verunglückte Torte. Die Schokoladenglasur und Schlagobershaube musste man sich eben dazu denken.

»Wie eine Torte, auf die sich jemand draufgesetzt hat?«, fügte Sara schelmisch zwinkernd hinzu. Wir standen so dicht beisammen bei den Kerzen, dass ich das Bedürfnis bekam zur Seite zu treten.

»Ja, vielleicht auch das«, murmelte ich zustimmend. Basti sah mich irritiert an, denn er hatte keine Ahnung, wieso mich eine Torte so beschäftigte.

»Okay, hier ist es arschkalt. Ich geh zurück zum Feuer«, verkündete er und er hatte recht. Yanis und Sara gossen sich unter Pekkas Beobachtung auch ihre Zukunft in Zinn, während Lauri und ich stumm zur Wärmequelle marschierten.

Ich war gerade nüchtern genug geworden mit all den Kartoffeln in meinem Bauch, als mir schon wieder jemand einen Plastikbecher mit etwas Alkoholischem reichte. Glögi mit einem deutlichen Schuss mehr. Neben dem Feuer stand ein Klapptisch, auf dem kleine Fleischstücke und Würstchen lagen. Aber auch Paprika und Marshmallows. Vom Boden nahm Jari einen langen Metallstiel und spießte darauf eine Wurst auf.

»Was wollt ihr? Laut Schild gibt es Hähnchen, Grillkäse, Würste aus Schwein und Rind, aber auch vegetarische«, fragte er uns. Ich zuckte mit den Schultern und ließ mich überraschen. Als er jeweils einen Spieß an mich und Lauri weiterreichte, war es eine Komposition aus Paprika, ein halbes Würstchen und ein Stück Käse. Daneben johlte Basti begeistert auf. »Bist du deppert schaut das geil aus«, in seinem schönsten Wiener Dialekt. Ich lachte, weil er seine Faust triumphierend in die Luft streckte, und die Finnen sahen mich ratlos an.

»Ähm er freut sich einfach über sein Zinnkunstwerk.«

Basti hatte sich auch seine Zukunft gegossen und zeigte seine Schaffung stolz den anderen.

»War niemals etwas zwischen euch? Ihr seid wirklich nur Freunde?«, fragte Lauri mit Blick zu Basti, der ein übertriebenes Freudentänzchen aufführte. Die Frage wurde uns öfter gestellt, deswegen störte sie mich nicht mehr. Während ich meinen Spieß etwas dichter ans Feuer hielt und ihn drehte, suchte ich nach den passenden Worten, um das Ganze jemand Außenstehenden begreiflich zu machen.

»Als ich damals zu arbeiten begonnen hatte, war ich ein Küken. Naiv und euphorisch zugleich, frisch von der Uni mit einem Zeugnis in der Tasche, das mich stolz gemacht hat. Ich hatte zwar mit Praktika Erfahrungen gesammelt, aber vom Arbeitsleben hatte ich trotzdem noch wenig Ahnung. Sebastian war damals schon weiter als ich und man hat mich an seine Seite gestellt. Er trieb mich an und beschützte mich gleichzeitig in der Branche. Wir verstanden uns sofort und er wurde meine Vertrauensperson. Als er mir dann auch noch ein Zimmer in seiner Wohnung anbot, weil die Mieten in Wien so teuer sind, war unsere Freundschaft besiegelt. Basti ist selbstbewusst, attraktiv, aber absolutes emotionales Bruderpotenzial! Wir arbeiten und wohnen zusammen und sind Freunde«, erklärte ich ehrlich. Wenn ich an Sebastian dachte, fühlte es sich wie Familie an. Meine war klein, aber fein und er ergänzte das hervorragend.

»Und er arbeitet bei einem Magazin in Wien? Was machst du dort genau?«, fragte Lauri weiter und ließ mich damit aufhorchen. Mein Hals wurde etwas trocken und während ich mit der einen Hand den Glögi an die Lippen führte, drehte ich stumm noch mal den Spieß um. Das Fleisch brutzelte leise und der Käse bräunte.

»Hm«, machte ich und trank weiter. Die Wärme breitete sich in meinem Magen aus, doch das ungute Gefühl blieb. Lauris Blick brannte ebenfalls heiß auf mir. Er ließ seinen Spieß sinken und ahnte, dass ich mich gerade sehr um eine Antwort herumdruckste.

»Ja, wir arbeiten zusammen bei dem Magazin, und ich bin Grafikerin. Ich mache das Layout, überlege, aber mich umzuorientieren.«

Einen kurzen Augenblick lang musterte er mich nachdenklich, doch dann zog sich sein Mundwinkel nach oben.

»Damit kenne ich mich aus. Vielleicht zeigst du mir trotzdem mal etwas von deiner Arbeit. In Finnland bekommt man zwar keine österreichischen Zeitschriften, aber e-paper ist doch bestimmt eine Option. Mich würde interessieren, was du so tust. Wir waren schon ein paar Mal in Wien, doch außer der Stadthalle und die Hotels habe ich nie etwas anderes gesehen.«

Jetzt war ich es, die ihn erstaunt anblickte.

»Pass auf, dein Spieß«, rief er und verhinderte gerade noch, dass ich mein Essen in den Schnee fallen ließ. Lachend nahm er ihn mir aus der Hand und prüfte ihn, während ich seinem letzten Satz nachhing. Wir wussten, dass unser Sex-Romanzen-Ding ein Urlaubsflirt war. Er hatte zwar schon mal angedeutet, dass er mich besser kennenlernen wollte, aber seine Aussage war sehr konkret gewesen. Ob er es wirklich ernst meinte, hatte ich bisher nur erahnen können. Wir kannten uns kaum, lebten in zwei verschiedenen Welten und hatten jegliche Vernunft beiseitegeschoben. Meinem Bauchkribbeln und dem wild schlagenden Herzen zum Trotz, redete ich mir das immer wieder ein. Allein deshalb, weil wir morgen abreisten. Jetzt sprach er aber so, als gäbe es da mehr nach Lappland. Oder er war nur höflich, aber allein der Gedanke daran nistete sich gefährlich in mir ein. Die Option, Lauri außerhalb des Urlaubs, dieses völlig absurden Urlaubs, wiederzusehen, sprengte etwas Wichtiges in mir. Den Schutzpanzer, den ich versucht hatte, aufrecht zu erhalten.

Bevor wir aber näher auf das Thema eingingen, präsentierte er mir die gegrillten Sachen und hielt das Stück Käse zusammen mit der Wurst vor meinen Mund. Ich biss von dem Essen ab und meine Lippen berührten dabei seine Finger. Er gönnte sich den Rest und grinste mich schmatzend an.

»Wow«, sagte ich. »Mehr Lagerfeuerromantik unter den Sternen geht nicht.«

Er legte einen Arm um mich und zog mich an sich. Hier, in diesem Moment fühlte sich das alles so einfach an. Alles Weitere würden wir sehen, heute wollten wir erst einmal den Beginn eines neuen Jahres feiern.

Kapitel 22

Hyvää uutta vuotta

Die Feierlichkeiten nahmen immer mehr Fahrt auf. Draußen wurde es uns auf Dauer aber zu kalt, also wechselten wir wieder hinein. Zurück zu Sekt und Bier, den Kartoffeln und jeder Menge anderen Snacks. Die Band pausierte und gesellte sich unter die feiernden Gäste. Karl und Simo kümmerten sich zwar darum, dass das Buffet voll war und die Getränke immer flossen, aber trotzdem ließen sie auch ihr Personal aus der Küche und dem Service mitfeiern. Es war leger und familiär, weshalb ich mich gemeinsam mit Basti richtig wohlfühlte. Wir erholten uns am Tisch, plauderten und immer wieder saß jemand anderer bei uns.

»Auf zur Sauna«, verkündete Pekka schrill schreiend und definitiv angetrunken. Sara nickte und küsste ihn auf die Wange. Gemeinsam liefen sie kichernd aus dem Frühstücksraum. Ich sah ihnen erheitert hinterher, solange bis Aki mit der Faust auf den Tisch schlug, sodass alles darauf klirrend vibrierte.

»Auf was warten wir noch? Auf zur Sauna!«

Ich richtete mich mit weit aufgerissenen Augen auf, während der Gitarrist aufsprang. Der Stuhl kippte hinter ihm beinahe um.

»*Was?*«, murmelte ich, doch die anderen stimmten mit ein.

»Auf zur Sauna«, tönte es auch aus Jaris Mund und selbst Lauri nickte grinsend. Er zog mich an der Hand hoch und ich wusste gar nicht, wie mir geschah.

»Was geht hier vor?«, fragte ich, während ich nach draußen manövriert wurde. Der Rest folgte uns. Die meinten das wirklich ernst. Das Finnen gerne saunier-ten wusste ich. Ein großer Fan von der feuchten Hitze war ich nicht, aber vor allem die Vorstellung mit ihnen allen nackt in einer kleinen Hütte zu schwitzen, begeis-terte mich keineswegs.

»Ich will nicht nackt mit euch sein«, sprach ich laut aus, was ich dachte. Vor allem, weil mein Alkoholpegel wieder angestiegen war. Überrascht blieb Lauri mit mir stehen.

»Wir gehen nicht nackt, sondern in Badeklamotten. Finnen saunieren nur nackt mit der Familie«, erklärte er. Das beruhigte mich aber nur bedingt.

»Ich habe aber keinen Badeanzug in den Skiurlaub mitgenommen.«

Er zuckte erneut mit den Schultern.

»Dann eben in Unterwäsche. Ist doch nichts anderes als ein Bikini und du kannst dir ein Handtuch umwi-ckeln. Komm mit, bitte. Das ist Tradition und sehr ge-sund. Wir stoßen in der Sauna an«, versuchte er mich weiter zu überreden. Ein langer Blick aus seinen hellen, blauen Augen und das freche schiefe Grinsen brachten mich schnell dazu ja zu sagen. Ich überlegte, welche Unterwäsche ich anhatte und war erleichtert, dass es erstens Frische war und zweitens nix Peinliches.

Das Hotel besaß natürlich Saunakabinen, die wir bis jetzt nicht genutzt hatten. Sara führte uns mit hüpfenden Schritten in den ungesehenen Bereich. Hinter einer breiten Holztür aus Brettern, deutlich rustikaler als im edlen Eingangsbereich. Dahinter verbarg sich ein modern ausgebauter Raum mit grauen Fliesen auf dem Boden, eine Reihe breite Liegen und einige Spinds. Auf der anderen Seite entdeckte ich eine weitere Glastür, hinter der sich sichtbar eine Sauna verbarg. Rechts davon hing ein Display an der Wand. In der Kabine erkannte ich die klassische Aufgussschale. Ohne langes Hadern, zogen sich die Finnen rasant aus. Ich stand gemeinsam mit Basti perplex da und wusste nicht, ob ich hin oder wegsehen sollte. Diese Irren trugen doch tatsächlich Badeklamotten unter der normalen Kleidung.

»Habt ihr das geplant?«, fragte ich irritiert und genauso schockiert sahen sie mich an.

»Natürlich. Silvester ohne Sauna ist doch kein Silvester. Hier, nimm das«, erklärte Sara, als sie bereits in einem roten Bikini vor mir stand. Sie reichte mir ein flauschiges, weißes Handtuch. Lauri kannte ich mittlerweile ohne Klamotten, aber die engen schwarzen Badeshorts zogen dennoch meinen Blick auf sich. Pekka trug sein rotes Exemplar vom Rennen.

Während ich als Letzte begann die Hüllen fallen zu lassen, flitzte Sara noch mal hinaus. Die Brille legte ich vorsichtig auf meinen Kleiderhaufen. Aki und Jari stellten sich vor das Display und fachsimpelten über die Bedienung.

»Sie ist bereits vorgeheizt. Wir Finnen mögen die Sauna ohne Dampf und mit viel Hitze. Du kannst jederzeit rausgehen, wenn es dir zu heiß wird, sag einfach

Bescheid«, erklärte Lauri, weil er meine besorgten Blicke richtig deutete. Ich wickelte mich in das Handtuch ein, obwohl mich von den anderen niemand beachtete.

»Los geht's«, rief Sara, als sie zurückkam. In der einen Hand hielt sie eine riesige Sektflasche und in der anderen, gestapelte Plastikbecher. Wir betraten zusammen mit lautem Gebrabbel die Sauna und die Hitze schlug mir ehrfürchtig entgegen. Es war absurd, wenn ich mich nach all den frierenden Tagen jetzt über die Wärme beschwerte, trotzdem musste ich erst einmal tief ein und ausatmen. Wir suchten uns Plätze und jeder setzte sich auf das helle Holz. Eine zweistufige Bank bot genügend Raum und in der Mitte summte leise die elektrische Wärmequelle. Lauri ließ sich eine Stufe über mir nieder, sodass er seine Beine links und rechts von meiner Hüfte abstellte. Prompt lagen seine Hände auf meinen Schultern. Als er sich vorbeugte, spürte ich trotz der Hitze seinen Atem über meine nackte Haut streicheln. »Entspann dich, wir müssen nicht lange bleiben.«

Pekka ergriff einstweilen die große Sektflasche, die 1,5 Liter fasste. Sara konnte so schnell gar nicht protestieren, wie er sich am Verschluss zu schaffen machte. Mit einem ohrenbetäubenden Plopp sprang der Korken heraus und ein Schwall schäumender Champagner ergoss sich. Sie hielt fluchend die Becher unter den Strom, trotzdem verteilte sich der Geruch von dampfigem Alkohol sofort.

»Super Pekka. Jetzt werden wir allein vom Atmen betrunken. Wurde das schon erforscht? Ist das gefährlich?«, fragte Yanis, der sich die Hand auf den Mund

und die Nase hielt, als könnte das den Kontakt zur Luft verhindern.

»Das macht deine Haut bestimmt ganz zart. Ein Champagnerbad ist doch im Trend«, fügte Aki hinzu und starrte seinen Bruder an, der entsetzt die Augen aufriss. Zugegebenermaßen musste man hier erwähnen, dass uns nicht der verdunstende Alkohol so dämlich machte, sondern der stetige Konsum von Sekt und Glögi, der bereits den halben Tag stattfand. Ein Auf und Ab an wattigen Gedanken zwischen weiteren Gläsern und Kartoffeln.

Sara verteilte den noch reichlich in der Flasche verbliebenen Champagner in den Bechern und reichte sie herum. Ich war mir nicht sicher, wie gesund es war in einer verdammt heißen Sauna zu trinken, aber die Finnen schienen zu wissen, was sie taten. Wir lachten, alberten herum und ließen die letzte Stunde des Jahres heiß und flüssig ausklingen.

»Sagt mal, seid ihr gar nicht traurig, nicht bei euren Freundinnen sein zu können?«, fragte ich in die Runde.

Jari und Aki sahen sich grinsend an.

»In Paris ist Silvester eine Stunde später. Das bedeutet, ich kann hier feiern und mich nachher zu Hannah per Facetime dazuschalten. Wir sind eine Fernbeziehung gewöhnt«, erklärte Jari mit einem breiten Lächeln.

»Ich mache es ähnlich. Laura steckt mitten in Planungen zu einem Großevent und weil keiner von uns ein schlechtes Gewissen wollte, ist das eine gute Lösung. Wir sind Reisen auch gewöhnt und wir planen unser neues Jahr auch ohne großes Fest. Ich rufe sie nachher einfach an.«

Ich nickte ehrfürchtig, weil das furchtbar vernünftig klang. Zumindest schienen sie alle mit ihren Entscheidungen zufrieden zu sein. Besonders die Vorstellung, hier mit Freunden das neue Jahr einzuläuten, und später noch mal mit den Liebsten, gefiel mir sehr. Wir hoben die Becher und prosteten uns zu.

»Kippis«, riefen wir freudig und gönnten uns schwitzend einen weiteren Schluck. Die Luft war heiß, aber es war weniger kreislaufbelastend als gedacht. Ich lehnte mich müde gegen Lauris Bein und beobachtete Basti dabei, wie er versuchte »Frohes neues Jahr« auf Finnisch auszusprechen und kläglich scheiterte.

»Hyvää uutta vuotta«, wiederholte Jari langsam jede Silbe betonend. Basti grunzte und klang, als hätte er seine Zunge verschluckt.

»Wie sagt man es denn in Österreich?«, fragte Lauri in die Runde. Ich legte den Kopf in den Nacken, um ihn anzublicken. »Prosit Neujahr.«

Die Finnen wiederholten es und es klang deutlich besser als Bastis klägliche Versuche.

Meine Augen wurden schwer und ich merkte, wie ich immer wieder geistig abdriftete, obwohl die Sauna ständig mit Lachen erfüllt war. Lauri massierte mir die Schultern und den Nacken, was mich zunehmend entspannte. Fast wäre ich eingeschlafen, wenn Sara nicht plötzlich geschrien hätte. »Paska!«

Sie sprang auf und stürmte aus der Sauna. Ich blinzelte ihr hochgeschreckt hinterher, die anderen sahen sich ebenfalls verwirrt an. Dann riss Sara die Tür wieder auf und steckte ihren Kopf herein.

»Was sitzt ihr da noch rum? Wir verpassen den Countdown ... nur noch zwei Minuten!«

»Oi«, machten alle anwesenden Finnen gleichzeitig und Hektik folgte. Ich wurde von Lauri an den Händen hochgezogen und aus der Sauna gedrängt, ehe ich wieder wirklich wach war. Basti schlitterte uns hinterher und Pekka stieß sich fluchend den Zeh.

»Ich bin verletzt«, jaulte er auf einem Bein im Kreis springend auf.

Lauri reichte mir einen weichen Bademantel, den ich gegen das Handtuch eintauschte. Auch die anderen kleideten sich damit ein, nur Pekka fluchte immer noch und versuchte, sich im Stehen seine Zehe anzusehen.

»Los los los«, rief Sara und flitzte mit wehendem Haar im Bademantel nach draußen. Ich kreischte ebenfalls, als mich erneut jemand an der Hand weiterzog. Basti und ich krachten in der Tür fast mit Yanis zusammen. Lachend und schnaufend schob uns Jari hindurch.

»Pekka, komm schon«, motzte er seinen kleinen Bruder an.

»Ich bin verletzt«, wiederholte dieser überdramatisch.

Obwohl es im Hotelgang warm war, fröstelte ich nach der Hitze der Sauna sofort. Sara hüpfte mit winkenden Armen voran und Lauri ließ meine Hand nicht los. Wir schlitterten auf dem Holzboden mit den feucht verschwitzten Füßen voran und rumpelten dabei wie eine Horde Nashörner. Als ich den Kopf nach hinten wandte, rammte ich eine Wand. Jari hatte Pekka huckepack genommen und dessen Füße standen links und rechts von seiner Hüfte gerade ab.

»Schneller«, trieb er uns an und automatisch rannten wir lachend weiter. Ich war vollkommen durcheinander und das Adrenalin raste durch meinen Körper. Auf einmal waren da die anderen Gäste in dicken Jacken und Mützen. Sie strömten alle nach draußen in den Schnee, in die Dunkelheit. Genau dorthin zog mich auch Lauri. Noch bevor ich verstand, wie geisteskrank diese Finnen waren, tapste ich japsend barfüßig, nur im Bademantel in die Finsternis hinaus. Die Hitze der Sauna trat in erbarmungslosen Konkurrenzkampf mit der eisigen Kälte. Ich dachte, ich müsste sterben. Tat ich aber nicht. Ich taumelte weiter in die Menge hinein, denn alle hatten sich vor dem Hotel versammelt und sprachen im Chor.

»Neljä!«

Irgendwo hinter mir kamen die anderen herausgestolpert und plötzlich hielt mich Lauri in den Armen. Er drückte mich fest an seine Brust und sah hinauf zu den Sternen.

»Kolme!«

Ich folgte seinem Blick und vergaß, dass gerade jede Zelle in meinem Körper Frostbeulen bekam. Lauris Griff hielt mich aufrecht, was gut war, denn ich spürte meine Zehen nicht mehr, die wahrscheinlich gerade am Boden festfroren.

»Kaksi!«

Er senkte das Kinn und sah mich lächelnd an. Sofort stieg wieder etwas Wärme in mir auf.

»Yksi – Hyvää uutta vuotta.«

Lauri küsste mich, kalt und heiß zugleich.

»Prosit Neujahr«, hauchte er mir gegen die Lippen und ich schlang meine Arme um seinen Hals. Lachend und mich immer noch küssend hob er mich hoch und wirbelte mich im Kreis herum. Unsere Bademäntel flatterten wild und der eisige Hauch des finnischen Todes küsste jeden Zentimeter meines Körpers. Doch es war mir egal, solange alle jubelten, in Tröten bliesen, anstießen und miteinander tanzten. Irgendwo stimmte jemand ein Lied an und dann sangen sie alle gemeinsam die finnische Nationalhymne. Basti stellte sich an unsere Seite und küsste meine Wange. Auch er sprang von einem Bein aufs andere, aber ihm standen die Emotionen ebenfalls ins Gesicht geschrieben. Es war das erste Mal, dass ich ihn bei so einem Ereignis ohne Handy sah, um alles festzuhalten. Mit seinen eigenen Augen beobachtete er die Menge und auch immer wieder den Himmel. Diesen wunderschönen wolkenlosen Himmel mit den Sternen. So hatte ich das neue Jahr wirklich noch nie willkommen geheißen.

Kapitel 23

Gelsenplage

Der Zauber einer alkoholisierten und verrückten Nacht hielt nur so lange an, wie man auch alkoholisiert blieb. Der Zustand danach war eine ganz andere Sache.

Ich wachte mit einem Mundgefühl auf, das dem Inhalt meines Staubsaugerbeutels daheim ähnelte. Undefinierbar und echt widerlich pelzig. Außerdem war die Welt verschwommen. Nur kurz machte ich mir Sorgen, bis ich realisierte, dass ich meine Brille nicht trug. Mein Körper fühlte sich steif und seltsam verdreht an. Dieser Zustand erklärte sich, als ich mich mit den Händen abstützte und aufrichtete. Ich lag seitlich eingerollt auf dem Boden und über meiner Schulter hing etwas Weiches. Ich hatte schon den einen oder anderen Kater gehabt, aber dieser hier war echt schlimm.

Ich erinnerte mich an die Sauna und den Countdown. Danach hatte es weiteres Essen und noch mehr Sekt und Wein gegeben. Ächzend stand ich auf und der Teppich fiel mir von den Schultern, denn nichts anderes war es, mit dem man mich zugedeckt hatte. Ich hatte mich vor dem Kamin zusammengerollt, der noch warm glühte. Außer meiner Unterwäsche und dem Bademantel trug ich nichts. Ich musste lachen, weil das echt eine wilde Nacht gewesen war.

»Guten Morgen«, krächzte jemand vom Sofa aus. Basti lag bäuchlings darauf und sah genauso zerstört aus.

»Man war das eine Party«, nuschelte er mit heiserer Stimme. Meine Kopfschmerzen hielten sich zwar in Grenzen, aber der Rest von mir fühlte sich irgendwie lädiert an. Ich setzte mich gähnend zu ihm.

»Ich weiß, dass wir nachher reingegangen sind und die Band wieder gespielt hat. Wir haben getanzt. Aber wieso wir hier und nicht auf unseren Zimmern sind, musst du mir erklären«, klagte er und vergrub das Gesicht in seinen Händen.

»Hm, ich glaube, wir wollten uns einfach nur unterhalten und sind hier versumpft. Wo sind denn die anderen?«, fragte ich und drehte den Kopf sehr langsam hin und her. Draußen war es duster, aber das musste nichts heißen. Mein Telefon war in der Hosentasche bei den anderen Klamotten. Im Frühstücksraum hörte ich das bekannte Geschirrgeklapper.

Bevor ich mich brummend erhob, klopfte ich Basti auf den Rücken.

»Ich hole unsere Hosen. Man sollte in der Öffentlichkeit eigentlich immer Hosen tragen.«

Schlurfend machte ich mich auf den Weg zur Sauna. Im Hotel war es relativ leise. Auf dem Boden lagen Servietten und Konfetti. Die Lichterketten brannten noch, nur ein paar Kerzen waren heruntergebrannt. Im hinteren Bereich begegnete ich niemandem, aber als ich in den Vorraum trat, waren nur noch Bastis und meine Klamotten da. Ich setzte mir die Brille auf und zog mich an. Mein Handy zeigte an, dass es früher Vormittag war, also hatten wir gar nicht so lange geschlafen. Außerdem waren die üblichen Glückwünsche von Kollegen und Freunden darauf. Manche davon ernst gemeint, andere einfach massenweise verschickt. Einigen wenigen antwortete ich sogar.

Total von meinem Telefon abgelenkt, bemerkte ich die Gestalt nicht, die vor mir im Foyer aufgetaucht war.

»Verflucht noch mal willst du mich umbringen?«, fragte ich gereizter, als ich wollte, weil mir der Puls bis zum Hals schlug. Lauri hatte sich natürlich nicht materialisiert, aber er stand einfach da, grinsend mit zwei Kaffeetassen in der Hand. Sein Grinsen wurde noch breiter und bevor er mich ansprach, rief er etwas über seine Schulter. Applaus und Jubel folgte. Total verwirrt blieb ich stehen und starrte ihn an. Frisch geduscht, die Haare zurückgekämmt und in einem sauberen Outfit stand er gut gelaunt da.

»Wie ist das möglich, dass du *so* aussiehst? Ich bin innerlich am Verwesen«, fügte ich fassungslos hinzu, woraufhin er noch breiter lächelte.

»Nichts gewöhnt diese Ausländer. Aber vielen Dank, du hast den Fluch gebrochen und ich glaube, euch trifft es am wenigsten hart.«

Ich verzog das Gesicht, bis es schmerzte, weil ich keine Ahnung hatte, von was er sprach. Mikko und Sara kamen hinzu, beide ebenfalls munter auf den Beinen und mit einer weißen Schürze um die Hüften. Als sie mich sahen, atmeten sie erleichtert auf.

»Gott sei Dank, viel länger hätte ich nicht durchgehalten.«

»Von was redet ihr da?«, verlangte ich zu wissen und gesellte mich zu ihnen. Lauri reichte mir eine der Tassen, die ich dankbar annahm. Der heiße aromatische Kaffee belebte sofort meinen Geist.

»Wer im neuen Jahr zuerst spricht, den plagen den ganzen Sommer über die Mücken. Wir handhaben das so am Morgen nach Silvester. Herzlichen Glückwunsch, du warst die Erste!«

»Was ... wie ... ist das euer Ernst? Ihr habt bis jetzt seit dem Aufwachen alle geschwiegen?«, stammelte ich ungläubig.

»Es gibt viele Mücken in Finnland. Niemand will das«, erklärte Sara, als wäre ich die Verrückte. In ihren Gesichtern las ich, dass es ihnen bitterernst war. Jedoch fiel mir ein, dass es gar nicht ich war, die die ersten Worte gesprochen hatte.

»Basti war's!«, schrie ich fast erleichtert und deutete mit dem Kinn auf seinen Hinterkopf. Beim Klang seines Namens schreckte er hoch, als hätte er wieder geschlafen. » *Was*?«

»Du hast als Erster gesprochen. Du wirst von Gelsen getötet. So verspricht es der finnische Fluch offensichtlich.«

Ich ging zu ihm hinüber und warf ihm seine Klamotten zu. Sie landeten auf seinem Kopf, ohne dass er sich regte. Erst Sekunden später griff er danach.

»Geh duschen, iss was und schlaf noch ein bisschen«, wies ich ihn grinsend an. »Um die Gelsen kümmern wir uns später.«

Als er mich mit seinen geröteten Augen ansah, blickte ich in Leere und musste noch mal lachen.

»Seht ihn euch an. Ihr hüpft hier bereits munter herum und wir beide sind absolut zerstört. Das ist nicht gerecht«, sagte ich zu den Finnen und zeigte gleichzeitig auf meinen kaputten Freund.

»Ich bin vor einer Stunde wach geworden. Gestern Abend wolltest du nicht, dass ich dich rauf trage, also habe ich dich liegen gelassen. Du warst ziemlich voll. Ich war schon kurz drüben im Mökki, mich frisch machen. Außerdem haben wir angefangen zu packen. Aber keine Sorge, mir brummt auch der Kopf.«

Das war nur wenig beruhigend. Wenn ich daran dachte, dass ich heute noch mein Zeug in einen Koffer quetschen musste, drehte sich mir der Magen um. Gott sei Dank ging unser Flug morgen nicht zu früh. Die geplante Ankunft war relativ spät in Wien. Mein Kreislauf verbesserte sich jedoch mit der Bewegung und jedem Schluck Kaffee.

»Setzen wir uns nachher noch mal zusammen?«, fragte Lauri mit einem nachdenklichen Blick. Meine Finger verkrampften sich fester um den Kaffee. Nach der magischen Nacht gestern erschien mir die Wirklichkeit ziemlich grau und voller Konsequenzen.

»Ja klar, lass mich mich nur etwas in Form bringen.«

Er nickte, wollte etwas sagen, aber Basti stöhnte so laut, dass wir beide lachen mussten. In Zeitlupentempo kramte er in seinen Hosentaschen und holte sein Telefon heraus. Vermutlich erwarteten ihn tausend Mal mehr Nachrichten als mich. Zu meiner Überraschung sah er nur kurz darauf, schnaubte und steckte es wieder weg.

»Alles okay?«, fragte ich, weil er sich nun schon mehrmals seltsam verhalten hatte. Zumindest anders als sonst. Er zuckte mit den Schultern.

»Ja, aber wenn ich wieder unter den Lebenden bin, sollten wir uns mal unterhalten wegen der Arbeit.«

Okay, das klang genauso erfreulich, wie das Gespräch das Lauri mit mir führen wollte. Vielleicht hatte er aufgeschnappt, dass ich nicht dafür vorgesehen war etwas Neues beim Magazin zu machen. Immerhin hatte ich auch nichts geliefert, weil ich meine Idee vom Urlaubsbericht schnell verworfen hatte. Dieser Urlaub war viel mehr geworden und damit musste ich mich eher auseinandersetzen. Überraschenderweise schreckten mich die schlechten Nachrichten zu meiner beruflichen Laufbahn weniger, als sie eigentlich müssten.

»Geht in Ordnung. Ich komme nachher bei dir vorbei.«

Er erhob sich, drückte seine Klamotten gegen die Brust und taumelte im Bademantel die Treppe hoch in sein Zimmer.

»Stimmt etwas nicht?«, wollte Lauri wissen, während er seinen Kaffee trank. Offenbar hatte er die merkwürdigen Schwingungen richtig erfasst.

»Nichts Schlimmes. Glaub ich zumindest.«

»Gut, dann helfe ich den anderen beim Saubermachen und wir reden nachher.«

Ich bekam einen flüchtigen Kuss auf die Wange, der nach Kaffee roch, und folgte dann Basti.

Nach einer Dusche und den Wechsel in meine letzten frischen Klamotten fühlte ich mich nicht wie ein neuer Mensch, aber etwas besser. Gerade war ich fertig mit dem Zähneputzen, stand obenrum nur in BH da, weil ich mich immer selbst beim Spülen anspuckte, als mein Telefon klingelte. Panisch sah ich mich danach um, weil es seit Tagen nicht mehr geläutet hatte. Als mir einfiel, dass es am Ladekabel hing, warf ich mich quer über das Bett, um zum Nachttisch zu gelangen. »Hallo?«, keuchte ich hinein.

»Karolina, schön, dass du dran gehst. Wie ist euer Urlaub? Entschuldige, dass ich dich störe«, plapperte Maria sofort los. Unsere Chefin meldete sich öfter mal in der Freizeit und meistens störte mich das nicht. Allerdings war Basti eher ihr Ansprechpartner, daher zog sich meine Brust sofort eng zusammen. Dass sie mir jetzt im Urlaub aber mitteilte, dass ich gefeuert war, hoffte ich nicht.

»Gut geht es mir. Es ist schön hier. Kann ich etwas für dich tun?«, kam ich daher direkt auf dem Punkt.

»Ist mit Sebastian auch alles in Ordnung? Er antwortet nicht mehr, seit wir vorgestern das letzte Mal geschrieben hatten, obwohl ich glaube, dass ihr da an etwas Großem dran seid. Ihr hattet den richtigen Riecher, aber noch habe ich keine Bestätigung. Nun möchte ich den Vordruck von ihm abgesichert haben, damit der Artikel direkt in der Neujahrsausgabe gedruckt werden kann.«

Ich runzelte die Stirn, weil ich keine Ahnung hatte, von was sie da sprach. Ich hatte ihr jedenfalls nichts geliefert.

»Er ist nach der Silvesternacht ziemlich angeschlagen. Es war eine wilde Party. Aber alles okay. Ich sag ihm, er soll sich bei dir melden«, beschwichtigte ich sie.

»In Ordnung. Dann schicke ich euch noch mal die neueste Version und ihr meldet euch bitte so schnell wie möglich. Bis bald Karo, frohes Neues Jahr übrigens!«

Danach legte sie auch schon wieder auf. Das Interesse an meinem privaten Wohlbefinden hielt sich wie geahnt in Grenzen. Trotzdem starrte ich kurz das Display an. Sebastian war komisch gewesen und Maria sprach von Dingen, die mir nichts sagten. Das in Kombination bereitete mir ein sehr unangenehmes Gefühl. Ich rappelte mich wieder auf, fiel fast vornüber vom Bett und holte den Laptop hervor, den ich schon lieblos in den Koffer geworfen hatte. Auf dem Schreibtisch stellte ich ihn ab und schaltete ihn ein. Nervös tippte ich mit den Fingern auf das Holz, während sich ein Bild aufbaute. Es fühlte sich irgendwie so an, als wenn man auf der Uni online auf Prüfungsergebnisse wartete und sein Passwort nicht wusste oder die Seite zu langsam lud. Genauso erging es mir jetzt, als ich drei Mal das Passwort für das WLAN eingab. Dann noch die Mail-Seite und ich seufzte schon ungeduldig. Als endlich der Posteingang erschien, sah ich Marias Mail immerhin sofort ganz oben, frisch eingetroffen. Sie hatte sie auch an Basti versendet. Ich klickte auf Öffnen und während sich die Seite aufbaute, klopfte es an der Tür. Natürlich, wann auch sonst? In meiner unbenannten Nervosität sprang ich auf und hetzte hin. Ich riss sie schwungvoll auf und fragte: »Ja?«

Lauris Blick wanderte zielgenau zu meinen Brüsten. Diese waren zwar nicht nackt, aber in weißer Spitze verpackt, da es der einzige nicht durchgeschwitzte übrig gebliebene BH war, den man immer einpackte, weil man ihn ja brauchen könnte. Ein begeistertes Grinsen bildete sich auf seinem Gesicht, während mir erst jetzt klar wurde, dass ich kein Shirt anhatte.

»Komm rein«, sagte ich schnell und zog ihn an der Hand durch die Tür.

»Ich wollte sehen, wo du bleibst oder ob du eingeschlafen bist«, erklärte er sein Auftauchen, immer noch mit gesenktem Blick, abseits meiner Augen. Ich schnaubte lachend.

»Das ist ... hübsch«, teilte er mir mit.

Amüsiert drehte ich mich einmal im Kreis und überlegte, wo nun meine Sachen lagen. Im Badezimmer, weil ich dort ja die Zähne geputzt hatte!

»Bin gleich wieder da.«

Immer noch viel zu hektisch schlüpfte ich in die Ärmel und als der Kopf durch war, sah ich mein Gesicht im Spiegel. Mit roten Wangen und großen Augen starrte ich mir entgegen. Mir wurde bewusst, dass ich keinen Grund hatte, so durch den Wind zu sein, also atmete ich ein paar Mal tief durch. Die Haare musste ich auch erst einmal bändigen und dann drehte ich mich um.

»Tut mir leid, ich habe noch einen Anruf bekommen«, begann ich und ging zu Lauri hinüber. Dieses Mal galt seine Aufmerksamkeit allerdings nicht mir, was aber nicht daran lag, dass ich nicht mehr halb nackt dastand. Er starrte konzentriert auf den Laptop, mit einer tiefen Falte zwischen den Augen und verkrampfter Mimik.

»Was ist das?«, fragte er mich, ohne hochzusehen. Die Nervosität war prompt zurück, aber ich musste es mir selbst erst einmal ansehen. Also beugte ich mich vor, und erkannte, dass sich die Mail von Maria endlich geöffnet hatte.

Dark but it's Rock vor dem Aus? Lauri Korhonen scheint keine Lust mehr zu haben und schmeißt hin.

Der Betreff reichte aus, um meinen Herzschlag aussetzen zu lassen ... spürbar als Stich in der Brust, gefolgt von einer Hitzewallung. Es stand zwar auf Deutsch da, aber Lauri konnte seinen Namen und den der Band ganz klar lesen. Er starrte stocksteif darauf. Mir kam es so vor, als würde er nicht mal mehr atmen.

Ich überflog die Zeilen und mir wurde schlecht.

»Was hast du getan?«, flüsterte ich zu mir selbst und sah Basti vor mir. Lauri drehte seinen Kopf in meine Richtung und ich zuckte schuldbewusst zusammen, obwohl ich gar nichts davon gewusst hatte.

»Lauri, du musst mir glauben, ich habe damit nichts zu tun!«

»Was steht da genau und wieso?«, verlangte er zu wissen. Sehr ruhig, mit sehr tiefer Stimme, die mir eine Gänsehaut der unangenehmen Sorte bescherte. Ich überflog die Zeilen noch einmal und atmete tief durch.

»Zusammenfassend ist das ein Artikel darüber, dass Insider behaupten, du schmeißt alles hin und verlässt die Band. Ich habe die Mail selbst noch nicht gelesen. Ich weiß daher nicht genau, auf was sie da Bezug nehmen. Es tut mir so leid.«

Er verengte die Augen und trat einen Schritt zurück.

»Warst du das?«

Nun klang er eindeutig verletzt und anklagend. Mir zog sich der leere Magen zusammen und meine Finger zitterten vor Aufregung.

»Nein! Ich würde so etwas nicht tun«, verteidigte ich mich und hoffte, dass er mir glaubte. Er zog die Brauen fest zusammen und schüttelte den Kopf.

»Ich habe niemandem davon erzählt außer dir und den Jungs. Ist es also Zufall, dass mich einen Tag später mein Label anruft und sich erkundigt, wieso sie eine Anfrage einer Journalistin zu diesem Thema bekommen haben? Warst du das?«

Dieses Mal schüttelte ich den Kopf. So heftig, dass mir meine feuchten Haare um die Wangen schlugen.

»Nein, ich habe es niemandem erzählt außer Sebastian. Vielleicht hat er es unserer Chefin verraten.«

Lauri schnaubte, verschränkte die Arme vor der Brust und wandte sich ab. Ich gab ihm Freiraum, obwohl ich am liebsten hingelaufen wäre, um ihn zu umarmen und zu beruhigen.

»Warum sollte Sebastian seiner Chefin davon erzählen?«

Kurz zögerte ich, weil mir bewusst war, was er aus meiner Antwort schlussfolgern würde. Dennoch wollte ich ihn nicht anlügen. Meine Stimme war brüchig.

»Weil wir beide für eine Wiener Klatsch-Zeitung arbeiten und Sebastian der Leiter der Promi-Kolumne ist. Er hat die Beziehungen, er kennt die Leute und er verfasst die meisten Beiträge über VIPs.«

Ich sah ihm an, dass es in seinem Kopf arbeitete, so wie er mich musterte und darüber nachdachte, was ich ihm angetan hatte. Ob ich ihn belogen hatte und was das alles bedeutete.

»Lauri, du musst mir glauben, dass ich nichts damit zu tun hatte. Ich schreibe nicht einmal selbst. Ich mache nur das Layout.«

»Du hast es trotzdem verheimlicht, weil du wusstest, wie ich auf die Presse und Fans reagiere. Du hast gesagt, du bist Designerin und mich in dem Glauben gelassen. Soll ich etwa denken, es sei Zufall, dass wir uns begegnet sind? Erst am Flughafen und dann hier? Diese Insider ... war das alles geplant? Sich an mich ranzumachen, mein Vertrauen zu gewinnen?«

Oha, er hatte das in kürzester Zeit genauestens durchdacht, während in meinem Kopf noch alle Gedanken Achterbahn fuhren. Auch meine Emotionen spielten verrückt. Das schlechte Gewissen war im Vordergrund, Angst mischte sich dazu und Wut auf Sebastian. Augenblicklich begann auch ich den ganzen Urlaub zu überdenken, wobei mir die Galle hochstieg. Ich war immer noch verkatert und kämpfte mit einem Würgereiz.

» *Was* Karolina? Du hast mir nicht geantwortet. War das alles nur ein Spiel für dich? Eine Jagd auf den mysteriösen Rockstar? Ein Karrieresprungbrett?«, schrie er mich jetzt an. Ich zuckte zurück und schluckte den sauren Geschmack im Mund herunter. Auch meine Augen begannen zu brennen. Ich war nicht der Typ, der sofort losweinte, aber die Hemmschwelle sank mit jeder Sekunde, in der er mich so verletzt ansah.

»Für mich war das echt, Lauri. Ich hatte das nicht erwartet. Ich war nicht darauf vorbereitet. Nicht auf dich. Ich weiß ja, dass es ein verrückter Urlaubsflirt war, aber nichts davon war kalkuliert. Das musst du mir glauben!«

Er musste mir genau genommen gar nichts glauben, immerhin kannten wir uns jetzt erst eine Woche. Mir war es wichtig, dass er nicht dachte, dass ich ihn ausgenutzt hatte. Ich fühlte seine Enttäuschung fast körperlich, aber was konnte ich ihm schon sagen, um es ungeschehen zu machen? Ich selbst verstand meine Gefühle für ihn nicht, weil alles so schnell gegangen war, und dennoch wollte ich es ihm so gerne sagen.

Irgendwann wurden seine Muskeln locker und seine gesamte Anspannung fiel in einem Ruck von ihm ab. Seine Schultern sackten nach unten und er schloss die Augen.

»Wahrscheinlich ist es besser so. Ich werde meine Entscheidung nicht ändern, was die Band angeht. Es erleichtert die Abreise. Ich hoffe, du hast bekommen, wonach du gesucht hast«, flüsterte er. Ohne mich anzusehen, wandte er sich ab und verließ mein Zimmer. Ich registrierte, wie er die Tür schloss, leise und kontrolliert und trotzdem hörte es sich wie ein lauter Knall an. Auf einmal war alles zu still. Ich war unfassbar traurig und verletzt. Klar, wir wären sowieso getrennte Wege gegangen, aber die Tatsache, dass er dachte, ich hätte ihm irgendetwas vorgemacht, tat mir weh. Am liebsten hätte ich mich aufs Bett geworfen und geheult. Alles in mir schrie danach die Anspannung los- und den Tränen freien Lauf zu lassen. Allerdings gab es vorher noch etwas zu erledigen.

Mit zusammengebissenen Zähnen verließ ich ebenfalls mein Zimmer und blieb dann abrupt stehen, um den Gang hinunter zu starren. Kurz hatte ich gehofft, Lauri doch noch zu sehen. Danach ging ich zu Bastis Tür und klopfte dagegen. Kontrolliert und langsam, drei Mal. Als er öffnete, starrte ich ihm direkt in die Augen. Basti sah noch genauso fertig aus wie heute Morgen, hatte sich aber inzwischen geduscht und umgezogen. »Es war kein Zufall, dass wir Lauri und den anderen am Flughafen begegnet sind, richtig?«

Mehr fragte ich nicht. Eigentlich hätte Basti jetzt verwirrt dreinschauen und mich für verrückt erklären müssen. Doch er seufzte lang und tief, stützte sich mit einer Hand am Türrahmen ab und senkte schuldbewusst den Blick. Das war Antwort genug für mich.

»Komm rein.«

Sowie er die Tür wieder schloss, floss die erste Träne über meine Wange. Er wollte mit offenen Armen zu mir kommen, aber ich wich zurück. Wie vorher, nur zwei andere Personen.

»Was hast du getan?«, fragte ich mit quietschiger Stimme, weil sich mein Hals zuzog. Basti hob das Kinn und sah sich um, als könnte er dort eine passende Ausrede finden. Er schob die Hände in die Hosentaschen seiner Jeans.

»Ich wusste doch nichts vom Flughafen. Ich habe ihn beim Boarding kurz gesehen, mehr aber auch nicht. Das war Zufall!«

»Aber das Resort nicht«, hörte ich aus seiner Antwort heraus. Basti hatte gewusst, dass die finnische Rockstartruppe hier Urlaub machte. Er bestätigte es mit einem Nicken und verzog das Gesicht.

»Jemand hat Lauri Backstage bei einem Gig in Deutschland darüber reden hören. Über seinen Urlaub mit Freunden zwischen Weihnachten und Silvester. Derjenige war in seiner Crew und auch in Wien dabei. Du weißt doch, dass ich mich vor Konzerten immer in den Hotels rumtreibe, ganz offiziell als Presse. Da schnappt man immer etwas auf«, begann er zu erklären und setzte sich auf das Bett, wo er dann ein paar lange Sekunden auf seine Socken starrte.

»Und woher weißt du von diesem Resort? Lauri war hier schon sehr oft. Er hätte niemandem davon erzählt«, mutmaßte ich.

»Aber Jari ist einen Tick berühmter und wenn man lang genug fragt, findet man auch Antworten«, gab er zu. Normalerweise war ich von Bastis Hartnäckigkeit stets beeindruckt. Mit welchem Selbstbewusstsein er sich charmant unter den Prominenten bewegte. Alle kannten ihn, überall war er eingeladen. Das war der Grund, warum er als so junger Mann bereits so weit oben angekommen war. Bisher hatten ihm viele vertraut, so wie ich. Er blieb immer respekt- und taktvoll. Die Präzision, mit der er diese Grenze bei Lauri überschritten hatte, erschreckte mich. Basti wollte eben noch weiter nach oben und ich konnte mir denken, was seine Beweggründe waren.

»Du wolltest die *eine* große Story. Den zurückgezogenen Rockstar, den niemand mehr vor die Kamera bekommen hat. Das hätte dir Bewunderung bei Maria eingebracht.«

Ich konnte meinen Ekel kaum zurückhalten. So skrupellos war er noch nie gewesen. Schwungvoll stand er auf und hob die Hände.

»Ganz so ist es nicht. Ich wusste, dass Jari und Lauri hier sein würden zwischen Weihnachten und Silvester. Bereits beim Konzert in Wien. Ich wollte ein bisschen in Lauris Privatsphäre herumschnüffeln, aber ich konnte doch nicht ahnen was hier passiert und daher habe ich die Story nicht beendet.«

Nun kamen bei ihm der Frust und das Flehen durch. Sein Adamsapfel hüpfte aufgeregt. Mittlerweile waren meine Wangen feucht, weil ich doch weinte. Nicht viel, aber zurückhalten konnte ich es auch nicht. Die Diskussion mit Lauri vorhin hatte mich bereits Kraft gekostet.

»Aber Maria hat eine Story! Sie weiß von Lauris Entschluss die Band zu verlassen und er denkt, ich hätte das alles gemeinsam mit dir geplant. Hast du mich auf ihn angesetzt? Hast du gehofft, dass ich mich in ihn verliebe, damit du Insiderinformationen bekommst?«, wollte ich wissen. Eigentlich wollte ich schreien, aber heraus kam nur ein Murmeln.

Dieses Mal war er mit zwei großen Schritten bei mir und ergriff mich an den Schultern. Ich ließ es zu und wir sahen uns direkt in die Augen.

»Niemals würde ich so etwas tun. Ich habe dich lieb und ich würde dich niemals mit Absicht so benutzen und verletzen. Ich wollte in Lauris Nähe sein, ein paar Informationen sammeln und einen witzigen Bericht über urlaubende Rockstars machen. Dass sie alle so nett sind, so vertraut und uns behandelt haben wie Freunde, hat mich überrumpelt. Als ich gesehen habe, wie sehr du dich in Lauri verguckt hast, habe ich die Sache abgebrochen. Ich habe Maria gesagt, dass wir eine andere Neujahrsgeschichte brauchen, aber bei unserem letzten Gespräch ist mir herausgerutscht, dass er ohnehin die Band auflöst. Es war dumm, ich wusste ja, was für ein Reißer das ist, aber ich habe nicht geahnt,

welche Konsequenzen das für dich hat. Es tut mir unfassbar leid, Karo. Bitte glaube mir, dass ich dich nicht
mitgenommen habe, damit du dich an ihn ranmachst!«

Jedes einzelne Wort sagte er langsam und betont, immer darauf bedacht, dass ich den Blick nicht abwandte.
Auch seine Augen glitzerten verdächtig. Die Enttäuschung blieb, weil ich einfach nicht verstand, wieso er
mich nicht eingeweiht hatte. Vermutlich da er selbst
gewusst hatte, wie moralisch verwerflich sein Plan
war. Seine Reue stand ihm ins Gesicht geschrieben, verbesserte die Lage aber nicht.

»Lauri denkt, ich hätte nur mit ihm geschlafen, damit
wir eine Bravo-Bildergeschichte über ihn bringen können. Was macht das aus mir?«, fragte ich schluchzend.
Er wollte mich an sich ziehen, aber dieses Mal wand ich
mich aus seinem Griff und ging mit schnellen Schritten
zurück zur Tür.

»Karo, ich werde es ihm erklären ... ihnen allen. Und
ich werde dafür sorgen, dass nichts davon veröffentlicht wird«, versprach er. Ob er das wirklich konnte,
wagte ich zu bezweifeln, denn wenn Maria einmal die
großen Verkäufe witterte, war es schwierig, sie wieder
davon abzubringen. Dass ihm die ganze Sache entglitten war, glaubte ich ihm sogar. Meine Kraft war allerdings am Ende und ich konnte nicht mehr länger mit
ihm diskutieren. Ich wollte ihn auch nicht mehr sehen.
Als ich hinausstürmte, stellte ich im Gang fest, dass ich
nirgendwo hin konnte. Das Zimmer war keine sichere
Zone für mich, im Hotel unten waren zu viele Menschen und ins Mökki konnte ich auch nicht. Ich
wischte mir die Tränen mit dem Handrücken ab und

ging nach unten, auf der Suche nach einem Ort, an dem ich allein sein konnte.

Kapitel 21

Verliebt in eine Schokoladentorte

Im Foyer war es mittlerweile geschäftiger als in der Früh und die Spuren der Silvesternacht waren weitgehend verschwunden. Es war Wahnsinn, was das Team vom Hotel leistete, denn ich fühlte mich immer noch wie erschlagen. Am Kamin saßen andere Gäste, die sich für einen Skitag fertig machten und an der Rezeption checkte gerade ein Paar bei Mikko aus. Ich winkte ihm zu und schlenderte mit hängenden Schultern weiter. Meine Augen brannten immer noch, aber ich hatte mich wieder im Griff. Ich nahm mir einen zweiten Kaffee und einen Muffin, der auf dem Buffettisch lag. Schließlich erreichte ich die beiden Ohrensessel, die in der Nische bei einem weiteren Panoramafenster standen. Dort hatte ich Pekka und Sara einmal beim Flirten gesehen. Deprimiert ließ ich mich hineinfallen und verschüttete fast den Kaffee, weil das Polster so weich war.

Ich blieb sitzen und starrte hinaus. Ab und zu nippte ich an der Tasse, aber ansonsten richtete ich den Blick zwischen den Vorhängen nach draußen. Mittlerweile war die Sonne aufgegangen, der Horizont aber bedeckt. Einzelne Schneeflocken fielen sanft vom Himmel. Die Hintergrundgeräusche beruhigten mich und ich versuchte, mich zu entspannen und meine Gedanken zu ordnen. So elend, wie ich mich fühlte, konnte ich gar nicht genau erkennen, was mich so traf. Natürlich Bastis Lügen und die Enttäuschung, die sich in mir breitmachte. Er hatte mich verletzt, auch wenn ich wusste, wie leid es ihm tat. Ihm zu glauben, dass alles aus dem Ruder geraten war, fiel mir nicht schwer. Dennoch war er hergekommen, um Lauri nachzustellen, und diese Tatsache machte mich wütend. Ich hatte selbst miterlebt, wie sehr es ihn belastete überall erkannt zu werden. Klar, er war eine Person der Öffentlichkeit und lebte von seinen Fans, aber ein Privatleben durfte man doch wohl trotzdem noch haben. Gewiss war Lauri da übersensibel, selbst wenn nur ein bisschen davon stimmte, was er mir erzählt hatte. Das Lauri den Erfolg seiner Band aufgab, um etwas Neues anzufangen, war für mich Beweis genug, dass er nicht der Typ Mensch war, der zugunsten seines Ruhms so etwas akzeptierte. Die Sache mit seiner Ex-Freundin hatte das Ganze vermutlich nicht besser gemacht. Und dann kam ich, die Ösi-Journalistin, die ihn mutmaßlich hinters Licht geführt hatte.

Ich seufzte und merkte, dass ich die Reste des Muffins zerquetschte. Die Schokoladenstückchen schmolzen an meinen Fingern. Draußen war das Schneetreiben ein bisschen stärker geworden. Es sah wunderschön aus, wie sich die Flocken auf die Scheiben legten.

»Da ist ja Trauerkloß Nummer zwei«, sagte Jari, der plötzlich hinter meinem Sessel auftauchte und sich an der Rückenlehne abstützte. Ich hob das Kinn und blickte verkehrt herum zu ihm hoch. In kurzen Ärmeln stand er da, die Tattoos schlängelten sich um seine trainierten Arme und er lächelte milde auf mich herab.

Seine Nasenspitze war allerdings rot und seine Haare feucht, was darauf hinwies, dass er gerade von draußen hereingekommen war.

»Darf ich mich setzen?«

Ich nickte. Wie lange ich schon hier war, konnte ich nicht genau sagen, da ich nicht auf die Uhr geblickt hatte. Seufzend ließ er sich sinken und machte es sich bequem. Die ausgestreckten Beine überkreuzte er an den Knöcheln. An seinen Füßen steckten flauschige Hausschuhe.

»Lauri sagt, Sebastian und du hättet uns in eine Falle gelockt, um eine geheime Story über uns zu schreiben, weil ihr damit berühmt werden und Karriere machen wollt. Irgendwie glaube ich, er hat da etwas falsch verstanden«, begann er erneut das Gespräch. Mein Hals wurde schon wieder trocken und der Kaffee war leer. Sein Blick ruhte geduldig auf mir.

»Zum Teil hat er recht. Ich kann ihm die Enttäuschung nicht verübeln«, murmelte ich. Jaris Augen verengten sich kurz, ehe er sie seufzend schloss.

»Basti ist eine große Nummer in der Wiener High Society und ein guter VIP-Journalist. Speziell Musik und Konzerte begeistern ihn. Er kennt die Stagehands, die Manager und pflegt intensive Kontakte, auch zu internationalen Künstlern. Dieses Mal ist er aber zu weit gegangen. Offenbar hat er irgendwo aufgeschnappt, dass ihr hier Urlaub machen wollt und über weitere Detektivarbeit konnte er in deinen Kreisen wohl auch Ort und genaue Zeit erfahren. Es tut mir leid. Er hat euch missbraucht«, erzählte ich die Misere und gab alles zu.

»Aber ich wusste nichts davon. Ich bin so verletzt worden von meinem besten Freund. Ich weiß gar nicht, wie ich ihm noch unter die Augen treten soll.«

Mein Gegenüber schwieg lange und als ich mich endlich traute, ihn anzusehen, lächelte er immer noch. Eigentlich hätte er doch auch wütend sein müssen, stattdessen zuckte er mit den Schultern.

»Okay, ist scheiße gelaufen. Ich glaube dir aber, dass das nicht so geplant war. Werdet ihr den Artikel veröffentlichen?«

»Nein, Basti hat versprochen, dass er versuchen will, das zu verhindern. Er hat gesagt, er hat eingesehen, wie falsch es war. Aber ob unsere Redaktion das auch so akzeptiert, bezweifle ich. Ich wollte nicht ... ich meine, ich wusste ja nicht, dass ich ...«, stammelte ich verzweifelt, weil mir die Worte fehlten. Jaris Grinsen wurde breiter.

»Du wusstest nicht, dass du Lauri so sehr magst?«

Ich konnte nicht mal nicken, aber mein Gesichtsausdruck war ihm bestimmt Antwort genug.

»Okay, also noch mal zusammengefasst: Du hattest keine Ahnung, was dein Kumpel da plant. Er wollte eine große Story und hat dich mit reingezogen. Wir hatten eine schöne Zeit und Sebastian hat Scheiße gebaut. Das ist nicht leicht zu verzeihen, aber möglich. Du empfindest etwas für Lauri und er für dich. Nun sitzt er gekränkt im Mökki und du deprimiert hier und reist beide ab, ohne euch ausgesprochen zu haben. Ich denke, das wäre ein Fehler.«

Verblüfft blinzelte ich ein paar Mal zu schnell, bis meine Augen tränten.

»Wieso bist du so ruhig? Auch dein Privatleben wurde angegriffen.«

Er zuckte mit den Schultern. »Ich mache das schon ein bisschen länger als Lauri und ich liebe die Aufmerksamkeit. Hannah würde sagen, mein Ego braucht das. Ich mag es erkannt und angesprochen zu werden. Lauri ist etwas introvertierter und das ist sein Problem. Er mag seine Fans, er liebt und lebt Musik. Er will auf Bühnen stehen, aber er will nicht zu viel von sich preisgeben. Seit Monaten ist er unglücklich mit der Situation, mit den Begebenheiten, die es in der Branche nun mal gibt. Man muss das Spiel schon ein bisschen mitspielen. Image, Schein und auch Marketing. Dass er die Band auflöst, ist für ihn ein großer Schritt, aber durchaus richtig. Er muss einen anderen Weg finden, sonst geht er kaputt daran und ich glaube, die Zeit mit dir hat ihm das letzte bisschen Mut gegeben, das zu tun.«

Was er sagte, berührte mich, trotzdem kamen Zweifel in mir auf.

»Lauri und ich sind Fremde. Wir kennen uns doch kaum. Es ist okay, wenn wir getrennte Wege gehen. Die letzten Tage waren ziemlich verrückt. Ich kann nicht erwarten, dass ich in einem Skiurlaub, die große Liebe finde«, versuchte ich mir die Sache schön zu reden. Die Wahrheit war, dass ich sehr wohl immer noch Bauchkribbeln verspürte, wenn ich an Lauri dachte. Es hatte mich einfach richtig erwischt.

Jaris Lachen riss mich aus meinen Gedanken. Er fuhr sich schnaubend durch die zerzausten blonden Haare und über seine hellen Bartstoppeln.

»Ach Karo, ich bin Experte darin zu garantieren, dass eine einzige Begegnung ausreicht, vieles zu verändern. Es ist nicht leicht, aber wenn es passt, dann passt es.

Verrückte Dinge passieren immer wieder und manchmal bleiben sie für immer. Egal ob in Las Vegas oder in Saariselkä.«

Ganz genau verstand ich nicht, was er mir da erzählte, aber es fühlte sich so an, als würde er uns verstehen.

»Was Sebastian angeht, die feine Art war das nicht. Er ist zu weit gegangen und Aktionen wie diese sind der Grund, warum Menschen wie Lauri noch allergischer auf die Presse reagieren. Ich kenne ihn nicht so gut wie du, aber vielleicht hat er eine weitere Chance verdient. Lauri hat ein bisschen Ärger mit seinen Vertragspartnern, aber auch das ist Gang und Gäbe in der Branche. Glaube mir, mir ist bewusst, dass auch in unseren Teams Leute sind, die unsere privaten Angelegenheiten rumerzählen. Manchmal zwecks Geltungsbedarf, manchmal gegen ein bisschen Taschengeld. Ich bin mir sicher, Basti hat sich nicht groß bemühen müssen etwas herauszufinden. Wir begegnen Fans überall, meistens tuscheln und kichern sie, manchmal wollen sie Fotos oder Autogramme und nur ganz selten, möchten sie dir eine Haarlocke für ihre Sammlung abschneiden.«

Bei seinem letzten Satz lachte ich hicksend, allerdings sah er so ernst aus, dass mein Amüsement direkt in Ekel überging.

»Hör zu, Lauri ist der grüblerische Typ, der gern die Dramaqueen spielt. Aber er weiß, wie es läuft und was richtig ist. Er hat sich dir anvertraut und es fliegen die Funken zwischen euch. Was ihr daraus macht, liegt an euch. Ich würde euch einfach raten, noch mal darüber zu reden, und zwar hier. Sonst muss noch irgendwer, irgendwohin fliegen und den anderen überraschen. Erledigt das lieber gleich hier.«

Damit war das Gespräch dann auch für Jari beendet, denn er stand auf und streckte sich. Etwas überrumpelt saß ich da und sah ihn fragend an.

»Es ist eure Entscheidung, ich wollte mich nicht einmischen. Als jemand, dem schon einige Fehler verziehen wurden, bitte ich dich, über alles nachzudenken. Vielleicht findet ihr beide ja dennoch euer Happy End«, waren seine letzten Worte, bevor er sich mit einem Winken verabschiedete. Ich fühlte mich nach dem kurzen Gespräch tatsächlich etwas besser, obwohl ich noch keinen genauen Plan hatte, wie es jetzt weiterging. Jari verschwand aus meinem Blickfeld irgendwo im Hotel. Eine Weile genoss ich die Ruhe, ehe mich der Hunger aus dem Sessel trieb. Eins stand für mich fest, einfach so wollte ich Lauri nicht gehen lassen.

Basti war ich den restlichen Tag über nicht begegnet, wobei ich ihm aber auch aus dem Weg ging. Das Zimmer mied ich weitgehend, außer um meine Winterkleidung zu holen. Nach einem Snack machte ich mich auf den Weg zum Mökki. Im gewohnten Zwiebellook, der mir beim Anziehen eine halbe Stunde Bedenkzeit bescherte, in der ich darüber nachdachte, was ich Lauri sagen sollte. Es schneite sanft und friedlich, die Atmosphäre draußen mochte ich sehr. Nicht nur, um Zeit zu schinden, schlenderte ich langsam vorwärts. Vielleicht war es das letzte Mal, dass ich den finnischen Winter genießen konnte, bevor es zurück nach Wien ging. Der Weg dauerte zu Fuß etwa zwanzig Minuten, vor allem wenn man so gemächlich durch den Schnee stapfte, wie ich.

An der Hütte angekommen hörte ich drinnen Stimmen und lautes Gepolter. Ich musste zwei Mal klopfen, bis mir Pekka öffnete. Er verdrehte die Augen, lächelte aber.

»Lauri, Besuch für dich«, rief er nach hinten. Danach beugte er sich zu mir.

»Ich habe das mit Jari bereits durch. Mich schockt nichts mehr. Ich hoffe, ihr könnt euch aussprechen, denn ich habe keine Lust, mit diesem in Selbstmitleid Ertrinkenden in einem Flieger zu sitzen!«

Hinter ihm tauchte Lauri in meinem Sichtfeld auf, sodass ich auf seine Worte nicht eingehen konnte. Ich versuchte, ihn freundlich anzusehen.

»Könnten wir uns noch einmal in Ruhe unterhalten? Magst du spazieren gehen?«

Ich wartete ein paar Minuten auf der Terrasse, weil ich drinnen bestimmt sofort geschwitzt hätte. Außerdem wollte ich den anderen nicht unbedingt unter die Augen treten. Lauri kam gut vermummt heraus. Einen langen Moment sahen wir uns beide ratlos an. Damit wir in der Kälte nicht einfach herumstanden, setzte ich mich langsam in Bewegung. Er folgte mir stumm. Das Knarzen des Schnees, unsere Atmung und das Rascheln der Winterklamotten waren in dieser Stille so laut, dass ich ganz hibbelig wurde.

»Komm mit«, sagte er plötzlich, sodass ich mich erschreckte. Er griff nach meiner Hand und zog mich abseits des Weges. Knietief kämpfte ich mich voran, aber wir mussten nicht weit gehen. Ohne Schneeschuhe fiel es mir noch schwerer, mich aufrecht zu halten. Lauri führte uns durchs Dickicht, wo mich Sträucher und Äste attackierten, bis zu dem kleinen See zum Steg. Wir

gingen ganz langsam und vorsichtig über das einge-
schneite Holz. Dahinter breitete sich die weiße Fläche
aus. Die Schneeschicht war noch dicker und durch
Windböen hatte sich eine abstrakte Hügellandschaft
gebildet. Nebeneinander verharrten wir und betrachteten die schöne Landschaft.

»Ich habe von Bastis Plänen nichts gewusst. Ich habe
dich nicht ehrlich darüber aufgeklärt, wo wir arbeiten,
weil ich wusste, dass du empfindlich der Presse gegenüber bist. Ich dachte, es sei irrelevant, da wir uns eh
nicht mehr sehen würden. Ich konnte doch nicht ahnen, wie sich das Ganze entwickelt. Es tut mir leid«, begann ich kleinlaut und möglichst ruhig. Ein eisiger
Windzug wirbelte pulvrigen Schnee hoch und blies ihn
uns ins Gesicht. Wir rührten uns trotzdem nicht.

»Hat Jari mit dir gesprochen?«, fragte er, ohne auf
meine Worte direkt einzugehen. Er sah mich fragend
an, unter seinem Schal vermutete ich ein Schmunzeln.
Zaghaft nickte ich. Ein Seufzen seinerseits folgte.

»Der Kerl kann echt ekelhaft weise sein für jemanden, der besoffen in Las Vegas geheiratet hat, nicht
wahr?«

Von dieser Geschichte hatte mir noch keiner erzählt,
aber ich lächelte dennoch.

»Ja, er war weise und vernünftig. Fühlt sich nicht gut
an, oder?«

Lauri schnaubte und schabte mit dem Fuß im Schnee,
bis das Holz darunter zum Vorschein kam. Ich ließ ihm
Zeit.

»Du konntest nicht ahnen, dass sich ein finnischer
Musiker, der sich am liebsten vor der Welt verstecken

wollte, weil er Angst vor seinen Entscheidungen hatte, in dich verliebt?«, fragte er.

Gerade noch war mein Blick fest auf einen Schnee-wirbel gerichtet, jetzt sah ich ihn überrascht an. Es war schwer, etwas in seinem Gesicht zu lesen. Die schwarze Mütze saß tief, der Schal sehr hoch. Die Augen kniff er leicht gegen den Wind zusammen.

»Du hast dich verliebt? In mich?«

»Nein, in die Schokoladentorte. Natürlich in dich«, antwortete er sarkastisch und gluckste leise.

Ja, meine Gegenfrage war unnötig gewesen, mir aber einfach rausgerutscht. Er legte den Kopf in den Nacken und schloss die Augen, ehe er weitersprach.

»Ja, ich denke, ich habe mich verliebt. Das solltest du doch gemerkt haben. Ich habe keine Erfahrungen mit solchen Urlaubsflirts. Laufen die immer so? Es fühlt sich jedenfalls sehr echt an.«

Meine Brust entkrampfte sich spürbar.

»Ich habe damit auch keine Erfahrung, aber ja, echt ist das richtige Wort dafür. Bitte glaube mir, dass ich dir nichts vorgespielt habe. Das ist mir sehr wichtig.«

Er zog den Schal nach unten und nickte.

»Wir hätten doch sowieso Abschied nehmen müssen. Heute Abend fliegen wir nach Helsinki zurück. Eine Woche ist zu kurz, um über mehr nachzudenken. Au-ßerdem steht mein ganzes Leben gerade auf dem Kopf, ich weiß nicht mal, ob ich in ein paar Monaten die Miete noch bezahlen kann.«

Jetzt wo wir standen, drang die Kälte langsam wieder durch. Auch das Zittern meiner Knie setzte ein, nicht nur weil ich fror. Ich machte einen kleinen wackligen

Schritt auf ihn zu und zwang ihn, sich zu mir zu drehen. Mit klobigen Handschuh-Händen ergriff ich seine.

»Glaubst du mir, dass es echt ist? Dass ich nichts davon geplant hatte?«, wollte ich von ihm wissen.

Sein Blick musterte mich viel zu lange, aber ich versuchte, geduldig zu sein.

»Sebastian ist bei uns im Mökki. Er hat sich entschuldigt und uns alles noch mal genau erzählt. Ich glaube dir. Aber was den Rest an geht ... ich weiß nicht, ob ich mit jemandem Zeit verbringen will, bei der ich immer Angst haben muss, ob diejenige unser Privatleben für andere Zwecke nutzt. Ich hatte das schon mal und dein Job ist ein rotes Tuch für mich.«

»Ich mache nur das verdammte Layout! Ich verrücke Zeilen, Spalten, ändere Schriftgrößen und platziere Bilder. Ich schreibe keine Berichte über Prominente«, beharrte ich aufgebracht als gewollt. Lauri neigte den Kopf. Sein Lächeln wirkte müde.

»Aber du arbeitest bei einer Zeitung, die das macht und dein bester Freund ist der Chefredakteur der Gossip-Abteilung.«

Ich öffnete den Mund, konnte diese Fakten jedoch nicht widerlegen. Ich verstand seine Zweifel ja, und was es für ihn bedeutete, mit jemandem wie mir zusammen zu sein. Zusammen sein. Das erste Mal dachte ich bewusst darüber nach, mit Lauri ernsthaft zusammen zu sein. Jetzt, wo mir dieser Traum entwich, wollte ich es plötzlich sehr. Das Loch in meiner Brust, das sich bei dem Gedanken ihn für immer zu verlieren, auftat, vergrößerte sich.

»Du hast gesagt, du bist in mich verliebt«, versuchte ich den Faden von vorhin wieder aufzunehmen. Auf meiner Brille bildeten sich Schmelztropfen, dennoch hielt ich den Blickkontakt aufrecht.

»Ja, das habe ich gesagt. Soweit man sich in ein paar Tagen verlieben kann. Du hast übrigens nicht wirklich darauf reagiert«, erinnerte er mich.

Hastig nickte ich.

»Weil ich überrascht war, dass es dir genauso geht wie mir. Ich kann es nicht erklären, will es vielleicht ein Stück weit auch nicht wahrhaben. Es ist so unfassbar kompliziert mit uns. Hier in Lappland ist es einfach, dort draußen in der Welt nicht. Ich wollte nicht so empfinden, aber da ist mehr, als ich zugeben will«, antwortete ich aufrichtig.

Lauris Blick wurde weich.

»Ich will dir nichts versprechen, was ich nicht halten kann«, gestand er zögerlich. Erwachsensein nervte manchmal, gleichzeitig tat es gut ehrlich zueinander zu sein. Er legte seine Hände um meine Taille und zog mich zu sich. Einverstanden drängte ich mich dichter an ihn und schlang die Arme um seinen Hals. Er senkte den Kopf, ich streckte mich. Für den Kuss kamen wir uns ganz natürlich entgegen. Zuerst fühlte er sich kalt an, dann prickelten meine Lippen heiß. Die Berührung wurde fester, wir genossen die Zärtlichkeiten des anderen und versanken beide darin. Leidenschaft flackerte heiß in meinem Bauch auf, bis mein Puls schneller schlug. Eng umschlungen küssten wir uns, als wäre es das letzte Mal. Lange und inniglich, ohne die Augen zu öffnen. Vielleicht war es das auch, denn was ab jetzt passierte, konnte keiner von uns genau sagen.

Erst als mir die Luft ausging und ich einen Waden-krampf vom auf den Zehenspitzen stehen bekam, lösten wir uns voneinander. Der folgende Blick, ließ meine Augen erneut brennen. Ich prägte mir seine Gesichtszüge ein und wir schenkten uns ein ehrliches Lächeln.

Als wir zusammen zurück zum Mökki gingen, schwiegen wir, aber dieses Mal auf die angenehme Art. Er hielt mir ein paar Äste zur Seite, während wir versuchten, in unsere eigenen Fußstapfen zu treten. Was ich in dieser Woche mit diesem Finnen alles erlebt hatte, passte in keinen Artikel dieser Welt. Es war atemberaubend schön gewesen und auch wenn es jetzt zu Ende ging, blieb mir die Erinnerung an unsere gemeinsame Zeit für immer.

Vor der Hütte passten wir tatsächlich Basti ab, der sich auf den Weg zurück zum Hotel machte. Ich hatte ihm nicht ganz verziehen und es musste noch das eine oder andere Gespräch folgen, trotzdem lächelte ich meinen besten Freund an.

»Ist alles in Ordnung?«, fragte er uns.

»Ja, so weit wie möglich. Wir sollten jetzt gehen«, war meine Antwort.

Lauri umarmte mich noch einmal ganz fest, bis mir die Luft aus den Lungen wich. »Du hast ja meine Nummer. Melde dich, wenn du zurück in Wien bist«, flüsterte er mir ins Ohr. Dann ging er ins Mökki, wo die anderen aus den Fenstern sahen und uns grinsend zu winkten. Ich wusste, dass das schon der Abschied war, ging aber mit keinem schlechten Gefühl.

»Karo?«, sprach mich Basti vorsichtig an. Sein Blick sah gequält aus, ich würde ihn noch eine Weile leiden lassen.

»Ja?«, fragte ich trotzdem.

»Ich habe nachgesehen. Es geht zwei Mal am Tag ein Direktflug mit Finnair von Wien nach Helsinki. Außerdem kann man mit Air Baltic über Riga fliegen. Mit dem Zug von Wien nach München brauchst du länger«, informierte er mich.

Schmunzelnd sah ich ihn an. Ohne zu antworten, hakte ich mich bei Basti unter. Gemeinsam schlenderten wir zurück zum Resort und morgen würde es nach Hause gehen.

Epilog

»Das ist eine Frechheit«, schimpfte Basti schon zum zweiten Mal, als er sich den kleinen Kassenzettel ansah, den er soeben bei einem jungen Kellner bezahlt hatte.

»Was habe ich da getrunken? Flüssiges Gold?«

Ich lehnte mich lachend im bequemen Stuhl zurück. Über uns hielt ein breiter Schirm aus weißen Leinen die pralle Sonne von uns fern und ein warmer Wind wehte über den Stephansplatz. Heiß war es für Juni trotzdem.

»Du hattest einen Melange und eine Malakofftorte. Hier bezahlst du eben den Touristenpreis«, versuchte ich, ihn zu beschwichtigten. An einem Samstag tummelten sich viele Menschen in der Wiener Innenstadt, daher waren wir froh, dass wir überhaupt einen netten Platz draußen in einem Kaffeehaus hatten ergattern können.

»Ich schwitze, nur für dich«, fügte er hinzu und fächerte sich mit der Speisekarte Luft zu. Auch das ließ mich nur milde lächeln.

»Ist ja auch das Mindeste, hätte ich gesagt!«

Er bewarf mich mit dem verpackten Keks, den er zu seinem Kaffee bekommen hatte.

»Ich tue Buße, solange wie du das verlangst, aber frech sein muss bestraft werden.«

Das brachte mich noch mal zum Lachen, während ich mich suchend umsah.

Sechs Monate nach unserem Finnland-Urlaub, hatte ich Basti längst verziehen. Es hatte eine schweigsame Heimreise gegeben, aber irgendwann konnte ich ihm nicht mehr die kalte Schulter zeigen. Basti hatte alles versucht, um den Artikel über Lauri und seine Band zu verhindern, aber ohne Erfolg. Der Kompromiss, damit Sebastian seinen Job nicht verlor, war, dass sie immerhin meinen Namen raushielten. Es war ein vager, allgemeiner Beitrag geworden, der zwar viel Aufsehen erregte, aber wenig Schaden anrichtete. Lauris Bandauflösung war längst öffentlich und durch.

»Du drehst deinen Kopf wie eine Überwachungskamera. Er wird schon kommen«, sagte er, weil ich tatsächlich erneut nervös Ausschau hielt. Unfassbar viele Menschen liefen über den Asphalt, in luftiger Kleidung und meist mit Einkaufstüten in der Hand. Manche saßen auf einer Bank und aßen ein Eis, andere fotografierten den großen Dom hinter uns. Wir waren selten in der Innenstadt, außer bei Events. Der Flair war zwar richtig nett, aber in der Urlaubszeit wuselten einfach zu viele Touristen umher und das Essen war überteuert. Langsam schob sich die Sonne hinter die imposanten gotischen Türme unseres Wahrzeichens.

»Bist du glücklich?«, fragte mich Basti auf einmal deutlich ernster und erhaschte damit meine volle Aufmerksamkeit. Er lehnte sich lässig zurück und hatte ein Bein auf das Knie gelegt. Die ersten beiden Knöpfe seines weißen Hemdes waren offen und die Sonnenbrille auf seinem Kopf ergänzte den lässigen Look.

»Ja, auch wenn alles ungewiss ist, es war die richtige Entscheidung. Ich freue mich auf das Neue«, antwortete ich ehrlich. Wenn man den Job hinschmiss, der einem ein festes Gehalt einbrachte, konnte man schon ein bisschen Angst bekommen. Jedoch hatte ich Basti an meiner Seite, der mir versprochen hatte, mich im Ernstfall gratis bei sich wohnen zu lassen. Vermutlich, weil er immer noch ein schlechtes Gewissen hatte. Es war jetzt drei Monate her, dass ich diesen Entschluss gefasst und durchgezogen hatte. Nach der miesen Erfahrung und keinerlei Aussicht auf eine Verbesserung im Job hatte ich etwas ändern müssen. Lauris Mut hatte auch mir imponiert und ein bisschen den Weg geebnet. Aktuell schrieb ich für ein Online-Magazin einen kleinen Blog über die unterschiedlichsten Aktivitäten, die in Wien passierten. Das war nichts so Weltbewegendes, aber ich durfte schreiben und es machte Spaß.

»Na endlich«, seufzte Basti gespielt genervt und stand auf. Ich verrenkte mir fast den Hals, weil ich den Kopf so schnell drehte.

»Ich bin heute Nacht unterwegs, aber auf Dauer wäre ein Hotelzimmer angebracht«, zischte mir Basti noch zu, ehe er sich durch die restlichen Stühle und Gäste schlängelte, um Lauri entgegenzugehen. Aus der Ferne sah ich, wie sie sich herzlich begrüßten, die Fäuste aneinanderschlugen und gegenseitig ein Schulterklopfen zelebrierten. Dann winkte Basti mir noch einmal zu und verschwand in Richtung des U-Bahn Abganges. Lauri grinste breit und kam endlich zu mir. Auf dem Rücken trug er einen riesigen Rucksack, sein Handgepäck für ein langes Wochenende. Er manövrierte sich entschuldigend zu mir hindurch.

»Du hättest mich dich doch abholen lassen müssen«, sagte ich, als wir uns inniglich umarmten.

»Ich kenne den Weg mittlerweile. Alles gut.«

Ein kurzer Kuss folgte, dann setzte er sich stöhnend hin. Lauri kam direkt vom Flughafen und ich konnte mich an ihm trotz seiner Müdigkeit kaum sattsehen. Es tat so gut, jedes Mal, wenn er bei mir in Wien war. Er verstaute sein Gepäck unter dem Tisch und streckte sich in alle Richtungen. Mir erging es nicht anders, wenn ich nach Helsinki flog. Wir ließen uns Zeit, verbrachten für die Distanz aber viel Zeit miteinander.

Nach dem Abschied beim See und ein paar Tagen in Wien, hatte ich Lauri nicht aus dem Kopf kriegen können. Er beherrschte mein Denken und mein Herz. Bald waren Text- und Sprachnachrichten nicht mehr genug gewesen und die Telefonanrufe hatten beängstigende Ausmaße angenommen. Seitdem hatten wir beschlossen, das Risiko einzugehen und mehr Zeit miteinander zu verbringen.

»Ich habe großartige Neuigkeiten und wollte sie dir persönlich sagen«, begann er und beugte sich weiter über den Tisch. Ich tat es ihm gleich, sodass wir nur wenige Zentimeter voneinander entfernt waren. Er griff nach meiner Hand und strich zärtlich darüber.

»Ich habe endlich ein geeignetes Studio in einem Randbezirk von Helsinki gefunden, in das ich mich einmieten kann. Jari hat mir geholfen, und ich glaube, es kann jetzt losgehen«, erzählte er mit strahlenden Augen. Was das für ihn bedeutete, wusste ich nur zu gut, denn seit Monaten suchte er nach den passenden Partnern. Lauri wollte seine eigene Musik produzieren und obwohl er bereits einen gewissen Namen hatte, gab es viele Hürden im Musikbusiness. Die Band war aufgelöst, die letzten Konzerte gespielt. Nun war er auf der Suche nach Musikern und Kooperationspartnern, um seine eigenen Projekte aufzunehmen. Aki und Yanis hatten sofort ihre Talente zur Verfügung gestellt. Wichtig für ihn war, dass ihm niemand vorgab, was er für Musik schrieb und er hatte nie wieder einen Kajal benutzt.

»Das klingt großartig. Ich freue mich, es bald zu sehen!«

Lauri und ich waren quasi zusammen. Wir hatten das nie genau definiert, aber wir mussten es auch nicht aussprechen. Unsere Leben hatten neue Bahnen angenommen, richteten sich aber trotzdem auch ein bisschen nach dem anderen.

Der Kellner kam zu unserem Tisch, woraufhin wir uns wieder normal hinsetzten.

»Was darf's denn für den jungen Herren sein, bittschön?«, fragte er im klassischen Wiener Dialekt. Lauri konnte mittlerweile ein bisschen besser Deutsch und besondere Mühe gab er sich mit österreichisch. Stolz grinsend sah er zu dem Mann mit Fliege hoch.

»Eine Sachertorte mit Schlag, bitte.«

Ich liebte es, wenn er mit seinem finnischen Akzent sprach, da konnte ich ein Seufzen gerade noch so unterdrücken. Sobald der Kellner weg war, lachten wir gemeinsam.

»Eine Sachertorte und ein Finne, wer hätte gedacht, dass das eine so hervorragende Kombination ist!«

»Wir sollten langsam los«, sagte ich nach einem Blick auf mein Telefon. Lauri nickte und kratzte den letzten Rest Sahne mit der Gabel vom Teller.

»Vielleicht hätte ich den Rucksack doch vorher bei euch ablegen sollen«, klagte er. Mein Mitleid hielt sich in Grenzen, wir hatten es aber nicht weit.

Nach dem Bezahlen gingen wir händchenhaltend über den Graben, eine der bekanntesten Straßen in der Altstadt. Eine richtig teure Flaniermeile mit vielen Luxusgeschäften. Die Fassaden ragten links und rechts imposant auf, spendeten an heißen Tagen Schatten und sahen mit den gut erhaltenen Verzierungen auch noch äußerst schick aus. Es gab in der Fußgängerzone Sitzgelegenheiten und jede Menge historische Sightseeing-Stationen. Wir visierten allerdings eine andere Touristattraktion an.

»Sind sie schon dort?«, fragte mich Lauri, als ich das Handy erneut in die Hand nahm. Nickend hob ich den Kopf.

»Ja, sie waren den ganzen Tag unterwegs. Das war mir zu stressig. Übermorgen reisen sie weiter nach Italien«, klärte ich ihn auf.

Wenige Schritte später entdeckte ich Pekka und Sara. Er stand in kurzen Hosen, im engen Tanktop mit Sonnenbrille auf der Nase lässig da, sie klebte mit dem Gesicht an der Auslage der Bäckerei.

»Moi«, rief Pekka fröhlich winkend. Als wir sie erreichten, schlossen wir uns herzlich in die Arme. Sara bemerkte uns etwas verspätet, doch die Freude war nicht minder laut.

»Es ist so toll hier. Ich liebe alles! Hast du gesehen, was es hier alles zu kaufen gibt?«, rief die junge Finnin. Ihr blondes Haar flatterte in einer warmen Brise und ihr langes weißes Kleid umschmeichelte ihren Körper.

»Ja, und hast du auch die Preise gesehen?«, konterte ich. Wir standen vor der Demel Hofzuckerbäckerei, die ein Touristenmagnet war. Das Gebäck und die Torten waren köstlich, die Preise aber abartig.

Die Finnin machte ein »pfft« und zuckte mit den schmalen Schultern.

»Du weißt doch, aus welchem Land wir kommen. Viel teurer als bei uns ist das hier auch nicht.«

Vermutlich hatte sie sogar recht damit.

»Ich stelle mich an. Ich will so einen rosafarbenen Kuchen«, sagte sie und eilte ans Ende der Schlange. Denn tatsächlich stauten sich die Touristen bereits draußen beim Eingang. Pekka schüttelte lachend den Kopf.

»Wenn du dich weiter so durch Europa futterst, wirst du dick werden«, rief er ihr hinterher. Sara stemmte die Hände in die Hüften und zeigte ihm die Zunge.

»Und auch dann wirst du mich noch lieben.«

»Ja, das stimmt. Ich wollte es nur erwähnt haben«, antwortete Pekka grinsend.

Ich freute mich sehr für sie. Der Urlaub in Saariselkä hatte auch für diese beiden mit einem romantischen Happy End geendet. Offensichtlich begannen Romanzen öfter mit ein paar wenigen Tagen und endeten mit einer Europareise im Sommer.

»Wir können morgen etwas zusammen unternehmen, falls Sara bis dahin am Anfang der Schlange angekommen ist«, schlug Lauri vor und setzte den schweren Rucksack ab. Schweiß perlte von seiner Stirn.

»Sehr gerne. Den Donauturm möchte Sara sehen, das Riesenrad, Schloss Schönbrunn, den Zentralfriedhof und die Oper«, zählte er nachdenklich auf. Ich musste laut lachen und Lauri stöhnte entsetzt.

»Alles in den nächsten zwei Tagen?«

Pekka nickte. »Sie hat Nachholbedarf.«

Ich fand es großartig, wie sehr er es genoss, ihr ihre Wünsche zu erfüllen. Pekka war aufgrund seines Fotografen-Jobs schon viel gereist, jetzt hatte er auch die passende Begleitung.

»Zuerst besorgen wir ihr, ihren rosafarbenen Punschkrapfen und dann sehen wir, wie viel Zeit noch über ist«, schlug ich vor.

Während Pekka zu seiner Freundin ging, zog mich Lauri grinsend zu sich. Glücklich küsste er mich sanft auf die Lippen.

»Das nächste Mal sehen wir uns in Helsinki?«, flüsterte er bei einer festen Umarmung, als wollte er mich nie wieder loslassen.

Lächelnd strich ich ihm durch das feuchte Haar.

»Ja, ich habe gehört, dort gibt es auch ein Riesenrad und ich muss ja kontrollieren, welches das bessere ist«, scherzte ich.

Gemeinsam amüsierten wir uns, während wir zusahen, wie Sara Zentimeter für Zentimeter näher an ihren Punschkrapfen kam. Ich lehnte an Lauri und war froh, dass Skifahren unser aller Leben so beeinflusst hatte, oder eben ein Snowboard.